DE ZOMER VAN DE DODEN

D1730796

TONI COPPERS

DE ZOMER VAN DE DODEN

Coauteur
ANNICK LAMBERT

BORGERHOFF & LAMBERIGTS

Opgedragen aan Lino Boodts

'Als je van iemand houdt,
bouw je een toekomst vanuit je dromen.'

– James Salter, *Alles wat is*

'Fa più miracoli una botte di vino
che una chiesa piena di Santi.'
(Een vat wijn kan meer mirakelen
doen dan een kerk vol heiligen.)

– Italiaans gezegde

1

'Vertel het nog eens,' zei commissaris Massimo Molinari vriendelijk.

'Mijn naam is Rossi, Giuseppe Rossi, ik ben 74 en al twintig jaar de...'

De commissaris zuchtte.

'Dat weet ik allemaal al, meneer Rossi. Ik bedoelde, vertel me nog eens heel precies wat er vanochtend gebeurd is.'

'Ik was hier om zeven uur, als eerste, zoals gewoonlijk. Op zondag is de...'

'Hoe bent u binnengekomen?'

'Door het zijdeurtje aan de Via Mazzini.'

'Hebt u een sleutel van de kerk?'

'Van onze basiliek, bedoelt u. De basiliek van de heilige Christina.'

Molinari zuchtte opnieuw.

'Natuurlijk heb ik een sleutel, maar ik had 'm niet eens nodig, de deur stond op een kier. Ik heb de koster en de pastoor al zo vaak gevraagd dat deurtje te vervangen, het is zo'n oud, gammel geval en er...'

Commissaris Molinari flipte zijn notitieboekje open en scande zijn krabbels terwijl hij luisterde en af en toe knikte. Het was de derde keer dat hij de oude man die voor hem zat, vroeg om zijn verhaal te doen en telkens was er een nieuw element opgedoken dat hij de keer ervoor was vergeten te vertellen. Hij had het al talloze keren meegemaakt in zijn beroep: hoe ouder de getuige, hoe langer het duurde voor hij of zij eindelijk tot de essentie kwam. Wat niet logisch was, vond Molinari, want op de keper beschouwd hadden ze als zeventig- of tachtigjarige juist minder tijd te verkwisten dan hij.

Die ochtend was Giuseppe Rossi via de personeelsingang de koele, grote kerk binnengelopen. Hij mopperde zachtjes. Hoe kon hij die koppige koster nu eindelijk eens aan zijn verstand brengen dat hij het zijdeurtje altijd weer moest sluiten? Hij begreep trouwens niet wat de koster hier nu al kwam doen, hij was niet bepaald een vroege vogel. Rossi was een stille, magere man die al twintig jaar als vrijwilliger in de basiliek van Bolsena werkte. Gisteren net voor sluitingstijd was de burgemeester op bezoek gekomen en had een glas prosecco geoffreerd om Rossi's jubileum te vieren. Ruim een maand te laat, maar het was het gebaar dat telde, toch?

Giuseppe Rossi was verantwoordelijk voor de catacomben, een van de weinige bezienswaardigheden van dit gezapige, authentieke stadje dat aan de oever van het grote meer met dezelfde naam lag. Veel had hij niet omhanden en hij was nuchter genoeg om dat ook toe te geven. 's Ochtends daalde hij af tot diep onder de kerk, waar hij de verlichting aanstak en de catacomben vluchtig inspecteerde, 's avonds na sluitingstijd deed hij zijn ronde om zeker te zijn dat niemand was achtergebleven, waarna hij het licht uitdeed en naar huis ging. Daartussen lagen de uren die Rossi doorbracht in zijn kleine, oude kantoortje aan de trap naar de catacomben – uren die eindeloos leken in de stille herfst- en wintermaanden, en uren die voorbijvlogen in de zomer, wanneer hij de stroom toeristen die een toegangskaartje en een brochure wilden, soms nauwelijks kon bijhouden.

Die ochtend was hij om zes uur kreunend uit zijn bed gekomen en naar het venster gestrompeld. Hij had de overgordijnen opzijgeschoven en naar buiten getuurd, naar de hemel. Dat deed hij iedere ochtend, al zo lang hij het zich herinnerde.

Zwaarbewolkt, voor de derde dag op rij.

Het was eind juni, de toeristen begonnen te arriveren, maar het weer volgde maar moeizaam. Opnieuw geen strandweer, dacht Rossi zuchtend. Geen weer om aan de oevers van het meer te gaan zonnen en geen weer om te flaneren en de terrasjes in de binnenstad op te zoeken. Wat betekende dat het drukker dan anders zou zijn in de kerk en de catacomben, en het was al zo druk op zondag.

Hij stond naar buiten te staren, tot hij aan verse koffie dacht en langzaam naar de keuken slofte.

Toen hij een goed uur later het oude zijdeurtje openduwde en de basiliek binnenliep, moest hij glimlachen. Ook dat was, net als het checken van het weer 's ochtends, een gewoonte. Zijn glimlach kwam altijd heel spontaan, want Rossi voelde zich hier thuis, na al die jaren, hij kende de geuren en geluiden, hij hield van deze plek die zich niet aanpaste aan het gekke leven daarbuiten en die ook niet op een eeuw meer of minder keek. En zelfs al had hij gezucht daarstraks, aan zijn slaapkamerraam, dan nog wist hij dat het zelfs op de drukste dagen nooit een overrompeling werd. Bolsena telde een twintigtal kleinere hotels en pensions en nauwelijks een handvol campings aan het meer. De toeristen die hier kwamen, waren op zoek naar cultuur en gebruikten het stadje vooral als uitvalsbasis: het lag op het snijpunt van Toscane, Umbrië en Lazio, de streek was rijk aan geschiedenis en aan kunststeden.

Rossi liep naar zijn kantoortje in een hoek van de kerk en opende de hoge houten deur. Op de tafel die hij als balie gebruikte, stond de lege fles prosecco van de burgemeester. Ernaast lag een oorkonde. 'Bolsena bedankt haar inwoner Giuseppe Rossi voor zijn onverdroten inzet voor de stad en voor de basiliek van de heilige Christina.' Vooral op dat 'onverdroten' was hij trots: hij zette zich hier al twintig jaar in als vrijwilliger en hij kon zich, behalve de drie dagen na de dood van zijn vrouw, niet herinneren dat hij ooit een dag had overgeslagen. Hij had kind noch kraai, hij hoefde met niemand rekening te houden en vakanties konden hem gestolen worden. Hij vond zijn werk belangrijk en deed altijd zijn best, ook als hij zich wat ziek voelde of als de artritis in zijn botten hem zodanig parten speelde dat hij de hele dag lichtjes gebogen door de koele kerk strompelde en eruitzag als een van die devote pelgrims die kwamen bidden bij het altaar van het mirakel. De basiliek vereerde niet alleen de heilige Christina, maar stond in de ruime omgeving ook bekend als de plek waar zich het wonder van Bolsena had voltrokken. Een middeleeuwse priester die tijdens het opdragen van de mis enige twijfel koesterde over de verandering van brood in het lichaam van Christus, had opeens een bloedende hostie in zijn handen gehouden. Toen de paus van dit verhaal hoorde, kwam Bolsena opeens hoog op de religieuze kaart te staan.

Niet dat Rossi zelf zo devoot was. Gelovig, maar niet goedgelovig, zoals hij het graag omschreef als hij met zijn vrienden in Bar Centrale een glas wijn dronk. Hij was godvruchtig en woonde minstens twee keer per week de avondmis bij, maar hij geloofde gewoon niet in mirakels, behalve dan als hij 's ochtends op de Piazza Santa Christina een parkeerplaats vond voor zijn stokoude Fiat Punto.

Het was halfacht. Rossi bleef in zijn kantoortje staan en spitste zijn oren. Enkele tellen later glimlachte hij toen hij het schurende geluid hoorde waarmee de grote deuren van de basiliek openzwaaiden. De pastoor en de koster maakten zich op voor de eerste mis van de dag. Pastoor Di Livio zou nu de parochianen begroeten die al voor de poort hadden staan wachten, wist Rossi. Een handvol gelovigen, zoals gewoonlijk, en ook zoals gewoonlijk zou de oude, gebochelde Julia Massagni vooraan staan, de altijd zwartgeklede kwezel die strikter in de leer was dan de gemiddelde paus, maar er geen probleem mee had om haar huurders veel te veel geld af te troggelen voor haar armoedige, slecht onderhouden flats.

Rossi haalde zijn schouders op en schudde zijn hoofd om de gedachte van daarnet los te laten. Zijn vrouw Mimi had hem zo lang als ze leefde op het hart gedrukt mild en zacht te zijn voor zijn medemensen, en zelfs nu, drie jaar na haar dood, voelde hij schaamte als hij aan de blik dacht waarmee ze hem bekeken zou hebben als hij die oude Julia een hebberige kwezel zou noemen.

Hij liep langzaam naar het altaar van de heilige Christina, ging rechts door een kleine opening waarvan de massieve deur altijd openstond, en daalde af naar de catacomben.

Dit was zijn terrein. Voor hem had dit niets met goedgelovigheid of mirakels te maken, maar alleen met waardigheid: dit was de plaats waar de eerste christenen diep in de zachte tufsteen hun laatste rustplaats hadden gevonden in een tijd toen het, met de Romeinse overheersing, absoluut niet vanzelfsprekend was om in God of Jezus te geloven. Rossi voelde zich de beschermer van dit uitgestrekte, mysterieuze labyrint van donkere gangen vol met open nissen, de ene naast en op de andere, vijf lagen hoog.

Hij haalde de schakelaars over en wachtte tot zijn ogen gewend waren aan het licht van de weinige lampen. De verlichting was met opzet bescheiden gehouden: fel licht paste niet op een stille, contemplatieve plek als deze en bovendien had een tiental van de graven nog het oorspronkelijke Romeinse afsluitdeksel waarop in kleurrijke maar kwetsbare, lichtgevoelige letters was aangegeven wie er begraven lag.

Giuseppe Rossi keek rond zoals hij dat de afgelopen twintig jaar had gedaan. Zijn blik bleef hangen bij een slecht verlichte nis aan de linkerkant van de centrale gang en hij fronste de wenkbrauwen.

Er lag iets in het graf, een stuk van een dikke stok of iets dergelijks.

Rossi had de avond tevoren zoals steeds zijn ronde gedaan en hij was er zeker van dat hij toen niets vreemds had gezien.

Had hij misschien niet goed opgelet na het bezoek van de burgemeester? Onzin, dacht hij, hij had welgeteld twee kleine glazen prosecco gedronken en dan nog alleen omdat de burgemeester zo aandrong, hij hield niet van bubbels.

Rossi liep ernaartoe.

Op de grond voor de nis was een grote, donkere vlek.

Vanaf dat moment drong de realiteit schoksgewijs tot hem door en bij alles wat hij zag en wat zijn hersenen benoemden, ging zijn hartslag met sprongen de hoogte in.

De grote, donkere vlek was bloed. Er was niet alleen bloed op de grond, het hing ook op de zijkant van de nis en het hing op het ding dat uit de nis stak en waarvan Rossi had gedacht dat het een stok was.

De stok was geen stok, maar een arm, een heel erg bebloede arm.

De arm behoorde toe aan een man, een volwassen en erg dode man.

Rossi begon over zijn hele lichaam te beven.

2

'En ben je een beetje klaar voor morgen?' vroeg Liese. 'Het zal rustig zijn en dat is een understatement. Er gebeurt niks, gewoon, ik denk dat alle criminelen tegelijkertijd met vakantie zijn.'

Masson mompelde wat.

'Je mompelt,' zei ze.

'Ik kom morgen naar kantoor, ja. Of ik er klaar voor ben, zullen we nog wel zien.'

Het was zondagavond en Liese Meerhout, tijdens de werkuren commissaris bij de Antwerpse Moordbrigade maar nu gewoon Liese, liep even aan bij haar vriend en collega.

Hoofdinspecteur Michel Masson zou de volgende ochtend opnieuw aan de slag gaan na een maandenlange revalidatie: hij was neergeschoten tijdens een moordonderzoek en had het bijna niet meer kunnen navertellen. Hij was de afgelopen weken al een paar keer langsgekomen in hun kantoor aan de Noordersingel, en Liese had de indruk dat er iets veranderd was in hem. Het leek alsof de twee kogels die hij in zijn borst had gekregen hem niet alleen fysiek hadden getroffen. Ze hadden ook een ander soort schade aangericht, een die minder zichtbaar was, althans voor de mensen die hem niet door en door kenden. Het was een schade die erin bestond dat de melancholische intellectueel, wiens geloof in het recht en in de rede altijd zijn onwrikbare houvast was geweest, nu met veel meer twijfels in het leven stond, alsof de kogels die op een haar na zijn hart hadden gemist, in de plaats daarvan zijn zekerheden aan flarden hadden geschoten.

'Je woont hier mooi,' zei Liese. 'Wanneer komt de rest van de meubels?'

'Dit zijn de meubels.'

Ook dat was een gevolg van de schietpartij geweest, zij het dan indirect: Masson had een maand geleden besloten om alleen te gaan wonen en zijn vrouw Nadine had erg weinig gedaan om hem tegen te houden.

De ontdekking dat hij bijna veertig jaar geleden bij een andere vrouw een zoon had verwekt, betekende het einde van hun toch al liefdeloze huwelijk. En al hield Nadine soms, in nachten vol twijfel, nog vast aan de gedachte dat het niet definitief hoefde te zijn en dat zijn vertrek maar tijdelijk was, ze kende haar man goed genoeg om te weten wat zijn antwoord daarop zou zijn: dat het hele leven tijdelijk was, en dus per definitie ook hun huwelijk.

Masson woonde sinds kort driehoog in het centrum van Antwerpen, aan de Jezuïetenrui, een klein straatje aan het Conscienceplein, in een tweekamerflat die hij voordelig van een oude vriend had kunnen huren. De woning was zo goed als leeg. De kale muren waren egaal witgeschilderd. In een kamer stond alleen een opengeklapte slaapbank op de afgeschuurde plankenvloer, in de andere Massons gemakkelijke stoel. Tegen de muur zijn muziekinstallatie, op de grond naast de fauteuil een vijftigtal boeken op nette stapeltjes en een lege wijnfles.

'Het is hier in ieder geval heel zen,' probeerde Liese.

Masson deed alsof hij haar niet begrepen had.

'Wablief?'

Het was een zachte avond en de ramen stonden open. Beneden liepen mensen voorbij. Een jonge vrouw lachte, een parelende lach die binnenwaaide als een vleugje parfum.

'Ik bedoel dat het hier heel rustig is, Michel. Leeg en rustig.'

'Al die rommel,' mompelde hij.

Het bleef even stil. Hij zwaaide met zijn arm alsof hij het over de hele wereld had.

'Al die rommel in mijn leven. Weg ermee.'

Liese zweeg. Ze wist dat het enige dat Masson miste van zijn huis en van zijn leven met Nadine, zijn 'bib' was, de kleine logeerkamer die volgepropt zat met boeken, muziek en een voorraadje Taliskerwhisky, zijn oase in die vlakke, lelijke, luide wereld rondom hem. Wat dat zei over hem en over zijn huwelijk dat nu voorbij was, daar dacht ze liever niet te lang over na.

'Wat was dat nu met die vriend van je?' vroeg Liese.

Masson had haar een uur geleden gebeld. Hij had een telefoontje gekregen van een oude makker van hem, inspecteur Willem Adriaans van de lokale politie, bureau Centrum. Liese was op dat moment lusteloos bezig met het opruimen van haar rommelige keuken en was blij geweest met de afleiding. Ze had haar handtas gezocht en was op haar fiets naar het centrum gereden.

'Een of andere pief uit Italië heeft hem gebeld,' zei Masson. 'Een Antwerpenaar heeft zich van kant gemaakt in een kerk.'

'En waarom belde hij jou voor zoiets? Wij zijn van de Moord.'

'Die pief is blijkbaar een commissaris, die de autopsie wil afwachten alvorens te besluiten dat het werkelijk om zelfdoding gaat.'

'Ah. En waar is dat gebeurd?'

'In Bolsena, ten noorden van Rome. Mooie streek, het is het grondgebied van de Etrusken.'

'Fijn voor hen.'

Masson haalde de schouders op.

'Misschien is het daar ook wel komkommertijd.'

'Misschien wel, ja.'

Toen ze even later wilde weggaan, zag ze een grote plastic zak met spullen tegen de muur achter de buitendeur staan.

'Wat is dat? Je zei toch dat je geen rommel meer in je leven wilde?'

'Dat is geen rommel. Dat zijn schilderspullen,' antwoordde Masson.

'Schilderspullen? Ga je schilderen, dan?'

'Jawel.'

'Maar je kunt toch niet schilderen?'

'Nee, moet dat?'

Liese dacht even na.

'Waarschijnlijk niet, nee. Tot morgen.'

3

'Ik weet niet eens waarom ik nog de moeite doe om langs te komen,' zei Laurent. 'Er gebeurt toch niks. Ik had beter een dagje vakantie genomen, kon ik iets leuks gaan doen, fietsen of vogels spotten of zo.'

'Haal dan maar koffie voor Michel,' zei Liese.

Inspecteur Laurent Vandenberghe was, naast Liese en Masson, het derde lid van het team. Hij was een jonge en sportieve kerel, wiens aangeboren schuchterheid grotendeels de plaats had geruimd voor een aanstekelijk enthousiasme, tot milde ergernis van Masson. Voor Laurent kon het niet hard genoeg gaan, voor de oudere hoofdinspecteur moest er eerst worden nagedacht voordat er werd gehandeld. Dat verschil in mening nam niet weg dat ze elkaar hoog hadden zitten: de jonge inspecteur keek vol ontzag op naar het intellect en de vakkennis van Masson, de hoofdinspecteur op zijn beurt was in zijn nopjes met het inzicht en de gedrevenheid van zijn pupil, als een peetoom bij het goede schoolrapport van zijn oogappel.

Het vierde lid van het team, hoofdinspecteur Sofie Jacobs, had een jaar onbetaald verlof genomen, naar eigen zeggen omdat ze naast de zorg voor haar schoolgaande kinderen meer tijd wilde voor zichzelf. Dat kon best zo zijn, maar het was maar een stukje van de waarheid: iedereen wist dat Sofie haar onregelmatige baan en het gevaar dat erbij hoorde al lang beu was. De aanslag op Masson was voor haar de spreekwoordelijke druppel geweest en onmiddellijk daarna was ze vertrokken. Ze was nu bijna op de helft van haar sabbatical, maar of ze nog ooit zou terugkeren, was zeer de vraag.

Michel Masson was hartelijk en met oprechte warmte begroet door inspecteur Vandenberghe en er kon bij Masson, merkte Liese, zelfs een glimlach af toen hij de fles rode wijn in ontvangst nam die Laurent voor hem had meegebracht. 'Twee euro in de nachtwinkel,' zei de inspecteur met een uitgestreken gezicht. 'Een chateau migraine. Schijnt wonderen te doen bij een verstopte afvoer.'

Masson grijnsde.

'Dank je, jongen. Ik zal hem houden voor als ik jou ooit eens bij me thuis uitnodig. Hopelijk blijft hij een jaar of tien goed.'

Een halfuur en een bekertje koffie later zaten ze in de teamkamer door de rapporten van het afgelopen weekend te bladeren toen Liese zich het voorval van de vorige dag herinnerde.

'Waarom bel je die vriend van jou niet eens?' vroeg ze aan Masson. 'Die inspecteur Adriaans.'

Ze vertelde Laurent over het telefoontje van de Italiaanse commissaris.

Masson haalde de schouders op.

'Hij zal zelf wel terugbellen, mocht er iets scheef zitten, niet?'

Laurent had zijn hand al op de hoorn.

'Ik vind alle afleiding goed, hoor, ik doe het wel.'

Terwijl de inspecteur met de lokale politie van bureau Centrum belde, observeerde Liese haar vriend. Vóór de schietpartij zou Masson wanneer hij op kantoor kwam al van alle details op de hoogte geweest zijn, vanaf het eerste moment zou hij al alle mogelijke informatie hebben ingewonnen. Nu leek het alsof de wereld en alles wat daarin gebeurde hem nog nauwelijks interesseerde. Zijn gedrevenheid, het vuur waarmee hij zo dikwijls hun werk en de geijkte procedures had verdedigd, had plaatsgemaakt voor een soort afwezige onverschilligheid waarvan Liese vreesde dat ze niet echt tijdelijk was. Ze hoopte vurig dat hij opnieuw de oude Masson zou worden als hij weer volop zou meedraaien, maar ergens in haar achterhoofd zei een vervelend stemmetje haar dat ze hem daarvoor te goed kende: zijn lichaamshouding en vooral zijn ogen vertelden een ander verhaal.

'Kun je dat even spellen?' vroeg Laurent. Hij bedankte voor de informatie, legde neer en las hardop wat hij genoteerd had. 'Commissario Massimo Molinari, Polizia di Stato. Zal ik hem even bellen?'

'Doe maar.'

Zodra hij verbinding had, drukte Laurent op de luidspreker.

'Molinari.'

Een zware, lichtjes doorrookte stem, niet onvriendelijk. De inspecteur stelde zich voor, Liese deed hetzelfde. Tot haar ergernis maakte Masson met een handgebaar duidelijk dat de conversatie voor hem niet echt hoefde.

'Ah, nog een commissaris,' zei Molinari lachend. Zijn Engels was vlot, zij het met een zwaar accent. 'Goedemorgen, collega.'

'Buongiorno,' antwoordde Liese.

'Lei parla italiano?'

'Helaas niet. Hebt u even de tijd?'

'Certo. Maar als ik het goed begrepen heb, bent u van de Moordbrigade, niet? Ik denk dat het op zijn minst een beetje voorbarig is om...'

'Standaardprocedure,' loog Liese. 'We doen het altijd op deze manier, commissario, dat bespaart tijd.'

Ze kon haar Italiaanse collega moeilijk zeggen dat ze hem lastigviel omdat ze zich stierlijk verveelde.

'Dan zal ik het kort houden,' zei Molinari. 'De dode man is ene Werner Thielens. Zijn portefeuille met zijn identiteitskaart zat in zijn broekzak. Hij was 49 jaar oud.'

Laurent noteerde ijverig.

'En die man lag bij u in de kerk?' vroeg Liese.

'Niet bij mij, ik heb geen kerk.'

Molinari lachte om zijn eigen grapje, dus lachten Liese en Laurent mee. Masson hield zijn hand voor zijn ogen.

'Maar zonder gekheid, hij lag niet in de kerk van Bolsena, maar eronder, in de catacomben. Daar werden destijds de vroege christenen begraven die...'

'Kunt u iets vertellen over de omstandigheden?' vroeg Liese snel.

Ze had gezien hoe Massons interesse gewekt werd toen hij het woord 'catacomben' hoorde, en daarom had ze Molinari bewust onderbroken. Toen ze besefte hoe kinderachtig dat was, kreeg ze een kleur.

De Italiaan gaf uitleg bij de vondst van het lichaam.

'We denken aan zelfmoord,' besloot hij. 'We hebben de Belgische ambassade in Rome op de hoogte gesteld, dat is normaal bij het overlijden van een buitenlandse toerist.'

'Is het een toerist dan?' vroeg Laurent.

'Dat zou kunnen.' Het klonk net iets te kort.

'U zei dat u dénkt aan zelfdoding,' ging Liese verder. 'Hebt u twijfels?'

'Nee, niet echt, hoewel...'

'Dat is duidelijk,' zei ze.

Ze had het eruit geflapt voor ze er erg in had. Tot haar opluchting was de commissaris zo te horen niet op zijn tenen getrapt.

'Zijn polsen waren doorgesneden, allebei. Buiten dat zijn er geen zichtbare verwondingen, laat staan aanwijzingen dat iemand hem geholpen heeft. We moeten natuurlijk wachten op de autopsie...'

'Maar?'

'Maar ik heb al eeuwen geleden een goede gewoonte aangenomen, wat mijn werk betreft. Enfin, geen gewoonte, eerder een motto.'

'En dat luidt?'

'Dat alles stinkt tot het tegendeel bewezen is.'

Het bleef even stil in de teamkamer.

'Dat klinkt misschien niet erg professioneel,' ging Molinari verder, 'maar het helpt me wel om me altijd vragen te blijven stellen. Zoals de simpele vraag waarom iemand zoveel moeite zou doen om 's avonds of 's nachts een kerk binnen te dringen en zich beneden in de catacomben van het leven te beroven.'

Liese knikte alleen maar en toen ze het besefte, zei ze: 'Ja, dat lijkt me inderdaad een goede vraag, commissario.'

'Ik moet gaan,' zei Molinari, 'maar ik houd uiteraard contact met u. Ik weet niet of uw ambassade ondertussen de familie al op de hoogte heeft gebracht, maar mocht dat niet het geval zijn...'

'Dank u, we doen het nodige.'

'Ciao,' zei hij.

Liese keek haar beide collega's aan.

'En?'

'En niets,' zei Masson. 'We hebben toch niets, dan?'

Alleen al het feit dat hij de meervoudsvorm gebruikte, deed haar plezier.

'Als zoiets zich op een ander moment zou voordoen, dan zou je niet eens de moeite nemen om terug te bellen.'

'Dat is waar. Maar aangezien de criminelen allemaal in staking zijn, hebben we wel gebeld,' zei Liese. 'En we weten ondertussen al wat meer. Toch?'

Hij knikte, duidelijk tegen zijn zin.

'Je bedoelt dat zijn polsen doorgesneden zijn, meervoud?' vroeg Laurent.

Dat bracht tenminste een flauwe glimlach op Massons gezicht.

'Ja,' zei Liese. 'Het bewijst niets, het is alleen zo dat het niet zo vaak gebeurt, meestal volstaat één.'

'Misschien wilde hij op zeker spelen.'

'Hm.'

Ze dacht na terwijl ze naar Masson keek, die uit het raam zat te staren.

In al die jaren dat ze met hem werkte, had ze hem dat nog nooit, niet één keer, zien doen.

'Haal hem eens door het systeem,' vroeg ze Laurent, 'dan weten we tenminste over wie we praten. Ik loop even langs bij de chef.'

In de gang op weg naar de hoofdcommissaris bleef ze over Masson malen.

Ze was vanochtend vroeg opgestaan omdat ze nog even langs de Schelde wilde lopen voor ze ging werken. Haar vriend Matthias sliep nog, één bol zacht vel en spieren en een beetje vet – al zou hij dat laatste nooit toegeven – en ze had een tijdje naast het bed gestaan en gewoon naar hem gekeken. Hij was een vrij grote man, met brede schouders en lange armen en met woest, springerig haar dat vooral 's ochtends alle kanten op stond. Hij had de blauwgrijze ogen van zijn moeder Nelle, in wier hotelletje bij de kathedraal hij de succulentste gerechten klaarmaakte. Nelle, de Nederlandse hartsvriendin van Masson, de vrouw met wie hij eind jaren 70 één zomer lang samen was en de vrouw met wie hij, zo was onlangs duidelijk geworden, toen een kind had gemaakt. Dat kind was bijna veertig jaar later uitgegroeid tot een vrolijke man, een chef-kok met de looks van een boswachter, en die man lag vanochtend, zoals meestal, in Lieses bed.

Ze had een relatie met de zoon van Masson en met dat gegeven was ze nog steeds niet in het reine.

Ze was trouwens niet de enige.

Matthias zelf reageerde meestal laconiek wanneer Liese hem erover aansprak. Hij had veertig jaar lang geen vaderbeeld gehad en er ook nooit naar gezocht. Nelle had destijds een mager verhaaltje verteld over een korte affaire met een Franse beeldhouwer die met de noorderzon verdwenen was, en dat volstond voor hem.

Bij Masson was er een totale radiostilte als de naam Matthias viel. Wat misschien ook een beetje begrijpelijk was, dacht ze, zijn leven stond op zijn kop. Hij was op een haar na dood geweest, hij had een bloedtransfusie gekregen met het bloed van de man die zijn zoon bleek te zijn, en hij had na bijna vier decennia huwelijk zijn vrouw Nadine verlaten. Het was Liese duidelijk dat hij al deze gebeurtenissen op rij helemaal nog niet verteerd had.

Noch Matthias noch Masson was blijkbaar bereid – of in staat – om de eerste stap te zetten en daarom draaiden ze nog steeds rondjes rond elkaar, als twee honden die elkaar besnuffelen bij de eerste begroeting, nog niet goed wetend of ze zullen bijten of samen spelen.

'Vraag dan je overplaatsing aan,' bromde Frank Torfs. 'Bij de Drugs verdrinken ze in het werk, ik wil je er zo naartoe sturen.'

De hoofdcommissaris was niet al te best geluimd, maar dat was normaal, gezien de tijd van het jaar. Zijn vrouw koos iedere keer de vakantiebestemming en ze maakte er een sport van om haar echtgenoot zo lang mogelijk in spanning te houden. Wat Torfs betrof, was er weinig spanning aan: het was de keuze tussen de pest of de cholera. Zij was gek op natuurvakanties in de bergen, met vele wandelingen, vergezichten en picknicks uit de rugzak, en hij haatte elk van die ingrediënten hartstochtelijk. Het jaarlijkse vooruitzicht om veertien dagen in de mistige, koude bergen en heuvels van Noorwegen, Wales of waar ook te gaan rondploeteren, bracht zijn humeur telkens naar een dieptepunt.

'Michel is terug,' zei Liese, 'maar dat wist je waarschijnlijk al.'

Torfs knikte. Hij was een niet al te grote, geblokte man met gespierde armen en met grijs, kortgeknipt haar. Hij wreef met beide handen over de stoppels op zijn hoofd en zuchtte.

'Hij is vanochtend even langsgelopen.'

Masson en hij kenden elkaar al erg lang, ze waren destijds samen aan de politieschool begonnen. Ondanks het feit dat de een carrière had gemaakt en de ander nauwelijks, en dat de een voortdurend foeterde op het alcoholgebruik van de ander, was er een sterke band tussen beiden.

'Maar goed,' bromde Torfs, 'heb je nog wat, behalve je gezeur over het gebrek aan werk? Andere mensen hebben het wel druk, hoor.'

Liese fronste haar wenkbrauwen, maar liet het passeren.

'Een dode Antwerpenaar in Italië. Hij lag in de catacomben van een kerk.'

'Moord?'

'Voorlopig niet.'

De hoofdcommissaris snoof.

'Waarom val je me er dan mee lastig?'

'Volgens die Italiaanse commissaris stinkt het,' probeerde ze.

Torfs wuifde even met zijn hand voor zijn gezicht en zei: 'Ik ruik niks.'

Ze zweeg.

'Als het nou moord zou zijn, ja dan...' mompelde hij.

Ze vertelde hem over de twijfels van Molinari, maar Torfs wilde er niets van weten.

'Tja. Laat die Italianen maar doen. Als het toch iets blijkt te zijn, kunnen we er nog altijd naartoe.' Hij keek haar vuil aan. 'En misschien ga ik dan zelf wel, het is een mooi land. Wat anders dan een fucking wandelvakantie in Beieren.'

'Persil wit, die Thielens,' zei inspecteur Vandenberghe toen Liese de teamkamer binnenliep. 'Een ambtenaar, hij was iets hoogs bij Financiën. Heeft nog niet eens een verkeersboete gekregen.'

'Getrouwd?'

Laurent knikte.

'Met Aline, meisjesnaam Debackere. Ze woont in Berchem, aan de Diksmuidelaan.'

Masson zat aan zijn bureau en bladerde op zijn dooie gemak door de krant.

Liese wachtte tot hij haar aankeek.

'Wat denk je, gaan we haar een bezoekje brengen?'
Hij staarde haar enkele tellen aan.
'Waarom niet.'

Onderweg loenste ze een paar keer naar de man op de stoel naast haar, maar ze zweeg.

Het was een mooie, zomerse dag en Massons pak was duidelijk te warm voor de tijd van het jaar. Daarin was hij in ieder geval niet veranderd, dacht ze. Hij droeg nog steeds zijn ouderwetse driedelige pakken.

'Laat het toch een beetje los,' mompelde hij opeens. 'Het is mijn eerste dag, Liese. We zien wel hoe het loopt.'

Ze knikte alleen maar.

Ze vonden pal voor het huis aan de Diksmuidelaan een parkeerplaats.

Nog toen ze in de auto zaten, hoorden ze het geraas van een groot vliegtuig en bij het uitstappen vloog het zowat pal boven hun hoofd, nauwelijks honderd meter hoog, een tweemotorige grote jet die zich brullend klaarmaakte voor de landing. Het lawaai was enorm.

Masson keek het toestel na met een sombere blik.

'Is dit hier vaak zo?' vroeg Liese geschrokken.

Zelf woonde ze aan de andere kant van de stad en aan de Schelde, in de Goedehoopstraat, waar vliegtuigen verre zilveren strepen in de lucht waren.

'Vroeger waren het alleen de zakenmensen met hun propellervliegtuigjes,' antwoordde hij. 'Dat was nog doenbaar. Maar sinds kort zijn het de grote jets voor de toeristen. Ik heb een vriend wonen hier vlakbij. Als er zo'n brulboei overvliegt, rammelt het servies bij hem in de kast.'

Liese belde aan.

'En mag dat zomaar, dan?'

Ze was nog steeds verbaasd, want ze waren nauwelijks honderd meter verder een school gepasseerd, ze bevonden zich in een dichtbevolkte wijk van de stad.

Masson knikte.

'Dat mag. Meestal wel alleen nog in ontwikkelingslanden, maar toch.'

De deur ging open en een oudere vrouw keek hen achterdochtig aan. Ze droeg een groenige jurk met grote bloemen.

'Mevrouw Thielens?' vroeg Liese.

'Aline wenst niemand te spreken,' zei de vrouw op een toon die weinig tegenspraak duldde.

'En wie bent u?'

'De buurvrouw.'

Liese liet haar politiekaart zien.

'We blijven maar eventjes,' zei ze neutraal. Daarop stapte ze naar binnen, zodat de vrouw geen andere keuze had dan opzij te gaan in de smalle doorgang naar de hal. Ze sloot de deur achter hen, ze was duidelijk geïrriteerd.

'De huisdokter is ook bij haar,' zei ze, op een toon die duidelijk maakte dat er, wat haar betrof, sowieso al te veel volk in het huis was. 'Rechtdoor, de eerste deur links.'

'Ik begrijp er allemaal niets van,' fluisterde Aline Thielens.

Haar gefluister hield het midden tussen jammeren en huilen, en het was zo zacht dat Liese zich herhaaldelijk naar haar toe moest buigen om te verstaan wat ze zei.

De echtgenote van Werner was even oud als hij, had Liese van Laurent vernomen, maar ze zag er hier, op de bruine, ouderwetse bank, minstens tien jaar ouder uit. Ze was een grote, heel magere vrouw met een langwerpig gezicht en jukbeenderen die bijna door de huid leken te steken. Ze had zwart sluikhaar dat futloos om haar hoofd hing.

De dokter stond op, boog zijn hoofd naar de vrouw en zei op zachte toon: 'Ik kom morgen opnieuw langs, Aline. Vergeet je medicijn niet in te nemen. Nog twee keer vandaag, vanmiddag en vanavond voor het slapengaan.'

Hij knikte in de richting van de speurders en liep naar de deur.

Liese keek de buurvrouw vriendelijk aan.

'Misschien kunt u beter met de dokter meelopen, mevrouw...'

'Cleynen, Cynthia Cleynen, en ik denk dat Aline me in deze moeilijke...'

'We willen graag even alleen zijn met haar. Het zal niet lang duren. Indien u dat wenst, kunt u over een kwartiertje terugkomen.'

De vrouw kneep haar lippen tot een dunne streep, legde haar hand op Alines schouder en zei: 'Ik ben er over een kwartiertje weer, ik beloof het je.'

Zonder nog een woord te zeggen, liep ze naar buiten.

Toen ze alleen waren, vroeg Masson: 'Heeft men u gisteren gebeld met het nieuws, mevrouw Thielens?'

Ze knikte traag.

Liese keek naar haar doffe ogen en besefte dat de vrouw van haar dokter een sedatief had gekregen.

'Ze... ze hebben Werner in een kerk in Italië gevonden. Ik begrijp het niet. Ik begrijp er allemaal niets van.'

'Was uw man er met vakantie?' vroeg Liese.

De vrouw keek haar gepijnigd aan.

'Maar dat zeg ik u toch net, dat ik het niet begrijp,' fluisterde ze snikkend. 'Werner was helemaal niet in Italië, hij was in Zwitserland, net als altijd.'

'In Zwitserland,' zei Masson.

'In Zermatt. Hij gaat daar bergwandelen, ieder jaar, altijd in dezelfde periode. We zijn dit jaar twintig jaar getrouwd en...'

Nu begon ze te huilen.

'Als ik u goed begrijp, mevrouw,' zei Liese zacht, 'dan had uw man geen enkele reden om in Bolsena te zijn, dat is toch zo, hé?'

De vrouw wiegde met haar hoofd terwijl ze huilde.

'Ik zeg u toch dat ik het niet snap! Ik heb nog nooit van die plaats gehoord, Werner is daar nog nooit geweest, nooit!'

Op het gesnik van Aline Thielens na was het een tijdje stil in de kamer.

'U ging nooit mee naar Zwitserland?' vroeg Masson.

Hij moest zijn vraag herhalen, want de vrouw had hem niet begrepen. Ze werd wat rustiger nu.

'Nee. Ik ga niet graag op reis. Werner wandelt graag, vooral in de bergen.'

'Dit was dus niet de eerste keer dat hij alleen met vakantie ging.'

'Hij gaat elk jaar naar Zermatt, al zo lang als we elkaar kennen.'

Liese hoorde de vrouw in de tegenwoordige tijd spreken, alsof het verlies nog niet echt tot haar doorgedrongen was.

'Waar verbleef uw man dan?' vroeg Masson. 'Is dat in een pension, of een hotel of...'

'Altijd in hetzelfde hotel, hij houdt niet van verandering. Ik denk dat de brochure in de lade onder de televisie ligt.'

Masson stond op en liep ernaartoe.

'Hoe ging Werner naar Zwitserland?' vroeg Liese.

'Met zijn auto. Onze auto, we hebben er maar één, maar ik doe alles met de tram.' Ze snikte.

'Welk merk auto is dat?'

'Een Opel Vectra, een donkerblauwe.'

Masson was er weer bij komen zitten. Hij hield een kleine, rechthoekige brochure in zijn handen.

'Is er onlangs iets gebeurd in Werners leven?' vroeg Liese. 'Iets... vreemds, of iets wat hem heeft aangegrepen?'

'Zijn vader is gestorven.'

'En wanneer was dat?'

'Twee weken geleden.'

Masson schraapte zijn keel.

'Had hij een hechte band met zijn vader?'

Aline schudde haar hoofd en er kwamen opnieuw tranen in haar ogen.

'Maar nee, helemaal niet, dat heeft er niets mee te maken!'

'Maar hij was misschien toch... aangegrepen door zijn dood,' probeerde Liese.

'Ik zeg u toch van niet. Ze waren helemaal niet close met elkaar, integendeel. Ze zagen elkaar bijna nooit, alleen met de kerst of bij een verjaardag of zo, en dan nog.'

Liese wist niet meteen wat ze nog zou kunnen vragen en ook Masson vond het duidelijk welletjes.

'We vallen u niet langer lastig, mevrouw Thielens,' zei ze. 'We blijven nog eventjes zitten tot uw buurvrouw terug is, en dan gaan we.'

's Middags zaten ze aan de grote tafel in de teamkamer achter een schaal met broodjes.

Torfs was komen aanlopen en schoof ongevraagd aan, iets wat hij niet vaak deed.

'Is er nog iets over?' vroeg hij.

Masson schoof het broodje dat hij net genomen had, zwijgend in Torfs' richting.

'Ik heb over tien minuten een meeting,' zei de hoofdcommissaris met volle mond tegen Liese, 'dus als je het kort kunt houden...'

Ze zuchtte.

'Maar natuurlijk, chef.'

Ze bracht verslag uit over het gesprek met de weduwe van Werner Thielens. Ze maakte het met opzet zo uitgebreid mogelijk, met veel ahs en euhs, maar Torfs scheen het niet erg te vinden.

Laurent was de eerste die reageerde.

'Vreemd gedrag, toch? Ze zijn pakweg twintig jaar ge- trouwd en al twintig jaar gaat hij in dezelfde periode op stap in de Zwitserse bergen, zonder zijn vrouw. Alleen wordt hij nu gevonden onder een kerk in Midden-Italië.'

'Hoe ver is dat van Zermatt?' vroeg Liese.

'Een goeie zevenhonderd kilometer.'

'En is hij er dit keer geweest? In Zwitserland, bedoel ik?'

Laurent knikte en haalde zijn notities tevoorschijn.

'Hotel Beausoleil, ik heb gebeld naar het nummer in de brochure. Een groot, eenvoudig hotel. Thielens heeft zoals steeds geboekt en vooruitbetaald voor twee weken. Kamer zonder ontbijt, ook zoals altijd. De manager heeft hem met zekerheid bij aankomst gezien, maar voor de rest zou hij het niet kunnen zeggen, het hotel was volgeboekt. Hij wist wel nog te vertellen dat Thielens een laagseizoensprijs betaalde omdat hij er al zo lang kwam.'

'Geef de info over zijn auto door aan Italië,' zei Liese. 'Waarschijnlijk staat er daar ergens in Bolsena een Opel Vectra met Belgische nummerplaat.'

Torfs kwam moeizaam overeind. Ze hoorden zijn gewrich- ten kraken.

Hij zuchtte.

'Ik maak lawaai als een oude vent, verdorie.'

'Natuurwandelingen zullen je goeddoen,' zei Liese.

Torfs fronste de wenkbrauwen.

'Gaan we het zo spelen, ja?' Hij grijnsde. 'Maar los van je gebrek aan goede manieren, wat denk je ervan?'

'Ik vind het vreemd. Het hoeft daarom niet te stinken, zo- als die Molinari zegt, maar het is wel een vreemde zaak.' Ze sloeg het mapje dicht dat voor haar op de tafel lag. 'Een man die opeens verdwijnt uit zijn hotel in Zwitserland, al dan niet op eigen initiatief, en die opduikt in een kerk in Italië, met doorgesneden polsen.'

'Hm. Ik bel even met Carlens en laat je iets weten.'

Torfs maakte er een zaak van om op goede voet te staan met de onderzoeksrechter. Daar deed hij meer dan waarschijnlijk ook goed aan, wist Liese. Een meegaande of een tegenstribbelende Myriam Carlens maakte bij een lopend onderzoek een wereld van verschil.

'Ik bel even met zijn werk,' zei ze.

Werner Thielens bleek adjunct-afdelingshoofd te zijn geweest bij de administratie voor Douane en Accijnzen in Antwerpen, een functie die hij de laatste acht jaar had bekleed. Meer kwam ze niet te weten van de vrouw die ze aan de lijn had. Haar chef had middagpauze en hij stond erop dat hij zelf 'de communicatie van de dienst verzorgde,' zoals ze het noemde.

'Ik vraag u niet naar uw dienst,' protesteerde Liese, 'ik wil gewoon wat info over Werner Thielens.'

'Het spijt me, commissaris. Om 13.00 uur is de heer De Ceuleneer opnieuw bereikbaar, kunt u dan misschien terugbellen?'

'We zijn er gewoon kapot van, dat mag u gerust weten. Hier is vandaag nog niet al te veel werk verzet, het gaat eenvoudig niet, mijn medewerkers kunnen zich niet concentreren.'

In tegenstelling tot wat Liese had verwacht, bleek Daniël de Ceuleneer een joviale man te zijn die, schatte ze, zo rond de zestig was.

'Een van de collega's hier heeft met de echtgenote van Werner gebeld. Is het echt zo dat hij... dat hij zichzelf iets heeft aangedaan?'

'Daar gaan we van uit, meneer De Ceuleneer. Lijkt u dat vreemd? U kende hem vrij goed, mag ik dat zeggen?'

'Voor zover je een collega goed kent, natuurlijk, ja... We werkten al, wat is het, een goeie vijftien jaar samen, dan weet je wel het een en ander over elkaar, denk ik. Hoewel... terwijl ik het zeg, besef ik dat die kennis toch altijd oppervlakkig was, hoor.'

'Dat begrijp ik niet,' zei Liese.

De man dacht na.

'Kijk, Werner was een fijne collega, maar hij hield zich nogal afzijdig, ziet u. Hij arriveerde, deed zijn werk en ging naar huis. Voor personeelsfeestjes of persoonlijke uitnodigingen moest je niet bij Werner zijn. Hij dronk niet, hij danste niet, hij feestte niet.'

'Een beetje een asociaal man?'

'Dat is te sterk... Hij hield zich graag afzijdig, hij was heel introvert.'

'En lijkt het u vreemd dat hij zichzelf iets zou hebben aangedaan?'

De man aarzelde.

'Ik zou meteen ja zeggen, dat is echt niets voor Werner. Maar we hebben nog geen twee jaar geleden iets dergelijks in onze familie meegemaakt en ook van die persoon zou ik gezegd hebben dat het onmogelijk was, dus zo zie je maar. Je weet het nooit zeker, neem ik aan?'

'Hoe zou u Werner Thielens omschrijven?'

'Goh, dat heb ik toch al een beetje geprobeerd daarnet, niet... Een ingetogen man, heel rustig. Geen tafelspringer, eerder het tegendeel. Hij was een van de twee adjunct-afdelingshoofden hier. Ik denk dat hij zowat zijn hele carrière bij Financiën heeft gewerkt. Er was totaal niets op hem aan te merken.'

'Nooit aanwijzingen voor... corruptie of iets dergelijks geweest?'

'Mijn god, alleen al het idee... Nee, helemaal niet, Werner had een onberispelijke staat van dienst.'

Even later zat Liese bij Frank Torfs.

'Carlens was niet erg enthousiast en dat is een understatement,' zei hij.

'Oké.'

'Maar vertel eens, is er iets nieuws?'

Liese maakte het zich gemakkelijk in de stoel die voor Torfs' bureau stond en opende haar mapje.

'Een man op wie niets aan te merken valt, rijdt met zijn eigen auto naar Zermatt, in Zwitserland,' begon ze. 'Hij doet dat ieder jaar de laatste twintig jaar, hij houdt niet van verandering, zoals zijn vrouw zelf zei. Zijn baas bij Financiën noemt hem een ingetogen, rustige man. Maar toch duikt die stille, ingetogen man die niet van verandering houdt, plots op in het Italiaanse Bolsena, zevenhonderd kilometer daarvandaan, waar hij zich op een hoogst dramatische manier de polsen doorsnijdt in de catacomben van een kerk.' Ze keek haar chef aan. 'Noch het plotselinge vertrek uit Zwitserland, noch de MO in de kerk ligt in de lijn van wat je van iemand als Thielens zou kunnen verwachten.'

'Misschien had hij met zijn handen in de kas gezeten en was hij radeloos.'

'Volgens zijn baas had hij een onberispelijke staat van dienst. Er is nooit een aanwijzing in die richting geweest.'

'Misschien was hij terminaal,' bromde Torfs. 'Hij hoort dat hij nog een maand te leven heeft en hij besluit om er op originele wijze vandoor te gaan.'

'Laurent heeft met de huisdokter van de familie gepraat,' zei Liese. 'Thielens had nog geen drie maanden geleden zijn jaarlijkse check-up. Behalve zijn hoge bloeddruk was hij gezond. Volgens diezelfde arts hadden de echtgenoten ook een goede, stabiele relatie, hij heeft nooit de indruk gehad dat er iets scheef zat.'

De hoofdcommissaris gromde.

'Zeg maar wat je eigenlijk wilt zeggen, dat gaat waarschijnlijk sneller.'

'Ik denk dat we even ter plaatse moeten gaan kijken. Het is gisteren gebeurd, de autopsie staat gepland voor morgenochtend, volgens Molinari. Eén dag over en weer, je weet maar nooit wat het oplevert. Het is nu niet dat we hier verzuipen in het werk.'

'Oké,' zei Torfs. 'Je vertrekt vandaag en je bent morgen weer op kantoor. Neem Masson mee.'

'Vind je?'

'Ja, dat zal hem goeddoen.'

'Denk je?'

Torfs zuchtte diep.

'Hoe moet ik dat nu weten?'

'We gaan naar Italië,' zei Liese toen ze opnieuw de teamkamer binnenliep. 'Michel en ik, één dag heen en weer, terug naar huis na de autopsie.'

Laurent keek sip.

'En ik kan weer op de meubels passen, zoals altijd.'

'Jij bent onze onmisbare rots in de branding,' zei Liese. 'Jij bemant het arendsnest, jij...'

'Het is al goed,' zei de inspecteur. 'Ik kon eigenlijk toch niet mee, Evi en ik gaan naar een concert vanavond, ze heeft de kaartjes maanden geleden al gekocht.'

Hij gaf haar een rapportje met alles wat hij ondertussen over Werner Thielens had kunnen vinden.

'Dank je. Wil jij dan nu de praktische dingen even regelen met de Dienst Travel?' vroeg ze lief.

Laurent greep naar zijn telefoon, Liese deed hetzelfde.

'But how wonderful!' riep Massimo Molinari toen ze hem vertelde dat ze hem kwamen opzoeken.

'De autopsie staat normaal gesproken gepland voor negen uur. Ik stel voor dat we om acht uur 's ochtends afspreken in mijn kantoor, aan de Piazza Matteotti.'

'Dat is begrepen.'

'Hebt u geen hulp nodig voor uw verblijf?' vroeg de commissaris. 'Mijn schoonbroer runt een hotelletje net buiten de stad, het is eerlijk gezegd niet veel zaaks, maar als u wilt, kan ik...'

'Dank u, dat zal niet nodig zijn,' zei Liese. Ze hoorde Laurent op de achtergrond uitleggen dat die prijs ver boven hun budget lag, en vragen naar iets goedkopers.

'Dan zien we elkaar morgen,' zei Molinari. 'Ik kijk ernaar uit.'

Toen ze neerlegde, zag ze hoe Masson haar aanstaarde.

'Je hebt mij niet eens gevraagd of ik wel meewil,' bromde hij.

'Wil je mee?' Ze keek hem ernstig aan en zei zacht: 'Ik meen het, Michel, geen gekheid. Je hoeft echt niet mee als je vindt dat het te snel...'

Masson grijnsde. Zijn ogen glansden.

'Weet je waar Bolsena ligt? Op de grens van Toscane en Umbrië. De kathedraal van Orvieto is nauwelijks een half-uur rijden.'

'Goed dat we allemaal zo gefocust zijn,' zei Liese.

Ze reed naar de Goedehoopstraat om wat spullen te pakken.

Het huis waarin Liese nu anderhalf jaar woonde, was het eigendom van Matthias en zijn vrienden. Ze waren zo slim geweest om twintig jaar geleden, als jonge kerels in hun eerste echte baan, een gezamenlijke hypotheek te nemen voor een huis dat in die tijd nog best betaalbaar was. Magnus, Bram en Matthias hadden ieder hun verdieping. De derde etage werd verhuurd, en toen die vrijkwam, had Matthias net Liese leren kennen en vielen de puzzelstukjes op hun plaats.

Ze woonde er graag. Meestal was Matthias bij haar, maar soms, als hij er ontiegelijk vroeg uit moest voor de vroegmarkt of juist wilde uitslapen omdat hij met vrienden aan de rol was geweest, bleef hij in zijn eigen flat slapen, en ook die me-time die ze dan had, vond ze belangrijk. Haar flat was niet erg groot, maar hij was licht, en in de kleine dakkapel boven haar had ze met veel moeite haar bed kunnen proppen, zodat ze letterlijk onder de pannen lag. Als ze op haar knieën op de matras ging zitten, het raampje openwrikte en naar links keek, kon ze de Schelde zien.

Matthias zat in zijn eigen flat aan de keukentafel toen ze bij hem binnenstormde. Hij had tientallen papiertjes voor zich liggen.

'Wat doe je?' vroeg ze terwijl ze hem een kus gaf. Ze wachtte zijn antwoord niet af en bekeek de notities. Ingrediënten, kooktijden, omschrijvingen. Gerechten, natuurlijk.

Een week geleden had hij 's middags uren in zijn keuken staan experimenteren voor het nieuwe menu in hotel De Veluwe. Liese had voortdurend moeten proeven.

'Eigenlijk was het de slechtst denkbare move ooit, niet, verliefd worden op een chef-kok?' zei ze terwijl ze zijn koelkast opentrok en een aanval inzette op het restje zelfgemaakte bouilliesalade. 'Als je me over tien jaar over het tapijt kunt rollen, is het jouw schuld.'

'En toch verlaat je me weer,' zei hij luchtig.

Ze had hem vanuit de auto gebeld en hem gezegd dat ze voor één dag naar Italië moest.

'Morgen ben ik al terug, schat.'

Toen ze haar lege bordje in de gootsteen zette, voelde ze zijn armen om haar middel. Matthias drukte zich tegen haar aan.

'Maar misschien hebben we nu wel even de tijd,' zei hij. 'Ik heb zin in jou.'

'Dat voel ik,' zei Liese.

Ze lachte.

De vlucht naar Perugia was tot de laatste stoel volgeboekt. Ze hadden beiden alleen maar handbagage mee, maar toch werd hun gevraagd om die niet mee aan boord te nemen omdat er simpelweg te weinig plaats was.

'Hoe Laurent ons op deze vlucht heeft gekregen, is me een raadsel,' zei Liese.

Masson knikte grimmig.

'Die jongen is echt goed bezig.'

Hij keek nerveus om zich heen, zag ze. Vliegen was niet echt zijn ding.

Eenmaal in de lucht ging het een stuk beter. Vooral toen het drankenkarretje voorbijkwam en hij twee kleine flesjes rode wijn kon bestellen.

'Ik hoef geen wijn, hoor,' zei ze.

'Dat weet ik,' antwoordde Masson. En tegen de hostess: 'Ik zou graag een echt glas hebben, juffrouw, ik heb een hekel aan plastic.'

'We hebben geen glas aan boord, meneer, het spijt me.'

Masson knikte.

Toen het meisje weg was, zei Liese: 'Iedere keer dat ik met jou in een vliegtuig zit, hoor ik je dezelfde vraag stellen. Je weet toch dat het altijd plastic is?'

'Dat is zo.'

'Dus?'

Hij keek haar oprecht verbaasd aan.

'Dus wat? Ik drink graag uit een echt glas en in een vliegtuig geven ze je plastic rommel. Het een heeft met het ander toch niets te maken?'

Ze gaf het op.

Hij verheugt zich op de korte trip, dacht ze toen ze een tijdje later het rapportje van Laurent dichtsloeg en naast zich keek. Ze zag de blik in zijn ogen toen hij door een gidsje over Midden-Italië bladerde en ondertussen van zijn glas wijn nipte.

'We gaan werken, Michel, dat weet je toch, hé? Onderzoek. Papierwinkel.'

Hij wuifde haar opmerkingen weg.

'Dat is voor jou, niet voor mij.'

Hij verdiepte zich opnieuw in zijn lectuur.

Liese keek hem aan en besefte ook nu weer dat haar vriend op de een of andere manier veranderd was sinds de schietpartij. Toen hij en Nadine uit elkaar gingen, had Liese verwacht dat hij bij Nelle in hotel De Veluwe zou intrekken, maar in plaats daarvan woonde hij nu in twee zo goed als lege kamers in het centrum en leek hij niet direct van plan om daar te vertrekken. Ze had het enkele weken geleden tijdens een slapeloze nacht aan Matthias proberen uit te leggen en die had het woord 'onthecht' gebruikt. Dat was zo'n beetje wat ze bedoelde, dacht Liese. Michel was minder gehecht dan vroeger. Zijn greep was losser. Hij was minder gehecht aan zijn werk en zijn collega's en de status quo waarin hij zo lang met Nadine had geleefd, had hij al helemaal losgelaten. Hij vond alles rondom hem blijkbaar minder belangrijk dan voorheen.

Dat hij ook zijn baan minder belangrijk vond, verbaasde Liese nog het meest. Het werk was altijd een van die strohalmen geweest die in zijn leven het verschil maakten tussen min of meer normaal functioneren of al vanaf 's morgens de kroeg in duiken. Nog geen week geleden, toen hij bij haar op visite was in haar flat – nog zoiets wat hij vroeger nooit zou hebben gedaan – had hij zelfs verteld dat hij spoedig zou stoppen met werken. Hij had genoeg dienstjaren om met pensioen te kunnen gaan, het hoefde voor hem allemaal niet meer.

'En wat ga je dan doen?' had Liese gevraagd.

'Heel weinig,' had Masson geantwoord. 'Studeren voor norse, oude man, dat lijkt me wel wat.'

'Dat zal voor jou een makkie zijn,' had ze gesnauwd.

Ze was geïrriteerd, telkens als hij over weggaan sprak. Ze wilde hem niet kwijt, maar ergens vreesde ze dat het wel eens sneller zou kunnen gaan dan ze dacht.

De luchthaven van Perugia was klein en de sfeer was er, misschien juist door de geringe omvang, heel gemoedelijk. Terwijl ze aan een van de balies stonden te wachten tot het hun beurt was om een huurauto te regelen, keek Liese door de grote ramen naar buiten en stelde tot haar verbazing vast dat het weer hier slechter was dan in België. Er hingen grote grijze wolken boven de cipressen.

Na het zoveelste formulier en evenzovele waarschuwingen dat ze zonder een drievoudige, extra te betalen verzekering een vogel voor de kat waren, kregen ze eindelijk de sleutel van de auto.

'Buiten naar rechts, u kunt niet missen,' zei de bediende.

Masson bekeek de autosleutel met het Opel-logo.

'Ik had graag een 500 gehad, alstublieft.'

De baliebediende was een oudere man wiens Engels niet al te best was.

'Een Fiat cinquecento,' legde Masson uit.

'Ah, signore,' zei de man met een verlegen glimlach, 'die moet u lang vooraf reserveren, die hebben we nooit zomaar in voorraad.'

Ze liepen over het parkeerterrein en zochten naar de juiste nummerplaat.

'Was dat van die auto daarnet zoiets als echte wijnglazen in het vliegtuig?' vroeg Liese.

'Een beetje,' bromde hij. 'En een beetje ook niet. Een Opel Corsa, verdorie, ik had van die jongen toch wat meer fantasie verwacht.'

Met 'die jongen' bedoelde hij in de eerste plaats Laurent en bij uitbreiding iedere man onder de veertig met wie hij bovendien door één deur kon, wat de doelgroep nogal grondig verkleinde.

'Je hebt het gehoord,' zei ze, 'zo'n karretje moet je lang vooraf aanvragen. Daar had die arme Laurent geen tijd voor.'

'Dan nog,' mokte Masson.

Toen ze eindelijk de mosterdgele Corsa hadden gevonden ('een schattig ding' volgens Liese, volgens Masson 'iets wat de hond had opgehoest') en ze naar het zuidwesten reden, verbeterde zijn stemming aanzienlijk.

'Anderhalf uur rijden, normaal,' zei hij, 'maar ik stel voor dat we de kleinere wegen nemen als je het niet erg vindt. Dan wordt het snel twee uur, maar we hebben de tijd.'

Liese knikte. Zoals gebruikelijk als ze samen in de auto zaten, liet ze het rijden aan hem over. Ze was geen al te beste chauffeur en bovendien maakte een autorit haar altijd slaperig.

Masson reed rustig en geconcentreerd.

'Maak me op tijd wakker,' geeuwde Liese.

Toen ze vanuit de heuvels het stadje binnenreden, was het 21.00 uur.

De straatverlichting brandde al, hoewel het nog licht genoeg was om de smalle, bochtige straten te zien, de bruingele, statige gevels van de oude huizen, het vrij grote, niervormige plein waar Masson stapvoets voorbijreed terwijl hij naar het politiebureau aan de andere kant van de piazza wees.

'Dit is de Piazza Matteotti, dus hier moeten we morgenochtend zijn, neem ik aan. Ons hotel is hier om de hoek.'

Laurent had ook bij de keuze van het hotel weinig creativiteit aan de dag gelegd en waarschijnlijk het eerste het beste genomen dat twee kamers vrij had. Het was een oud familiehotel, met een gammele, smalle lift en grote, schrale kamers die vaag naar mottenballen en sigaretten roken. Lieses bed had de afmetingen van een tennisveld en boog in het midden door. Ze staarde naar het komvormige ding en moest opeens aan een stukje uit een boek van Bill Bryson denken, die, op doorreis door de States, in een motelkamer logeerde waarvan het bed, te oordelen naar de vorm, de vorige avond door een paard was beslapen.

Haar telefoon ging over.

'Met mij,' zei Matthias. 'Hoe gaat ie?'

Ze legde uit waaraan ze net gedacht had.

Haar vriend lachte zo hard dat hij begon te hoesten.

'Sorry,' hijgde hij. 'Ik sta in de keuken in De Veluwe, ik wilde je alleen maar even zeggen dat ik je mis.'

Niet veel later zaten Liese en Masson in de halflege gelagzaal van een klein restaurant aan het plein. Ze waren beiden moe en hongerig en toen ze het hotel uit liepen, hadden ze geen zin om nog lang rond te struinen. Het was te fris om buiten te zitten, dus waren ze de eerste de beste zaak binnengegaan.

'Niet goed weer buiten,' zei de ober in slecht Engels, op een toon alsof hij de beursberichten las. 'Morgen goed weer.'

'Dat is mooi,' zei Liese.

Masson bestelde een fles wijn en een karaf water, Liese keek op de menukaart en toen de verveelde ober hun drankjes had gebracht en de bestelling voor het eten genoteerd, keken ze eigenlijk voor het eerst rond.

'Hoe lelijk,' zuchtte Masson.

Liese moest hem dit keer gelijk geven.

'Laten we hopen dat ze al hun inspiratie in hun keuken hebben gestopt.'

Dat hadden ze niet.

Het eten smaakte flets, tot ongenoegen van Masson, die tot twee keer toe aanstalten maakte om er iemand bij te roepen, maar zich inhield voor Liese, die moe was en geen zin had in discussies met kelners.

'Vertel eens iets,' zei ze.

Hij schonk hun glazen vol met de donkere, rode wijn, die gelukkig wel oké was.

'Waarover?'

'Over jou. Over je plannen.'

Masson schudde het hoofd.

'Geen zin in.' Hij stak zijn vinger op. 'Maar ik kan je wel iets anders vertellen, iets veel interessanters: dit stadje wordt letterlijk vermeld in de Divina Commedia van Dante, stel je voor!'

'Stel je voor,' zei Liese.

Masson hoorde de ironie niet of schonk er geen aandacht aan. Hij boog zich voorover om het haar goed uit te leggen.

'Luister, er zit een paus in het purgatorium, in het vagevuur dus, ene Martinus IV, en die is daar beland omdat hij gestraft is. En waarom is hij gestraft? Omdat hij in Bolsena te veel wijn heeft gedronken en te veel paling naar binnen heeft gespeeld. Zo staat het er echt!' Hij glimlachte. '"L'anguille di Bolsena e la vernaccia". "Anguilla" is paling, dat moet je onthouden.'

'Waarom? Ik lust geen paling.'

'Daar gaat het niet om.'

Liese rolde met haar ogen.

'Ik begrijp hoe langer hoe minder van je, Michel.' Ze nam een slokje van haar wijn en zuchtte. 'Ik hoop dat onze Italiaanse collega's een beetje efficiënt zijn, morgen.'

'Ze doen maar,' zei hij.

Liese keek hem aan. Ze had ooit een horrorverhaal gelezen waarin de heldin van pure angst in één nacht spierwit haar had gekregen, en ze had dat detail altijd afgedaan als de grootste onzin, maar bij Masson had ze iets soortgelijks zien gebeuren, zij het trager en in veel mindere mate. In die eerste weken na de schietpartij wist ze na een bezoekje in het ziekenhuis altijd dat er iets veranderd was aan hem, maar ze kon er nooit de vinger op leggen. Tot ze besefte dat het zijn haar was: er was iets veranderd aan die mooie Romeinse kop van hem met dat golvende peper-en-zoutkleurige haar. In nauwelijks een tiental dagen was de hoeveelheid peper geweldig achteruitgegaan ten voordele van het zout en nu, een goed halfjaar later, had de man die hier aan het tafeltje zat weliswaar nog steeds veel haar voor zijn leeftijd, maar het was wel overwegend wit geworden.

'Waar kijk je naar?' vroeg hij.

Er was nog iets veranderd naast de kleur van zijn haar, wist Liese. Hij was een beetje aangekomen, iets wat vooral zijn gezicht ten goede kwam: de scherpte was er wat uit, hij zag er zachter en jonger uit dan voordien.

'Niets,' antwoordde ze. 'Ik ben een beetje moe, ik zat wat te dromen.'

Masson maakte zijn glas leeg. Hij zat in gedachten nog bij haar laatste opmerking.

'Als die Italianen niet zo efficiënt blijken te zijn, vind ik het ook best,' zei hij. 'Dan ga ik de streek een beetje verkennen. Al die heuvels hier rondom ons liggen propvol Etruskische vindplaatsen.'

'Vertel eens,' zei ze zacht, 'hoelang ga je op kamers blijven wonen?'

'Geen idee.'

Hij deed alsof de tekst op de achterkant van de lege wijn-fles een van de interessantste stukken lectuur was die hij ooit onder ogen had gekregen.

'Maar het is sowieso tijdelijk, toch?'

'Alles is tijdelijk, zelfs het leven.'

'En Nelle?'

Hij keek ernstig.

'Als de scheiding achter de rug is, Liese, niet eerder. Als alle rommel uit mijn leven is.'

Ze wilde reageren en zeggen dat zijn vrouw geen rommel was, maar hij stak zijn hand op en ging verder: 'Je weet wat ik bedoel, neem het niet letterlijk. Nadine heeft nergens schuld aan, dat zou er nog aan ontbreken. Als alles geregeld is, bedoel ik, als alles duidelijk is. Ik verhuis uiteindelijk wel naar De Veluwe, als Nelle me dan nog hebben wil, tenminste, maar zonder rommel.'

'Daar drink ik op,' zei ze zacht.

Hij wuifde met de lege fles.

'Dat zal niet gaan.'

Opeens stond de ober naast hen.

'Koffie, thee, grappa,' zeurde hij op vlakke toon.

'Wat een rare combinatie,' antwoordde Masson. 'Weet u wat, laat de koffie en de thee maar weg en breng ons een grappa.'

4

'Ik heb goed en slecht nieuws, collega's,' zei Massimo Molinari. 'Welk van beide wilt u eerst horen?'

Het was 09.00 uur en Liese en Masson zaten in het ruime kantoor van de commissaris. Onder het grote raam lag de Piazza Matteotti. Erachter, achter de oude stadspoort, begon het middeleeuwse gedeelte van Bolsena.

Er werd geklopt.

'Avanti!'

Een jonge agent in een strak uniform kwam binnen en overhandigde een manillakleurig mapje aan de commissario.

'Grazie.'

Toen de agent weg was, zei Molinari: 'Ik moet vanmiddag nog even weg, vrees ik.' Hij tikte op het mapje. 'Een familiedrama. Een zoon die zijn beide ouders heeft omgebracht in een dorpje hier wat verderop, vreselijk. Hij heeft al bekend, hoor, maar toch...'

'U zei dat u goed en slecht nieuws had voor ons,' herinnerde Liese hem. 'Doe maar eerst het slechte.'

'De autopsie is uitgesteld tot 18.00 uur. Het spijt me vreselijk, maar het is zo. Er zijn maar twee pathologen en ze zitten tot over hun oren in het werk. Ik vind het heel vervelend voor u.'

Molinari was een slanke man van een jaar of veertig met een smalle, geprononceerde neus, sterke kaken en lichte, blauwgrijze ogen die Liese nu droef aankeken. De commissaris bracht duidelijk niet graag slecht nieuws.

'Dat wil zeggen...' begon ze.

'Dat wil zeggen dat u pas rond 21.00 uur naar Perugia of Rome kunt vertrekken voor een terugvlucht en dat is te laat. Ik vrees dat u nog een extra nacht in onze mooie stad zult moeten doorbrengen.'

Liese baalde.

Ze zou Torfs moeten inlichten natuurlijk, maar daar lag ze hoegenaamd niet wakker van. Wat ze erg vond, was dat ze voor vanavond met Matthias had afgesproken. Hij zou zich door zijn souschef Britta laten vervangen, ze hadden een avond samen gepland om zijn verjaardag te vieren. Hij was op zaterdag jarig geweest, maar toen was het zo druk in De Veluwe dat hij niet eens vrij had kunnen nemen. Ze had er de pest in.

'Maar er is ook goed nieuws,' zei Molinari, 'dubbel goed nieuws zelfs. Ten eerste kan ik u vanavond uitnodigen op een diner in ons vaste restaurant, u aangeboden door de Polizia di Stato. Om eerlijk te zijn, het eten is er oké maar niet echt top, maar de wijnen zijn prima.'

Masson glunderde.

'En ten tweede is het vandaag een schitterende dag,' ging de commissaris verder. 'Ik stel voor dat we eerst de vindplaats van het lichaam bezoeken, dan kunt u de rest van de dag invullen zoals u dat wenst. Het is uitstekend terrasjesweer!'

Masson glunderde nog wat meer.

Ze liepen het politiegebouw uit en sloegen op het plein een smalle straat in.

Liese belde met Matthias.

'Het spijt me echt, lieverd,' zei ze nadat ze hem het nieuws had verteld. 'Ik wou dat het anders was.'

'Niet zo erg,' zei hij. 'Ik denk dat het voor Britta niet echt uitmaakt of ze vanavond dan wel morgen inspringt. Morgen ben je toch terug, hé?'

'Al moet ik naar je toe zwémmen!' declameerde ze dramatisch. Ze had het iets te hard gezegd en Molinari keek verwonderd achterom.

Matthias lachte. 'Oké, dan doen we het zo. Tot morgen.'

De meeste huizen in het straatje waren winkels, zag Liese. Enkele kruideniers, een winkel met lederwaren, schoenwinkels en kledingzaken, een kapper. Het zag er allemaal redelijk authentiek en weinig toeristisch uit, vond ze.

Molinari liep naast hen. Ze zag hoe hij om de haverklap een winkelier of een voorbijganger begroette, niet overdreven hartelijk maar evenmin hautain, alsof hij duidelijk wilde maken dat hij hen wel herkend had, maar op dit moment in functie was. Hij viel ook op in zijn uniform: een blauwe jas en een grijze broek met een paars biesje. Het zat hem als gegoten.

Hij had Liese zien staren.

'Excuseer voor mijn uniform, ik beloof dat ik het vanavond niet zal dragen.'

'Het staat u goed,' zei Liese. 'Het is... elegant.'

Ze had geen beter woord gevonden en wilde er snel overheen praten, maar de Italiaan reageerde: 'Elegant, ja, dat vind ik ook. Dat heeft niets met mij te maken, hoor, alleen maar met de ontwerper.'

'O?'

'Armani,' zei de commissaris.

Het straatje was een paar honderd meter lang en aan het einde ervan stonden ze opeens voor de kerk. Die was veel groter dan Liese had verwacht, en ze zei dat ook.

'Het is om te beginnen een basiliek,' lachte Molinari. Ik zeg het u maar, mij maakt het geen zak uit hoe ze hun gebouwen noemen, maar de man die jullie zo dadelijk gaan zien, vindt het nogal belangrijk.'

'U bent niet echt gelovig, zo te horen.'

'Niet bepaald, nee.'

Daar moest ze het mee doen.

Hij haalde een pakje sigaretten uit zijn binnenzak en stak er een op. 'En het is een groot gebouw, inderdaad, dat heeft met de heilige Christina te maken, die hier wordt vereerd.'

'Het heeft maar ten dele met Christina te maken,' bromde Masson nors. Het was het eerste wat hij zei sinds ze Molinari hadden ontmoet. 'Ze hebben hier in de middeleeuwen een mirakel gehad, het mirakel van de bloedende hostie, en daarna is het een soort bedevaartsoord geworden.'

De commissario knikte bewonderend.

'Nu u het zegt, er begint me iets te dagen, dat klopt. Ik heb dergelijke onzin hier op school moeten leren, maar dat is gelukkig al heel lang geleden.'

'Mijn collega weet dat soort dingen,' zei Liese.

Ze liet in het midden of ze dat nu een goede zaak vond of niet.

Molinari knikte beleefd terwijl hij stond te roken. Een overdekte scooter met een laadbak kwam knetterend uit een smal straatje en reed moeizaam een helling op. De laadbak zat stampvol met houtblokken.

De commissario wees.

'Ziedaar het gezicht van het Italiaanse platteland.' Hij richtte zich tot Masson. 'U weet dan waarschijnlijk ook hoe ons beroemdste karretje heet?'

'Nee, en dat...'

'Ha!' riep Molinari. 'Zo ziet u maar, sommige mensen zijn geïnteresseerd in kerken, andere in auto's of brommers!'

De beide mannen lagen elkaar niet echt, merkte Liese.

'Dat is de Ape. De bij. Zusje van de wesp en dat is dan weer de Vespa, natuurlijk.' Hij drukte zijn peuk plat onder zijn schoen en zei: 'Zullen we?'

'Dit is de man die het lichaam gevonden heeft. Zijn naam is Giuseppe Rossi.'

Ze waren door de hoofdingang het grote gebouw binnengekomen en Molinari had hen naar een tussengang gebracht
die naar een veel ouder gedeelte leidde. In een hoek daarvan
was een kantoortje en in de deuropening ervan stond een
oude, lichtjes gebogen man die hen met wat dichtgeknepen,
wantrouwige ogen opnam.

'Benvenuto.'

Het was duidelijk dat Giuseppe Rossi van de introductie
alleen zijn eigen naam begrepen had en weinig of geen Engels
sprak. De commissario kwam hem te hulp door zich als ver-
taler aan te bieden.

'Tradurrò,' zei hij tegen de oude man. En tegen Liese:
'Meneer Rossi is verantwoordelijk voor de catacomben. De
suppoost, zeg maar. Hij heeft eergisteren, zondagochtend, de
lichten beneden aangedaan en toen zag hij het lijk.'

Ze knikte.

'Om hoe laat heeft hij zaterdagavond afgesloten?'

Molinari vertaalde, Rossi gaf een kort antwoord. Terwijl hij
aan het woord was, keek hij niet naar de commissario, noch
naar Liese of Masson.

'Om 18.00 uur. Maar er wordt niet echt afgesloten, alleen
de kerk zelf gaat dicht. Het deurtje naar de catacomben blijft
altijd open.'

'En heeft hij Thielens zaterdag gezien? Net voor sluitingstijd misschien?'

Dat had Rossi niet, zei hij, in elk geval niet dat hij zich
herinnerde. Maar er waren veel bezoekers geweest die dag.

'Het was slecht weer, zaterdag,' legde Molinari glimlachend
uit. 'Dan zijn er altijd meer bezoekers. Ook bij mooi weer is
dat zo. Als het heet is, komen de mensen uitpuffen omdat
het lekker koel is beneden, als het slecht weer is, komen ze
schuilen of de verveling verdrijven. Bij normaal weer zie je
hier niemand.'

Hij vertaalde zijn uitleg met zichtbaar plezier in het Ita-liaans. Giuseppe Rossi zweeg, maar hij was woedend, merkte Liese. 'Kom, ik laat u de vindplaats zien,' zei Molinari.

Ze daalden de trap af.

Beneden was het donker en mysterieus. Het was een hoge ruimte, een meter of tien, schatte Liese. Alles rondom haar was donkergrijs en bruin. Hier en daar scheen een flauw, melkwit licht dat van een peertje kwam, maar voor de rest zag ze eerst alleen maar schaduwen, schaduwen en een lange, donkere gang met aan beide zijden een schuine wand en in die wand grillig gevormde nissen, de ene na de andere, naast en boven elkaar, zo hoog als ze kon kijken.

Links en rechts van de lange gang waren nog meer gangen. Ze wees ernaar en Molinari knikte.

'Je moet het een beetje zien als een omvergevallen dennen-boom. Voor ons is de stam, de centrale gang. Links en rechts zijn er zijgangen, die zijn langer hier bij het begin en worden steeds korter naarmate je het einde van de hoofdgang nadert.'

'En waar lag het lichaam precies?'

Molinari leidde hen naar een van de laagste nissen in de lin-kerwand van de centrale gang, zo'n halve meter boven de grond. De opening was niet zo groot. Een halve meter diep, schatte ze. Zeker minder dan twee meter lang. Hoe groot was Werner Thielens? Ook niet zo groot, een meter zeventig, dacht ze in Laurents rapportje te hebben gelezen. Dat ging misschien net.

Ze wreef met haar vingertoppen over de bodem van de nis. Die voelde koel aan, maar ook zacht.

Ze zei het tegen Masson.

'Tufsteen,' antwoordde hij. Zijn humeur was wat verbeterd. 'Zachte, poreuze steen, het is vrij makkelijk om erin te graven.'

Molinari keek Liese vragend aan, maar ze deed geen moeite om het hem uit te leggen.

'Wat hebt u zelf gezien toen u hier zondagochtend arriveerde?'

Hij hoestte.

'Een circus.' Hij knikte kort in Rossi's richting. 'Onze vriend heeft hier in paniek lopen rondstampen voordat hij bedacht dat hij misschien toch beter de politie kon waarschuwen.'

Liese zag dat de suppoost de sneer niet begrepen had en ze was blij dat Molinari dit keer geen vertaling gaf.

'Er lag een mes op de grond net onder de nis. Onze technici hebben ondertussen laten weten dat er alleen maar vingerafdrukken van meneer Thielens op staan. Voor de rest was het een chaos hier, wat het sporenonderzoek betreft. Rossi heeft, voor hij de politie belde, nog snel de pastoor en de koster gewaarschuwd en die zijn ook een kijkje komen nemen. Dit is zachte aarde hier onderaan bij de nissen en ik denk dat ze met zijn drietjes de polonaise hebben gedanst, want de sporen waren helemaal gecontamineerd. We hebben er niets mee kunnen aanvangen. Gelukkig zijn ze van het mes afgebleven.'

Liese begon te vermoeden dat het ongenoegen van de commissaris ten aanzien van de oude suppoost meer met de verknoeide sporen dan met religie te maken had. Hij was duidelijk een papenvreter, maar het dwarsbomen van zijn onderzoek zat hem zonder twijfel nog veel hoger.

'En u bent zeker dat hier op zaterdagavond na de bezoektijd niemand beneden was?' vroeg Liese.

Daar was de oude man nogal zeker van.

'Ik doe 's avonds altijd mijn ronde voor ik de lichten doof. Er was hier echt niemand.'

Hij praatte nog wat verder en maakte enkele onduidelijke armgebaren.

'Hij checkt de nissen blijkbaar grondig,' zei de commissario. 'Soms laten toeristen er gewoon hun afval in achter.'

'Kunt u meneer Rossi even vragen hoe hij het lichaam precies heeft aangetroffen?'

Molinari vertaalde haar vraag en de oude man begon traag en mompelend uit te leggen.

'Hij zag iets uit deze nis steken en hij ging kijken. Het bleek een arm te zijn.'

'Daar lag zijn hoofd,' wees de suppoost, 'en zijn lichaam lag met de knieën lichtjes opgetrokken, want hij paste er niet helemaal in. En er was overal bloed, het was verschrikkelijk.'

Molinari toonde voor het eerst een beetje begrip voor de oude man en knikte min of meer vriendelijk.

Liese keek om zich heen. Een drietal nissen boven de vindplaats van het lijk was er een die nog helemaal dicht was. Er stond een vage afbeelding in kleur op, zag ze, en ook een tekstje, precies zoals op een hedendaagse grafsteen. Ze richtte zich tot Rossi terwijl ze naar de letters wees.

'Il nome?'

'Ja, precies,' glimlachte de man, 'dat is de naam van de vrouw die er begraven ligt.'

'Niet slim toch, als je vervolgd wordt en hier komt onderduiken?'

Molinari vertaalde.

'Ha, maar dat is een misvatting, mevrouw,' zei Rossi. 'Deze catacomben werden als begraafplaats gebruikt, niet als schuilplaats. Deze plek was in gebruik tussen de tweede en de vierde eeuw en de Romeinen stonden dat officieel toe. Ik zeg niet dat de christenen graag gezien waren, integendeel, maar ze mochten hun doden hier begraven zolang ze er niet te veel ruchtbaarheid aan gaven.'

Het was de langste uitleg die de oude suppoost tot nu toe had gegeven en hij was zichtbaar trots dat hij en niet Molinari nu het initiatief had.

Molinari glimlachte zuur. 'U hoort het, de hypocrisie zat vanaf het begin ingebakken.'

Zodra ze buiten waren, haalde de commissario zijn pakje sigaretten tevoorschijn. Nationali, zag Liese. Ze had nog nooit van het merk gehoord.

Molinari stak er een op en inhaleerde diep.

'Excuseer,' zei hij. Hij maakte een onduidelijk gebaar met zijn hand.

Liese dacht dat hij het over het roken had.

'Nee hoor,' zei ze glimlachend, 'het is uw gezondheid, niet de mijne.'

'Ah ja, de sigaretten...' Hij glimlachte ook. 'Veel te zwaar, een merk voor oude mannen. Ik zou er inderdaad af moeten blijven, maar ja.' Hij haalde zijn schouders op. 'Nee, ik excuseerde me voor daarnet, in de catacomben. Als ik zo'n devote katholiek voor me heb, word ik een beetje chagrijnig, het is sterker dan mezelf. Ik ben in een heel gelovig nest opgegroeid, het heeft me achteraf jaren gekost om het van me af te schudden en een beetje normaal te worden.'

Ze knikte. 'Ik denk dat we na zo'n ontboezeming elkaar vanaf nu wel kunnen tutoyeren, niet?' Ze stak haar hand uit. 'Ik ben Liese.'

'Hello, Liz.' Nu lachte hij breed. 'Ik ben Massimo, aangenaam.'

Ze wees naar Masson.

'En dit is Mi...'

'Chief inspector Masson,' zei hij terwijl hij nogal obligaat zijn hand uitstak. 'Hebt u nog iets voor ons of zijn we voorlopig vrij?'

Liese had geen zin in haantjesgedrag en kwam tussenbeide.

'Ik ben het je daarstraks vergeten te vragen, maar heb je al nieuws over de auto van Thielens?'

'Nee.' Molinari keek haar ernstig aan. 'We hebben de agenten van de lokale politie gevraagd om uit te kijken, maar het heeft nog niets opgeleverd.'

'Bolsena is geen grote stad,' zei ze.

'Nee, daarom denk ik niet dat zijn auto hier bij ons staat.'

'Lukt het een beetje?' vroeg Liese.

Ze zaten aan een tafeltje op een plein in de buurt van hun hotel. Liese roerde een half zakje suiker door haar koffie, Masson nam een slok van zijn witte wijn en smakte bewonderend.

'Ja, waarom?'

'O, zomaar,' zei ze gemaakt luchtig. 'Ik vroeg me gewoon af of je tijdens deze trip nog wel iets gaat uitrichten, behalve onze lokale collega's schofferen. Ik vind het een beetje vervelend, zo'n toerist die achter me aan loopt.'

Ze had op vele soorten reacties gerekend – zwarte humor, een sorry of zelfs een norse sneer – maar niet op de uitdrukking die ze nu op Massons gezicht zag. Er sprak zowel onmacht als pijn uit en het raakte haar zo diep dat ze haar ogen neersloeg.

'Het is oké,' fluisterde ze, 'echt.'

Masson knikte gelaten.

Na een tijdje vroeg hij: 'Hoe laat hebben we ook alweer afgesproken?'

'Vijf. Molinari pikt ons op bij het hotel. De autopsie is rond zessen.' Ze boog zich naar de open deur van de bar. 'Denk je dat ze hier aan broodjes doen?'

'Ik zal eens horen,' zei Masson.

Hoe langer hij met Liese alleen was, hoe rustiger hij werd, merkte ze. Hij was met hoge verwachtingen meegekomen, niet alleen omdat het Italië was, maar vooral omdat het al het andere niet was: het was niet Antwerpen, het was niet de dagelijkse sleur, het was – in zijn ogen althans – niet eens werk.

Ze hadden een broodje besteld op het terras waar ze zaten en ze hadden nog een drankje genomen. Masson leunde achterover en sloot genietend zijn ogen. De zon scheen pal op zijn gezicht.

'Ik denk dat ik de chef maar eens bel,' zei Liese.

Masson knikte.

Torfs reageerde nogal stoïcijns op het bericht dat hij kon opdraaien voor een extra nacht in Italië.

'Wat denk je er voor de rest van?' vroeg hij. 'Is het misschien iets?'

'Misschien.'

'En Michel?'

'Ook misschien,' zei ze en hing op.

Even later gingen ze uit elkaar.

'Ik wil wat wandelen,' zei Masson. 'Ik wil de Romeinse ruïnes bezoeken, die zouden aan de rand van het stadje moeten liggen.'

Hij vroeg niet of ze mee wilde.

'Doe dat. Ik loop hier wat rond. Zien we elkaar in het hotel om 16.30 uur?' Ze keek op het oude horloge van haar vader. 'Dat is over anderhalf uur.'

Hij knikte.

Zodra Masson weg was, liep Liese terug naar de basiliek.

Giuseppe Rossi zat in zijn kantoortje achter een smalle houten tafel. Hij was alleen en daardoor viel het haar nu pas op wat een frêle verschijning de oude man was. Hij had zijn ogen gesloten en zat kaarsrecht, en zonder dat ze goed wist waarom raakte dat beeld haar: het beeld van een oude, devote man die met kaarsrechte rug zat te wachten tot iemand 'zijn' heiligdom wilde bezoeken.

Rossi voelde dat er iemand was en opende zijn ogen.

'Scusi,' zei Liese.

Ze wees naar beneden en stak één vinger op.

'One minute, oké?'
Hij knikte vriendelijk.
'Grazie, signor Rossi.'
Nu kon er zelfs een glimlach af.

Ze was helemaal alleen in de catacomben.
Ze wachtte tot haar ogen zich aan het weinige licht hadden aangepast. Dan liep ze de centrale gang door tot aan de plaats waar het lichaam van Werner Thielens was gevonden en ging op haar hurken zitten.
Ze dacht na.
Een rustige, ingetogen man die een hekel heeft aan verandering besluit opeens zijn hotel in Zwitserland te verlaten. Hij rijdt zevenhonderd kilometer zuidwaarts naar Italië, naar hier in Bolsena, dringt 's avonds of 's nachts de kerk binnen, kruipt in een van de nissen van de eerste christenen en snijdt zijn beide polsen door.
Hoe? Waarom?
En vooral: is het zo gegaan?
Ze kreeg pijn in haar kuiten en kwam overeind.
Keek in de lege, halfdonkere nis.
Ik voel je nog niet, zei ze in haar hoofd tegen hem.
Wie was jij eigenlijk?
Daarna liep ze langzaam weer naar boven.

Ze doorkruiste opnieuw het straatje waar ze vanochtend met Molinari hadden gelopen. Voor de etalage van een van de kruidenierszaken stonden grote houten kisten met fruit en groenten uitgestald. Een grote, mollige man met een schort was fluitend de oogst aan het aanvullen.
Er waren ook meerdere kleine kistjes met allerlei soorten kruiden, waarvan de Italiaanse namen Liese niets zeiden. Ze boog zich voorover en terwijl ze alles wat beter bekeek, bedacht ze dat ze evengoed een geschenkje voor Matthias kon

scoren. En wat kon je een chef-kok beter geven dan iets wat hij in de keuken kon gebruiken?

'Tutto bene?' vroeg de man haar vriendelijk. Hij had een rond, open gezicht en een mooie glimlach.

'Ik zou graag een geschenkje meenemen,' legde ze hem in het Engels uit. 'Iets van hier, iets typisch.'

'A gift,' knikte de man enthousiast. 'Come inside, please.'

Binnen in de kruidenierszaak leek ze vijftig jaar terug te gaan in de tijd. De winkel was een lange, smalle pijp, met een enorme houten toonbank over de hele lengte. Aan elke kant van de toonbank bleef nauwelijks een meter over en aan de kant voor de klanten stonden bovendien rekken tegen de muur, over de hele lengte van de winkel, en op die rekken zag Liese de meest uiteenlopende producten broederlijk naast elkaar staan, van wasmiddelen tot koffie en van schuursponsjes tot een bonte verzameling gedroogde worsten.

'Wat zou u graag willen?' vroeg de man in traag uitgesproken maar duidelijk Engels. 'Iets om te eten?'

Hij stond achter zijn toonbank en hield glimlachend zijn beide handen in elkaar verstrengeld over zijn dikke buik, als een goedmoedige boeddha.

'Iets om te koken, misschien?'

'Aha!' Hij stak zijn vinger omhoog. 'Dan heb ik iets heel speciaals voor u, iets wat u alleen maar hier kunt vinden. Kijk eens.'

Hij liet haar een grote, glazen pot zien met daarin geelgroene korreltjes.

'Fiori di finocchio. Het is vreselijk lekker bij vlees of in een tajine.'

Liese keek dom.

'Fennel,' zei de man. 'Zo heet het in het Engels, fennel.'

Liese haalde haar telefoon tevoorschijn en zocht het woord op. Het bleek venkel te zijn.

'Dit zijn gedroogde bloemetjes van de wilde venkel,' zei hij trots. 'Mijn zoon en ik gaan ze samen plukken. Je moet alle steeltjes verwijderen en alleen de bloemetjes nemen. Een rotklusje, duurt heel erg lang. Ruik eens.' Hij opende de pot. Het rook licht zoet, vond ze. Een lekkere, subtiele geur, al had ze als totale beginneling in de keuken geen flauw idee waarbij je het kon gebruiken.

'Prima.' Ze glimlachte. 'Geef me dan maar een zakje.'

Terwijl hij bezig was met haar bestelling, vroeg hij haar waar ze vandaan kwam en waarom ze in Bolsena was.

'Er werd een dode man gevonden in de catacomben, het is een Belg. Ik werk bij de politie.'

Hij knikte en keek opeens ernstig. Het was duidelijk dat hij al gehoord had van de macabere vondst, maar het niet nodig of gepast vond om er commentaar op te geven.

'Dank u,' zei Liese toen ze afgerekend had. 'Mijn vriend is een chef, hij gaat dit fijn vinden.'

De brede glimlach was er weer.

'Een echte chef? Verstaat hij een beetje Italiaans?'

Niet meer dan ik, dacht ze, maar ze had de moed niet om het de man te vertellen en knikte.

'Dan wil ik hem graag enkele recepten sturen, voor de fiori di finocchio. Ik sta erop!'

Ze gaf hem haar kaartje.

Tot haar verbazing was Masson op tijd terug in het hotel.

'Ik voel eigenlijk weinig voor een autopsie,' zei hij terwijl hij zich naast haar in een van de oncomfortabele fauteuils liet zakken.

Het klonk niet als een verwijt, noch als de voorbode van een afwijzing.

Dat bleek ook te kloppen.

'Ik ga wel mee, hoor, daar niet van. Het is alleen...' Hij keek naar een onbestemd punt terwijl hij met haar praatte en zijn ogen hadden eindelijk een beetje glans gekregen. '... Je had erbij moeten zijn daarstraks, het...'

'Je hebt me niet gevraagd.'

Hij glimlachte, maar bleef in de verte staren.

'Die ruïnes liggen net buiten het middeleeuwse gedeelte van de stad op een heuvel met cipressen, heel mooi, heel rustig. Ik heb er nauwelijks een handvol mensen gezien. Je staat er tussen de olijfbomen, met dat blauwe meer in de verte... en vóór je bijna iets uit een film, weet je... omgevallen pilaren in het gras, stukken van huizen met fresco's, prachtig.'

'Fijn dat de vakantie zo goed meevalt,' zei ze, maar haar toon was niet scherp en dat had hij opgevangen.

'Enfin, het was mooi.' Hij ging rechtop zitten. 'Maar daarna heb ik nog iets veel beters ontdekt. Een wit wijntje uit de streek, uit een naburig stadje aan het meer. Est! Est!! Est!!!'

'Gaat het een beetje?'

'Die wijn heet zo,' zei Masson. 'Est!, maar dan drie keer na elkaar en steeds een uitroepteken meer. Het betekent "Hier is het!"'

'Rare naam voor een wijn, "Hier is het!"'

'En drie keer na elkaar dan nog.'

'Hier zijn jullie,' zei commissaris Molinari. 'En perfect op tijd, jullie zijn duidelijk geen landgenoten van mij.' Hij droeg een zwarte jeans met daarboven een open hemd en een jasje. 'Kom, de snijkamer wacht.'

Het mortuarium zag eruit als alle andere. Veel licht, veel tegels, veel wit en roestvrij staal. En dezelfde misselijkmakende geur, een mengeling van chemicaliën en ontbinding, die Liese telkens opnieuw deed rillen en waar ze nooit van haar leven aan zou wennen.

Alleen de arts was een beetje anders. De patholoog die hen begroette, heette Fabio Gigli en hij zag eruit als een dokwerker die na een avondje drinken met de makkers bij wijze van grap een groen pakje had aangetrokken. Hij had een indrukwekkende lichaamsbouw en handen als kolenschoppen. Om een of andere vreemde reden klikte het meteen tussen hem en Masson, misschien ook – of vooral – omdat de arts zei waar het op stond en geen geduld had voor plichtplegingen.

'Gigli, dokter?' vroeg hij toen de introducties en het handen schudden voorbij waren. 'Toch geen familie van de grote Beniamino?'

Er kwam een miniem kuiltje in de mondhoeken van de dokter.

'Alleen 's morgens, chief inspector, als ik onder de douche sta. Mijn vrouw zal dat echter hartstochtelijk tegenspreken.'

'Mogen we meepraten?' vroeg Liese.

De patholoog had het Nederlands niet begrepen maar wel haar gezicht gelezen.

'Beniamino Gigli, mevrouw,' zei hij in bijna perfect Engels, 'een van de grootste tenoren ooit. Opvolger van Enrico Caruso en voorloper van Pavarotti en consorten. En nee, het is geen familie, niet voor zover ik weet.'

'Een van de mooiste stemmen die ik ken,' knikte Masson.

'Fijn voor u,' zei Molinari.

Hij keek een beetje zuur.

Het lichaam van Werner Thielens lag onbedekt op de obductietafel.

Hij was inderdaad niet zo'n grote man, zag Liese nu. Een schriele man ook, met weinig vet en weinig spieren. Hij had een smal, langwerpig gezicht dat wonderlijk veel leek op dat van zijn vrouw Aline, alleen had hij, in plaats van zwart sluikhaar, een mooie kop donkerbruine krullen.

Ze bestudeerde zijn gelaat en ze voelde een rilling.

Vroeger woonde ze alleen maar een obductie bij als het echt niet anders kon. Ze gruwde van alles wat te maken had met de 'snijkamer,' zoals Molinari het noemde. Niet alleen om de voor de hand liggende redenen. De gruwelijke instrumenten, het slagerswerk, de stank. Ze gruwde ook van de weinig respectvolle manier waarop sommige pathologen met de doden omgingen. Juist daarom dwong ze zichzelf de laatste jaren om er telkens bij te zijn als het slachtoffer in een van haar onderzoeken op de obductietafel lag: uit respect voor de persoon die enkele dagen eerder nog met haar in een café of in de tram had kunnen zitten.

Sinds kort was er echter iets veranderd, iets waar ze nog met geen enkele collega over had gepraat, zelfs niet met Masson: het leek alsof het gelaat van het slachtoffer haar iets wilde vertellen. Het leek een beetje, had ze bedacht toen het de tweede keer gebeurde, alsof ze iets van hun gezicht af kon lezen.

De eerste keer was bij een vrouw van middelbare leeftijd geweest, die in Antwerpen-Noord door haar partner van het balkon van hun flat op de zesde verdieping was geduwd. De man had al gedeeltelijke bekentenissen afgelegd, maar bleef erbij dat hij in een vlaag van woede had gehandeld en erg veel spijt had van wat er gebeurd was. Liese was te vroeg in het mortuarium. Ze had het gezicht van het slachtoffer bestudeerd en ineens besefte ze dat de vrouw op een of andere manier verwacht had dat haar ooit iets ergs zou overkomen. Liese had geen flauw idee waar dat vandaan kwam, maar dat deed niets af aan wat ze voelde: dat de vrouw altijd bang was geweest, dat ze altijd met de vrees had geleefd dat ooit iets onherroepelijks zou gebeuren.

Ze had er niets over gezegd in de teamkamer. Een week later bleek uit nieuwe getuigenissen dat er al jaren sprake was van huiselijk geweld en dat de man zijn vrouw herhaaldelijk fysiek had mishandeld.

Ze was nuchter genoeg om te beseffen dat het puur toeval kon zijn, moest zijn zelfs. Ze wist dat het wetenschappelijk gesproken onzin was en tegen iedere logica inging. En toch had ze dat gevoel wel degelijk gehad en was later wel degelijk gebleken dat haar gevoel haar niet bedrogen had.

Ze was sindsdien op haar hoede, bang om verkeerde gevolgtrekkingen te maken die het onderzoek zouden kunnen beïnvloeden, bang om een slechte flik te zijn die zich liet leiden door hocus pocus of de stand van de maan. En ze had dergelijke gevoelens daarna ook maar een enkele keer gehad. Vanavond echter overkwam het haar opnieuw.

Liese keek naar Werner Thielens, ze bestudeerde zijn gelaat en er kwam een gedachte in haar hoofd die ze zo kinderachtig vond dat ze zich schaamde, ook al had ze die niet eens uitgesproken en zou ze dat ook nooit doen: de gedachte dat de man het spijtig vond om dood te zijn.

'We gaan eraan beginnen,' bromde Gigli.

De assistent hielp hem met het aantrekken van zijn handschoenen en schoof dan een metalen karretje met instrumenten dichterbij.

'Down to business, zoals ze dat in Amerika zo mooi zeggen.'

Anderhalf uur later, toen de assistent het lichaam van Thielens met grove steken had dichtgenaaid en de watersproeiers hun werk hadden gedaan, trok de patholoog zijn schort uit, gooide zijn handschoenen in een plastic container en zei: 'Als ik nu niet snel koffie krijg, bega ik een ongeluk. Maar eerst wil ik even douchen.'

'We wachten wel in je kantoor, Fabio,' zei Molinari.

Gigli knikte.

'Neem alvast een koffie als je wilt, hij is heerlijk.'

Twintig minuten later verscheen hij met vochtige haren en drukte op het knopje van de espressomachine, die op een kast tegen de muur stond. Hij draaide zich naar Molinari, bestudeerde het verslag dat hij tijdens de autopsie aan zijn assistent gedicteerd had en ratelde dan enkele zinnen in het Italiaans. Het klonk als een vraag en Molinari knikte.

'Ik vertel de commissario net dat ik hem het volledige rapport vandaag per mail bezorg,' zei Gigli tegen Liese en Masson, 'maar ik zal u nu al even de bijzonderheden geven.'

Hij keerde zich weer om naar het apparaat, gooide een flinke schep suiker in het kleine kopje en goot de koffie in één teug naar binnen. Hij kneep zijn ogen dicht.

'God, wat kan dit toch lekker zijn.'

Toen ging hij zitten.

'We hebben ook de resultaten van het toxicologisch onderzoek binnengekregen.' Hij keek Liese aan. 'U weet toch dat we zijn bloed hebben laten onderzoeken?'

'Natuurlijk.'

Ze wist het niet, Molinari was het haar waarschijnlijk vergeten te vertellen. Aan de andere kant: als het parket erbij werd geroepen omdat er twijfels waren over de doodsoorzaak, dan was het normaal dat er ter plaatse al wat bloed werd afgenomen.

'Er zat een flinke hoeveelheid midazolam in zijn bloed, om te beginnen.'

'Een slaapmiddel,' zei Masson.

Gigli's massieve kop knikte bewonderend.

'Een benzodiazepine, dus zowel een slaapmiddel als een angstremmer, maar dan wel een van de zwaarste. Het wordt meestal verkocht onder de merknaam Dormicum. Het is een van de weinige benzodiazepines die oplossen in water, wat het erg geschikt maakt voor injectie.'

'Maar u hebt geen... gaatje gevonden tijdens de autopsie,' zei Liese. Ze kende niet meteen het Engels voor 'prikpunt,' maar Gigli had haar begrepen.

'Nee.' Hij wees naar de commissario. 'Mocht dat wel het geval zijn, dan had mijn vriend Massimo hier meer dan waarschijnlijk een moordzaak op zijn bord. Ik denk niet dat er veel zelfdodingen zijn waarbij iemand zich een dergelijk slaapmiddel injecteert en zich daarna de polsen doorsnijdt.'

'En tussendoor het spuitje opeet,' zei Masson droog.

De patholoog lachte, een diepe, borrelende lach die heel vreemd klonk op een plek als deze.

'Dat moet dan bijna, inderdaad, want het werkt al na minder dan een minuut. Daarom wordt het ook bij verdovingen in het ziekenhuis gebruikt. Ik ben geen flik, maar...'

'Maar hij kon zichzelf geen Dormicum injecteren, de kerk binnendringen en daarna in een nis in de catacomben zijn polsen doorsnijden,' vulde Molinari aan. 'Waarschijnlijk lag hij dan al te ronken voor hij in de kerk was geraakt. En als het in de catacomben zelf is gebeurd, dan hadden we het spuitje moeten vinden.'

'Dus...' zei Liese terwijl ze naar de patholoog keek.

'Dus heeft hij het slaapmiddel in tabletvorm ingenomen. Het duurt dan een vijftal minuten tot het werkt, soms iets minder.'

'Dan hadden we een stripje met medicijnen gevonden, toch?' vroeg Liese. 'Als je pillen of gif of wat dan ook inneemt, dan doe je dat op de plek zelf, dan ga je niet eerst nog een eindje wandelen. Ze keek naar Molinari. 'Hebben de speurders van het lab een medicijnenstrip gevonden?'

'Dat kan ik zo uit mijn hoofd niet zeggen, natuurlijk. Ik vraag het morgenvroeg na.'

Het was Liese al vaker opgevallen dat Molinari slecht tegen kritiek kon. Ze knikte vriendelijk.

'Maar dat hoeft natuurlijk niet,' zei Masson. 'Als hij van plan was om zelfmoord te plegen, kon hij de pillen ook gewoon in zijn zak hebben meegenomen. Het is niet gebruikelijk, maar het kan.'

Gigli haalde met een glimlach de schouders op.

'De autopsie geeft ons in ieder geval geen uitsluitsel.' Hij tikte met een dikke vinger op het klembord dat voor hem lag. 'Het tijdstip van overlijden is zaterdagnacht, zondagochtend eigenlijk, tussen 02.00 en 03.00 uur. De doodsoorzaak is orgaanfalen na bloedverlies, wat normaal is als je je polsen doorsnijdt.' Er kwam opnieuw een minieme krul in zijn mondhoeken. 'Daarnaast heb ik twee schaafwonden en een lichte contusie op zijn achterhoofd gevonden.'

'Een kneuzing,' zei Masson.

Hij genoot van het spelletje dat Gigli speelde.

'Een kneuzing, inderdaad. De huid is intact, maar de bloedvaatjes en het weefsel eronder zijn lichtjes beschadigd. Veel te weinig om te wijzen op de impact van een voorwerp of zo, ik vermoed eerder dat hij zijn hoofd heeft gestoten toen hij in die nis probeerde te kruipen.'

'En de schaafwonden?' vroeg Molinari.

'Een op zijn elleboog en de andere op zijn bovenarm, beide rechts. Ik bemoei me hoegenaamd niet met jullie onderzoek, maar puur medisch kan dat consistent zijn met de kneuzing. Hij probeert zich in die nis te wurmen en schaaft zijn arm.'

'De bloeduitstorting van de kneuzing...' begon Liese.

'Ik denk dat ik al weet waar u naartoe wilt. Ik ben er zo goed als zeker van dat het slachtoffer nog leefde toen hij zowel die kneuzing als die schaafwonden opliep.'

Het bleef even stil.

'De slotsom is dat we niet met zekerheid kunnen zeggen of hij het zelf gedaan heeft of dat iemand hem heeft geholpen,' zei Liese. 'Vat ik dat zo goed samen?'

Gigli glimlachte. 'Daar kan ik mee leven, ja.'

Iedereen stond opeens op. Er werden beleefd handen geschud.

'Weet u toevallig ook iets van wielrennen?' vroeg de patholoog aan Masson.

'De hoofdinspecteur is vooral thuis in cultuur en geschiedenis,' zei Molinari met een dunne glimlach.

'Maar Eddy Merckx kent hij toch wel, zeker,' zei Gigli. 'Dat is zijn landgenoot!'

'Natuurlijk,' bromde Masson. 'Waarom?'
'Wist u dat Merckx hier in Bolsena een rit in de Giro heeft gewonnen? In 1973?'
'Ah nee, dat wist ik niet. Goed voor hem.'
'Hij heeft toen de Giro zelf ook gewonnen, trouwens,' ging de patholoog verder. 'Net als het jaar daarvoor. Net als het jaar daarna ook, eigenlijk.'
'Spannend,' zei Masson.

Als Liese een autopsie bijwoonde in het haar stilaan vertrouwde mortuarium van Edegem, was dat bijna steeds 's ochtends of 's middags en dan duurde het meestal tot 's avonds voordat ze er opnieuw in slaagde om zelfs maar een blaadje sla binnen te krijgen. Maar nu zaten ze een goed uur na de obductie al aan een glazen tafel in een restaurant net buiten de stad. Ze vroeg zich af hoe ze op een beleefde manier kon laten verstaan dat het aangeboden diner voor haar niet hoefde. Temeer omdat zowel Masson als Molinari zich in afwachting van het voorgerecht te goed deed aan het ene na het andere pakje broodstengels.

Het restaurant was gevestigd in een gerestaureerde boerderij. Ondanks de rustieke buitenkant had de eigenaar gekozen voor een interieur dat vooral uit glas en ruw beton bestond, en de combinatie werkte niet echt. Liese had het gevoel op een bouwplaats te zitten. Het was een ongeïnspireerde, nogal saaie plek en Molinari wist het.

'Onze hoofdcommissaris is een vriendelijke man.' Hij keek haar niet aan, maar deed alsof hij zich concentreerde op het met twee vingers gladstrijken van een leeg zakje van broodstengels. 'En de eigenaar van dit restaurant is een vriend van onze hoofdcommissaris.'

'Dus als jullie gasten hebben, nemen jullie hen altijd hier mee naartoe.'

Hij maakte een gebaar dat aangaf dat hij daar niets meer aan toe te voegen had.

De borden kwamen en gingen zonder dat een van hen daar overdreven veel plezier aan beleefde.

Molinari wilde vanavond overduidelijk vrede sluiten met Masson en hij had een formidabele bondgenoot om dat voor elkaar te krijgen: de wijnen in het restaurant waren, in tegenstelling tot de gerechten, blijkbaar wel van grote klasse. Liese beperkte zich tot een glas wit omdat ze erg moe was en haar maag na de autopsie sowieso nog niet in orde was, maar de beide heren hadden daar duidelijk geen last van. Hoe meer wijn er op tafel kwam, hoe minder geremd ze met elkaar omgingen. Masson gaf zelfs meer dan eens beleefd antwoord op een vraag van de Italiaanse commissaris, iets wat die laatste zichtbaar beschouwde als een kleine overwinning.

'Dit is een Amarone,' zei de commissario terwijl hij de wijn in zijn glas walste. 'Komt uit de Veneto, in het noorden.' Hij rook lang en geconcentreerd, zijn neus diep in het glas. 'Mmm, ja... veel fruit, en ook chocolade, ruik je het?'

Masson rook niet. Hij zette het glas simpelweg aan zijn mond en nam een fikse slok.

'Goed,' bromde hij. 'Heel goed zelfs.'

Molinari knikte alsof zijn Belgische collega net iets diepzinnigs had gezegd.

'Hoe komt het dat je zoveel van wijn weet?' vroeg Liese.

'Ik weet er eigenlijk weinig van. Dat is geen valse bescheidenheid, hoor, dat is gewoon zo. Maar het interesseert me. Mijn grootvader heeft een kleine wijngaard, eerder voor eigen gebruik dan wat anders. Hij maakt een eenvoudig, eerlijk landwijntje en meer hoeft dat niet te zijn. Als ik zie hoe hij daarmee bezig is, zo passioneel en zo dicht bij de natuur... dat vind ik mooi.'

'Misschien moet je dat later dan maar van hem overnemen,' zei Liese vriendelijk. 'Die kleine wijngaard, bedoel ik.'

Molinari knikte.

'Het is in ieder geval wat anders dan moord en doodslag en alle andere ellende. En minder gevaarlijk, ook.' Hij keek in Massons richting. 'Daar kun jij van meespreken, nietwaar?'

Het was zonder twijfel goedbedoeld en het paste in de gemoedelijke sfeer van de avond, maar toch viel het slecht bij Masson.

'Behalve dan dat ik er niet over wil spreken.'

Molinari had nu moeten zwijgen, maar hij deed het niet. Hij knikte begripvol, iets wat Massons bloed zou doen koken, wist Liese.

'Dat snap ik helemaal, hoor.' De commissario nam een slokje wijn. 'Ik weet niet hoe ik zou reageren als ik neergeschoten zou worden tijdens de dienst, maar ik denk dat...'

'Welk stukje begrijp je niet in de zin "ik wil er niet over spreken"?' gromde Masson.

Liese kwam tussenbeide. Ze keek ostentatief op haar horloge en fronste de wenkbrauwen: 'Wauw, zo laat al, dat had ik niet verwacht. En morgen moeten we er vroeg uit, voor de terugreis.'

Wat niet waar was, tenzij je 07.00 uur heel vroeg vond, maar haar Italiaanse collega begreep de hint. Masson keek nors, alsof hij het haar kwalijk nam dat ze het verbale steekspel onderbroken had.

'Zal ik jullie naar het hotel brengen?' vroeg Molinari.

'We lopen wel,' zei Masson zonder hem aan te kijken. 'Het is helemaal niet ver.'

Er werden handen geschud, ook met de toegesnelde eigenaar van de zaak die de commissario bedankte 'omdat hij zo'n trouwe klant was'. Liese kreeg van Molinari een smakkerd op haar wang. Hij was een beetje tipsy, merkte ze.

'Ik bel je zodra ik iets nieuws heb,' zei hij.

'Ik ook,' beloofde ze.

Buiten kleurde de maan het landschap blauw en zilver.

Ze liepen naast elkaar, als twee oude vrienden die weten dat een wederzijdse ergernis hun vriendschap niet verstoort.

'Ik weet dat het nog altijd heel gevoelig ligt, Michel. Misschien zal dat wel altijd zo zijn.'

Hij wachtte enkele stappen alvorens te reageren.

'Ik voel dat er nu een "maar" aankomt.'

'Maar je bent neergeschoten terwijl je een moordenaar tegenhield. Je hebt het leven van een kind gered. Achteraf bekeken is dat toch iets om trots op te zijn?'

Nu duurde het veel langer voor hij antwoordde.

Ze liepen over een paadje langs de weg en hun voetstappen waren een tijdje synchroon. Na ruim een kilometer verschenen de donkere contouren van de oude stad boven op de heuvel.

'Die eerste seconden had ik geen pijn,' zei hij opeens. 'Toen het gebeurde, bedoel ik. Er was alleen de schok en de adrenaline omdat ik besefte dat iemand twee kogels in mijn lichaam had geschoten. Kort daarop kwam er een tweede gedachte. Dit was het, wist ik, ik zou sterven. Gedaan.'

Liese liep zwijgend naast hem.

'Ik was bang natuurlijk, erg bang, maar het merkwaardige was dat ik ook boosheid voelde. Dat herinner ik me heel goed. Net voor ik het bewustzijn verloor, was ik boos omdat ik op het punt stond om dood te gaan en zo weinig met mijn leven had gedaan. Dat ik mezelf zoveel had voorgelogen.'

'Ik denk dat je nu een beetje te hard oordeelt, Michel.'

'O nee,' fluisterde hij met een vreemd soort glimlach op zijn gezicht. 'Helemaal niet, Liese. Ik heb mezelf veel voorgelogen, en jij ook en de meeste mensen rondom ons. We doen het allemaal. We missen op bepaalde momenten in ons leven de moed om keuzes te maken en dus doen we niets en verzinnen we verhaaltjes om dat te verantwoorden.' Hij schopte tegen een steentje. 'We zitten in een slechte baan of een slecht huwelijk of een zogenaamde vriendschap, maar we sussen onszelf in slaap omdat we te laf zijn om er ook echt iets aan te doen. "Ik heb het inkomen nodig" of "ik ben te oud om nog te verkassen" of "als ik zwijg en mijn ogen ervoor sluit, valt het allemaal nog wel mee". Nee dus, het valt allemaal niet mee, maar we blijven liever op onze luie krent zitten en beginnen te zeuren over van alles en nog wat.'

Ze wilde impulsief reageren, maar ze was tegelijk ook onder de indruk van zijn tirade. Masson zei normaal niet veel, en al zeker niet over zijn gevoelens of wat hem bezighield. Ze dacht na over wat hij gezegd had.

'Je kunt het mensen niet kwalijk nemen dat ze ergens bang voor zijn, Michel,' zei ze.

Ze hadden de straat van hun hotel bereikt. Aan de overkant kwam een opgeschoten jonge kerel uit een woning en stapte op zijn scooter. Het ding zag er splinternieuw uit en het vele chroom glansde in het maanlicht. Hij startte en scheurde weg, met een lawaai dat nazinderde in hun oren.

Net voor ze door de schuifdeuren van het hotel liepen, draaide Masson zich om en keek Liese ernstig aan.

'Ik ben nergens meer bang voor,' fluisterde hij. 'Voor niets of voor niemand. Begrijp je dat?'

Ze knikte.

5

De volgende ochtend om 06.30 uur ging de wekker van Lieses telefoon.

Ze nam een douche en gooide haar spullen in haar koffer. Ze opende het grote raam zoals ze dat iedere ochtend in haar eigen flat deed. Het raam in Antwerpen keek uit op een zee van roodbruine daken en schotelantennes en piepkleine balkons. Dit uitzicht was lichtjes anders. Ze deed onwillekeurig een stapje achteruit, verrast door wat ze zag.

Een eindeloze lichtblauwe hemel. Een grote mosterdzon. Vogels die keihard hun best deden. Een brommer in de verte.

Haar kamer keek uit op de heuvels en zowat alles wat ze zag, was mooi: de bescheiden tuin van het hotel, de bomenrij, de smalle weg die zich naar boven kronkelde, de warme kleuren, het spel van licht en donker tegen die zachte, blauwe lucht.

Er klonk een bliep uit haar gsm, tegelijk verscheen een berichtje van Matthias. 'Britta neemt vanavond over dus helemaal vrij, kijk ernaar uit kus xxx.'

Liese stuurde iets liefs terug en glimlachte. Een berichtje van haar vriend en dat fabuleuze uitzicht, er zijn verdorie slechtere manieren om wakker te worden, dacht ze.

Toen haastte ze zich naar beneden, op jacht naar haar eerste koffie van de dag.

Een oude, mollige dienster wenste haar goedemorgen terwijl ze met een slap handje naar buiten wees. Het ontbijt wordt op het terras geserveerd, zei ze, en of mevrouw soms koffie of thee wilde.

Dat eerste wilde mevrouw wel.

Toen ze op het terras kwam, wachtte haar al een tweede verrassing. Masson zat aan een van de kleine tafels, achterovergeleund in de zon, een leeg espressokopje voor zich. Lieses mond viel open: hij droeg een zonnebril. Ze had haar hoofdinspecteur er nog nooit een zien dragen, ook niet op de helderste zomerdagen, maar dat was nog maar het begin. Het exemplaar dat hij op zijn neus had staan, was een grote zwarte bril die volgens Liese in de betere dameszaak werd verkocht.

'Ik heb nog geen koffie gehad,' kraste ze, 'dus wat ik zie, is waarschijnlijk niet echt. Ik hallucineer.'

Masson schoof de bril naar boven en keek haar met half dichtgeknepen ogen aan. Dan liet hij het ding weer op zijn neus zakken.

'Waarschijnlijk heb je het over de bril. Die is van de bazin aan de balie, heb ik even van haar geleend.'

Ze liet zich in de stoel tegenover de zijne zakken en bleef hem aanstaren.

'Zeker dat alles oké is met je?'

Hij knikte.

'Ik wilde buiten zitten met een koffietje, maar het licht was te fel. Met een zonnebril ging het wel. Soms is het leven heel simpel.'

'Ik heb je nog nooit zo'n ding zien dragen. En zeker geen vrouwenmodel.'

Masson haalde zijn schouders op, alsof hij zich liever niet met de details bezighield.

Ze haalde een broodje en wat yoghurt van het buffet binnen, ze dronk haar koffie, ze keek rond. Masson genoot zo te zien van de stilte en zei geen woord. Er stond een heel flauwe wind, meer een briesje eigenlijk, en op het terras kwamen de geuren uit de tuin aanwaaien: lavendel en de zoetere, subtiele geur van hortensia.

Ze zuchtte van plezier.

Er verscheen een kleine glimlach op Massons gezicht.

Toen ze omstreeks 08.00 uur in de hal van het hotel stonden, klaar om te vertrekken, ging Lieses telefoon.

'Een goedemorgen, Liz,' zei commissario Molinari. 'Ik had beloofd je te bellen als ik nieuws had.'

'Dat is snel.'

'Het lab is officieel nog niet open, maar een van de rechercheurs is een goede vriend van me, dus...'

'En heeft hij iets gevonden?'

'Eerder het tegendeel,' zei Molinari, 'daarom bel ik je. Hij heeft alles nog eens nagevlooid wat er in en rond de nis in de catacomben is gevonden. Er zit geen pillenstrip bij, ook niet in een van de zakken van zijn kleren.'

'Oké.'

'Dat zegt nog niets, natuurlijk,' ging hij verder. 'Thielens kan de Dormicumpillen ingenomen hebben net voor hij 's nachts de kerk binnensloop en het stripje hebben weggegooid. Op maandagochtend rijdt de reinigingsdienst langs vanaf 08.00 uur, met van die borsteltractors, je kent die wel, dus als er iets op de grond zou hebben gelegen, dan is het nu al lang foetsie.'

'Of iemand kan hem het medicijn hebben toegediend en hem daarna de catacomben in hebben gesleept,' zei Liese. Ze knikte naar Masson, die met enkele gebaren duidelijk maakte dat hij alvast de auto zou voorrijden.

'Dat is ook mogelijk,' antwoordde Molinari. 'Alleen of in gezelschap, Thielens is in ieder geval door het zijdeurtje aan de via Mazzini de kerk binnengekomen. De kans dat je daar 's nachts opgemerkt wordt, is klein, zeker als je niet al te veel stennis maakt.'

'Luister even naar dit scenario,' zei Liese terwijl ze naar de vrouw aan de balie wuifde en naar buiten liep. 'Iemand verdooft Thielens en rijdt dan met zijn auto tot voor het zijdeurtje van de kerk. Hij sleept zijn slachtoffer de catacomben in, legt hem in een van de nissen en snijdt Thielens de polsen door. Hoe klinkt dat?'

'Sì, certo,' beaamde Molinari, 'dat is theoretisch zeker mogelijk. Thielens was niet zo'n grote of zware man en de verdoving met Dormicum werkt vrij lang. Als de dader handschoenen droeg en het mes in Thielens' hand heeft gedrukt, dan zou dat kunnen.'

'Mmm, ik hoor niet veel enthousiasme.' Ze lette erop haar toon luchtig te houden.

'Niet echt,' zei de commissario. 'Het kan allemaal, maar ik gok op een simpele zelfmoord. Ik ga er zelfs van uit, het is maar dat je het weet. Ik schrijf vandaag mijn rapport voor de onderzoeksrechter. Ik ken hem een beetje, het is zo goed als zeker dat hij tot dezelfde conclusie zal komen.'

'Ondanks je motto?' probeerde Liese nog. Ze gooide haar koffertje in de auto en stapte in. 'Dat alles stinkt tot het tegendeel bewezen is?'

'Ik heb jou gebeld, niet omgekeerd,' herinnerde hij Liese. 'Mijn motto indachtig heb ik jullie gebeld en een autopsie aangevraagd en een buurtonderzoek georganiseerd. Maar nu zijn we enkele dagen verder en met de beste wil van de wereld ruik ik hier echt niets, Liz.'

'Bedankt voor je hulp, Massimo. Het was fijn je te ontmoeten.'

'Wederzijds. Breng je mijn hartelijke groeten over aan de chief inspector?'

Ze loenste in Massons richting. Hij reed door het stadje alsof hij er al zijn leven lang woonde.

'Hij stuurt je zijn hartelijke groeten terug,' zei Liese.

Iets over tweeën liepen ze de teamkamer in Antwerpen binnen.

'Ha, de toeristen,' zei Laurent. 'Hoe was het? Jullie hebben niet veel kleur, moet ik zeggen. Het heeft waarschijnlijk twee dagen lang oude wijven geregend.'

'Het was afschuwelijk,' antwoordde Liese. 'De Italiaanse collega was een bruut. We logeerden op een industrieterrein en het eten smaakte nergens naar. En ja, het heeft onophoudelijk geregend.'

'Zo mag ik het horen,' zei Laurent met een grijns. 'De chef vroeg naar je, hij wilde je even spreken zodra je weer op kantoor was.'

'Dan zullen we hem niet langer laten wachten.'

De hoofdcommissaris hanteerde een eenvoudige code, wat zijn beschikbaarheid betrof: als zijn deur openstond, klopte je aan en ging je binnen. Als ze dicht was, dan stoorde je hem onder geen beding.

Liese liep zonder kloppen naar binnen en plofte in de stoel voor Torfs' bureau.

'Normale mensen kloppen voordat ze ergens binnenlopen,' gromde de hoofdcommissaris.

Liese knikte alsof ze dat een interessant weetje vond.

'Waarom wilde je me spreken?'

Torfs kwam zuchtend overeind. Hij liep naar de deur, sloot ze en liep terug.

'Hoe was het in Italië?'

Hij zat weer achter zijn desk en wreef over de stoppels op zijn hoofd.

'Jou kennende, duurt het een maand voor ik een rapportje zie, dus vraag ik het liever zo, dat is makkelijker.'

Liese gaf hem de bijzonderheden.

'Zelfmoord dus,' concludeerde hij. 'Dat is dan toch waar we met zijn allen van uitgaan?'

'Daar lijkt het op, ja. Ondanks de vreemde elementen in het onderzoek. Een saaie, brave man die zou gaan wandelen in de Zwitserse bergen, maar in plaats daarvan zelfmoord pleegt in een Italiaanse kerk, zevenhonderd kilometer daarvandaan. Ik blijf dat heel vreemd vinden, maar het zij zo.'

Torfs knikte langzaam.

'En Masson?' vroeg hij. 'Hoe ging het?'

Nu wist ze meteen de reden waarom hij de deur had gesloten.

'Wat wil je weten?'

'Of hij zijn werk doet, natuurlijk.'

Haar chef was de leukste macho die ze kende. Als het over emoties ging, was hij zo onbeholpen als een puber. Wat je eigenlijk wilt zeggen, dacht Liese, is dat je je zorgen maakt over hem.

'Hij heeft vooral vakantie genomen,' zei ze jennend.

Torfs zuchtte. 'Michel heeft nogal wat op zijn bord gekregen, Liese. Ik keur het niet goed, maar...' Hij liet de rest van de zin in de lucht hangen. 'Die scheiding, dat komt heus niet alleen door de schietpartij.'

Liese hield niet van geroddel en wilde dat ook zeggen, maar toen bedacht ze dat Torfs Michel al veel langer kende dan zij. 'Een eeuw,' zoals hij altijd met veel aplomb verkondigde.

'Dat weet ik. Het is gewoon op tussen die twee. Dat was het al lang, trouwens, dat weet je zelf ook.'

'Ja. Het is zo'n beetje als met een oud vliegtuig, niet? Metaalmoeheid.'

'Noemde Michel het zo?'

'Nee.' Torfs grinnikte. 'Hij zou zo'n woord nooit gebruiken.'

'En hij heeft een hekel aan vliegen,' zei Liese.

'Ik neem de rest van de dag vrij,' zei Masson toen Liese de kamer in liep.

'Ah.' Ze zat met haar gedachten nog midden in het gesprek met Torfs. 'Tuurlijk, je hebt gelijk.'

'Wat ga je doen?' vroeg Laurent. Hij had zijn stoel een kwartslag gedraaid en keek naar de hoofdinspecteur als een pup naar zijn baasje.

'Ik ga schilderen.'

Laurent keek naar Liese en dan opnieuw naar Masson.

'Je gaat schilderen.'

'Dat zei ik net, ja. En daarna maak ik een wandelingetje door de stad, denk ik. En dan drink ik een glas in een leuke kroeg.'

'Klinkt vermoeiend,' zei Laurent met uitgestreken gezicht.

'Wat ga je schilderen?'

'Meeuwen. Enfin, een meeuw, enkelvoud.'

'Je gaat een meeuw schilderen?'

Masson zuchtte.

'Is het gewoon eigen aan de oppervlakkigheid van jouw generatie dat je alles herhaalt, of scheelt er iets aan je oren? Ik ga net zo lang aan een meeuw schilderen tot ik die helemaal goed heb. Elke dag een stukje, dan heb ik na een half jaar of zo een volledige meeuw, dat lijkt me wel wat.'

'En dan?'

'Dan begin ik aan een ander gevogelte.'

De vreemde zelfmoord van Werner Thielens veranderde niet veel aan het feit dat de komkommertijd op kantoor gewoon voortduurde.

Laurent had schietoefeningen en vertrok vrij snel, samen met Masson.

Niet veel later ging Lieses vaste telefoon. Het was de balie op de benedenverdieping.

'Inspecteur Massoul hier, commissaris.'

'Dag Nadia.'

'Ik heb een zekere Aline Thielens aan de lijn. Ze klinkt nogal overstuur, ze vraagt naar het lichaam van haar man. Moet ik haar naar de collega's van de lokale sturen?'

'Nee, geef maar door.'

Aline Thielens was meer dan overstuur, ze klonk radeloos en boos en het verdriet verstikte haar stem.

'Ze sturen me van het kastje naar de muur en niemand weet van iets, dat is toch niet normaal? Ik wil de begrafenis regelen...' De rest van haar zin verdronk in gesnik.

'Het spijt me echt voor u,' zei Liese zacht.

'Ik wil mijn man begraven, maar dat gaat niet, hij is niet eens bij mij en niemand zegt mij iets!' huilde de vrouw.

'Ik begrijp u,' zei Liese. 'Maar ik denk dat het echt niet lang meer zal duren nu. Het onderzoek in Italië is zo goed als afgerond. Zodra dat gebeurd is, neemt de ambassade in Rome contact op met u en regelen ze de... vlucht. Het zal nu wel snel voorbij zijn, mevrouw Thielens.'

Aline snikte.

'Het zal nooit voorbij zijn. Nooit.'

Liese wilde uitleggen wat ze bedoelde, maar de vrouw had de verbinding al verbroken.

De rest van de middag gooide Liese zich met lange tanden op het bijhouden van de administratie, een klus waar ze zo mogelijk een nog grotere hekel aan had dan aan de driemaandelijkse verplichte schietoefeningen waar Laurent nu naartoe was.

Ze was blij toen ze een klop op de deur hoorde, waarop het lachende gezicht van Noureddine Naybet verscheen.

'Ik kwam gewoon eens kijken of je het allemaal aankunt.'

'Het is enorm druk, maar wij van de Moord klagen niet snel.'

'Wij wel, hoor.'

Noureddine Naybet was hoofdinspecteur bij de Drugs en Liese had met veel plezier met hem samengewerkt in een vorige zaak. Hij zag er zoals de meeste van zijn collega's meer uit als een junk dan als een rechercheur. Hij droeg een kreukelige cargobroek, een zwart T-shirt dat duidelijk betere tijden had gekend en een gerafeld jeansjasje met vetvlekken erop.

Na het wegvallen van Sofie Jacobs was Naybet een aantal maanden tijdelijk aan Lieses team toegevoegd. Vorige maand was die functie open verklaard en Naybet had zich kandidaat gesteld voor de interne vacature, tot ieders verbazing, ook die van Liese, want de collega's van de Drugs vormden een nogal hechte club waar je niet zo snel uit stapte. Maar de man had zo zijn redenen en Liese kende ze.

'Heb je een zaak?' vroeg hij.

'Nee.'

Hij wreef over zijn stoppelbaard en het raspende geluid deed Liese ineenkrimpen.

'Jezus, je doet het weer,' zei ze.

'Hè?'

'Dat geluid. Ik kan er niet tegen, sorry.'

Naybet ging er niet op in.

'Ben je ergens mee bezig?'

'Ik dacht dat we iets hadden, maar het is noppes.'

Ze vertelde hem kort over Werner Thielens en de catacomben van Bolsena.

Hij ging met zijn hand door zijn dikke, gitzwarte haar en grijnsde.

'Je had mij moeten meenemen.'

Noureddine was getrouwd met een Italiaanse en sprak de taal vloeiend. Wat je trouwens niet echt van zijn Nederlands kon zeggen. Ze hadden er op kantoor al vaker grapjes over gemaakt: qua persoonlijkheid waren Sofie en Noureddine tegenpolen, maar wat hun taal betrof, waren ze beiden volbloed chauvinisten die half Antwerps spraken en dat ook volstrekt normaal vonden.

'Het is nu woensdag,' zei Naybet. 'Toch vreemd dat ze vier dagen later zijn auto nog niet gevonden hebben, in zo'n klein stadje?'

Liese knikte.

'Misschien staat ie nog in Zermatt. Heb je dat al laten checken?'

'Nee.' Ze zuchtte. 'Ik zei het je al, we hebben niet eens een zaak.'

'Hm.' Hij rekte zich uit. 'Ik ga naar huis, ik ben al van 05.00 uur bezig. Observatie van een drugspand. Klotebaan.'

De reden voor Noureddine Naybet om de Drugssectie te verlaten en bij Liese onderdak te zoeken, had rechtstreeks met zijn eigen leven te maken. Het nichtje van zijn vrouw was een jaar geleden, na talloze afkickpogingen, gestorven aan een overdosis heroïne. Sommige drugsspeurders beten zich na zo'n drama grimmig vast in hun baan in een vruchteloze poging om elke dealer bij de lurven te grijpen, andere deden het tegenovergestelde. Naybet hoorde bij die laatste groep. Hij wilde er niets meer mee te maken hebben en had vrijwel onmiddellijk daarna bij Liese gesolliciteerd.

'Het duurt niet lang meer, ik beloof het je.'

'Ciao,' zei Naybet.

Ze treuzelde om de papieren te tekenen en dat had zeker niets met zijn capaciteiten te maken. Haar smoes was dat het voorlopig veel te kalm was bij de Moord om iemand bij de altijd zwaarbelaste Drugssectie weg te halen. De werkelijkheid was dat het zo definitief zou zijn: ze moest aanvaarden dat Sofie Jacobs nooit meer bij het team terug zou komen en dat viel haar nog steeds zwaar.

Ze zocht haar telefoon.

'Ik ben nog niet klaar met de schietproeven,' zei Laurent. 'Maar het gaat verbazend goed, ik zit aan negentig procent.'

'Mijn held,' zei Liese.

'Wat is er?'

Ze herhaalde de opmerking van Naybet.

'Ik heb niet naar zijn auto gevraagd toen ik het hotel in Zermatt belde,' antwoordde Laurent. 'Ik denk dat ik het nummer hier nog heb. Weet je, ik zal het nu vlug even doen, ik heb toch een halfuur pauze.'

'Thanks,' zei ze.

Niet veel later had ze hem opnieuw aan de lijn.

'Ze hebben de ondergrondse parkeergarage van het hotel gecheckt. Thielens parkeerde er altijd.'

'En?'

'Geen Opel Vectra, tenminste geen met een Belgische nummerplaat.'

'Oké.' Liese keek op haar horloge. Het was bijna 17.00 uur. 'Ben je klaar, daar?'

'Zo goed als, ja.'

'Het heeft geen zin om nog hiernaartoe te komen.'

'Jeuh!' zei Laurent.

Een kwartier later schakelde ze haar computer uit en vertrok.

'Dit ruikt goddelijk,' mompelde Matthias.

Hij zat tegenover Liese aan een tafeltje in De Veluwe, met zijn neus diep in het plastic zakje met gedroogde venkelbloemen.

Hij had pretlichtjes in zijn ogen.

'Dank je wel, hoor.'

'Waarschijnlijk denk je zo al aan tien gerechten waarbij je het gaat uitproberen.'

'Meer.'

'Uitslover.' Ze glimlachte.

'Waarom heb je het me daarstraks niet gegeven, toen we thuis waren?'

'We hadden het te druk, denk ik.'

Nu lachten ze allebei.

Toen ze in de Goedehoopstraat arriveerde, stond Matthias net onder de douche. Ze had haar kleren uitgetrokken en was erbij gaan staan.

'Het is hier eigenlijk te klein voor twee personen,' zei hij terwijl hij haar kuste.

Ze liet het warme water in haar mond lopen, spoot het in een straaltje in zijn gezicht en drukte zich wijdbeens tegen hem aan.

'Zo beter?' vroeg ze.

Hij kreunde.

'Sliptongetjes voor mevrouw, zeeduivel voor meneer,' zei Britta. De souschef van De Veluwe was een kleine, rustige vrouw die vrij snel haar draai had gevonden in het kleine hotel bij de kathedraal. Door haar hangende mondhoeken en haar kleine ogen leek het alsof ze nogal chagrijnig door het leven ging, maar dat was niet zo.

'Dank je wel, Britta.' Matthias snoof de geuren van zijn gerecht op en keek haar aan met een gelukzalige glimlach op zijn gezicht.

'Mooi zo,' zei ze.

'Nelle zit niet goed in haar vel,' zei Matthias na het eten. Hij geeuwde.

Liese was er ondertussen al aan gewend dat hij zijn moeder meestal bij haar voornaam noemde.

'Vanwege Michel?'

Hij knikte.

'Is ze er niet vanavond?'

'Nee. Naar de film met een vriendin.'

Liese fronste de wenkbrauwen.

'Ze zullen het toch onder elkaar moeten uitvechten, hoor, ik ben geen koerier.'

Nog geen twee weken geleden, bij een kop koffie in de bar van het hotel, had ze met Nelle een diepgaand gesprek ge-had over Masson. De oudere vrouw had haar gebruikelijke goedlachse aard verruild voor een stuk bitterheid. Ze had al die jaren niet veel, maar toch iets gehad aan haar relatie met Masson, had ze uitgelegd, maar nu was er niets meer. Al die jaren had hij De Veluwe gezien als zijn echte thuis; al die jaren hadden ze hun nachtelijke gesprekken gehad in de bar. Nu woonde hij alleen op kamers in de stad en was hij zo principieel dat hij, in afwachting van zijn definitieve scheiding, ook haar niet wilde zien.

'Hij weet eindelijk dat hij een zoon heeft,' had ze tegen Liese geklaagd. 'Hij heeft eindelijk de stap gezet om weg te gaan bij Nadine. Waar wacht hij nou nog op?'

Hoewel ze al een kwarteeuw haar hotelletje aan de Torfbrug uitbaatte, was ze haar Nederlandse tongval nooit kwijtgeraakt.

Liese had haar weinig raad kunnen geven die avond en ook nu zou ze dat niet kunnen. Zelfs voor de man die tegenover haar zat, kon ze dat niet. Wat moet je doen als je op je veertigste ontdekt wie je vader is? Liese kon er geen antwoord op geven en ze had ook geen zin om erover te piekeren.

'Kom,' zei ze, 'tijd om op te krassen.'

Ze liepen het kleine straatje door tot aan de kathedraal. Van het ene moment op het andere zaten ze midden in het stadse leven, dat Liese altijd blij maakte. Oude gevels, kroegen waar de verlichting al brandde, terrasjes op de keien met vrolijke mensen achter een gevuld glas, fietsers die zich een weg baanden tussen de flanerende stelletjes.

'Waar gaan we naartoe?' vroeg Matthias.

'Ierland.'

Hij grijnsde.

'Je bent geweldig.'

'Als je het maar weet,' zei ze.

An Sibhin, de Ierse pub aan de Nationalestraat, was al jaren Matthias' stamcafé. Hij kwam er graag omdat hij hield van de no-nonsense sfeer die er hing. De Guinness kwam er uit het vat en aan de tapkast kon je een zakenman, een student en een hipster broederlijk naast elkaar zien zitten, want zo'n soort kroeg was het. Matthias hield van een glas Guinness en hij hield van Champions Leaguevoetbal en aangezien het café alle wedstrijden op een groot scherm vertoonde, kon hij met zijn maten zijn biertje slurpen terwijl ze naar het voetbal keken en luidkeels commentaar gaven.

De bazin heette Lea en nog voordat Matthias een vrije stoel aan de tapkast had gevonden, had ze zijn biertje al getapt.

Ze keek Liese vragend aan.

'Een Omer, alstublieft,' zei ze.

In de volgende uren verhuisden ze van de tapkast naar een tafeltje in de hoek en weer terug, al naargelang de gesprekken die ze voerden en de stamgasten die langsliepen en een rondje wilden geven. De stamgasten waren meestal mensen die Liese niet kende en zo had ze het vanavond graag. De gesprekken die ze voerden, waren divers, uitbundig en volstrekt onbelangrijk, en ook dat deed haar veel plezier.

Toen ze zich midden in de nacht op haar bed in de kleine dakkapel lieten vallen, had Liese de slappe lach.

'Ik denk dat het laatste glas er net eentje te veel was,' zei Matthias grijnzend terwijl hij haar kleren uittrok.

'Ik denk het ook,' hinnikte Liese.

Hij had zijn hoofd tussen haar benen en plantte een trage, natte kus op haar slipje.

Ze hield vrij snel op met lachen.

Een uur of vier later, toen Liese nog in een diepe slaap was en met haar lange benen half over Matthias lag, werd Michel Masson langzaam wakker.

Hij had 's avonds de gordijnen opengelaten en de opkomende zon had hem waarschijnlijk gewekt, dacht hij. Hoe vroeg was het? Vroeg. Ergens tussen vijf en zes, schatte hij.

Hij lag tussen krakend verse lakens. De lakens lagen over zijn nieuwe slaapbank en de slaapbank stond op een schoon geschuurde eiken vloer van een zo goed als lege kamer. De optelsom van dat alles? Rust. Vrede.

Hij lag op zijn rug, keek voor zich uit en probeerde aan werkelijk niets te denken, wat hem een tijdje prima lukte.

De stilte maakte hem zo blij dat hij onwillekeurig en van puur genot even rilde. Buiten, beneden op de straat, waren er af en toe gedempte voetstappen, maar niet veel en niet hard, net hard genoeg om hem duidelijk te maken dat hij hier, driehoog, in een soort boomhut lag die niets met de wereld daarbuiten van doen had. Hij friemelde met zijn tenen tegen de lakens terwijl hij keek hoe de zon binnenscheen en lichtvlakken gooide op de vloer en op de kale witte muren en hij was er absoluut zeker van dat hij, als dat kon en als ze hem allemaal eindelijk eens met rust lieten met hun ellende, hier de rest van zijn leven zou kunnen liggen, in die zalige stilte, friemelend met zijn tenen en kijkend naar het licht dat door het raam naar binnen viel.

Ongeveer op hetzelfde ogenblik dat Masson in alle rust en vrede nadacht over een nieuw leven, loodste schipper Leo Verheyen zijn veerboot geroutineerd over de kalme Schelde. Hij 'stond' al acht jaar op deze boot, zoals dat heette, niet eens een echte boot, maar eerder een platte, rechthoekige bak met in het midden een huisje erop, maar hij hield van zijn vrolijk wit en geel geschilderd vaartuig.

Verheyen was een rustige man van vijftig die het gewoon fijn vond om mensen het leven zo aangenaam mogelijk te maken, beginnend bij zijn vrouw Ria en eindigend met iedereen die gebruikmaakte van de gratis veerdienst tussen de dorpjes Bazel en Hemiksem. De meesten waren ondertussen bekenden van hem geworden, pendelaars die de Jan Van Eyck – want zo heette zijn veer – dagelijks gebruikten om zich van en naar hun werk te begeven en jongeren die naar school gingen in het Sint-Jorisinstituut. In de zomermaanden kwamen daar de vele toeristen bij die in de regio kwamen wandelen en fietsen, en voor iedereen had Verheyen een vriendelijke knik, ook als hij merkte dat er aan de andere kant geen woord of blik af kon. Ze hebben het allemaal zo druk, dacht hij dan vergoelijkend, ze hebben van alles aan hun hoofd, ze moeten voor een baas gaan werken of op schoolbanken zitten en ik mag hier bootje varen op de Schelde, altijd heen en weer, en vanavond fiets ik langs het jaagpad naar huis en trek ik een flesje trappist open, het eerste van twee, nooit meer, zelden minder.

Het was iets over 05.30 uur, zijn tweede overtocht van de dag, en de zon was vijf minuten eerder verschenen en had de oevers opgelicht en het water doen glinsteren, in duizenden kleine flitsen.

Achteraf was Leo Verheyen niet meer zeker of hij het koffertje had opgemerkt voor hij aan het ponton aanlegde of erna. Hoe het ook zij, er was zoveel om te doen geweest. Zoveel oude wonden en zoveel nieuw verdriet. In zijn stamcafé had zowat iedereen maandenlang aan zijn kop gezeurd en naar bijzonderheden gevraagd, als aasgieren die zich op een prooi wilden storten. Zelfs zijn vrouw, die lieve, zachte Ria, had zich door al het geroddel laten besmetten en hem herhaaldelijk gevraagd hoe het daar gelegen had, alsof je aan het ding had kunnen aflezen welke gruwel eraan vooraf was gegaan.

Terwijl het gewoon een eenvoudige kleine koffer was geweest, half dobberend tegen de oever, tussen het riet en het gras, een vriendelijk, bijna grappig koffertje dat de schipper onwillekeurig aan vakantie had doen denken.

6

Aspirant-inspecteur Steven Dewit werkte nog maar een jaar bij de lokale politie van Zone Rupel. Hij was een grote, slanke kerel van 26 met een open, ovaal gezicht en met een vrolijke uitstraling die vooral te maken had met zijn weerbarstige haar: hij had een weerborstel die hem een grappig soort kuif gaf. Dewit had jaren geleden al geleerd dat er niets aan te doen viel, behalve zijn hoofd kaalscheren, en dat vond hij dan weer iets te radicaal. Hij haatte de dwarrel op zijn hoofd, niet alleen om puur esthetische redenen, maar ook omdat het hem bij zijn collega's en oversten bijna frivool deed lijken, iets waar hij een hekel aan had. Frivoliteit was geen goede eigenschap als je snel carrière wilde maken en er was weinig wat aspirant-inspecteur Steven Dewit vuriger wenste dan dat. Hij probeerde alle aspecten van zijn baan zo goed mogelijk te beheersen en alles volgens het boekje te doen, wat er die ochtend voor zorgde dat hij met het onderzoek van het koffertje niet het soort fouten maakte dat een andere flik misschien wel zou hebben gemaakt.

Het ding dat voor hem op zijn desk lag was een halfuur eerder binnengebracht door een piepjonge aspirant-agent wiens oom de schipper was van de veerdienst op de Schelde. De aankomende agent had de tegenwoordigheid van geest gehad om het koffertje niet te openen, maar het in plaats daarvan op Dewits bureau te deponeren.

Het was een grappig ding, vond hij. Zijn vriendin had een paar maanden geleden iets dergelijks gekocht in een winkeltje van vintage spullen in de Antwerpse Kloosterstraat. Hoe had ze het ook alweer genoemd? Een kostschoolkoffertje, dat was het. Het soort retrokoffer waarmee welopgevoede meisjes een eeuw geleden van en naar het internaat reisden.

Dewit nam een papieren zakdoekje in zijn linkerhand en een balpen in zijn rechter. Hij duwde met de pen tegen de rechtersluiting en er klonk een doffe klik. Hij deed hetzelfde aan de linkerkant.

Hij liet het deksel openvallen en tuurde naar de inhoud.

Enkele broeken, waaronder twee jeans. Hemdjes en T-shirts, zo te zien allemaal in een vrij kleine maat. Een plastic toiletzak, rood met witte strepen.

Dewit voelde met de pen voorzichtig onder de laag kleren en tilde ze omhoog.

Een dik boek, De Hobbit van Tolkien. Een doorschijnend zakje met een verzameling haarspelden en elastiekjes. Sokjes, in allerlei kleuren. Een heel stel witte slips van het merk Sloggi.

Hij trok de pen terug en dacht na. Hij had de indruk dat de spullen in het koffertje vrij oud waren, al wist hij niet goed waarom hij dat dacht. Het type kleren misschien? Het was maar een gevoel, hij wist sowieso weinig van mode.

Pas toen zag hij dat er een label tegen de achterzijde van de koffer hing. Het had verborgen gezeten achter een stel kleren, maar door het gewoel was het zichtbaar geworden. Het was een strip van hard plastic met een naam erop, en dit soort labels kende hij wel. Zijn oudere broer had hem lang geleden een oude Dymo cadeau gedaan en het ding deed nog steeds dienst.

'Marjolijn IJsbrandij' stond erop.

Vreemde naam, dacht Steven Dewit. Niet van hier, waarschijnlijk.

Hij voerde de naam in op zijn computer, maar er was geen match in de algemene database. Hij opende Facebook en deed hetzelfde.

Marjolijn IJsbrandij woonde in het Nederlandse Bergen op Zoom en bleek volgens de foto's en commentaren op Facebook een lerares Engels aan het plaatselijke Mollerlyceum te zijn. Ze was ook voorzitster van een dierenvereniging, zag Dewit. Hij tikte haar naam in de telefonische database, noteerde het nummer en keek dan op zijn horloge. Bijna 07.00 uur. Was dat te vroeg om die vrouw te bellen?

Hij deed het toch.

'Met Marjolijn, met wie spreek ik?'

Een opgewekte maar kordate stem. Iemand die al een tijdje wakker was, constateerde Dewit. En onmiskenbaar een Nederlandse.

Hij stelde zich voor.

'O, de Belgische politie,' zei de vrouw verbaasd. Dewit hoorde haar glimlachen. 'Heb ik een verkeersboete niet betaald of zo?'

'Helemaal niet, mevrouw, maakt u zich geen zorgen.' Dewit glimlachte nu zelf. 'Het gaat om een koffertje dat we vanochtend aan de Schelde hebben gevonden. Uw naam staat erin, daarom bel ik u. Het zit vol met kleren en andere spullen, dus misschien...'

Het geluid dat Marjolijn IJsbrandij maakte hield het midden tussen een langgerekte schreeuw en een kreun, maar wat het ook was, het kwam uit het diepst van haar binnenste en het klonk zo pijnlijk dat de aspirant-inspecteur zelf naar adem hapte.

'Dat is van Kim,' snikte de vrouw. 'Dat is het koffertje van mijn dochter Kim!'

'Mag ik vragen waarom u zo... emotioneel reageert, mevrouw?'

'Dat was de koffer die ze bij zich had.' Haar stem klonk dik van verdriet. 'Mijn dochter is vermoord, meneer. Bij jullie, in België. Ze had een koffertje bij zich, maar dat hebben ze nooit teruggevonden.'

Onmiddellijk na het gesprek had de aspirant-inspecteur zijn overste gebeld en een rapport geschreven. De overste had de lokale recherche en daarna ook zijn korpschef ingelicht, en het was die laatste die contact nam met de afdeling Moordzaken van de federale gerechtelijke politie Antwerpen.

Om 09.00 uur zaten Liese, Laurent en een bijzonder fris ogende Masson in de teamkamer voor het 'ochtendgebed,' zoals het eerste overleg van de dag onder collega's werd genoemd. Hoofdcommissaris Torfs was ook van de partij, iets wat hij in de beginfase van een onderzoek meestal deed.

Ze zaten aan de grote tafel, de mannen met een bekertje koffie voor zich en Liese met een flesje water in haar handen. Ze had een flinterdun kartonnen mapje voor zich liggen en scande de inhoud van de documenten.

'Om te beginnen, we hebben het over een cold case. De zaak zit nog in de Algemene Info, ze is nooit afgesloten.'

Torfs knikte. 'Ik ben oud genoeg om het me zelfs te herinneren, ik was toen al bij de politie.' Hij keek naar Masson. 'Jij toch ook, niet?'

Masson maakte een afwerend gebaar dat duidelijk maakte dat hij daar niet op aangesproken wilde worden.

'In de koffer die vanochtend aan de Schelde is gevonden, zitten de spullen van Kim Manderfeld. Kim was een vijftienjarig meisje dat bij haar gescheiden Nederlandse moeder woonde. De mama heet Marjolijn IJsbrandij, ze heeft iets meer dan een uur geleden in de kantoren van de lokale politie de koffer geïdentificeerd. De koffer is op dit moment bij het lab voor het sporenonderzoek.'

Liese ging door de documenten.

'Op 16 augustus 1993 is Kim in de ochtend vanuit Bergen op Zoom vertrokken om bij haar vader te gaan logeren. Stefan Manderfeld woonde toen net buiten Bornem, aan de Schelde. De man is ondertussen overleden. Het meisje heeft eerst de trein naar Antwerpen en daarna die naar Bornem genomen. Haar vader had 's middags vrij, maar hij was te laat van zijn werk vertrokken en was niet op tijd bij het station om haar af te halen. Kim heeft een tijdje staan wachten en is toen te voet vertrokken.'

'Leve de gsm,' zei Laurent. 'Dat zou vandaag al niet meer kunnen.'

'Vanaf het station was het een goeie twintig minuten tot aan het huis, maar daar is ze nooit aangekomen. Haar lichaam is gevonden in de moerasbossen aan de Schelde. Ze was verkracht en daarna gewurgd.'

'Zomer 1993,' zei Torfs. 'Dat is meer dan twintig jaar geleden, die zaak is dan toch verjaard? Ik zei het al, ik herinner me nog wat er destijds gebeurd is, maar de rest is helaas weg.'

'Er is een proces geweest en een veroordeling, maar die man is na vier jaar opsluiting en een nieuw proces vrijgesproken. De termijn is opnieuw beginnen te lopen eind 1997.'

En nu duikt haar koffertje zomaar op?' vroeg Laurent. '24 jaar later?' Hij schudde zijn hoofd.

'Dat is nog niet alles,' zei Liese. Ze nam het tweede document uit het mapje en doorliep het. 'Drie maanden na de moord op Kim is een tweede meisje vermoord op bijna dezelfde plek in de moerasbossen. Linda Rottiers, veertien jaar. Zelfde MO, verkracht en daarna gewurgd. De dader is nooit gevonden.'

'Het komt allemaal terug nu,' zei Torfs terwijl hij knikte. 'Veel heisa, toen, geloof me vrij. Twee kinderen verkracht en vermoord en nooit gevonden wie de dader was.'

Lieses telefoon ging.

'Met mij.'

Maite Coninckx was het hoofd van de technische recherche, een vrij jonge maar heel deskundige hoofdinspecteur, die vooral het laatste jaar een echte vriendin van Liese was geworden. In haar werk was ze uiterst gedisciplineerd maar daarbuiten was het een vrolijke spring-in-'t-veld en Liese ging graag met haar om. Maite had een grondige hekel aan Masson:

ze vond hem een norse, arrogante boekenwurm. De aversie, wist Liese, was trouwens geheel wederzijds.

'Dag Maite, zeg het maar.'

'Ik bel gewoon om je even te melden dat we zowel vingersporen als DNA hebben. Alles is al weg trouwens, de vingersporen zijn al naar de GID.'

De Gerechtelijke Identificatie Dienst beschikte over een geavanceerd systeem om via de databank met opgeslagen vingerafdrukken na te gaan of bepaalde vingersporen een match opleverden.

'Er zaten enkele heel bruikbare vingersporen op de plastic toilettas,' ging Maite verder. 'En voor het DNA-onderzoek hebben we huidschilfers. Ziet er dus niet slecht uit.'

'Meer dan waarschijnlijk is dat allemaal van het meisje zelf, toch?'

'Als ik een NIP was, zou ik hetzelfde zeggen.'

'Hè?'

'Een NIP. Een Negatief Ingesteld Persoon.'

'Ah. En wat ben jij dan wel?'

'Een PIP, lieve schat,' zei Maite Coninckx, 'dat spreekt toch voor zich.'

Meteen daarna hing ze op.

Liese gaf uitleg.

'Goed.' De hoofdcommissaris keek op zijn horloge. 'Ik moet ervandoor, ik heb een stafmeeting.' Hij wees naar Liese. 'Je geeft me een seintje als er nieuwe elementen opduiken. Dan voegen we Noureddine Naybet meteen toe aan je team.'

Liese knikte.

Toen Torfs weg was, zei Laurent: 'Ik ben blij dat we eindelijk iets omhanden hebben in deze komkommertijd, maar toch...' Hij keek sip. 'Twee vermoorde kinderen, verdomme. Ik had liever een andere zaak gehad dan zoiets treurigs.'

'We hebben ook nog geen zaak,' bromde Masson.

Laurent zat nog in zijn mijmering en had hem niet goed begrepen.

'Wat zei je?'

'Er is nog geen zaak. Als de procureur het onderzoek weer actief maakt en Carlens een opdracht geeft, heb je een zaak, maar eerder niet.'

'Excuses voor mijn taalgebruik,' zei de inspecteur gepikeerd.

'Ja, wel, je moet correct zijn in die dingen, meer zeg ik niet.'

Ze waren beiden ontstemd, zag Liese. Laurent omdat hij van zijn mentor een andere houding had verwacht en Masson omdat hij zijn pupil de les had gelezen en te koppig was geweest om zich op tijd in te houden.

'Jullie hebben volgens mij allebei gelijk,' zei Liese zacht. 'We moeten afwachten wat ze daarboven beslissen, maar dat neemt niet weg dat we de voor de hand liggende dingen al kunnen doen. Contact houden met de lokale politie, om maar iets te zeggen.'

Ze knikten beiden, niet omdat Liese iets belangrijks had gezegd – dat had ze niet, wisten ze alle drie – maar omdat ze de lont uit hun conflict had gehaald.

'De lokale is volop bezig met het buurtonderzoek,' zei ze. 'Hoewel we ons daar niet al te veel bij moeten voorstellen, want er wonen heel weinig mensen in de onmiddellijke omgeving van de veerpont.'

Er viel een stilte.

Liese keek naar het zonlicht dat door de jaloezieën in schijfjes naar binnen viel. Ze had opeens geen zin in dit gekissebis. Ze had zuurstof nodig.

'Ik rijd naar de moeder van het meisje, ik wil even met haar praten.'

'In Bergen op Zoom?' vroeg Laurent.

'In Bergen op Zoom, ja!' snauwde ze. 'Heb je daar een probleem mee?'

De inspecteur hield beide handen voor zich uit. Jij ook al, zag ze hem denken.

'Het is nauwelijks drie kwartier rijden,' zei ze een stuk zachter. 'En ik wil er even uit, we kunnen voorlopig toch weinig doen.'

Laurent knikte.

Marjolijn IJsbrandij woonde in een rustige straat in een twee-onder-een-kap-woning.

Liese vond een plaatsje pal voor de deur, stapte uit en keek rond. Het was een huis van het type dat volgens haar een doorzonwoning werd genoemd, met een woonkamer die over de gehele diepte van het huis liep, zodat het zonlicht zowel aan de voorkant als aan de achterkant binnenviel. In het voortuintje speelden twee merels, die wegvlogen toen ze dichterbij kwam.

Liese belde aan en de deur werd bijna onmiddellijk geopend, alsof er op haar gewacht werd. De vrouw in de deuropening was groot en mager. Liese schatte haar begin vijftig. Ze had steil blond haar dat tot op haar schouders viel.

'Mevrouw IJsbrandij? Liese Meerhout, federale gerechtelijke politie Antwerpen. Ik heb u onderweg gebeld.'

De vrouw staarde haar enkele tellen aan. Ze had gehuild, zag Liese, de mascara aan beide kanten van haar ogen was een beetje uitgelopen.

'Kom maar binnen,' zei ze.

'Het is zo... vreemd, weet je, ik kan het moeilijk uitleggen.'

Ze zaten naast elkaar op de grote zitbank in de woonkamer.

De vrouw had haar benen opgetrokken en hield telkens haar hand in de buurt van haar hals als ze praatte, alsof ze bescherming zocht tegen de wereld daarbuiten.

'Het is zó lang geleden...' Ze haalde diep adem. 'Na al die jaren heb je min of meer rust gevonden, heb je ermee leren leven, denk je dan. Maar dan komt dat telefoontje van vanochtend en dan zit je, páts, weer midden in de pijn van toen...'

'Wil je me vertellen wat er destijds precies gebeurd is?' vroeg Liese.

IJsbrandij had haar meteen bij het binnenkomen getutoyeerd, dus deed ze hetzelfde.

'Kim was op weg naar haar vader.' Ze keek Liese aan. 'Stefan en ik zijn gescheiden toen Kim tien was. We woonden altijd hier, in Bergen op Zoom, maar na de scheiding is hij teruggekeerd naar zijn geboortestreek in België.' Ze glimlachte droef. 'Hij woonde in een klein huis in een straat die Reek heet, dat heb ik altijd onthouden omdat het zo'n vreemde naam is.'

Liese zweeg.

'Ze zou het laatste stukje van de zomervakantie bij hem doorbrengen,' zei de vrouw. 'Twee weken, dat hadden we zo afgesproken.'

'En Kim wist hoe ze er moest komen? Ze was er al eerder geweest, bedoel ik?'

IJsbrandij knikte.

'Vrij vaak, ja. Ze moest de trein nemen naar Antwerpen en daar overstappen... meer dan één keer overstappen zelfs, denk ik, maar dat weet ik niet meer precies.'

'Bij het station van Bornem moest ze op haar vader wachten, maar die was er niet,' zei Liese.

'Hij werkte bij General Motors in Antwerpen, het was zijn laatste werkdag voor de vakantie en er moest van alles geregeld worden. Hij was te laat vertrokken en toen hij bij het station kwam, was Kim al weg, lopend.'

'Maar ze is nooit bij haar vader gearriveerd.'

'Nee.'

Stilte.

'Ze ging er graag naartoe,' zei de vrouw bijna fluisterend. 'Het is ook zo'n rare buurt, Kim hield daarvan, met al die bossen en de Schelde. Zelfs het gehucht waar Stefan woonde, heeft

97

zo'n vreemde naam. Buitenland. Dat vond ze geweldig...' Er kwamen tranen in haar ooghoeken. 'Zo voelde het ook altijd als ze hier vertrok. Alsof ze naar het verre buitenland ging.'

Liese knikte.

'En niet lang daarna werd ze gevonden,' zei Liese.

'Ja.' Diepe zucht. Haar stem trilde. 'Ze was... mishandeld voor ze stierf, zei de politie.' Ze keek Liese aan. Nu huilde ze voluit. 'Ze moet zo verschrikkelijk bang zijn geweest!'

Ze boog voorover en snikte.

Na een tijdje zei Liese: 'Het moet vreselijk zijn om al zo lang met die... met zo'n drama te leven. Iets wat je niet kunt afsluiten, bedoel ik. Dat je geen plaats kunt geven.'

De vrouw knikte.

'Eerst hadden ze een dader en die kreeg levenslange gevangenisstraf. Dat brengt je kind niet terug, maar ergens voel je toch een soort... opluchting. Voor mij voelde dat zo, in ieder geval. Maar een aantal jaren later bleek die man het toch niet te hebben gedaan. En daarna... daarna was er eigenlijk niets meer.'

Ze zwegen beiden een tijdje.

'Zou ik een foto van Kim mogen lenen?' vroeg Liese.

IJsbrandij liep naar een kast, trok een van de lades open en haalde er een donkerbruin fotoalbum uit. Ze sloeg het open en bladerde erdoor. Ze had het opnieuw moeilijk, zag Liese, maar toen vermande ze zich en trok er gedecideerd een foto uit.

'Deze is op haar vijftiende verjaardag genomen. Drie maanden voor haar dood.'

Twee grote, heldere ogen keken Liese aan.

Het meisje was geen klassieke schoonheid, maar ze had een vrolijke uitdrukking op haar smalle gezicht. Haar mond was breed en ze lachte naar de fotograaf. Het was een zelfverzekerde lach, de lach van een kind dat met vertrouwen in het leven staat.

Het leek alsof de moeder Lieses gedachtegang had gevolgd.

98

'Ze was haar leeftijd vooruit, in zowat alles. Op school deed ze zo goed als niks, alles lukte haar zonder een boek open te slaan. En ze was heel... bijdehand, heel pienter. Een ander meisje van vijftien zou het misschien niet zo leuk gevonden hebben om telkens alleen naar haar vader te reizen, maar niet Kim, die vond zo'n avontuur geweldig.'

'En haar vader, Stefan?' vroeg Liese. 'Hoe is hij ermee omgegaan?'

'Niet... hij heeft het nooit kunnen verwerken. Hij verafgoodde Kim.'

De vrouw liet haar hoofd tegen de rugleuning vallen en keek naar het plafond.

'Hij begon zwaar te drinken. Vroeger lustte hij ook al een flinke slok, dat was een van de redenen waarom het tussen ons niet zo... Nu ja, dat is nu allemaal niet meer van belang.' Ze praatte traag, bijna lijzig. 'Na Kims dood stond er geen maat meer op. Hij heeft zichzelf altijd de schuld gegeven. Dat ze nog zou leven als hij op tijd bij het station was geweest.' Ze draaide haar hoofd en keek Liese met grote ogen aan, dezelfde ogen als die van het meisje op de foto, zag ze. 'Wat ergens ook wel klopt, niet?'

Liese reageerde niet en IJsbrandij staarde opnieuw naar het plafond.

'Twee jaar later had hij een verkeersongeval op een autosnelweg net buiten Antwerpen. Hij was stomdronken, hij had 1,5 promille in zijn bloed. Hij was op slag dood.'

Liese zuchtte. De vrouw pikte het op en knikte langzaam.

'Ze was mijn enig kind. Mensen zeggen je daarna wel dat je het moet verwerken en dat je het een plaats moet geven en nog meer van die lulkoek. Het is allemaal... goedbedoelde onzin. Het leven is nooit en nooit meer hetzelfde. Het voelt alsof er iets uit je weggesneden is en je voor de rest van je leven naar die leegte moet staren, snap je dat?'

'Ik denk het wel,' fluisterde Liese.

Ze reed in stilte terug naar Antwerpen. Haar gsm stond op trilfunctie en de radio zweeg. Ze was normaal al een rustige chauffeur, maar nu reed ze nog langzamer dan anders.

Bij iedere moordzaak waar Liese bij betrokken was geweest, leek het vooral in het begin alsof de tijd haar in haar gezicht uitlachte door razendsnel voorbij te gaan, zodat zij en haar collega's nauwelijks wisten waar ze eerst aan moesten beginnen. Nu was het tegenovergestelde waar. De dag kabbelde traag verder alsof er geen vuiltje aan de lucht was, iets wat vooral Laurent zichtbaar irriteerde.

Rond 17.00 uur keek hij voor de zoveelste keer op zijn horloge. Even tevoren had de lokale politie laten weten dat het buurtonderzoek niets had opgeleverd. Niemand van de omwonenden had iets verdachts gezien, niemand had een bruikbare getuigenis. Ook een nieuw gesprek met schipper Leo Verheyen bracht hen niet verder. Hij had het koffertje opgemerkt bij zijn tweede overtocht van de dag, maar of het er bij de eerste ook al had gelegen, kon de man niet zeggen.

Laurent keek beurtelings naar zijn collega's.

'Waarom duikt die koffer nu op? Hé?'

Masson keek hem sceptisch aan.

'Is dat een vraag voor mij?'

'Dat is een vraag voor iedereen. Het meisje wordt 24 jaar geleden verkracht en gewurgd, en nu duikt opeens haar reiskoffertje op. Waar was het dan al die tijd?'

'Dat weet ik niet, Laurent,' zei Liese.

'Je moet nooit retorische vragen stellen, jongen,' verzuchtte Masson vermoeid.

De inspecteur keek zijn collega's grimmig aan.

'Ik ga even een wandeling maken,' zei hij kort en liep naar buiten.

Liese zag de uitdrukking op Massons gezicht en ze reageerde snel.

'Als je van plan was om een smalende opmerking te maken, dan kun je die beter inslikken,' zei ze. 'Ik heb tien keer liever zijn betrokkenheid dan jouw cynisme, oké?'

Ze had het harder geformuleerd dan ze van plan was.

Massons gezicht was een masker.

Ze zeiden geen woord meer.

Een tijdje later ging opeens de deur open en stond Laurent er weer, op de voet gevolgd door Maite Coninckx.

Liese hoefde haar gezicht niet te zien om te weten dat ze iets belangrijks te vertellen had. Maite was wat dat betrof nogal voorspelbaar. De wissewasjes handelde ze het liefst af aan de telefoon, maar voor de dingen die er echt toe deden, kwam ze zo mogelijk persoonlijk langs.

'We hebben nieuws,' zei ze.

Liese knikte.

'Wil je niet gaan zitten?'

'Nee, dank je, hoeft niet. Ik moest toch in het gebouw zijn, hoor, ik heb zo dadelijk een meeting met jouw collega's van de Drugs over de zoveelste betwiste factuur van mijn lab. Die mannen maken me hoorndol.'

Ze droeg een lange zwarte jurk van eenvoudige snit, een grote, veelkleurige halsketting die zo te zien uit een verzameling stenen was gemaakt en een bijpassende haarspeld, die dwars door haar dikke haren stak.

'Wat heb je dan voor ons?' vroeg Laurent.

Coninckx tikte met een wijsvinger op het mapje dat ze in haar andere hand hield.

'De resultaten van de GID over de vingersporen. Ze hebben heel snel gewerkt, maar dat komt vooral doordat ze ook de juiste vingerafdrukken hadden om mee te vergelijken. En het zijn niet die van het meisje.'

Liese keek verbaasd op.

'Het zijn niet die van het meisje én de afdrukken zitten in ons systeem?'

'Yep.' Maite keek triomfantelijk. 'Twee partiële afdrukken op de sluitingen en enkele heel goede op de toiletzak van Kim. En het zijn allemaal de vingerafdrukken van jouw dode man in Italië.'

'Fuck,' zei Laurent.

Om 18.00 uur zaten ze samen met Frank Torfs. 'Ik heb de onderzoeksrechter al aan de lijn gehad,' zei hij. 'De denkpiste van zowel de procureur als van Carlens is dat Werner Thielens de moord op Kim Manderfeld heeft gepleegd. Hij heeft na al die jaren berouw gekregen, de koffer weggegooid en zich van kant gemaakt. Met het weinige dat we nu weten, ben ik geneigd haar daarin te volgen.'

'Dan heeft hij niet één, maar twee meisjes omgebracht,' zei Liese. Ze tikte op het dossier dat voor haar lag. 'Ik heb nog lang niet alles doorgenomen, maar ik weet al wel dat beide moorden door een en dezelfde dader zijn gepleegd.'

Laurent ging voor de zoveelste keer door het rapport van het lab.

'Waar we voorlopig dus van uitgaan, is dat Thielens zich na al die jaren om een of andere reden schuldig voelt voor een dubbele moord en de hand aan zichzelf slaat. Dan blijf ik met twee vragen zitten. Ten eerste: waarom gooit hij die koffer precies daar weg? Het ding lag niet eens goed en wel in het water, hij kon er absoluut niet van uitgaan dat het koffertje meteen zou zinken. Het lijkt wel of hij wilde dat het snel gevonden werd.'

Dit leverde hem voor het eerst een goedkeurend knikje van Masson op.

'Dat kun je toch wel inpassen in een bepaalde logica,' argumenteerde Torfs. 'Hij voelt zich zo schuldig dat hij zelfmoord pleegt, dus wil hij ook dat de waarheid snel naar boven komt.'

'Dan had hij toch heel anders kunnen reageren? Hij had een afscheidsbrief kunnen schrijven, een bekentenis, weet ik veel. Dit is zo'n... half werk.'

'Je had twee vragen,' herinnerde Liese hem.

'Ja. Waarom snijdt hij zijn polsen door in een kerk in Italië? Dat is alleen maar logisch als er een band is tussen de man en de plek.'

Nu knikte Masson enthousiast, maar tot zijn verbazing wuifde de jonge inspecteur de lofbetuigingen geïrriteerd weg en richtte zich rechtstreeks tot Liese.

'Dat klopt toch wat ik zeg?'

'Ja, ik kan je redenering volgen,' zei ze. 'En omdat ik niet echt in toeval geloof, heb ik zelf ook twee vragen. Waarom wacht hij bijna een kwarteeuw? Er moet een reden zijn waarom hij net nu heeft gedaan wat hij heeft gedaan.' Ze keek haar collega's aan. 'Mijn tweede vraag ligt voor de hand, vind ik. Als Thielens werkelijk die twee jonge meisjes heeft verkracht en gewurgd, en daar ziet het inderdaad naar uit, dan zijn ze misschien niet zijn enige slachtoffers. Ik denk dat we onze collega's in Zermatt moeten vragen naar onopgeloste moorden met een vergelijkbare MO. En als we toch bezig zijn, die in Italië ook. Misschien was de jaarlijkse wandelvakantie in Zwitserland wel een ideale dekmantel om ergens anders ongestoord zijn gang te kunnen gaan.'

Ze liet dat even bezinken.

'Fuck,' herhaalde Laurent.

Commissario Massimo Molinari was snel van begrip.

Liese legde uit wat ze ontdekt hadden over het koffertje en over de dubbele moord van een kwarteeuw geleden.

'Dat zou zijn aanwezigheid in Bolsena kunnen verklaren.'

'Misschien. Misschien ook helemaal niet, we tasten voorlopig nog in het duister, Massimo.'

Ze hoorde aan zijn stem dat het hem duidelijk plezier deed dat ze hem zo expliciet met zijn voornaam aansprak.

'Ik vraag eens rond, Liz, ook bij mijn collega's in de streek. We hebben hier gelukkig geen al te hoge moordstatistieken, en al zeker niet als we naar een overeenkomstige MO zoeken.'

'Dan hoor ik snel iets van je?'

'Certo,' zei Molinari.

Ze legde neer en merkte nog net hoe Massons hand van zijn borstkas gleed en hij een grimas probeerde te verbergen.

'Doet het weer pijn?'

Toen hij een half jaar geleden werd neergeschoten, was het zo goed als 'game over'. De eerste kogel ging dwars door zijn borst. De tweede miste zijn hart op een halve centimeter, doorboorde een slagader en kwam in zijn long terecht. De revalidatie was zwaar en nog steeds waren er dagen waarop hij de littekens voelde trekken en zeuren, maar ze had hem nooit horen klagen.

'Het gaat wel.'

Liese had zich vandaag meer dan eens aan hem geërgerd. Aan zijn lethargie, zijn gebrek aan engagement. Aan zijn afwezigheid, niet lijfelijk, maar in zijn hoofd.

'Laten we maar naar huis gaan,' zei ze zacht.

7

De volgende dag, een vrijdag, sloeg het weer om. Lichtgrijze lucht, donkergrijze wolken, regen die tientallen keren ophield maar niet lang daarna toch weer begon.

Het verkeer zat nog meer in de knoop dan anders en dat wilde wat zeggen in Antwerpen. Liese baande zich stapvoets een weg door een kluwen van toeterende en sikkeneurige chauffeurs en bedacht voor de zoveelste keer dat ze misschien beter met de fiets naar het werk kon gaan, zoals Laurent meestal deed. Maar toen zag ze een vrouw die met haar tweewieler aan het verkeerslicht stond te wachten, helemaal doorweekt, haar haren tegen haar hoofd geplakt. Ze keek treurig en ze rilde van de kou, want het was ook gevoelig killer geworden.

Liese zette de radio aan en nam de dag door. Op de ochtendmeeting na lag er niet veel vast. Om 13.00 uur vergaderde ze met de onderzoeksrechter en het was zo goed als zeker dat Carlens de zaak van de vermoorde meisjes zou heropenen. Wat betekende dat ze ergens in de loop van de middag op de persconferentie zou moeten zijn en vragen zou moeten beantwoorden, iets waar ze een grondige hekel aan had.

Ze zuchtte en staarde voor zich uit. De ruitenwissers zwiepten mistroostig heen en weer.

Ze was de laatste tien minuten ongeveer tien meter vooruitgegaan, constateerde ze.

De nieuwslezer meldde dat de pas begonnen zomer er minstens tot maandag al even mee ophield, wat ook geen opbeurende gedachte was.

'Thielens' ouders zijn allebei overleden, zijn vader nog maar een paar weken geleden. Hij heeft één zus, Petra, die in Oostende woont, ze heeft een tearoom op de dijk. Ik heb haar net aan de telefoon gehad.'

Laurent was al een uur op kantoor. Ondanks het hondenweer was hij toch met de fiets gekomen. Zijn zwarte Pinarello stond in een hoek van de teamkamer. Eronder lagen plasjes water. Er was een tijd geweest dat Masson er stevig tegen tekeerging dat de inspecteur zijn racefiets in het kantoor stalde en hij had het hem in het begin zelfs gewoon verboden, maar dat was definitief voorbij. Masson leek zich niet meer te kunnen opwinden over het ding tegen de muur en sowieso betwijfelde Liese of Laurent daarvan nog onder de indruk zou zijn.

'Ze woont al twintig jaar aan de kust en ze is naar eigen zeggen al lang vervreemd van haar familie. Ze heeft de laatste jaren ook zo goed als geen contact meer gehad met haar broer.'

'Wist ze het al?'

Laurent knikte.

'De vrouw van Thielens heeft haar gisteren gebeld. Ze klonk wel wat droef, maar toch ook nuchter, vond ik.'

Masson kwam binnen.

'Goedemorgen.'

Niet overdreven vriendelijk, niet nors.

Hij droeg een van zijn gebruikelijke driedelige pakken, die waarschijnlijk al uit de mode waren toen hij ze jaren geleden kocht.

Hij hing zijn overjas aan een knaapje, haalde zijn vulpen uit zijn binnenzak en ging aan zijn bureau zitten.

'Oké,' zei ze. 'Nog wat, Laurent?'

Terwijl ze het vroeg, loenste ze naar Masson. Ze had in de loop der jaren geleerd om met één blik in zijn ogen te lezen hoeveel hij de voorgaande avond gedronken had. Het was bijna een automatisme geworden, iets wat ze in een reflex deed, en ze was er ondertussen goed in.

Helder. Weinig of geen adertjes. Normale grootte, dus geen last van het licht. Niet veel gedronken de avond voordien.

Om een of andere vreemde reden vond ze de nuchtere versie nog zorgwekkender dan de 'katerige' waaraan ze gewend was.

'Niets bijzonders,' antwoordde Laurent. 'Hij is opgegroeid in de omgeving van Puurs, zijn vader had een kleine boerderij. Was bij de plaatselijke scouts, studeerde aan het RUCA in Antwerpen. Handelsingenieur. Afgestudeerd in 1994, naar Antwerpen verhuisd en meteen gaan werken bij Financiën. Heeft nooit een andere baan gehad.'

'Zegt ons dat iets, Michel?'

Het was een wel erg doorzichtige poging om hem bij het gesprek te betrekken, maar Masson speelde mee.

'De meisjes werden in 1993 vermoord. Toen woonde Thielens nog thuis. Hoe ver is het van Puurs naar de plaatsen delict?'

'Nauwelijks een kilometer of vijf,' antwoordde Laurent.

'Dan kunnen we er dus van uitgaan dat hij de omgeving kende, zeker als hij bij de scouts was.'

Liese knikte. 'Buitenland. Vreemde naam, niet? De moeder van Kim had het er al over, haar ex woonde er ook.'

'Een gehucht van Bornem,' bromde Masson. 'Het stuk tussen Bornem en de Schelde. Vroeger volledig moerasgebied, vandaar de naam, "buiten het land".'

'En dat zit allemaal samengeperst in dat ene hoofd,' zei Laurent theatraal.

Masson keek gemaakt stuurs.

'Maar goed,' ging de inspecteur verder, 'veel meer heb ik niet te melden. Ik heb enkele foto's van de man geprint, ze liggen op de tafel daar.'

Masson stond op.

'Moet je weg?' vroeg ze.

Hij knikte. 'Medische keuring. Verplichte controle bij de arbeidsgeneesheer.'

Hij scheen het geen prettig vooruitzicht te vinden.

'Tot straks.'

Toen hij de deur uit was, keek ze naar buiten. Het was opgehouden met regenen.

'Wanneer is Thielens ook weer getrouwd?' vroeg ze Laurent.

Hij keek in zijn notities.

'1997. Toen was hij dus 29.'

'En zijn vrouw Aline ook. Maar misschien kenden ze elkaar al enkele jaren voor ze trouwden.'

'Je kunt het haar straks eens vragen.'

'Hm.'

Liese was van plan geweest om na haar afspraak met Carlens naar Aline te rijden, zodat ze het nieuws van haar zou horen. Ze wilde niet dat de arme vrouw opeens een meute journalisten aan haar deur had en van hen moest vernemen dat haar overleden man verdacht werd van kindermoord. Het was geen taak waar Liese naar uitkeek en daarom wilde ze Silke Raemers meevragen, de maatschappelijk assistente van het korps en iemand die gespecialiseerd was in slachtoffertrauma's.

Ze keek op haar horloge. Nog minstens twee uur te vullen voor ze naar de onderzoeksrechter kon.

Ze pakte haar telefoon en toetste een intern nummer in.

'Dag Silke,' zei ze.

Aline Thielens was dit keer alleen.

Ze zag er nog slechter uit dan de vorige keer. De huid op haar ingevallen wangen was vaalgrijs en ze had zo vaak gehuild dat haar roodomrande ogen dik en dof stonden.

'Er heeft een man van de ambassade gebeld,' fluisterde ze mat. 'Ze vliegen Werner morgen terug.'

Liese knikte.

'Ik moet je iets vertellen, Aline.'

De vrouw keek haar futloos aan.

'Het is geen goed nieuws, vrees ik,' zei Liese.

Het eerste halfuur was er alleen maar ongeloof en verbijstering, daarna kwamen de huilbuien en ten slotte de ontkenning. Het nieuws was ook te gruwelijk voor woorden.

'Kunnen we iemand voor je bellen, Aline?' vroeg Silke. Ze was een kleine, geblokte vrouw met een zachte, vriendelijke uitstraling. Ook haar stem klonk zacht. 'Wil je dat we een vriendin of iemand van de familie vragen om je gezelschap te houden?'

Thielens' weduwe schudde koppig het hoofd.

'Zo iemand was Werner niet, jullie maken een enorme vergissing.'

'Wanneer hebben jullie elkaar leren kennen?' vroeg Liese.

Ze moest haar vraag herhalen voordat de vrouw zich min of meer concentreerde.

'We waren twee jaar samen toen we in 1997 trouwden. Ergens in de lente van 1995, denk ik.'

'Kende je hem voordien al?'

Ze begreep eindelijk waar Liese naartoe wilde en blokte het af.

'Nee, maar je hebt het mis, het kan gewoon niet. Werner was... gewoon...' Ze zuchtte, radeloos. 'Hij was een doodbrave student, helemaal anders dan die jongens van zijn jaar. We waren medestudenten, maar ik ben na dat jaar gestopt. Hij deed nergens aan mee, hij wilde niet eens naar studentenfeestjes!'

'Werner woonde nog bij zijn ouders toen je hem leerde kennen,' zei Liese. 'Zo is het toch, hé?'

Aline schudde het hoofd.

'Nee, hij woonde toen al een paar jaar hier.' Ze klonk vermoeid. 'Hij heeft dit huis gehuurd toen hij nog studeerde, het was in slechte staat, dat herinner ik me nog. Hij werkte ieder weekend om de huur te kunnen betalen. Toen we elkaar leerden kennen, ben ik bij hem ingetrokken. Later hebben we het huis gekocht en het helemaal verbouwd.'

Liese prentte de informatie in haar hoofd. Thielens woonde dus al hier toen de meisjes werden vermoord.

'Had Werner nog vrienden uit zijn studententijd?'

'Nee... We zijn altijd nogal op onszelf geweest, we hebben nooit veel zin gehad om mensen uit te nodigen of zo. Werner had geen echte vrienden.' Ze dacht aan iets en er kwam een minieme glimlach op haar gezicht. 'Hij kon nogal slecht met mensen communiceren. Hij had bijvoorbeeld een hekel aan telefoneren, zijn gsm vergat hij meestal gewoon mee te nemen, of die was niet opgeladen of zo, begrijpt u?' Ze haalde diep adem. 'Hij was niet echt sociaal, dat was het. We gingen heel af en toe naar een verjaardagsfeestje van een van zijn collega's, maar dat was uitzonderlijk.'

Liese stond op.

'Bedankt voor je tijd, Aline.'

De vrouw staarde voor zich uit.

'Ik heb het je vorige keer al gevraagd...' begon Liese. Toen ze Alines aandacht had, zei ze: 'Je bent er absoluut zeker van dat je nog nooit van de stad Bolsena hebt gehoord?'

'Nee, hoeveel keer moet ik dat nog herhalen,' zei ze snikkend. 'We zijn nooit naar Italië geweest, nooit! Werner ging op zijn eentje wandelen in Zwitserland en samen gingen we één week naar Knokke-Heist, in augustus.' Ze snoot haar neus en mompelde onbeholpen: 'Ik hou niet zo van buitenlands eten...'

In andere omstandigheden had dit ongetwijfeld grappig kunnen zijn, maar nu was er niemand die lachte.

De meeting met Myriam Carlens duurde niet lang.

De onderzoeksrechter hield kantoor in het Vlinderpaleis, het enorme justitiegebouw aan het Bolivarplein. Liese werd snel na haar aankomst naar het verbazend kleine heiligdom van Carlens geleid. Er was plaats voor een bureau, een bezoekersstoel en een kast, en dat was het dan ook. De witte kantoormeubelen gaven toch wat ruimtegevoel.

Ze vatte samen wat ze tot nog toe had ontdekt en de onderzoeksrechter luisterde naar haar uitleg zonder haar te onderbreken. Zo nu en dan wierp ze een blik op het dunne rapportje dat Liese haar die ochtend had doorgestuurd.

'Vreemde zaak, niet?' zei ze uiteindelijk. 'We weten niet waarom hij zo lang heeft gewacht om schuld te bekennen, en dan nog op zo'n indirecte manier. We weten ook niet wat hij in Italië te zoeken had.'

Liese knikte.

'Het enige wat we tot nog toe hebben,' zei ze, 'zijn de vingerafdrukken in en op de koffer van een van de vermoorde meisjes. We hebben geen formele schuldbekentenis, geen afscheidsbrief, niets. Er is ook geen uitsluitsel over de omstandigheden van zijn dood.'

'Hoe bedoelt u?'

Liese legde uit wat ze in de catacomben en bij de autopsie te weten was gekomen.

'De Italiaanse politie gaat wel uit van zelfmoord,' ging ze verder. 'Misschien hebt u ondertussen al nieuws van...'

'Ja,' onderbrak Carlens haar, 'ik heb het rapportje van mijn collega in Italië al gekregen. Voor hen is het een uitgemaakte zaak.'

Ze dacht even na.

'Ik had een uur geleden een korte meeting met procureur Beckx. Vanzelfsprekend heeft hij mij opdracht gegeven om een gerechtelijk onderzoek in te stellen. Enfin, om de dossiers van Kim en Linda opnieuw te openen. Los van het juridische aspect zijn we dat ook verschuldigd aan de ouders. En aan de vermoorde meisjes, neem ik aan.'

Liese wist dat ze het meende. Carlens had de humor van een stuk droog hout, maar ze was niet cynisch en ze was oprecht met de slachtoffers begaan.

'En vond procureur Beckx dat ook?' vroeg Liese. 'Dat we dat ook verschuldigd zijn aan de meisjes?'

Ze had een hekel aan de pompeuze, arrogante man die een hele carrière had gebouwd op een heel eenvoudig principe: schoppen naar beneden en likken naar boven. Carlens deelde die afkeer, daar was Liese zeker van, maar dat kon ze in haar functie natuurlijk nooit met zoveel woorden zeggen.

De onderzoeksrechter glimlachte beheerst. 'De procureur ziet natuurlijk ook publicitaire voordelen in het formeel ontmaskeren van de dader, commissaris, al is het dan postuum en na 24 jaar.'

'Natuurlijk.'

'Maar goed,' zei Carlens, 'we moeten dan wel geen dader zoeken, we...'

Lieses telefoon ging.

'Sorry.'

Ze liep naar buiten.

'Bingo,' zei Maite Coninckx.

'Vertel.'

'Het NICC heeft net gemaild.'

Het Nationaal Instituut voor Criminalistiek en Criminologie, zoals het met een hele mondvol heette, beheerde niet alleen de nationale DNA-databank, het deed ook uitgebreid forensisch onderzoek.

'Ze sturen later vandaag het rapport door, maar ze hebben nu al het belangrijkste laten weten. De huidschilfers in het koffertje zijn afkomstig van twee personen. Kim Manderfeld en Werner Thielens.'

'Dank je. Ik ben net bij Myriam Carlens, ze zal het graag horen.'

'Wanneer spreken we nog eens af?'

Vroeger was zo'n invitatie gegarandeerd de voorbode van een zwaar avondje, maar sinds Maite haar vriendin Kaat had leren kennen, was ze een stuk rustiger geworden.

'Snel,' beloofde Liese.

Ze stapte weer naar binnen.

'Dat was Maite Coninckx van het lab,' zei ze.

Ze bracht verslag uit.

'Het gaat al vooruit en we zijn nog niet eens begonnen,' zei Carlens met een uiterst zeldzame kwinkslag. Toen keek ze Liese ernstig aan. 'Ik vermoed dat het allemaal wel snel zal gaan, commissaris, maar zet er toch maar wat vaart achter als het kan. Het zal oude wonden openrijten. En natuurlijk zullen de media hiervan smullen, dat spreekt voor zich.'

'Ik wil om te beginnen een huiszoeking bij Thielens thuis.' Liese zuchtte. 'Ik wil dat eigenlijk niet echt, maar ik denk dat het voor de hand ligt.'

'Ik zorg ervoor dat u vandaag nog het huiszoekingsbevel hebt.'

Liese wilde opstaan, maar Carlens stak opeens een vingertje op.

'Voor ik het vergeet, de persconferentie is gepland om 17.00 uur.'

'Zo lang nog,' mompelde Liese.

Toen ze in het politiegebouw uit de lift stapte, stond de hoofdcommissaris tegen de gesloten deur van zijn kantoor geleund. Voor hem stond Noureddine Naybet. Ze hielden beiden een bekertje koffie vast.

'Ha, Liese,' zei Torfs met een glimlach. 'Ook een koffietje?'

'Heel graag, maar we hebben hier geen koffie, zoals je weet. We hebben zwarte drab met water.'

Liese walgde van de industriële koffie die uit de automaat kwam en Torfs wist dat al lang, net als iedereen bij de Moord. Het was een spelletje als een ander.

'Hoe was het bij Carlens?'

'Interessant.' Ze aarzelde.

Torfs was intelligent genoeg om te weten waarom. Hij wees naar Naybet. 'Noureddine komt je team versterken, vanaf vandaag. Je kunt dus openlijk spreken. Stuur me de papierwinkel straks maar door.'

'Oké.'

De hoofdcommissaris keek wat stuurs.

'Nu word jij geacht te zeggen: "Dank je, want mijn team was totaal onderbemand", en dan zeg ik: "Graag gedaan."'

Liese glimlachte. 'Dank je, chef.'

Ze meende het ook: een flink aantal speurders bij de Drugs waren halve cowboys, maar Naybet was een aangename, bekwame collega met wie ze graag werkte. En ook Masson kon hem wel hebben, wat ook niet te versmaden was.

'Vertel het nu maar,' zei Torfs.

'De zaak van de vermoorde meisjes is opnieuw actief en het NICC heeft uitsluitsel over het DNA in het koffertje. De huidschilfers zijn van het meisje en van onze man in Italië.'

Torfs keek opgelucht.

'Inpakken, strikje eromheen en opsturen,' zei hij. 'Dit kan heel snel gaan en dat zou voor iedereen het beste zijn.'

'Dat wilde Carlens ook al,' zei Liese humeurig. 'Mag ik mijn werk nog doen of zijn we nu al klaar?'

Torfs stak sussend zijn handpalmen naar voren, mompelde: 'Tot straks,' en verdween in zijn kantoor.

Ze keek Naybet aan. Hij grinnikte.

'Blij dat het eindelijk zover is. Mijn eerste officiële dag bij de Moord!'

'Als je maar geen taart verwacht,' zei Liese.

Inspecteur Vandenberghe maakte weinig woorden vuil aan de blijde intrede van Naybet. Ze kenden elkaar ook ondertussen. Hij glimlachte gewoon even in zijn richting en zei vervolgens tegen Liese: 'Ik heb al wat zitten rondbellen, onder meer naar de politie in Bornem. Die heeft destijds het onderzoek gevoerd, leek me het best om daar te beginnen.'

'Ja. Heb je iets?'

Laurent knikte.

'We worden verwacht.' Hij keek op zijn horloge. 'Over een halfuurtje om precies te zijn.'

'Oké.'

Naybet keek rond en leek te aarzelen.

Toen Sofie zes maanden geleden vertrok voor wat ze zelf haar 'herbronning' noemde en Noureddine tijdelijk bij het team was gevoegd, had Liese hem zonder veel uitleg laten plaatsnemen aan het enige ongebruikte bureau in de kamer. Het meubel stond wat buiten het vierkantje waar de andere teamleden zaten en het was al die jaren vooral gebruikt als bergplaats voor dossiers en als verzamelplaats voor planten. Naybet had er geen punt van gemaakt, hij had de dossiers en de planten gewoon aan de kant geschoven en was aan het werk gegaan.

Liese wees naar Sofies lege bureau in het vierkant.

'Het lijkt me beter als je vanaf nu hier komt zitten, dat praat makkelijker.'

Hij knikte en zei: 'Is er iets wat ik meteen kan doen?'

'De antecedenten van Thielens,' antwoordde ze. 'Concentreer je op het jaar 1993. Zijn medestudenten, om te beginnen. We moeten dat jaar in kaart kunnen brengen. Met wie ging hij om, wat deed hij in zijn vrije tijd, dat soort dingen. Maar misschien kun je je beter eerst even inlezen. De hoofdzaken staan al in de gezamenlijke file, de rest ligt hier.' Ze tikte op de map die op haar eigen bureau lag.

'Will do, chief.'

Ze moest even glimlachen. Er was nog een tweede kenmerk waaraan je speurders van de drugbrigade kon herkennen, naast hun vreselijke kleren: ze strooiden te pas en te onpas met Engelse woorden. Uitkijken naar een verdachte heette bij hen 'scannen,' 'roger' stond gewoon voor 'begrepen,' en als ze aan de controlekamer vertelden dat de situatie 'hold by red' was, bedoelden ze gewoon dat ze stonden te wachten voor een rood verkeerslicht.

'Ik heb nog een opdracht, als dat oké is.'

'Tuurlijk.'

'Een huiszoeking bij Thielens, morgenochtend. Carlens stuurt straks het bevel. We hebben logistieke steun nodig van de lokale en ook het lab moet mee.'

'Ik regel het,' knikte Naybet.

'We kunnen beter nu vertrekken,' zei Laurent.

De politie van Bornem huisde in een laag, uitgerekt nieuwbouwpand in een rustige straat en de man die hen begroette, heette Jan Verbeke, de plaatsvervangende commissaris bij de lokale recherche.

'Welkom. Kan ik jullie een kopje koffie aanbieden?'

Liese bekeek hem wantrouwig.

'Heb je een automaat hier, soms?'

Verbeke lachte verwonderd.

'Nee... gewoon onze eigen koffiezetmachine, in de keuken.'

'Dan graag,' zei ze.

'We hebben een klein team, maar dat is ook logisch voor een lokale recherche,' zei Verbeke.

Ze zaten in zijn kantoor, dat uitkeek op een goed onderhouden grasperk. Liese hoorde vogels fluiten.

'Hoe is het met Michel?' vroeg hij. 'Alweer aan het werk?'

Liese was er stilaan aan gewend geraakt dat zowat iedere flik van enige leeftijd Masson kende, maar Verbeke vond ze daar toch nog wat te jong voor. Hij leek haar nauwelijks veertig jaar.

Hij had haar gedachten gelezen.

'Ik draai al lang mee, ik ben 51,' lachte hij. 'Degelijke genen, iets waar ik mijn moeder voor moet bedanken.'

Ze glimlachte en knikte. 'Michel is net terug. Het is nog even wennen voor hem.'

'Dat zal wel. Je weet dat het kan gebeuren in onze baan, maar toch...'

'Ik heb u gebeld, commissaris,' begon Laurent, 'want we hebben...'

'Sorry, ik onderbreek je al maar even,' zei Verbeke een beetje bedremmeld. 'Ik ben nog geen commissaris, wel hoofdinspecteur. De functie is vacant en ik heb alle kwalificaties, maar ik ben nog niet benoemd, dus...'

'Als we nu gewoon "Jan", "Liese" en "Laurent" zeggen, dan winnen we een beetje tijd,' probeerde ze.

De beide heren knikten.

'De meisjes,' begon Verbeke. Hij keek hen beiden aan. 'Zo kennen de mensen die zaak hier, nog steeds. Ik durf met jullie te wedden, als je mensen boven de veertig hier op straat aanspreekt en je zegt die twee woorden, dan weten ze gelijk waar je het over hebt. Iedereen hier in de streek herinnert het zich wel, denk ik.'

'Jij ook dus.'

'O ja...' Hij knikte ernstig. 'Ik was een beginnend inspecteurtje in die tijd, pas een paar maanden eerder benoemd. Ik was voordien leraar Engels, gedurende een jaar of zo. Ik overwoog om bij de politie te stoppen en toch terug te gaan naar het onderwijs toen het gebeurde. Flik zijn was niet echt zoals ik het me had voorgesteld. Maar toen we de meisjes vonden...' Hij haalde de schouders op. 'Ik heb sinds die dag eerlijk gezegd geen seconde meer aan mijn beroepskeuze getwijfeld.'

'Collega,' zei Liese, 'ik zal je iets vertellen wat eigenlijk pas straks bekend wordt gemaakt, maar dan weet je het nu al en kunnen we vrijuit praten.'

'Gaat het over dat koffertje dat ze in Hemiksem gevonden hebben?'

'Onder meer, ja.'

Ze gaf een korte samenvatting van Thielens' dood in Italië en van de vingerafdrukken in het koffertje.

Verbeke was verbijsterd.

'Jezus, Werner... dat is bijna onmogelijk...'

'Je kende hem?' vroeg Laurent.

'Ja, van vroeger, we zijn van dezelfde leeftijd, we waren nog samen bij de scouts. Toen hij naar de universiteit ging, is ons contact verwaterd en daarna... tja, je weet hoe dat gaat, je bouwt je eigen leven op en verliest elkaar uit het oog...'

Hij schudde het hoofd alsof hij het nog steeds niet kon geloven.

'Vertel eens iets over de omstandigheden van toen,' zei Liese.

'Dat was een complete chaos, daar is achteraf gezien geen ander woord voor.' Hij keek Liese aan. 'Ik weet dat het nogal dramatisch klinkt, maar we zijn hier in Bornem allemaal op een of andere manier geraakt door wat er is gebeurd. Alsof het ons... besmet heeft, ik kan het niet anders zeggen. We zijn nog steeds een vrij gesloten gemeente, zeker het stuk tussen hier en de Schelde...'

'Buitenland,' zei Liese.

Verbeke knikte.

'Daar gebeurt bijna nooit iets en de meeste mensen kennen elkaar wel ergens van, dus je kunt je voorstellen wat dat 24 jaar geleden teweegbracht. Die moorden hebben de gemeenschap uit elkaar gerukt, zeker nadat we een verdachte hadden aangehouden.'

'Sven Strijbos,' zei Laurent.

'Ja... hij bekende snel, maar hij herriep die bekentenis daarna ook weer. De jongen was, hoe moet ik het zeggen, nogal labiel...' Hij viel even stil en wuifde dan met zijn hand alsof hij zich ergens voor wilde verontschuldigen. 'Enfin, ik doe hier alsof ik er alles over weet, maar dat is niet eerlijk. Zoals ik al zei, ik was een broekje, ik deed vooral wat ze me opdroegen, en dat waren de rotklusjes, die hadden weinig met het onderzoek zelf te maken. Je moet Petermans hebben, dat is...'

Hij ging rechtop zitten, zocht een nummer in zijn telefoon en noteerde het op een blaadje.

'Benny Petermans. Hoofdinspecteur, ondertussen met pensioen. Het was echt zijn onderzoek, hij was ervan bezeten. Hij is dat eigenlijk nog steeds, om heel eerlijk te zijn.'

Liese tikte het nummer in terwijl ze naar buiten liepen.

'Petermans.'

Een energieke stem.

Liese stelde zich voor en vertelde hem waarom ze belde.

Ze voelde direct de terughoudendheid bij de man, de aarzeling. Ook zijn stem klonk opeens doffer.

'Ik ben op bezoek bij mijn zoon, commissaris, hij woont in Teuven in de Voerstreek, we maken net een lange wandeling...'

'Ik zou u graag even spreken, zodra het past natuurlijk.'

Stilte. Liese hoorde vogels en de lach van een kind.

'Ja, dat begrijp ik,' zei hij uiteindelijk. 'Weet u, bel me vanavond even terug. Ik ben om 19.00 uur wel thuis.'

In de teamkamer was Noureddine Naybet druk aan het werk.

'Torfs is daarnet langsgelopen, hij heeft een briefje op je bureau gelegd.'

Het was klein geschreven en Liese moest zich bukken om het te kunnen lezen.

'Spring even binnen,' stond er.

Ze keek naar Massons lege stoel.

'Is hij nog steeds niet terug van de dokter?'

'Daar gaat het over, denk ik,' zei Naybet.

'Michel heeft van de bedrijfsarts enkele dagen rust voorge-schreven gekregen,' zei Torfs. 'Maar hij heeft me gevraagd of het goed is dat hij dat niet al te letterlijk neemt. Ik heb hem op het hart gedrukt voorzichtig te zijn. Hij heeft blijkbaar nog steeds last van de schotwonden.'

'Niet het enige waar hij last van heeft,' mompelde ze.

Torfs nam er geen aanstoot aan. Hij wist hoe close ze met Masson was.

'Dat hij er niet echt enthousiast tegenaan gaat, bedoel je dat?' vroeg hij vriendelijk.

Ze antwoordde niet.

'Je kunt het hem moeilijk kwalijk nemen, hé Liese. De man is bijna dood geweest, en met die toestanden in zijn privéleven...'

'Dat is het niet,' zei ze. 'Het is de blik in zijn ogen.'

Torfs keek sceptisch.

'Hij is er niet bij en ik vraag me af of hij er ooit opnieuw bij zal zijn,' zei ze.

'Weet je hoe oud Michel eigenlijk is?'

Ze aarzelde. Leeftijd was een van die onderwerpen waar Masson zelden of nooit over praatte.

'Eind vijftig, denk ik.'

'Hij is van 1957, hij wordt binnenkort zestig.' Torfs draai-de zijn stoel een kwartslag en raadpleegde de kalender die tegen de muur hing. Al zo lang ze hem kende, hechtte hij er veel belang aan zijn rechercheurs te feliciteren op de dag van hun verjaardag.

'Over een week zelfs, volgende donderdag. Misschien moe-ten we iets organiseren voor zijn verjaardag?'

'Slecht idee,' zei Liese.

Torfs knikte.

'Misschien wel, ja.'

'Waarom ben je over zijn leeftijd begonnen?'

'Hij en ik zijn samen op de politieschool gestart, hij was 22, een jaar ouder dan ik. Hij had nog maar een maand zijn universitair diploma. Dat wil zeggen dat hij nu bijna 38 jaar dienst heeft.'

'En jouw punt?' Ze snauwde het bijna.

Ze kende zijn punt, daarom deed ze zo chagrijnig. Torfs wist het en liet het passeren.

'Mijn punt is dat hij een zo goed als volledig pensioen heeft als hij er vandaag de brui aan geeft. Hij is bijna veertig jaar in touw en hij is zes maanden geleden op een haar na doodgeschoten. Ik ken veel mensen die er voor minder het bijltje bij neerleggen.'

Ze liep terug naar de teamkamer, draalde wat rond, liep weer naar buiten. In de gang, naast de tafel met versnaperingen en drankjes, die onder collega's het 'tankstation' werd genoemd, nam ze een flesje water uit de automaat. Ze ging aan een van de twee hoge tafels zitten en haalde haar telefoon tevoorschijn.

'Waar zit je?' vroeg ze.

'Oud Arsenaal.'

Een van zijn stamcafés in de buurt van het Theaterplein.

'En wat doe je daar?'

'Drinken,' zei Masson. 'Bevel van de dokter.'

'Rare dokter die je zoiets voorschrijft.'

'Dat heb ik 'm nochtans duidelijk horen zeggen: "En veel drinken, Michel, je drinkt te weinig." Hij kent me ook al jaren, hé.'

Zijn grap was zo oud dat ze ook weer nieuw was, dus speelde ze mee.

'Hij bedoelde water,' zei Liese.

'Zou het? Enfin, ik doe ook nog wat anders, hoor. Nu bijvoorbeeld zit ik aan het raam en kijk naar buiten, naar de meeuwen.'

'Je zit in de kroeg en kijkt naar de meeuwen.'

'Naar een meeuw, om precies te zijn. Er huppelt er eentje vrolijk rond bij de gevel van de Stadsschouwburg. Iemand heeft er een half broodje weggegooid en dat lust ie wel.'

'En waarom kijk je naar die meeuw?'

'Omdat ik 'm aan het schilderen ben, dat zei ik je toch al? Ik was er een uurtje geleden nog aan bezig.'

Liese zag hem opeens voor zich terwijl hij in zijn lege flat stond, peinzend voor een schildersezel, in een schort met klodders verf erop. Het vleesgeworden cliché van de zondags-schilder. Ze glimlachte.

'Maar ik vind het moeilijk,' ging Masson verder. 'Niet de meeuw zelf, maar de kleur. Het grijze.'

'Je vindt grijs een moeilijke kleur?'

'Het juiste meeuwgrijs, ja, dat is moeilijk, ik slaag er maar niet in om het helemaal goed te krijgen.'

De persconferentie van 17.00 uur bracht alles wat Liese had gevreesd, en nog een beetje meer.

Het was in een zaaltje op de benedenverdieping van het politiegebouw. Al een kwartier voor aanvang was iedere stoel bezet. Het was er benauwd. Te veel mensen zaten opeenge-perst in een te kleine ruimte. De felle lampen van de televi-siemensen stoorden haar nog het meest: alsof je met open ogen naar de zon keek.

Ze zaten met zijn vieren achter een lange smalle tafel: de hoofdcommissaris, de procureur, onderzoeksrechter Carlens en Liese zelf. De tafel stond op een podium, zodat de fotogra-fen ongehinderd hun werk konden doen.

'Welkom allemaal,' zei Frank Torfs.

Ze had in de loop der jaren een aantal journalisten leren kennen en ze zag een vijftal van hen in het publiek zitten. Met welgeteld een van hen had ze een goede verstandhouding, voor zover dat kon tussen een flik en iemand van de media. De een wilde zo weinig mogelijk kwijt over een onderzoek, de ander leefde van het nieuws. Jurgen Cleyveldt respecteerde die dunne grens. Hij was een prille vijftiger die de kraaienpootjes om zijn ogen lachrimpels noemde, wat al een beetje vertelde wat voor een soort mens hij was.

'... en ik geef dan ook graag het woord aan procureur Beckx,' besloot de hoofdcommissaris.

Ze zag uit haar rechterooghoek hoe de man zich nog wat meer opblies voordat hij op een geaffecteerd toontje zijn verhaal begon af te ratelen.

'Laat me beginnen met te zeggen dat onze gedachten op dit moment in de eerste plaats uitgaan naar de ouders van Kim en Linda.'

Liese probeerde zich af te sluiten voor het geneuzel van de procureur door aan Werner Thielens te denken.

Met het weinige dat ze voorlopig van hem wisten, had de man niets van een moordenaar, maar dat pleitte hem niet vrij. Integendeel, ze kende ondertussen genoeg voorbeelden van ogenschijnlijk saaie, burgerlijk brave mannen die in het geheim een of meer gruwelijke moorden hadden gepleegd. Je hoefde er niet eens voor naar het buitenland: Ronald Janssen was een vriendelijke leraar die drie jonge mensen vermoordde, onder wie twee achttienjarige meisjes.

Net zoals het een mythe was dat seriemoordenaars altijd bleven moorden tot ze gepakt werden, wist ze.

Twee maanden geleden had Liese een lezing bijgewoond van een ex-speurder bij de afdeling Gedragsanalyse van de FBI en wat haar vooral was bijgebleven, was dat er op elke regel wel een of meer uitzonderingen waren. Voor de meesten – dat waren vooral de psychopaten – was de kick van de daad inderdaad zo sterk dat ze bleven doorgaan tot ze gepakt werden, maar voor een flink aantal was dat niet zo. De drang om te moorden kon plots verdwijnen door een verandering in het gezin of door andere levensomstandigheden.

'Maar het is natuurlijk de taak van het Openbaar Ministerie om voldoende bewijslast te vinden voor deze criminele feiten, ongeacht of de vermoedelijke dader nog in leven is of niet. Het gerechtelijk onderzoek hieromtrent is in handen van onderzoeksrechter Myriam Carlens,' besloot de procureur.

Nu moest ze zich een beetje gaan concentreren, wist Liese. Meestal volstond het dat ze er gewoon bij zat en af en toe instemmend knikte. Heel soms werd haar een vraag gesteld, en dan hing het er maar van af of ze die vraag in Carlens' richting kon duwen.

De onderzoeksrechter schetste de grote lijnen van het onderzoek en stond een tijdje stil bij de forensische bewijzen die in het koffertje van Kim Manderfeld waren aangetroffen. Haar woorden zorgden voor flink wat nervositeit bij de aanwezige media.

'Is dat de reden waarom u het onderzoek opnieuw hebt geopend?' vroeg een opgeschoten knul in een legerjack. Hij werkte voor een krant, maar Liese had niet verstaan voor welke.

'Het onderzoek werd nooit formeel afgesloten, zoals ik u al vertelde,' antwoordde Carlens een tikkeltje kribbig. 'We activeren het opnieuw, dat wel. Commissaris Meerhout van de federale gerechtelijke politie Antwerpen leidt het onderzoek te velde.'

Liese maakte met een hoofdbeweging duidelijk dat dit inderdaad zo was. Ze hoopte vurig dat Carlens verder zou gaan voor een van de journalisten het in zijn hoofd haalde om haar een vraag te stellen. Dat gebeurde gelukkig ook.

'U hebt in uw persmapje enkele foto's van het koffertje van Kim Manderfeld,' zei Carlens. 'De bestanden zijn u trouwens ondertussen ook al digitaal bezorgd, dus...'

Ze ging rechtop zitten terwijl ze naar de foto wees.

'We zoeken specifiek naar getuigen die recent dit koffertje hebben gezien. Ik heb u al verteld waar het uiteindelijk gevonden is. Alvast mijn welgemeende dank om hier zo veel mogelijk ruchtbaarheid aan te willen geven.'

Liese liep het zaaltje uit. Toen ze voorbij de balie kwam, ging haar telefoon. Tegelijkertijd zag ze Laurent met zijn fiets uit de lift komen. Hij was van top tot teen in een soort doorschijnende tent gehuld. Hij staarde met een moedeloze blik naar buiten, waar het opnieuw hard was gaan regenen.

Liese wuifde naar hem, gebaarde dat ze hem nog even wilde spreken, en nam het gesprek aan.

'Met Benny Petermans. Ik ben alweer thuis, commissaris, dus ik dacht...'

'Dat is vriendelijk van u,' zei Liese.

'U wilde me spreken over Kim en Linda. Als u maandag even tijd hebt, dan kan ik me zonder...'

'Zou het morgen ook kunnen?'

'Morgen is het zaterdag.'

Het klonk niet afwijzend, eerder gewoon als mededeling.

'Ja, dat is zo. Hebt u in de middag iets omhanden?'

'Werkt u op zaterdag dan?' vroeg Petermans.

'Dat gebeurt,' zei ze neutraal.

'Geen probleem, komt u dan morgen maar om 14.00 uur, ik zorg dat de koffie klaarstaat.'

Hij gaf haar zijn adres en verbrak de verbinding.

Ze liep naar Laurent in zijn doorschijnende regencape.

'Ga je kamperen?'

'Heel grappig. Wat wilde je me nog zeggen?'

'Heb je morgenmiddag iets te doen?'

'Ja, helaas wel.' Hij keek opnieuw sip naar buiten.

'Helaas?'

De inspecteur knikte. 'Ik heb met de vrienden afgesproken om honderd kilometer te gaan fietsen, maar ze voorspellen hetzelfde weer als vandaag. Ik heb totaal geen zin om zeehondje te spelen.'

'In de ochtend is er de huiszoeking, maar om 14.00 uur heb ik een afspraak met Petermans. De flik die de zaak van de vermoorde meisjes in handen had. Zin om mee te gaan?'

'Wat een fantastisch excuus,' zei Laurent tevreden. 'Zal ik je om 13.30 uur komen ophalen? Ik rijd liever zelf in plaats van met jou mee te rijden, zie je.'

Liese keek fronsend.

'Ik had je liever toen je nog een bedeesd jongetje was.'

'Ik geloof er niets van,' antwoordde hij.

Ze reed over de kasseien van de Scheldekaaien toen ze een oproep kreeg. Prefix 39, zag ze. Italië.

'Dag Massimo.'

'Ciao Liz. Je hebt mijn nummer in je telefoon geprogrammeerd, dat vind ik heel attent van je.'

Ze liet hem in de waan.

'Heb je iets?'

'We hebben in de afgelopen vijf jaar twee moordzaken gehad die met wat moeite in de categorie passen. Een jonge vrouw van negentien die gewurgd is in Montefiascone, de dader heeft altijd ontkend, maar hij is toch veroordeeld op basis van DNA-sporen. En een meisje van zestien, verkracht en doodgeslagen met een hamer, de dader is nooit gevonden.'

'Dat is hem niet,' zei Liese. 'De MO klopt niet.'

'Hm. Maar ik heb nog ander nieuws,' zei Molinari. 'We hebben de auto van Thielens gevonden.'

Liese sloeg lukraak rechts af en parkeerde half op het trottoir. 'Vertel.'

'Hij stond gewoon in een straat geparkeerd, tussen andere auto's, net buiten het centrum.'

'En dat is niemand al die dagen opgevallen? Hoe kan zoiets?'

Ze voelde zijn aarzeling en toen ze zijn stem hoorde, wist ze dat ze hem op de tenen had getrapt.

'Bolsena is niet zo groot, Liz, in ieder geval veel kleiner dan Antwerpen, maar...'

'Sorry, dat bedoelde ik niet,' zei ze snel. 'Ik dacht gewoon dat het misschien iemand sneller zou opgevallen zijn, een Belgische nummerplaat tussen...'

Hij liet haar niet uitspreken.

'Het hoogseizoen is net begonnen, we hebben voortdurend Belgische toeristen hier. Dat is één. En twee: heb je al ooit eens een parkeerplaats gezocht in een stad in Italië? Alles staat hier altijd vol, altijd rijen met auto's, niemand merkt dan je nummerplaat op, hoor.'

'Ik zal het onthouden, Massimo.'

Ze zei het gemaakt onderdanig en de ergernis van de commissario smolt weg.

'Geen probleem, hoor, echt niet.'

'Laat je hem onderzoeken op sporen?' vroeg ze.

Ze hoorde hem moedeloos zuchten.

'Vanzelfsprekend, Liz.'

8

Om 08.00 uur zaterdagochtend deed een verdwaasde Aline
Thielens haar voordeur open en keek in het gezicht van commissaris Liese Meerhout. Naast de commissaris stonden een
zestal anderen, sommigen in uniform, anderen met metaal-
kleurige koffertjes in hun handen.

'Het spijt me dat ik je nog eens moet lastigvallen, Aline.'
Liese toonde haar een document. 'Dit is een huiszoekingsbevel
en deze mensen zullen ervoor zorgen dat het zo snel en zo
rustig mogelijk gebeurt.'

'Maar...'

De vrouw staarde haar een seconde lang verwonderd, bijna
wanhopig aan. Toen zag Liese dat ze op haar benen begon te
trillen. Haar ogen draaiden weg en alleen het wit was nog
zichtbaar.

Liese sprong naar voren en had Aline bij haar middel voor
de vrouw de grond raakte.

Twee uur later zat Liese een broodje te eten met Noureddine
Naybet.

'Hebben we iets, denk je?' vroeg hij.

Liese nam een hap van haar panini en haalde daarbij haar
schouders op.

Aline Thielens was vrijwel meteen weer bijgekomen, maar
voor alle zekerheid hadden ze toch maar de huisdokter gewaarschuwd. De hele duur van de huiszoeking had ze verdwaasd
op een stoel in de keuken gezeten.

Ze hadden uiteindelijk twee van hun meegebrachte dozen
gevuld met documenten en schriftjes uit Thielens' bureau in

de logeerkamer en ze hadden de voor de hand liggende dingen meegenomen zoals zijn fotocamera en de vaste computer, die op een bijzettafeltje in de woonkamer stond. Ook de speurders van het lab hadden een vierkante witte doos gevuld met de spullen die ze op de kleine zolder hadden gevonden en waren daarna lang bezig geweest met sporenonderzoek in de bijna lege kelder van het huis.

'Ik weet het niet,' zei ze toen haar mond weer leeg was. 'Even wachten op de resultaten van het lab, zeker? Misschien zit er iets in de dozen met de papieren uit zijn bureau. Zag je dat er een hoop krantenknipsels bij waren?'

'Yep.'

'Dat moeten we dus allemaal uitvlooien de komende dagen,' zei Liese. 'O ja, voor ik het vergeet, ik heb gisteren nog een telefoontje gekregen van mijn Italiaanse collega.' Ze vertelde hem over de auto van Thielens.

Haar collega knikte alleen maar. Dan rekte hij zich uit en keek op zijn horloge.

'Oké als ik ervandoor ga? Gina wacht op me bij de Meir, ik moet mee shoppen en ik ben al een beetje te laat... daar houdt ze niet echt van.'

'Het Italiaanse temperament,' grinnikte Liese.

'Siciliaans,' zei Naybet, 'en geloof me, dat is nog wat anders.'

Ze reed naar huis, deed onderweg wat inkopen en had nog tijd voor een leuke babbel met Matthias voor de deurbel ging en Laurent op het trottoir stond.

'Stipt op tijd,' zei hij terwijl hij op zijn horloge wees. 'Geef toe, 'zulke kerels maken ze niet meer, tegenwoordig.'

Liese rolde met haar ogen.

Benny Petermans woonde in Schelle, een landelijke gemeente aan de Schelde die enkele kilometers zuidelijker lag dan de plek waar Kims koffertje gevonden was.

Ze hadden flink moeten aanschuiven onderweg. Het was de eerste dag van de zomervakantie, en de uittocht, zo zei een veel te vrolijke nieuwslezer op de radio, zorgde nu al voor files die 'historisch' werden genoemd.

De ex-hoofdinspecteur stond buiten met zijn hond toen Liese en Laurent kwamen aanlopen. Achter hem zagen ze zijn huis, een bescheiden witte bungalow met veel glas uit de jaren 60. Het huis lag op een mooi stukje grond met oude bomen en had een magnifiek uitzicht op weiden met koeien en, achter de koeien, op de Schelde, die traag voorbijstroomde. Het was nog niet zo lang opgehouden met regenen, de bladeren van de bomen stonden dik van het water en van overal kwam het doffe getik van vallende druppels.

Ze begroetten elkaar.

'Benny, graag,' zei de man. 'Meneer Petermans, da's voor de belastingontvanger.'

Hij grijnsde alsof hij dat grapje al tientallen keren had gemaakt.

Het was een fitte, energieke man met een grijze ringbaard en een fijn, goudkleurig brilletje op zijn neus dat niet echt paste bij zijn gezicht. Hij had een grote zwarte paraplu in zijn handen, die hij nu dichtvouwde en op de grond legde.

Naast hem zat een jonge golden retriever te kwispelen.

'Dat is Mira. We zijn net terug van onze wandeling, dus ze is nog een beetje opgewonden. Ze heeft twee konijnen nagezeten onderweg, dat is altijd feest.'

'Prachtig uitzicht,' zei Laurent. Hij keek naar het water in de verte.

'Ja.' Petermans staarde naar de omgeving. 'Ik zou nergens anders meer kunnen wonen, dat is zeker. Toen mijn vrouw en ik het lieten bouwen, ging de grond hier weg voor een habbekrats. Vandaag is zoiets onbetaalbaar.'

Hij keek Liese vriendelijk aan. 'Woon je in de stad?'

Ze knikte.

'Dat moet erg zijn, sorry dat ik het zo zeg, om daar te wonen en te werken, met al die luchtvervuiling. Ik zou het er geen dag uithouden.'

'Je went eraan,' zei Liese neutraal.

Ze had hem eigenlijk willen antwoorden dat ze, ondanks het fijnstof, voorlopig nergens anders zou willen wonen, maar ze had geen zin in een polemiek over stad versus natuur.

'Misschien zijn het ook de jaren, hoor,' gaf Petermans toe. 'Je trekt je meer en meer in jezelf terug, merk ik. Je sluit minder compromissen. Enfin, ik toch in elk geval.'

'Woon je hier alleen?' vroeg Laurent.

Hij knikte.

'Vijftien jaar geleden gescheiden en er nog geen moment spijt van gehad. Mijn ex ook niet, trouwens.' Hij keek opeens wat nors. 'Ik ben niet meer zo goed met andere mensen, dat zal het wel zijn. Ik heb de rust en de stilte nodig. Ik heb mijn zoon en dochter, mijn twee kleinkinderen en mijn hond, en de rest kan eerlijk gezegd mijn rug op, sorry dat ik het zo zeg.'

Liese vroeg zich af waar ze deze ontboezemingen aan verdiend hadden, maar ze ging er niet op in. In plaats daarvan keek ze hem vriendelijk aan en zei: 'Vind je het goed als we het over Kim en Linda hebben?'

Hij knikte.

'Ik wist eerst niet goed hoe ik moest reageren toen je me belde,' zuchtte hij. 'Dat onderzoek... en vooral de afloop ervan... ik heb het toch altijd als een smet op mijn carrière gezien.'

Ze zweeg.

'Ik ben blij dat... nee, ik ben opgelucht, dat is beter... ik ben opgelucht dat er nu toch een dader is gevonden na al die jaren. Ook al is die klootzak dood en kan hij niet meer boeten voor zijn daden.'

'We hebben alleen maar zijn vingerafdrukken,' zei Liese. 'Geen bekentenis of zo.'

'Nee. Dat zou helemaal te mooi geweest zijn, zeker?'

Ergens in de bomen klonk het vrolijke gezang van een merel. Mira jankte even, ging dan aan de voeten van haar baas liggen. Petermans keek naar zijn hond en zei grimmig: 'Mira en ik... we maken minstens één keer per dag een lange wandeling. Af en toe rijd ik naar de moerasbossen, bij Buitenland, en gaan we daar wandelen. Er gaat altijd een steek van pijn door mijn hart als ik voorbij de plekken kom waar de meisjes lagen... zelfs na meer dan twintig jaar.'

Liese knikte. De merel deed erg zijn best en zijn vrolijkheid paste niet bij de sombere sfeer die hier opeens hing.

'Kom, we gaan naar binnen,' zei hij.

Op de houten keukentafel lagen een dik notitieboek en een vuistdikke map met knipsels. De man had zich terdege voorbereid op het gesprek. Op de hoek van de tafel lag de weekendkrant met de vette kop 'Doorbraak in gruwelijke cold case?'

Ze gingen aan tafel zitten.

'Ik begin bij het einde,' zei hij. 'Dat praat gemakkelijker, ik weet ook niet waarom.'

'Oké.'

'Linda Rottiers,' zei Petermans. 'Kleine Linda was het trieste eindpunt van die vreselijke geschiedenis.' Hij schraapte zijn keel. 'Ze was op bezoek bij haar vriendinnetje in de Wielstraat in Hingene, dat is een deelgemeente van Bornem. Het was een woensdagmiddag, ze hadden geen school.'

'Wanneer was dat dan?'

'Sorry.' Hij schraapte opnieuw zijn keel, alsof hij moeilijk op gang kwam. 'Woensdag 17 november 1993. Ze wandelde naar huis via de moerasbossen.'

'Was dat normaal?' vroeg Laurent.

Liese was in een eerste reflex een beetje geïrriteerd omdat hij de man onderbrak, maar dan besefte ze dat het geen domme vraag was.

'Ik bedoel, ze was veertien, loop je dan via een moerasgebied naar huis?'

'Dat heet gewoon zo,' zei Petermans. 'Vroeger waren dat inderdaad moerassen, nu zijn dat drassige gebieden met wandelpaden erdoor, en bossen met vooral elzenbomen. Iedereen die daar woont, loopt daarlangs, dat was ook toen normaal.'

Laurent knikte en de man nam zijn verhaal weer op.

'Ze moet een kwartiertje lopen naar huis. Ze neemt waarschijnlijk de Zijdeweg richting Schelde, dan moet ze naar links afbuigen en daarna komt ze automatisch in haar eigen straat uit, de Vitsdam, in Buitenland.'

Liese merkte dat hij zijn dossier nog niet eens had geopend en dat hij alles gewoon uit het hoofd vertelde.

'Maar daar komt ze niet aan. Een dag later wordt haar lichaam gevonden op een honderdtal meter van haar route. Ze ligt op een plaats met veel wildgroei en de dader heeft takken en uitgerukte netels over haar lichaam gelegd. De autopsie wijst uit dat ze verkracht en gewurgd is, maar ook dat ze zich fel heeft verzet. Er zit een beetje bloed en huid onder haar nagels, ze heeft de dader waarschijnlijk hard gekrabd.'

Petermans sloeg de knipselmap open.

'Zodra het nieuws bekend werd, brak er paniek uit. Drie maanden eerder was in diezelfde buurt ook al een meisje vermoord.'

Hij liet hen lukraak enkele krantenkoppen zien.

'Moordenaar slaat opnieuw toe,' las Liese en: 'Seriemoordenaar in Bornem?' Onder deze knipsels lagen nog tientallen andere.

Ze knikte om Petermans duidelijk te maken dat ze het begrepen had.

'Op maandag 16 augustus van dat jaar wordt een meisje vermoord op nauwelijks honderd meter van de plek waar Linda drie maanden later aan haar einde zou komen. Kim Manderfeld, vijftien jaar. Ze heeft een Nederlandse moeder en een Belgische vader, ze kwam hier op bezoek bij haar papa, maar ze bereikte nooit zijn huis. De MO is volledig dezelfde, ze is ook verkracht en daarna gewurgd.'

Hij zuchtte. 'We gingen er vanaf het begin van uit dat de dader iemand moest zijn die de buurt goed kende. Iemand van hier.'

'Waarom dacht je dat?' vroeg Laurent.

'Dat weet ik eigenlijk niet,' bekende Petermans. 'Ik heb me die vraag achteraf ook gesteld en ik heb er geen sluitend antwoord op. Het was eerder een gevoel, bij ieder van ons in het korps en bij de mensen in de buurt trouwens ook, die...'

Hij brak zijn zin af, dacht na en zei opeens: 'Kijk, om je maar één voorbeeld te geven: we hebben een grondig onderzoek gevoerd onmiddellijk na de moorden en er is nooit ook maar één bruikbare voetafdruk gevonden. Terwijl het daar driekwart van het jaar drassig is, het is verdorie het overstromingsgebied van de Schelde. Je moet al echt de droge paadjes kennen om daarin te slagen, dat lukt je niet als je hier niet woont.'

'Dus jullie zijn er vanaf het begin van uitgegaan dat de dader iemand uit de buurt was,' zei Liese. 'Dat moet veel spanningen hebben gegeven, toch?'

Petermans knikte.

'Reken maar. Dat was echt... vreselijk. Mensen vertrouwden elkaar niet meer, iedereen begon te roddelen over iedereen.'

'Tot jullie een verdachte vonden. Een negentienjarige jongen.'

Hij zuchtte.

'Ja.'

Liese gaf hem de tijd. De hond was tussen haar en Petermans komen zitten en ze streelde de golden retriever over zijn kop.

'Sven Strijbos.' Hij leunde achterover tegen de leuning van zijn stoel. 'We waren er zeker van dat hij het was. Hij woonde trouwens op een boogscheut van de plaatsen delict.'

'Hij werd veroordeeld,' zei Liese, 'maar later bleek dat hij het uiteindelijk niet gedaan had.'

Petermans wilde reageren, maar zijn telefoon rinkelde.

'Sorry, dat is mijn dochter die belt.'

Hij nam op en luisterde ogenschijnlijk onbewogen terwijl zijn dochter toch duidelijk aan het schreeuwen was tegen hem. Zelfs Liese en Laurent hoorden de venijnige uithalen. Petermans bleef rustig.

'Maar natuurlijk, dan zal ik...'

Het gesprek werd abrupt beëindigd. Hij stond op, legde de telefoon op de tafel en zei: 'Ik moet helaas weg nu. Mijn kleinkind Toby moet naar de kinesist worden gebracht en mijn dochter zit zonder auto.'

'Geen probleem,' zei Liese.

Ze hoopte dat het oprecht had geklonken.

'Is het oké als we een andere keer verder praten?' vroeg Petermans. 'Zo dringend is het ook allemaal niet, hé, jullie hebben de dader.'

Ze liepen samen naar buiten. Mira verheugde zich op een nieuw uitstapje en kwispelde.

'Wanneer kan het dan?' vroeg Liese.

De man dacht hardop na.

'Het toeval wil dat ik morgen in Antwerpen moet zijn, maar dat is een zondag, dus is het misschien...'

'Morgen is goed,' zei ze snel.

Hij knikte.

'Ik heb om 12.00 uur een afspraak met een hondenfokker, ik denk erover om een vriendje voor Mira in huis te halen.' Hij glimlachte. 'Daarvoor wil ik dus wel nog eens naar de stad.'

'Als je een uurtje vroeger komt, kunnen we gaan wandelen langs de kade,' zei Liese.

'En nu?' vroeg Laurent.

'Moet je op tijd thuis zijn voor iets?'

'Nee, niet bepaald.'

'Oké als we even bij Sven Strijbos langslopen?'

Het huis in Hemiksem lag aan het einde van een achteraf-straatje en had geen directe buren, iets waar volgens Laurent vooral de buren blij om zouden zijn.

De woning was vervallen en het voortuintje lag vol met rommel. Plastic zakken, een kapot barbecuestel, een stapel dakpannen. Een roestige fiets zonder voorwiel.

De deur ging open en er stond een grote, graatmagere man voor hen. Hij droeg een vuile jeans en een smoezelig T-shirt zonder mouwen. Zijn lange armen waren niet dikker dan stokken en stonden vol tattoos. Hij keek hen aan met een blik die weinig goeds voorspelde.

'Sven Strijbos?' vroeg Liese.

'En wie wil dat weten?'

Ze toonde haar politiekaart.

'Ik denk niet dat wij u hebben uitgenodigd.'

Vanuit het huis kwam het schelle geblaf van een hond, gevolgd door een vrouwenstem die schreeuwde dat het dier zijn kop moest houden.

'Het duurt maar even,' zei Liese.

De man staarde haar aan.

'Hij zit binnen.'

De woonkamer was niet groot en stond propvol meubels. In een hoek van de kamer lag een hond op een vies, roestbruin kussen. De beide zitbanken in de kamer waren bekleed met kleurrijke doeken en op de grootste bank zat een bonkige, knoestige man in een blauw trainingspak. Hij hield een gsm in zijn handen en keek niet eens op toen ze binnenkwamen. Aan de geluiden te horen, speelde hij een spelletje.

Een jonge, mollige vrouw kwam van de andere kant de kamer in. Ze veegde haar handen af aan een vaatdoek en keek hen vragend aan.

Liese richtte zich tot de man op de bank.

'Sven? Ik zou graag even met je praten. Mijn naam is Liese Meerhout.'

'Lang geleden dat we de flikken nog gezien hebben,' hoorde ze iemand achter haar schouder zeggen. Ze keek om. De magere kerel was hen naar binnen gevolgd en stond grijnzend tegen de deurstijl geleund.

'Ik praat niet met jullie,' zei Strijbos.

Zijn stem klonk hees en nogal hoog voor een man van zijn gestalte. Hij had nog steeds niet van zijn schermpje opgekeken.

'Ik moet bijna gaan werken,' zei de vrouw tegen niemand in het bijzonder. Ze gooide de vaatdoek over een stoel.

'Op zaterdag?' vroeg Liese vriendelijk. Ze wilde de vijandige sfeer in de kamer doorbreken.

De vrouw knikte en noemde de naam van een bedrijf. Liese had haar niet begrepen, maar vroeg niet om het te herhalen.

'Mijn vrouw is inpakster,' zei de magere man spottend.

Haar reactie was fel en direct.

'Je mag altijd in mijn plaats gaan, luie zak!'

Haar man trok een nog bredere grimas en liep naar buiten.

'Waarom kom je mijn broer lastigvallen?' vroeg ze, op veel zachtere toon.

'We willen gewoon even praten, meer niet.'

'En als ik dat nu eens niet wil?!' snauwde Strijbos, nog steeds zonder op te kijken. Zijn vingers gingen snel heen en weer over het toestel.

'Dan vertrekken we weer,' antwoordde Liese rustig.

Hij gooide zijn telefoon op de salontafel, leunde achterover en wachtte. Zijn zus nam naast hem plaats. Geen van beiden vroeg of het bezoek wilde gaan zitten.

'Het gaat over Kim en Linda,' zei Liese. 'Je hebt misschien gehoord dat het koffertje van Kim is gevonden.'

Ze wachtte.

Strijbos ging niet in op de uitnodiging.

'We weten ook wie de dader is. Daar gaan we tenminste van uit.'

'Ja, wel, da's gewoon een beetje te laat, dat je dat weet!' snauwde hij. 'Meer dan twintig jaar te laat!'

'Je hebt volkomen gelijk,' zei Liese.

Ze had het sussend bedoeld, maar de blik in de ogen van Strijbos bleef even vijandig.

Zijn zus ging wel in op Lieses opmerking, maar haar houding was opeens veranderd, alsof ze een muur optrok.

'Sven heeft bijna vier jaar vastgezeten voor iets wat hij niet gedaan heeft omdat de flikken te lui waren om hun werk te doen. Weet je wat dat is, vier jaar in de gevangenis? Hij heeft daarna nooit meer normaal werk gevonden. Hij doet nog steeds interims, en dan nog alleen als ze de kloten aan hun lijf hebben om hem te bellen.'

'Vertrek maar,' zei Strijbos koel, 'ik zeg u toch niks.'

'Gewoon een paar vragen,' zei Laurent rustig. Het was zijn eerste tussenkomst. 'Een paar vragen en we zijn weg.'

Geen van beiden reageerde.

'Zegt de naam Werner Thielens je iets?'

'Nee.'

'Dat is de man,' zei Liese. 'Dat is de naam van de vermoedelijke dader.'

'Hij heeft al nee gezegd,' zei zijn zus. 'Volgende vraag.'

'Je hebt destijds bekentenissen afgelegd maar die daarna weer ingetrokken,' zei Laurent.

Strijbos staarde naar het plafond.

'Waarom bekende je dan eerst?'

Geen reactie.

'Sven?' vroeg Liese zacht. 'Waarom zei je eerst dat jij het gedaan had? Waarom deed je dat?'

De man schudde zijn hoofd.

'Ik heb u niks meer te zeggen.'

Geen van beiden zei inderdaad nog een woord, maar alsof ze het zo hadden afgesproken, bleven ze haar allebei aanstaren. Hun blikken waren zo indringend dat Liese er ongemakkelijk van werd.

'Bedankt voor jullie tijd,' mompelde ze. Toen liep ze naar buiten.

'Bij nader inzien was ik vandaag toch liever gaan fietsen,' zei Laurent toen ze weer bij de auto stonden. 'Wat was me dat allemaal?'

Liese keek nog eens achterom naar het huis.

Rechts van de rommelige tuin was er een stukje bos, eerder wat bomen met grote struiken eromheen, en tussen de bomen liep een wandelpad. Er stond een wegwijzer naast, maar het was te ver voor Liese om te zien wat erop stond.

'Even kijken,' zei ze.

Ze liep naar de overkant van de stille straat. Het was opnieuw gaan regenen, maar heel zachtjes, je voelde nauwelijks de druppels vallen.

'Scheldepad 1,2 km,' stond er.

'Het is niet bepaald wandelweer, hoor,' zuchtte Laurent. 'Kom.'

Ze wachtte niet op hem.

Het pad kronkelde zich door het bosje en liep daarna door een weidelandschap.

Ze hadden nauwelijks tien minuten gelopen toen het pad verbreedde en doodliep op de Schelde.

'Verdomme,' zei Laurent. Hij wees naar rechts. 'Daar hebben ze dat koffertje gevonden, toch?'

Liese knikte.

Er stond een zwakke wind die het riet en het gras aan de oever heen en weer deed wuiven. Iets verderop draaide het veer Jan Van Eyck zich log in de richting van de pont en maakte zich klaar om aan te meren.

'Hoe toevallig is dit, vraag ik me af. Bijna 24 jaar gebeurt er niks. Dan pleegt de dader zelfmoord en duikt het koffertje van Kim Manderfeld op, nota bene zo goed als in de achtertuin van de toenmalige verdachte, Sven Strijbos. Ga er maar aan staan.'

Laurent stuurde en praatte ondertussen honderduit. Liese beperkte zich tot luisteren. Af en toe knikte ze eens om haar collega duidelijk te maken dat hij niet voor de ganzen preekte.

'Misschien heeft Strijbos er toch iets mee te maken,' ging hij verder. 'Heeft hij destijds ergens mee geholpen, weet ik veel. Thielens pleegt zelfmoord, maar voor hij dat doet, gooit hij het koffertje net op die plek neer, om aan te geven dat hij niet de enige is die schuld heeft aan de dood van de meisjes.'

'Hm.'

'Bedoel je "hm, daar zit iets in" of "hm, wat een hoop onzin"?'

Ze haalden een grote vrachtwagen in en Liese keek op naar de cabine. De chauffeur had een petje op en was zo te zien druk in gesprek met zijn telefoon. Hij gesticuleerde breed en zijn handen waren zowat overal behalve aan zijn stuurwiel.

'Het zou kunnen, Laurent. Het kan ook gewoon toeval zijn.' Ze keek hem aan. 'Werner Thielens was om een bepaalde reden in Italië. Hij is er ook om een bepaalde reden doodgegaan.'

'Hij heeft zelfmoord gepleegd. Toch?'

Ze knikte.

'Daar gaan we ook van uit, ja. Maar waarom en waarom precies daar, dat weten we niet. En volgens mij moeten we dat weten om ook maar iets te begrijpen van deze hele zaak.'

Eenmaal thuis liet ze de boel de boel. Matthias was naar De Veluwe en ze stond een tijdje naar de druppels te kijken die langs de ruiten liepen voor ze besloot dat er op een regenachtige zaterdagavond zo niet alles, dan toch veel geoorloofd was.

Ze lag een uur te weken in een heet bad terwijl ze het weekend-magazine van de krant las, ze lummelde in haar badjas rond, ze keek in de vriezer op zoek naar iets eetbaars. Dat laatste was nu niet bepaald moeilijk: Matthias was verslaafd aan koken en zelfs in zijn vrije tijd maakte hij het ene gerecht na het andere klaar en vroor het in voor later gebruik.

Liese koos voor een vegetarische lasagne. Terwijl ze de vriezer dichtklapte, dacht ze aan de vele keukentips die haar vriend haar met een bewonderenswaardige kalmte probeerde bij te brengen. 'Een diepgevroren schotel altijd traag laten opwarmen in een oven' was er een van.

Toen bedacht ze dat Matthias er niet was en dat ze verging van de honger, dus greep ze het bevroren gerecht vast en kwakte het in de magnetron.

Na het eten lag ze lusteloos te zappen op de bank. Shows zeiden haar niets, van spelletjes kreeg ze uitslag en misdaad hoefde nu ook niet meteen, gezien haar normale dagtaak.

Na een goed halfuur bleef ze hangen bij een oude Bondfilm. Dat was niet omdat Liese het verhaal van GoldenEye nu zo boeiend vond – iets met ruimtewapens en elektromagnetische pulsen, dat dacht ze tenminste, zo goed lette ze nu ook niet op – of omdat ze Pierce Brosnan zo'n geweldige acteur vond, maar omdat de film zo overduidelijk 'nineties' was en ze een vlaag van nostalgie kreeg. Ze bladerde door de weekendkrant tot ze bij de tv-programma's kwam, zocht naar GoldenEye en zag het jaar.

1995.

Wat deed ik toen? dacht Liese. Ik zat nog op school, nog net. Ik had een Claudia Schifferkapsel, van dat dikke, krullende platinahaar tot op mijn schouders, dat mijn ouders tot razernij dreef omdat ik er uren voor in de badkamer doorbracht. Voor de rest? Blanco.

Het zou allemaal wel terugkomen als ze het zou opzoeken, maar ze vond het vreemd dat ze zich zo weinig van die periode kon herinneren.

Ze begon opnieuw te zappen, stond twee keer op van de bank, om thee te maken en daarna om koekjes te gaan zoeken, en kwam uiteindelijk midden in een programma terecht over een aantal bebaarde bonken van truckchauffeurs die met hun monsterlijk grote vrachtwagens over onherbergzame wegen moesten rijden, iets wat blijkbaar voldoende spannend was om er een tv-programma over te maken. Liese keek enkele minuten met ogen zo groot als schoteltjes, tot ze de tv uitschakelde en de zapper zachtjes vloekend op de bank gooide.

Tien minuten later lag ze nog steeds op de bank, maar had ze de truckchauffeurs ingeruild voor het dikke dossier dat ze van kantoor had meegenomen.

Hun namen stonden erop, in zwarte viltstift.

Kim Manderfeld.

Linda Rottiers.

Ze begon eerst te bladeren, daarna te lezen.

In het begin viel haar vooral de tijdgeest op.

De vele tientallen verslagen en pv's gooiden haar in een mum van tijd terug in het jaar 1993 en toen ze eenmaal gewend was aan de schrijfstijl van de speurders, kwam die tijdgeest vooral in de details tot uiting. Er werd veel gebeld, las ze, rechercheurs en uniformagenten die overleg pleegden met hun oversten of elkaar informatie doorspeelden, maar die telefoontjes gebeurden in telefooncellen op straat of bij mensen thuis. Het eerste, beperkte gsm-netwerk zou pas een jaar later worden uitgerold. De eerste keren dat ze las hoe een inspecteur of een agent van deur tot deur moest gaan om iemand thuis te vinden zodat hij zijn baas kon bellen, vond ze dat fascinerend, maar vrij snel daarna zat ze midden in de gebeurtenissen en bedacht ze hoe gecompliceerd de dingen toen nog waren. Dit was nauwelijks 24 jaar geleden, maar het waren echt andere tijden. De rapporten van de speurders werden uitgetikt op ouderwetse tikmachines met een vel carbonpapier tussen de pagina's en op vele plaatsen waren er woorden gecorrigeerd met een veeg witte Tipp-Ex, want ook de computers hadden hun intrede nog niet gedaan, tenminste nog niet op een lokaal politiebureau.

Bovenal bespeurde ze de gruwel, vooral omdat er geen spoor van terug te vinden was in de politierapporten. Ze las de verslagen van Petermans en zijn collega's, de ambtelijke taal waarmee ze verslag deden van de ontdekking van de lichamen, de onbeholpenheid ook die doorschemerde in de getuigenverklaringen: er was niemand die iets gezien had, er was niemand die kon helpen, ze vonden twee misbruikte en vermoorde jonge meisjes in drie maanden tijd en ze stonden er alleen voor.

Terwijl ze las, maakte ze aantekeningen. Ze vermoedde dat de ex-hoofdinspecteur niet veel aansporing nodig zou hebben, maar ze wilde toch een beetje voorbereid zijn voor het gesprek van morgen.

De hele tijd hing ook het beeld van Werner Thielens boven de pagina's.

Een rustige, bijna saaie man, een man van gewoontes en rituelen. Wat zei zijn baas bij Financiën ook alweer? Introvert, hield zich afzijdig, geen persoonlijke contacten met collega's. Een eenzaat. En opeens snijdt die eenzaat zich de polsen door in de catacomben van een Italiaanse kerk... Woog de herinnering aan die twee moorden van destijds dan uiteindelijk toch te zwaar?

Ze maakte een rekensommetje in haar hoofd. Thielens was 49. Dat wil zeggen dat hij 25 was toen hij de meisjes verkrachtte en vermoordde. Maar introvert of niet, hij werkte al en hij woonde helemaal alleen, in het huis aan de Diksmuidelaan.

Ze legde haar hoofd tegen het kussen op de bank, strekte haar benen uit en liet haar gedachten de vrije loop.

Zomer 1993. Een meisje van vijftien loopt langs de paadjes in de moerasbossen naar het huis van haar vader. Ze komt
er nooit aan.

Wat deed ik toen? Wie was ik in de zomer van 1993?
Bijna zestien, dacht Liese. Ik was een onzeker meisje van
bijna zestien dat haar onzekerheid verborg achter een gulle
lach en veel bravoure.

Ze legde het dikke dossier op de grond naast de bank.

Was ze met iemand, toen? Ja. Carl, zo heette hij. Mooie
jongen, maar het duurde niet lang. Ineens herinnerde ze zich
met een brede glimlach dat ze rond die tijd ook gedurende
een halfuur lesbisch was geweest. Verder dan wat gefriemel
waren zij en haar vriendin niet gekomen en het experiment
had zich daarna nooit meer herhaald.

Liese tastte op de grond naar haar telefoon, opende de
zoekmachine en tikte '1993' in.

Ze keek met verbazing naar gebeurtenissen en weetjes die
ze totaal vergeten was, maar die ze toen zo belangrijk vond.
Jurassic Park kwam uit, met het filmbeeld dat ze nooit zou
vergeten: hoe een chagrijnige T-rex een man die zich op de
toiletpot had verstopt, in een paar happen opslokte. Whitney
Houston zong 'I Will Always Love You,' een song die Liese
datzelfde jaar nog had gezongen, in duet met haar vriendin, op
het podium van het schoolfeest, en godzijdank waren er geen
opnames van gemaakt en bestonden de sociale media toen nog
niet. En natuurlijk, de dood van koning Boudewijn, nog zoiets
wat ze blijkbaar helemaal vergeten was. Ze herinnerde zich
opeens heel duidelijk de massahysterie, de zee van bloemen
voor het hek van het Koninklijk Paleis.

Een tijdje later, toen ze gewoon wat lag te dromen en naar
het plafond te staren, bedacht ze nog iets anders. Als haar eigen
herinneringen aan dat jaar al zo vaag en zo vertekend waren,
dan gold dat ook voor die van getuigen en betrokkenen van wat
er in die vier maanden van 1993 in Buitenland was gebeurd.

Het onderzoek heropenen, nieuwe getuigen zoeken, uitvissen wat er toen echt was gebeurd... het leek haar opeens zo goed als ondoenbaar.

Ze werd gewekt door een kus van Matthias.
'We hebben ook een bed, hoor,' zei hij met een glimlach.
'Twee zelfs, een hier bij jou en een bij mij.'
Ze keek hem slaperig aan.
'Hoe laat is het?'
'Middernacht.'
Hij kuste haar zachtjes in haar hals.
'Blijf dan maar uit de buurt van mijn nek met die tanden van je,' mompelde Liese.

9

'Vertel eens over de sporen die jullie gevonden hadden,' zei Liese.
Het duurde die zondagochtend een tijdje voordat Benny
Petermans goed op dreef kwam. Toen Liese op de plaats van
de afspraak arriveerde, stond hij als een standbeeld naar de
Schelde te turen.

Het was een warme ochtend, er liep wel meer volk te kui-
eren over de kade en niet voor de eerste keer in haar leven
besefte ze wat voor een vreemde baan ze had: de mensen rondom haar genoten van een vrije dag en van mooi weer terwijl
ze met kroost en huisdier langs het water wandelden, en zij
had met een man afgesproken om het over twee vermoorde
kinderen te hebben.

'We hadden sporen op beide lichamen,' zei Petermans.
'Maar je kunt je vandaag niet meer voorstellen met welke beperkte middelen we toen aan de slag moesten. Het materiaal
werd in omstandigheden bewaard die verre van optimaal
waren, als het al bewaard werd.'

'Maar jullie deden dat wel,' zei ze.

'We probeerden dat, ja. Ik werd er net niet om uitgelachen,
om eerlijk te zijn. Waarom zou je sporen laten nemen als je
er toch niks mee kunt doen?'

'En ook al had je toen niets om het mee te vergelijken.'

Hij knikte.

'Er bestond nog niet eens een DNA-databank. En als die al
bestaan had, dan hadden we er in de rechtbank nog niks mee
kunnen aanvangen.'

Liese vroeg niet om uitleg omdat ze wist waar Petermans het over had: je mocht in die tijd nog geen DNA-sporen gebruiken in een strafrechtelijk onderzoek.

De man stopte voor de zoveelste keer om naar het water te kijken, alsof de traag stromende Schelde hem inspiratie gaf. De zon scheen fel en Liese zette als een indiaan haar hand boven haar ogen om naar de overkant te kijken.

'We hadden nochtans voldoende sporen, hoor,' zei Petermans een beetje somber. 'Zeker als je het met de technologie van vandaag zou onderzoeken. We hadden huidschilfers van onder de nagels van Kim, vermoedelijk van de dader. En we hadden enkele spermasporen op het lichaam van Linda.'

Liese knikte: 'Dat zou vandaag inderdaad meer dan genoeg zijn om uitsluitsel te geven.'

'We hadden al veel gehoord over Alec Jeffreys in Engeland, over zijn revolutionaire DNA-onderzoek, dus we...' Hij keek haar aan en glimlachte. 'Misschien weid ik te veel uit, dat heb je zo met oude mannen.'

'Nee,' zei ze, 'echt niet. Ik weet niets van die Jeffreys, vertel maar.'

'Jeffreys was een geneticus aan de universiteit van Leices-ter. Hij slaagde er als eerste in om DNA-sequenties zichtbaar te maken door ze op een soort film over te brengen. Dat moet ergens eind jaren 80 geweest zijn, de datum ontsnapt me. De Britse politie gebruikte zijn ontdekking al af en toe bij hun onderzoeken.'

Hij keek even op. Liese knikte om aan te geven dat ze nog mee was.

'We hadden dus ons materiaal, maar we wisten dat we er hier niks mee konden doen, er was niet eens een wettelijk kader. Ze waren er al wel mee bezig, hoor, het NIC was ondertussen al opgericht, zo heette het toen nog, het Nationaal Instituut voor de Criminalistiek. Iedereen wist dat het gewoon een kwestie van tijd was om de wetten aangepast te krijgen.'

Ze stonden voor het Zuiderterras.

'Zin in koffie?' vroeg Liese.
'Ja, dat zou er wel in gaan.'

Ze zaten aan de reling van het buitenterras en keken naar de rivier terwijl ze hun koffie dronken. Petermans leunde achterover. 'Dus toen hebben we onze sporen naar Engeland gestuurd,' zei hij. 'We wilden vermijden dat ze hier sowieso verloren zouden gaan.' Hij zuchtte. 'Enfin, we wilden ook nog wat anders. Het lab van Jeffreys kon beide DNA-stalen met elkaar vergelijken.'

'Zodat je kon nagaan of beide moorden door dezelfde dader waren gepleegd.'

'Ja. En dat bleek dus ook zo. Na een goeie week kregen we bericht uit Leicester. Er was volledige zekerheid dat we naar één moordenaar zochten.'

Hij viel even stil.

Liese duwde haar lege kopje opzij.

'Ik neem aan dat je in het begin ook aan een van de ouders hebt gedacht. In ieder geval aan de vader van Kim, toch?'

'Ja, natuurlijk. Maar ze hadden beiden echt wel een on-wrikbaar alibi. De moeder gaf les in Nederland en de vader van Kim was onderweg naar Bornem, hij was te laat op zijn werk vertrokken om haar af te halen. Hij is gezien bij het station van Bornem, hij stond er nog te wachten op haar op het moment dat Kim volgens de patholoog al overleden was. We hebben de grootst mogelijke tijdsmarge genomen en dan nog was het zo goed als onmogelijk.'

'Oké,' zei Liese. 'En toen kwam Sven Strijbos in het vizier.'

'Ja, Strijbos...' Hij speelde met het lepeltje dat naast zijn lege kopje lag. 'Hij had zitten pochen tegen zijn vrienden in de kroeg. Hij vertelde hoe Linda erbij lag in het bos, hij zei dat hij meer wist over de moorden, dat soort dingen. We hebben hem een paar keer verhoord en tot onze verbazing bekende hij al bij al vrij snel.'

'Maar de jongen was labiel,' zei Liese.

'Weet je,' bromde Petermans, 'achteraf is dat allemaal gemakkelijk. Achteraf lijkt het alsof je een domme, idiote flik was die niet gezien heeft dat de verdachte de realiteit en de fictie niet echt uit elkaar kon houden. Maar toen...' Hij zuchtte. 'Sven had serieuze leerproblemen, hij was helemaal niet snugger, maar het was niet zo dat de jongen stapelgek was of zo. Tenminste, zo voelde dat voor mij niet. Hij was gewoon...' Petermans spreidde zijn handen. 'Sven was een ongelofelijke aandachtzoeker en hij leefde in zijn eigen wereldje. Hij bekende de moorden, maar een uur later trok hij zijn bekentenis alweer in, en dan begonnen we weer van voren af aan. Voor de moord op Linda, in november, had hij helemaal geen alibi. Voor de moord op Kim in augustus was zijn meest gebruikte uitleg dat hij die dag in Antwerpen was geweest. Maar er was niets om die bewering ook te staven.'

'Was hij vanaf het begin een serieuze verdachte voor jou?'

Petermans keek haar ernstig aan.

'Hij was dé verdachte, punt uit. Hij had het gedaan, daar was ik van overtuigd en ik was lang niet de enige. Sven reageerde vaak verward, dat geef ik toe, maar hij wist dingen over de vindplaats van het lichaam van Linda, over hoe het meisje erbij lag en dergelijke, dat waren echt details die hij niet verzonnen kon hebben. Hij had ook geen alibi, hij loog aantoonbaar over zijn tijdsgebruik, dat soort dingen. Maar je hebt gelijk, er waren ook collega's die hem wegzetten als een fantast, als iemand die op een ziekelijke manier aandacht zocht.' Hij zuchtte. 'De onderzoeksrechter is toen misschien ook een beetje te gretig geweest, in alle eerlijkheid.'

'En dan kwam het proces,' zei Liese.

'Ja. Zijn advocaat was met een getuige gekomen, een vrouw die Strijbos in Antwerpen had gezien op het moment van de eerste moord, maar het Openbaar Ministerie maakte brandhout van haar getuigenis. Opeens was ze niet meer zeker dat het Sven was die ze gezien had. Daarna zag je de achterdocht en de twijfel binnensluipen bij alles wat de verdediging zei.' Hij staarde een poosje naar het water. 'De jury had achteraf niet eens zoveel tijd nodig. Er was echt wel een grote schreeuw naar een schuldige.'

'Dertig jaar opsluiting,' zei ze.

Hij knikte.

'Schuldig aan beide moorden, inderdaad. End of story, dachten we.'

Er was een groepje oudere vrouwen op het terras komen zitten, leden van een club die een uitstapje maakten, hoorde Liese, en ze maakten meer lawaai dan een klasje kinderen tijdens een schooltrip. Petermans kon er zo te zien slecht tegen.

Ze rekende snel de koffie af en leidde hem terug naar de kade.

'Oké,' zei ze, 'Sven Strijbos zit in de gevangenis en jullie sluiten het onderzoek af. Maar het was niet end of story, zoals jullie hadden gedacht.'

'De advocaat van Strijbos was een jonge kerel, Bram Goossens. Heel gedreven, ik denk dat hij voor een habbekrats werkte, want Strijbos of zijn ouders hadden echt geen geld. Maar hij had zich zo in de zaak vastgebeten... het was meer een principekwestie voor hem, denk ik achteraf. Hij was echt overtuigd van de onschuld van Sven. Na de veroordeling is Goossens tussen zijn andere zaken door blijven zoeken naar iemand die het verhaal van Strijbos kon bevestigen.'

'Dat hij de dag van de moord op Kim in Antwerpen was.'

'Ja. Hij had ook al tijdens het proces beweerd dat hij toen in de stad wat had rondgehangen, dat hij aan de Schelde was geweest, dat soort dingen, maar het bleef altijd erg vaag.' Petermans zuchtte. 'Misschien was de jongen achteraf bekeken écht niet snugger, misschien hadden we daar meer rekening mee moeten houden. Hij vertelde soms de gekste dingen en na een tijdje werd daar... niet echt meer aandacht aan besteed, begrijp je dat?'

'Als je het door je ogen van vandaag zou bekijken, hoe zou je hem dan bestempelen?'

Petermans aarzelde.

'Als een psychiatrisch geval, denk ik,' mompelde hij.

Liese wachtte af.

'Hij kreeg na een tijd ook medicatie in de gevangenis, dus...'

'Wat is dat, na een tijd?'

'Een jaar of twee, zoiets. Misschien nog iets later.'

Dat laatste had nors geklonken. Liese had al lang door dat hij zich schuldig voelde en ze had er ook geen voordeel bij om de man te laten zeggen dat hij zich een kwarteeuw geleden grondig had vergist.

Ze knikte alleen maar.

'Maar goed, zijn advocaat had wel een goede band met hem en door de medicatie begon Strijbos ook wat minder chaotisch te reageren. Goossens concentreerde zich op wat er die dag in Antwerpen allemaal gebeurd was. De stad was in feeststemming, ze was Culturele Hoofdstad van Europa, er was veel te doen. Een van de hoogtepunten was Eurosail, met de grote zeilschepen die aan de kade lagen. Sven had op een bepaald moment beweerd dat hij in de buurt van het water was geweest en dat hij de Italiaanse vlag had gezien, maar ja...'

'En zijn advocaat vond uiteindelijk een bewijs.'

'Jawel. Strijbos herinnerde zich opeens dat hij rond de middag aan de kade was geweest en dicht bij dat ene schip had gestaan. Hij kon zelfs beschrijven hoe het schip eruitzag, want hij had een tijdje aan de voorkant ervan gestaan, bij het boegbeeld. Dat bleek te kloppen, aan dat schip hangt inderdaad een goudkleurig beeld. Goossens heeft toen op eigen kosten aankondigingen geplaatst in enkele lokale media. Hij heeft ook hulp gekregen van de pers in het algemeen, als ik me goed herinner, ze hebben zijn oproep ook geplaatst, en...'

'Welke oproep was dat?'

'Dat grote zeilschip was de Amerigo Vespucci, een schip van de Italiaanse marine dat inderdaad de zestiende augustus aan de kade lag. Goossens heeft toen een oproep gedaan aan het publiek en hij kon zelfs specifiek zijn: hij zocht naar mensen die daar op 16 augustus tussen 11.00 en 13.00 uur waren en die op dat tijdstip filmopnames of foto's hadden gemaakt, maar alleen opnames waarop de boeg van de Amerigo Vespucci stond. Twee weken later hadden ze al prijs. Er was een filmopname waarop Strijbos stond, hoewel hij daar alleen met enige goede wil herkenbaar op was. Maar er was ook een foto en die liet geen enkele twijfel. Een moeder had haar beide dochters gefotografeerd bij de boeg en Strijbos stond duidelijk herkenbaar op de achtergrond. Zowel de moeder als de dochters verklaarden dat de foto ergens tussen 12.00 en 12.30 uur was gemaakt. Dat was het tijdstip waarop Kim Manderfeld in Bornem was vermoord.'

Hij schopte tegen een keitje dat op de kade lag en zag het in de Schelde verdwijnen.

'Er kwam een nieuw proces, toen waren we uiteindelijk al in 1997, en hij werd vrijgesproken. We hadden een jonge vent onschuldig in de gevangenis gezet en hem bijna vier jaar van zijn leven afgenomen. En de moordenaar van die twee meisjes liep nog steeds vrij rond.'

Liese knikte.

'Maar dat was nog niet het einde van de ellende,' zei ze.

'Nee. Een paar jaar later kwam dan eindelijk de nieuwe wet op de DNA-gegevens. Vanaf toen mocht je de sporen wel gebruiken in een onderzoek.'

'Dan zijn we...'

'1999,' zei Petermans. 'Het NIC in Brussel was ook volledig operationeel, het was ondertussen het NICC geworden. Na de analyse in Engeland waren de sporen naar ons teruggestuurd en we hadden ze al die jaren bij gebrek aan beter in een ziekenhuis laten bewaren. Toen het materiaal in 1999 eindelijk in handen van de specialisten kwam, bleken de sporen in te slechte staat te zijn.'

'Ze waren onbruikbaar, bedoel je.'

Hij zuchtte. 'Je kon het achteraf ook niemand kwalijk nemen, dat was nu net het frustrerende. Toen de sporen werden opgeslagen, was er geen ervaring, er waren geen procedures, niets. Niemand maalde toen om dergelijke sporen, men wist niet eens hoe ze te bewaren. Het werd gewoon gedaan omdat we het beleefd vroegen.' Hij dacht even na. 'Enfin, het splinternieuwe lab van het NICC onderzocht de sporen en liet weten dat ze helaas gecontamineerd waren. Vanaf dat moment verzandde het onderzoek. Het was alsof bij iedereen de fut eruit was, snap je?'

Hij schudde het hoofd en beantwoordde zijn eigen vraag. 'Nee, dat kun je niet snappen, je was er toen niet bij. Er was nog wel veel goede wil, maar... de hoop op een ontknoping was er niet meer, beter kan ik het niet omschrijven.'

Ze stonden weer waar ze vertrokken waren, ter hoogte van de Sint-Michielskaai en Lieses straat.

'We hadden geen enkel serieus spoor, we hadden niets eigenlijk. Na een jaar lag het onderzoek zo goed als stil.'

'Tot nu,' zei Liese.

Petermans knikte. 'Tot nu,' herhaalde hij.

De rest van de zondag bracht ze met Matthias door.

Tegen de middag was het nog een stuk warmer geworden. Liese had het grote raam van de keuken opengezet en behalve de warmte kwamen ook de gemoffelde geluiden van de stad naar binnen. Ze lagen beiden op de bank, hun lange benen om elkaar gestrengeld, hun hoofden dicht tegen elkaar aan.

'Ik denk dat het jouw beurt is om een aperitiefje te maken,' fluisterde Liese.

'Ik wilde jou net hetzelfde vragen,' bromde Matthias.

Ze strooiden ieder nog wat halfhartige argumenten heen en weer zonder dat een van beiden een vin verroerde. Liese gooide een zwaarder wapen in de strijd en gaf hem een natte kus. 'Dit is zo oneerlijk,' zuchtte Matthias terwijl hij haar kus beantwoordde. 'En contraproductief, ook.'

'Waarom?'

'Omdat ik nu zin krijg in heel andere dingen dan een drankje.'

'O?' zei Liese gemaakt verbaasd.

Wat later, toen er her en der al kledingstukken lagen en zijn handen over haar rug en dijen dwaalden, kroop ze over hem. Matthias sloot zijn ogen. Hij verwachtte dat ze boven op hem zou gaan zitten, hij glimlachte en liet zijn hoofd achterover hangen, maar Liese bewoog niet.

Ze bracht haar hoofd heel dicht bij het zijne. Zijn gezicht was rood van opwinding. Hij maakte verwoede bewegingen met zijn heupen, maar ze zorgde ervoor om net genoeg afstand tussen hen te houden.

'Alsjeblieft,' hijgde hij, 'plaag me niet zo.'

Ze likte met haar tong langs zijn lippen terwijl ze een hand tussen haar benen stak en hem stevig vastgreep.

Hij kreunde.

'En ik maar denken dat je voor mijn verstand bij mij blijft,' fluisterde ze.

Dan liet ze zich langzaam zakken.

Een tijdje later lag ze in zijn armen, met haar hoofd op zijn schouder. Ze speelde met zijn schaarse borstharen, terwijl hij zijn grote handen loom over haar billen liet dwalen. Van buiten kwamen verre geluiden van vogels en van langzame voetstappen, van het verkeer dat nooit ophield, van een kind dat met een schel stemmetje om zijn vader riep.

Ze dommelden in.

Toen ze wakker werden, was het laat op de middag. Liese had geen zin om op te staan, maar ze snakte naar een glas water. Het ijle gevoel in haar hoofd vertelde haar ook dat ze vandaag nog niets gegeten had behalve een stukje toast vanochtend, voordat ze naar haar afspraak met Petermans was vertrokken.

'Ik wil nu dringend onder de douche,' zei ze, 'maar ik wil ook dringend iets te eten hebben.'

Matthias knikte om duidelijk te maken dat ze dan met een dilemma zat.

Hij hield het niet lang vol en grinnikte.

'Ga maar douchen, ik maak ondertussen wel een slaatje.'

'Je bent een schat.'

In de badkamer kwamen de beslommeringen van het werk toch weer naar boven. Terwijl ze de waterstralen over haar nek en schouders liet stromen, dacht ze aan het gesprek met Petermans, en vooral aan zijn frustratie. Het moet vreselijk zijn, dacht Liese, als je beseft dat je de verkeerde man te pakken hebt. Dat je geholpen hebt om een onschuldige naar de gevangenis te sturen. En vooral: dat je in de drassige bossen langs de Schelde twee kinderen hebt gevonden die misbruikt zijn en vermoord, kinderen op wie bladeren en takken en netels zijn gegooid, als een hoopje afval, en dat de persoon die zoiets gruwelijks heeft gedaan, nog steeds vrij rondloopt. Dat was een gevoel dat ze kende, een gevoel waarin ze zich perfect kon verplaatsen omdat ze het zelf ook al meer dan eens had meegemaakt: dat je van 's ochtends tot 's avonds bezig was met een moordzaak, dat je er bijna in verdronk, maar dat ondanks al die inspanningen er geen spoor was van een dader. Dat het zodanig aan je begon te vreten dat je midden in een onderzoek over de straat liep en naar de mensen rondom je staarde: zou die het kunnen zijn? Of die? Was het de man die stamelde toen je hem naar zijn tijdsbesteding vroeg? De getuige die grijnsde terwijl daar geen reden toe was?

Ze had vanochtend meer dan eens naar Petermans' gezicht gekeken toen hij vertelde over de vondst van de lichamen en zijn blik was ronduit grimmig geweest, nog steeds, na zo lange tijd.

Dat snapte ze.

Terwijl ze zich afdroogde, hoorde ze hoe Matthias in de keuken een aria van de radio imiteerde. Aan zijn zangtalent was weinig of niets verloren gegaan, om het mild uit te drukken, maar het gekweel en de valse noten verdrongen wel het gepieker over de dode meisjes.

'Ik ben er zo!' riep ze.

Hij had de afgelopen dagen geen enkele keer naar Masson gevraagd. Wat voor haar duidelijk bewees dat hij er in zijn hoofd wel degelijk over aan het malen was.

Ze trok een oude kamerjas aan en draaide haar haren in een dot.

Matthias en Michel dansten rond elkaar. Een beleefde rondedans, waarbij de een al wat toegeeflijker leek dan de ander, maar waarbij ze beiden in geen geval lieten blijken wat hun werkelijke gevoelens waren. Toen Masson in het ziekenhuis lag, had Matthias hem tot twee keer toe bezocht. Masson had twee keer gedaan alsof hij sliep. Het boek dat haar vriend naar het ziekenhuis had meegenomen, een duur naslagwerk over archeologie, was de volgende dag spoorloos verdwenen en telkens als ze ernaar vroeg, had Masson geen flauw idee waar ze het over had. Liese wist niet wat nu het vreemdst moest zijn: zestig jaar worden en opeens een zoon hebben van bijna veertig, of op je veertigste opeens geconfronteerd worden met een vader om wie je nooit gevraagd hebt.

'Het is iets eenvoudigs geworden, hoor,' waarschuwde Matthias haar toen ze in de keuken kwam. 'De koelkast is zo goed als leeg, ik heb moeten improviseren.'

Liese rook spekjes en gegrilde aubergine.

Ze glimlachte.

's Avonds omstreeks achten ging haar telefoon.

Ze zag de prefix 39.

'Dag Massimo,' zei Liese, 'het is zondag, dit moet iets belangrijks zijn.'

De stem die ze hoorde was van een man, maar het was duidelijk niet commissario Molinari.

'It is me, Gianni Mazzola,' zei de man. Hij klonk schuchter.

'Pardon?'

'Mazzola, de kruidenier, van Bolsena. I gave you the fiori di finocchio.'

De venkelbloemen, dacht Liese. De dikke, goedmoedige man in zijn smalle en volgepropte winkeltje. De recepten voor Matthias. Ze was eventjes stomverbaasd dat hij daadwerkelijk de moeite had gedaan om te bellen.

'Ik geef u mijn vriend door, de chef-kok,' zei Liese.

Matthias luisterde beleefd, zei toen: 'One moment, please,' en gaf de telefoon opnieuw aan haar door.

'Hij belt niet voor recepten, hij wil jou spreken. Het gaat over die dode man in de kerk.'

'Vertel het maar, meneer Mazzola,' zei ze.

'Ik weet niet of het belangrijk is, maar onze regionale televisie heeft gisterenavond een foto laten zien,' begon de kruidenier. 'Die dode man, die van de catacomben, en... tja, mijn vrouw...'

'Ja?'

'Mijn vrouw zei direct dat ze hem kende toen ze die foto op tv zag.'

'Ze kende die man? Hoe dan?'

'Van vroeger,' zei Mazzola.

'Kan ik haar even spreken?'

'Dat is een beetje moeilijk,' aarzelde hij. 'Ze spreekt alleen Italiaans, ziet u...'

'Ze kende hem van vroeger,' herhaalde Liese.

'Ja. Mijn vrouw werkte vroeger een paar dagen per week als schoonmaakster, onze winkel deed het in het begin niet zo goed en we moesten...'

'Meneer Mazzola...'

'Yes. Sorry.' Ze hoorde hem diep ademhalen. 'Ze werkte toen deeltijds in het klooster en die man kwam daar geregeld, hij was nog een jongen, hoor, maar hij kende de mensen daar, dat weet ze nog zeker.'

'Zei u "klooster"?'

'Ja, het is geen actief klooster meer, niet met monniken en zo, gewoon een oud klooster hier boven op de heuvel net buiten het centrum. Je kunt er ook logeren. Heel eenvoudig, hoor, ik zou het niemand aanraden, eerlijk gezegd, we hadden eens familie uit Milaan op bezoek en we hebben ze daarnaartoe gestuurd en ze waren toch niet erg tevreden omdat...'

'Meneer Mazzola?' vroeg Liese.

'Ja.'

'Grazie mille. En u krijgt de groeten van mijn vriend, hij vindt de venkelbloemen fantastisch.'

Ze opende haar laptop en vond snel wat ze zocht.

Het klooster heette het Convento di Santa Maria del Giglio, was gewijd aan de heilige Franciscus en zag er, aan de weinige foto's op de webstek te zien, inderdaad oud uit.

Liese zat een tijdje voor zich uit te staren.

Toen greep ze haar telefoon.

'Wat scheelt er?' vroeg Torfs.

Hij klonk niet boos of kortaf, maar geconcentreerd, en dat was wat Liese ook verwacht had. Ze belde de hoofdcommissaris zelden of nooit in het weekend, dus als ze het wel deed, wist hij dat er iets aan de hand was, en dat kon voor een chef Moordzaken nooit veel goeds betekenen.

'Geen urgentie, Frank,' zei ze. 'Sorry dat ik je stoor, maar ik wil even iets met je bespreken.'

'En dat kan niet tot morgen wachten, want anders belde je nu niet.' Hij kuchte. 'Blijf aan de lijn, ik loop even naar buiten.'

Liese hoorde stemmen op de achtergrond, een deur die openging en weer dichtsloeg, dan opnieuw Torfs.

'Ik ben er.'

'Heb je bezoek?'

'Ja, onze buren. Verwoede natuurtoeristen. Mijn vrouw raadpleegt hen over de bestemming voor de vakantie.'

'Is het erg?'

'Voorlopig winnen de Waddeneilanden, op een zucht gevolgd door Wales. Ik heb dus de keuze tussen kieviten kijken in de modder met windkracht 9 of in de regen lopen baggeren op een of andere kale heuvel.'

'Moeilijke keuze.'

'Jouw cynisme is totaal ongepast. Vertel me liever waarom je me lastigvalt.'

Ze gaf hem de korte versie van het telefoontje met de Italiaanse kruidenier.

'Het is geen toeval, Frank. Dat hij vroeger vaak in dat stadje kwam, bedoel ik. Ik ben er zeker van dat hij niet zomaar in die kerk is doodgegaan, daar is een reden voor.'

'En? Het feit dat hij er als jongen vaak kwam, dat kan jouw reden al zijn. Een aanval van nostalgie, terug naar de onbezorgde jeugd, en hopla.'

'Ze hebben zijn auto teruggevonden,' zei Liese, 'hij stond gewoon op straat, netjes in een rijtje geparkeerd.'

Torfs wist het even niet meer.

'En wat bedoel je daar nu weer mee?' vroeg hij.

Ze zweeg. Ze had geen flauw idee waarom ze het had gezegd.

'Ik wil je eraan herinneren dat de kerel tot nader order zelfmoord heeft gepleegd,' ging hij verder. 'Bij gebrek aan bewijs van iets anders is dat de officiële verklaring. En als die klootzak destijds twee meisjes heeft vermoord, dan vind ik persoonlijk de omschrijving "opgeruimd staat netjes" nogal goed gekozen.'

'Maar dat weten we niet zeker,' argumenteerde ze. 'Als we het verhaal willen afsluiten, dan doen we er toch goed aan om het op een degelijke manier te doen?'

'O nee,' zei Torfs, 'ik weet waar dit heen...'

'Er is trouwens meer,' zei ze snel. 'Stel dat Thielens inderdaad de moordenaar van de twee meisjes is, dan is er een mogelijkheid dat hij ook elders slachtoffers heeft gemaakt, ver van huis, in Italië bijvoorbeeld. Dat mag toch even worden onderzocht voordat we de zaak definitief afsluiten?'

'Maar wat wil je dan eigenlijk?'

'Ik wil duidelijkheid.'

Ze herhaalde wat ze de vorige dag tegen Laurent in de auto had gezegd.

'We gaan uit van zelfdoding, maar we weten niet waarom hij dat precies daar heeft gedaan. En ik denk dat we dat moeten weten om deze zaak te begrijpen.'

Hij reageerde niet meteen.

'Ik wil het nog één keer ter plaatse gaan bekijken voordat ik het laat rusten,' zei Liese. 'Ik zal maar één overnachting boeken.'

'Voor meer is er sowieso geen budget,' gromde hij, waardoor hij verraadde dat hij al overstag was gegaan. 'Eén overnachting als afsluiter en daarna definitief fini. En probeer een goedkope vlucht te vinden.'

'Ja, baas,' zei ze.

Niet veel later had ze Laurent aan de lijn.

'Gewoon om je even te zeggen dat ik morgen naar Italië vlieg.'

Laurent verloor geen tijd.

'Moet ik je helpen met het ticket?'

'Nee, dank je. Ik probeer er nog snel een te vinden voor morgenochtend, maar anders is het wat later,' zei ze. 'Eén nacht, dinsdagavond ben ik al terug.'

'Prima.'

'Zeg aan Noureddine dat hij door de dozen van de huiszoeking moet gaan, oké?'

'Hij is hoofdinspecteur,' protesteerde Laurent. 'Ik kan toch moeilijk bevelen geven aan mijn hiërarchische meerdere?'

'Vraag het hem dan vriendelijk.'

Het laatste telefoontje van de dag was met haar Italiaanse evenknie.

'Begrijp me niet verkeerd, ik vind het heel fijn om je terug te zien, hoor...' zei Molinari toen ze hem had verteld dat ze de volgende dag naar Bolsena kwam.

'Maar?'

'Ik zie niet goed in hoe het feit dat Thielens vroeger hier in het Convento kwam helpen iets verandert. Hij heeft volgens ons nog altijd gewoon zelfmoord gepleegd, hoor. En met "ons" bedoel ik zowel mijn team als de onderzoeksrechter.'

'Daar gaan wij ook van uit, Massimo.'

'Dus?'

Voor Liese kon antwoorden, hoorde ze een vrouwenstem op de achtergrond en ging Molinari verder.

'Sorry, Liz, just one moment. Ik ben bij mijn moeder, we zouden net aan tafel gaan en...'

Ze lachte zonder dat ze er erg in had.

'Waarom lach je?'

Ze aarzelde. Avondeten, volwassen man, moeder. Kon ze dat gewoon zo zeggen, tegen een Italiaan?

Gelukkig had hij het zelf al uitgevogeld en kon hij er nog om lachen ook.

'Ja, ik weet het. Het cliché van de Italiaanse man, niet? Eten bij de mama.'

'Als ze lekker kookt, waarom niet.'

'Geloof me, dat doet ze.'

Ze hoorde hem enkele zinnen zeggen in het Italiaans en toen was hij er weer.

'Thielens wordt verdacht van een dubbele moord, Massimo,' legde ze uit. 'Maar het is 24 jaar geleden gebeurd en we hebben voorlopig geen enkele aanwijzing. Dus als ik hoor dat hij vroeger kind aan huis was in hetzelfde stadje waar hij uiteindelijk gestorven is, dan wil ik dat even uitzoeken. Meer is het niet, hoor.'

'Je bent welkom,' zei de commissario.

10

Ze had netjes gedaan wat Torfs had gevraagd en 's avonds nog naar de allergoedkoopste vlucht gezocht, wat niet makkelijk was geweest in het hoogseizoen. Uiteindelijk vond ze er een die om 07.00 uur uit Brussel vertrok.

Toen ze Matthias om 04.30 uur even wekte om afscheid te nemen, begon hij zachtjes te mopperen.

'Je bent weer weg,' geeuwde hij. 'Het is net of ik met een zakenvrouw getrouwd ben, je springt in een vliegtuig als in een tram.'

'Niet zeuren, ik ben morgen al terug. En we zijn niet getrouwd.'

Ze observeerde het deel van hem dat boven het laken uitstak. Een stukje borstkas, twee grote armen, een kop haar als een vogelnest.

'Misschien breng ik weer een cadeautje voor je mee,' zei ze. Maar hij sliep al.

Bij aankomst op de luchthaven van Rome duurde het een uur voor ze een huurwagen te pakken had. Het was er druk en lawaaierig, met drammende toeristen die zich ergerden aan de lange wachtrijen en huilerige, vermoeide kinderen die rond de benen van hun moeders hingen.

Dat was nog maar de proloog. Toen Liese met veel moeite uit de smalle parkeergarage kwam en een rotonde op reed, belandde ze midden in het razende ochtendverkeer rond de hoofdstad. Er kwamen een vijftal wegen samen op de grote rotonde en de auto's wriemelden langs haar heen als mieren op speed. Haar huurwagen had geen gps en hoewel ze de avond tevoren een printje had gemaakt van de weg die ze moest volgen, was ze helemaal het noorden kwijt. Ze bleef traag rondjes draaien terwijl er links en rechts van haar woedend werd getoeterd en zij met enige vertwijfeling naar de borden keek. Ze sloot een fractie van een seconde haar ogen, nam de eerstvolgende afslag en bevond zich volgens de wegwijzers op de route naar Tarquinia.

Dat bleek, tot haar immense opluchting, de juiste richting.

Als iemand inspecteur Laurent Vandenbergh op de man af had gevraagd wat hij nu vooral geleerd had van zijn collega Michel Masson, dan zou hij even moeten nadenken. Zijn mentor had hem veel bijgebracht, gaande van een essentieel principe zoals het respect voor de wet tot onmisbare hulpmiddeltjes zoals het uitbouwen van een informantennetwerk. Andere levenslessen, zoals de permanente en noodzakelijke nabijheid van single malt whisky – bij voorkeur Talisker – of het belang van een goed driedelig pak, waren dan weer minder succesvol geweest.

Waar hij achteraf bekeken het dankbaarst voor was, leek in het begin een ergerlijk staaltje gezeur van een oudere flik, maar bleek later doorslaggevend in de vorming van de jonge, impulsieve inspecteur: het oog voor detail. Masson had hem vooral geleerd om de tijd te nemen. Om je te focussen op één element per keer en dat dan ook uit te pluizen, erover na te denken, het te analyseren.

Toen hij die ochtend in de teamkamer arriveerde en zijn computer aanzette, was hij dan ook vastbesloten om de gedachte waarmee hij om 07.00 uur wakker was geworden, grondig te gaan uitspitten: de gedachte dat Werner Thielens op zijn tocht van Antwerpen naar Italië via Zwitserland altijd sporen had moeten achterlaten, en daarbij de overweging dat, als dat niet zo bleek te zijn, dat met voorbedachten rade was gebeurd.

Zijn telefoon ging. Een gsm-nummer, hem onbekend.
'Morgen,' zei Nouredinne Naybet. Hij maakte zich bekend.
'Eh... goeiemorgen,' antwoordde Laurent. Hij aarzelde.
'Ik weet eigenlijk niet hoe ik je moet aanspreken. Sta je op
"hoofdinspecteur" of is "Noureddine" ook goed?'
'"Noureddine" is meer dan oké. Ik bel je maar even om
te zeggen dat ik op het lab ben. Ik ga door de spullen van de
huiszoeking, misschien levert dat wat op.'
'Juist,' zei Laurent. 'Knal vergeten. Liese had me al opgedragen
om je dat te vragen, maar dat is bij dezen dus overbodige info.'
'Is ze er niet, dan?'
'Italië. Vanochtend vertrokken, morgen terug.'
Hij vertelde zijn collega over Bolsena en over het klooster.
'Ik had veel eerder bij de Moord moeten komen. Jullie zijn
voor het minste op reis.'
'Dat gebeurt echt weinig, hoor,' sputterde Laurent tegen.
'Nu lijkt het misschien alsof...'
Hij hoorde gegrinnik en viel stil.
'Je hield me voor de gek.'
'Een beetje.'
'En ik trap er domweg in.' Hij zuchtte.
'Het is ook nog vroeg,' zei Naybet lachend.

Het eerste spoor waarop Laurent zich concentreerde, was het
hotel in Zermatt. Het Beausoleil aan de Oberdorfstrasse was
volgens een aantal sites een eenvoudig maar groot complex
net buiten het stadje, in de buurt van het startpunt van een
aantal wandelroutes.

Hij pakte de folder die zijn collega's van bij Thielens
hadden meegebracht, van zijn bureau en bladerde erdoor.
'Vanuit de meeste kamers geniet u van een uniek uitzicht op
de Matterhorn,' stond er in grote letters boven enkele vale
foto's van hotelkamers die in de jaren 80 waarschijnlijk het
neusje van de zalm waren geweest. Ook aan de rest van de

informatie was duidelijk te merken dat het Beausoleil een heel eenvoudig etablissement was, zij het dan een dat pal aan de liften naar Matterhorn Paradise lag, een groot en gerenommeerd skigebied. 'In de zomer,' kwaakte de brochure, 'is het gebied een paradijs voor wandelaars.'

Laurent snoof. Tegelijkertijd besefte hij dat ook die reflex er een was die hij van Masson had geleerd en die hij waarschijnlijk nooit meer kwijt zou raken: zijn afkeer van slordig taalgebruik. Van infantiel geneuzel in brochures en reclamefolders. Waarom moest brochuretaal toch altijd zo onnatuurlijk zijn?

'Waarom is het niet gewoon "aangenaam" of "mooi" of "interessant"?' foeterde Laurent tegen zijn scherm. 'Waarom moet een plek altijd een paradijs zijn voor shoppers of voor wandelaars of voor mijn part voor bosneukers, verdomme?'

'Sinds wanneer praat jij tegen je computer?' vroeg Torfs.

De hoofdcommissaris stond in de deuropening en staarde naar Laurent.

'Dat, eh...'

'Alsof we nog niet genoeg hadden aan Masson en Meerhout,' gromde de chef. 'Is de gekte hier soms besmettelijk of zo?'

Op het pleintje voor de basiliek van Bolsena, waar ze voor de derde keer iemand naar de juiste richting had gevraagd, leerde Liese dat het klooster op nauwelijks een kilometer van de kerk lag waar Werner Thielens was doodgegaan.

Up the hill,' zei een jonge vrouw terwijl ze naar het smalle straatje wees dat zich als een slang naar boven kronkelde. 'You can't miss.'

De weg was zo steil dat ze het autootje niet eens in de tweede versnelling kreeg. Ze nam met een loeiende motor enkele haarspeldbochten en toen lag daar opeens het klooster.

Het was een groot gebouw, oud en verweerd, en het had een eigen kerk, die aan de kant van de straat stond.

Ze belde aan. Na flink wat tijd opende een oude man de dubbele houten deur en keek haar vriendelijk aan.

Liese legde uit dat ze graag een kamer wilde.

De man aarzelde.

'Certo, è possibile, ma...'

Hij was een jaar of tachtig, schatte ze. Hij had een rond, wat pafferig gezicht en twee kleine ogen die vrolijk de wereld in keken. Hij bleek ook een mondvol Frans te spreken en met de enkele woorden Italiaans die Liese had opgeraapt, verliep de conversatie al bij al vrij vlot. Al snapte ze in het begin niet waar de man het allemaal over had.

'Ik woonde hier vroeger in de buurt, maar nu ben ik echt op bezoek,' glimlachte hij. 'Ik woon in het zuiden, in Bari. Ik ben de vader van Pietro. Wilt u hier echt slapen?'

Hij had een mooie, lichtjes hese stem.

Het duurde een tijdje voor ze begreep dat hij de vader was van de uitbater, dat Pietro en zijn vrouw naar een begrafenis waren en pas morgen zouden terugkomen en dat hij zolang op het klooster paste.

'Ik dacht dat dit een soort... hotel was,' zei Liese.

Hij schudde zijn hoofd.

'Helemaal niet. Je kunt hier een kamer huren, maar er is geen eten of zo, hoor. En de douches en toiletten zijn gemeenschappelijk, op de gang. Het is allemaal nogal oud, eerlijk gezegd.' Hij bekeek haar met een licht spottende blik. 'Als u een echt hotel wilt, dan kan ik u beneden in het centrum enkele...'

'Nee, het is goed,' zei ze. 'Ik blijf.'

Zijn glimlach was opeens terug.

'Magnifique. Kom, ik wil u iets laten zien. Mijn naam is Cesare, tussen haakjes.'

Hij ging haar voor. Hij was nog erg goed ter been voor een man van zijn leeftijd, zag ze. Ze liepen langs een binnenpleintje en door lange, oude gangen, ze beklommen enkele trappen en toen waren ze boven, op de eerste verdieping van het klooster, waar, zo begreep ze, de gastenkamers waren.

'Kom,' zei Cesare.

Hij liep naar de twee grote glazen deuren aan het einde van de gang, gooide ze open en keek naar Lieses gezicht. Toen hij zag dat ze glimlachte, glimlachte hij ook.

Het uitzicht was prachtig. Voor haar lag de tuin van het klooster, helemaal ommuurd en verdeeld in terrassen, met een kleine wijngaard en veel olijfbomen. Daarachter, beneden, lag een enorm meer, en nog verder de bergen.

'Wauw,' zei Liese.

Cesare knikte. 'Ik heb u maar een beetje afgeschrikt daarnet, aan de deur. Ik vermoedde wel dat u de schoonheid ervan zou zien. U moet het ook vanavond zien, met de zon die ondergaat in het meer, en de vleermuizen die hier wonen...'

Als op afspraak zwegen ze beiden een tijdje. Ze staarden alleen maar in de verte.

'Een vriendelijk landschap, dat is het,' zei de oude man ten slotte. 'Waar ik woon, is het ook mooi, maar veel ruwer. Naar hier komen geeft me altijd een bepaalde... rust, ik kan het niet anders zeggen.' Hij gniffelde. 'Vanochtend nog heb ik twee toeristen weggestuurd die om een kamer vroegen. Ik hoefde maar een blik op hen te werpen om te zien dat ze hier niet pasten.' Hij keek bezorgd. 'Niet tegen Pietro zeggen, hé, hij zeurt nu al de hele tijd over geld.'

'Ik ben niet echt een toerist,' zei Liese.

Hij keek haar ernstig aan.

'Nee, dat dacht ik al.'

Liese legde uit waarom ze in het stadje was.

'Terribile.' De oude man zuchtte. 'Mijn zoon vertelde het me, het is haast niet te geloven...'

'Ik heb gehoord dat Werner Thielens hier vroeger regelmatig kwam. Dat hij hier logeerde.'

Cesare knikte.

'Dat is zo.'

'U hebt hem gekend?'

Hij keek een beetje droef.

'Een heel klein beetje, ja. Hij kwam hier iedere zomer, om te helpen. Dat waren ook net de maanden dat ik een beetje tijd had om mijn zoon een handje toe te steken.'

'Wat deed hij hier dan?'

'Van alles en nog wat. Dit klooster... hier is nooit geld, ziet u, alles draait op vrijwilligers. Reparaties, de olijfoogst, het gebeurt allemaal door mensen die hier kind aan huis zijn en het uit liefde doen.'

'Maar er zijn toch gasten?' vroeg ze. 'Mensen die betalen om hier te logeren?'

'Af en toe, inderdaad, maar heel weinig. Ik zei het al, je moet de schoonheid van deze plek weten te zien, en dat is de meeste mensen niet gegund.'

'Hoeveel gasten logeren er dan nu?'

Hij wees met een stompe vinger naar haar.

'Met u erbij drie. Maar een van hen is een rondreizende pelgrim, die verblijft zo goed als gratis.'

Liese knikte en staarde naar buiten.

De rust was opmerkelijk.

Een hond die kort blafte, vogels die 'm van jetje gaven in de bomen rond het klooster.

In de verte glinsterde de zon op het water van het meer.

'Ik laat u rustig even op adem komen,' zei Cesare. 'En daar-na wacht ik op u onder de pergola met een fris glas wijn. En dan vertel ik u wat ik me nog herinner van die jongeman van toen.'

Uit de bankgegevens van Werner Thielens bleek dat de man getankt en gegeten had op zijn route van Antwerpen naar Zermatt. Hij had heel normale uitgaven gedaan, zag Laurent. Een volle tank in Luxemburg, Aire de Berchem. Een maaltijd in Horbourg-Wihr in de buurt van Colmar, 22 euro, betaald met zijn bankkaart, net als de benzine in Luxemburg. En in Mulhouse een fles Muscat de Rivesaltes, een dessertwijn, wist Laurent, 12,50 euro.

Hij maakte een notitie en zocht verder.

Er was geen enkele uitgavestaat van tijdens de rit van meer dan zevenhonderd kilometer tussen Zermatt en Bolsena. Thielens had niet getankt of hij moest contant hebben betaald, wat op zich dan weer heel vreemd zou zijn.

Laurent surfte een poosje op het net, berekende afstanden, zocht naar het merk van Thielens' auto en naar de technische gegevens van dat model. Vervolgens leunde hij achterover en bekeek wat hij genoteerd had.

Thielens tankt in Luxemburg en rijdt naar Zermatt in Zwitserland, een rit van zeshonderd kilometer. Van Zermatt rijdt hij naar Bolsena, nog eens zevenhonderd kilometer erbij, dat is dertienhonderd kilometer. Kan dat, met een volle tank? Nee, dat kan niet. Hij rijdt met een Opel Vectra uit 2012, een tweeliter diesel. De actieradius met een volle tank is gemiddeld acht- à negenhonderd kilometer als hij uitsluitend de autosnelweg neemt en een gemiddelde van honderd kilometer per uur aanhoudt. Bewijs: Thielens heeft getankt onderweg, maar om een of andere reden heeft hij die tankbeurt cash betaald. Hij heeft niets betaald met zijn bankkaart of creditkaart, nog geen snoepje of een fles water.

Hij heeft dus zijn voorzorgen genomen, hij heeft erover nagedacht, hij was alert.

Hij wilde de rit naar Italië geheimhouden, dacht Laurent.

Hij haalde er nog eens de telefoongegevens van Thielens bij. Die waren heel mager: twee oproepen, een inkomend en een uitgaand gesprek, en beide nummers waren al gescreend. Zijn dienst op Financiën had hem gebeld, hij had een telefoontje naar zijn vrouw Aline gepleegd, klaar.

'Dit klopt niet,' mompelde Laurent.

'Zo,' zei Cesare, 'een glas voor jou en een glas voor mij.'

Hij liet zich op een van de houten stoelen vallen en kreunde van de inspanning.

Ze zaten onder een pergola aan de achterkant van het klooster. Een grote, stokoude herdershond was op zijn dooie gemakje komen aansloffen en aan de voeten van de oude man gaan liggen.

Liese keek rond. De grote, lange gevel van het hoofdgebouw was ooit in terracottakleur bepleisterd, maar dat was alleen nog hier en daar te zien, het overgrote deel van de pleister was afgebladderd. Ze zocht met haar ogen haar kamer en vond die vlak naast de grote glazen deuren in het midden van het gebouw. Een van de houten luikjes voor haar raam hing los, zag ze.

Het was dezelfde toestand in de rest van het klooster. Ze was wat gaan rondlopen daarnet, ze had de aftandse douches en toiletten gezien en de lange, kale gangen, net zo kaal als haar kamer. De kamer was duidelijk een cel van een monnik geweest, al was die nu netjes aangekleed, met een degelijk, smal bed, een kleerkast en een houten tafeltje met een stoel ervoor.

Liese nam een slok van haar wijn. Hij was een beetje scherp en niet zo lekker, en ze zette haar glas voorzichtig terug.

De oude man had het gemerkt.

'Ik weet het.' Hij glimlachte. 'De wijn is niet al te best, maar het is de wijn van hier, van deze ranken.' Hij wees met beide handen naar de tuin. 'Pietro geeft hem aan de pelgrims die hier af en toe komen, die krijgen een gratis glas.' Hij grijnsde. 'En aan zijn vader natuurlijk.'

'Je zou me nog iets vertellen over Werner Thielens,' zei Liese.

Cesare nam zelf een slokje en knikte.

'Hij hielp hier als jonge student, dat herinner ik me zeker nog. Ik zei het al, ik kwam ook alleen maar langs in de zomer, de rest van het jaar had ik te veel werk in mijn zaak. Ik weet niet of hij hier in andere seizoenen ook wel eens was.'

'En hij hielp hier dus?'

'Ja. Muren opknappen, de tuin en de olijfgaard onderhouden, dat soort dingen.' Cesare glimlachte. 'We hadden een gezamenlijke interesse, dat is me na al die jaren ook bijgebleven. Hij hield erg veel van de bloemen en planten hier uit de streek, hij wilde er alles over weten. Dan zat hij 's avonds hier onder de pergola met een naslagwerk uit de bibliotheek, de dingen op te zoeken die hij overdag had ontdekt. Ik heb het er vaak met hem over gehad.' Hij knikte, meer tegen zichzelf dan tegen Liese. 'Het was een pientere jongen.'

'Hoelang is hij hier in de zomer naartoe gekomen, weet u dat nog?'

'Nee.' Hij staarde naar het meer in de verte terwijl hij de hond afwezig over zijn kop aaide. 'Een aantal jaren, dat is zeker, maar op een bepaald moment is het opgehouden.' Hij keek Liese aan. 'Dat is normaal, niet? Hij zal daarna wel getrouwd zijn en kinderen hebben gekregen en zo...'

Wat later maakte ze een wandeling in de buurt.

Het klooster was omringd door natuur. Smalle paadjes, bossen, lege, bruine velden. En bloemen, veel bloemen. Overal waar ze kwam, zag en rook ze de hortensia's, in alle kleuren. Als ze niet te dicht bij de bloemen stond, rook ze andere, natuurlijke geuren. Hout. Gras. De wat muffige geur van aarde.

De laatste jaren was het haar steeds meer opgevallen hoe slecht het rook in Antwerpen, hoe haar stad bij tijd en wijle stonk zelfs. Als ze 's ochtends haar raam openzette, rook ze bijna altijd een lichte zwavelgeur. Vrienden die er iets van wisten, vertelden haar dat het de industrie in de haven was, gecombineerd met de haast onmenselijke verkeersdrukte, met de massa auto's en vrachtwagens die van 's ochtends tot 's avonds over de wegen denderden. Liese werd er triest van. Ze wist dat als ze ooit zou weggaan uit Antwerpen, het alleen maar daarom zou zijn: voor simpele, schone lucht, om vrij te kunnen ademen. Een vlucht uit de stank en de vervuiling.

Ze wuifde de sombere gedachten weg en zocht haar gsm.

'Dag Liese,' zei Masson.

Hij klonk ontspannen. Vriendelijk.

'Waarom bel je?'

'Ik dacht net aan je.'

'Ah.'

Hij vroeg haar niet waarom ze aan hem had moeten denken.

'Ik was zojuist in een nieuw winkeltje op de Vrijdagmarkt,' zei Masson. 'Het heet Lonesome George, ken je dat?'

'Nee.'

'Vreemde zaak, maar mooi. Heel boeiend. Het ligt er vol met schelpen en opgezette vlinders en fossielen uit de oertijd. Ik was er langsgelopen omdat ik dacht dat ze misschien een opgezette meeuw hadden, dat zou het schilderen iets vergemakkelijken, maar het was noppes. Ze hadden wel twee vossen en een opgezette kaketoe, maar geen meeuw.'

'Schilder dan een kaketoe,' zei Liese.

Hij ging er niet op in.

'Wil je weten waarom ik aan je dacht?' vroeg ze.

'Hm.'

'Ik ben in Bolsena, in het, wacht even...' Ze zocht naar het ontvangstbewijs dat Cesare haar gegeven had. 'Hier heb ik het. Het Convento di Santa Maria del Giglio. Een oud klooster met cellen van monniken waarin je kunt logeren en met overal afgeschilferde muren. Helemaal jouw ding.'

'Hm. En waarom ben je weer in Bolsena?'

Ze vertelde het hem.

Hij stelde enkele vragen, maar het was duidelijk dat hij er met zijn hoofd niet bij was, en dat schokte haar, veel meer dan ze verwachtte.

'Ik moet gaan, er wordt op mij gewacht,' loog ze. 'Ik bel je nog.' Ze verbrak de verbinding.

Het is normaal dat hij langzaam moet beginnen, zei ze tegen zichzelf. Geef hem de tijd.

Er kwamen ook andere gedachten, maar die duwde ze weg. Ze stak haar telefoon in haar broekzak en geeuwde. Ze voelde zich slaperig, ze was niet gewend om 's middags wijn te drinken.

'Kom, Meerhout,' zei ze. 'De baas betaalt je niet om op je luie krent te zitten.'

Daar moest ze zelf om lachen.

Ze liep naar de basiliek en zocht het zijdeurtje aan de Via Mazzini.

Het was een oude houten deur en er zat inderdaad nogal wat speling op het slot, werd ze gewaar toen ze ertegen duwde. Tussen de schoot en de voorplaat in de muur zat minstens een centimeter ruimte. Ze kon zich voorstellen dat je het slot met een fikse duw wel kon forceren.

Eén minuut.

Ze liep door de grote deur de basiliek binnen en zocht Giuseppe Rossi op in zijn kantoortje. Hij zat er helemaal alleen achter de houten tafel, omringd door folders en ansichtkaarten van de catacomben.

'Buongiorno,' zei Liese. 'Zijn er toeristen beneden, signor Rossi?'

'Toevallig niet,' zei de oude man.

Ze glimlachte en vertelde hem wat ze van plan was.

Hij knikte, hoewel ze er zeker van was dat hij haar uitleg maar half begrepen had.

Ze maakte rechtsomkeert en stopte pas toen ze opnieuw bij het zijdeurtje stond, maar nu aan de binnenkant van de kerk. Ze zette de stopwatch op haar gsm op nul en begon te lopen. Niet te snel, zeker niet te traag.

Ze liep de hele basiliek door tot aan het praalgraf van de heilige Christina, daalde de smalle trappen af tot in de verlaten catacomben en liep naar de nis waar Thielens was gevonden. Twee minuten en vijftien seconden.

Maar het is nacht en ik zie geen sikkepit, dacht ze. Ik heb alleen het lichtje van mijn gsm of een zaklantaarn. Bij daglicht moet ik al uitkijken op de smalle trap, dat kan 's nachts onmogelijk zo snel.

In het donker een kleine drie minuten van aan de deur tot aan de nis, op zijn minst. Dus in totaal al vier minuten.

Nu kruip ik erin, dacht Liese. Ik doe het snel, laten we zeggen in vijftien seconden.

Ze schudde haar hoofd.

Het slaapmiddel werkte binnen vijf minuten. Ze had nu al meer dan vier minuten nodig gehad en ze moest haar beide polsen nog doorsnijden.

Liese draaide zich om, keek rond, dacht na.

Ze vond de kruidenierszaak makkelijk terug.

'Daar bent u,' zei Gianni Mazzola. Hij glimlachte maar keek ook een beetje bezorgd. 'U bent toch niet helemaal naar Italië gekomen omdat ik u gebeld heb, hé?'

'Nee hoor.'

De tweede leugen in nauwelijks een kwartier, dacht Liese. Ik moet er nu ook geen gewoonte van maken.

Binnen, voor de toonbank, stonden twee oude dames te kwetteren. Ze hadden ieder een indrukwekkend aantal plastic tasjes in hun handen. Een opgeschoten jongen stond op een laddertje en vulde de voorraden bij.

'Kan ik uw vrouw even spreken, meneer Mazzola?'

'Die zit boven. Ik vraag het haar.'

Nog geen minuut later was hij terug in de winkel.

'Ik loop met u mee, mijn vrouw spreekt geen Engels, zoals ik u al zei.' Hij riep iets in rad Italiaans naar de jongen, die van zijn ladder kwam en zich haastte om achter de toonbank te gaan staan.

'Komt u maar,' zei de kruidenier.

De trap naar de woonruimte van de Mazzola's was steil en eindigde in een kamer die in afmetingen een kopie was van de zaak beneden: één ruimte, smal en lang, en lopend van de ene gevel naar de andere.

De vrouw zat aan de eettafel.

'Dit is Andrea. Gaat u er maar rustig bij zitten, hoor.'

Ze was ergens in de vijftig en ze sleurde meer gewicht mee dan goed voor haar was, maar ze was net als haar man ook vriendelijk en goedlachs.

In een hoek van de woonkamer stond de televisie aan. Een programma met publiek, zag Liese, en met een blonde presentatrice. De presentatrice deed iets met een blender en het publiek applaudisseerde.

Liese nam plaats tegenover Andrea. De vrouw maakte een verontschuldigend gebaar, opende een felgekleurd pillendoosje dat voor haar lag en slikte snel en geroutineerd twee pillen door.

'Haar hart,' zei Mazzola. 'Ook nog andere dingen, maar vooral haar hart. Ze moet twaalf pillen per dag innemen.' Hij keek zijn vrouw met onverholen liefde aan. 'Een echt chemisch fabriekje.'

Liese haalde enkele foto's van Thielens tevoorschijn. Het waren de oudste foto's die ze gevonden had, omdat ze niet zeker was dat de vrouw hem na al die jaren nog wel zou herkennen. Er was een kopie bij van de foto die op zijn rijbewijs stond en ze had een uitvergrote close-up bij zich van een universiteitsfoto, uit het afstudeerjaar van Thielens.

Sì,' knikte de vrouw en ratelde in het Italiaans er nog iets achteraan.

'Dat is inderdaad de jongeman die ze toen in het klooster heeft gezien,' vertaalde Mazzola.

'Wil je haar vragen wat ze zich over hem nog herinnert?' vroeg Liese.

De kruidenier luisterde een tijdje naar zijn vrouw, hield dan voorzichtig een hand op om haar uitleg te onderbreken en zei: 'Ze herinnert zich zeker dat ze hem drie zomers na elkaar heeft ontmoet. Ze werkte toen als schoonmaakster in het klooster, dat had ik u al verteld. Hij was bijna altijd bezig in de wijngaard en bij de olijfbomen, hij maaide ook het gras en zo, hij was altijd aan het werk.'

De vrouw kwam tussenbeide.

'Ze zegt dat hij...' Hij lachte. 'Ik weet niet hoe ik dat in het Engels moet zeggen... Hij had veel energie, veel...' Mazzola maakte een gebaar met zijn vuist om aan te geven dat Thielens een kerel met pit was.

'Ik heb het begrepen,' zei Liese. 'Heeft ze nog andere herinneringen aan hem?'

Dat had ze.

'Hij was vriendelijk,' vertaalde haar man. 'Een vriendelijke jongeman, dat weet ze nog. Hij sprak ook een aardig mondje Italiaans.'

'Ah. Heeft ze zelf met hem gepraat?'

'Nee, ze denkt het niet of ze herinnert het zich in elk geval niet,' zei Mazzola nadat hij het aan zijn vrouw gevraagd had. 'Misschien over simpele dingen, over het klooster en het uitzicht en zo...'

De vrouw lachte naar haar man terwijl ze verder praatte. Liese verstond alleen het woord 'nome'.

'Ze weet zijn naam niet meer,' zei Mazzola.

'Thielens. Werner Thielens.'

De vrouw begreep haar niet. Toen Liese de naam op een papiertje schreef, knikte ze en lachte.

'Sì, Verneir, dat was het. Ik dacht altijd dat hij een Duitser was.'

'Had u de indruk dat hij hier mensen kende? Niet alleen de mensen van het klooster, bedoel ik.'

'Ik weet dat hij vaak samen was met een andere man, dat was ook geen Italiaan,' vertelde Andrea. 'Een heel mooie man, een hippie.'

Ze lachte en gaf meer uitleg.

'Een mooie kerel met heel lang haar,' vertaalde Gianni Mazolla, 'en zo'n band in zijn haar.'

'Een hippie, dus,' lachte Liese.

Ze keek even in de weinige notities die ze gemaakt had.

'En behalve de hippie? Denkt ze nog aan iemand anders?'

Andrea deed haar best.

'Dat weet ik echt niet meer, sorry,' zei ze uiteindelijk. Ze keek sip.

'Het is ook zo lang geleden,' zei Liese. Ze nam afscheid.

Liese liep de straat uit tot ze weer voor de basiliek stond. De bar naast de kerk had enkele tafeltjes onder de bomen en één ervan was vrij. Ze ging zitten en bestelde een koffie.

Het bataljon pillen dat Andrea Mazzola moest slikken, had haar op een idee gebracht.

Niet zozeer de pillen zelf, maar hoe de vrouw ze bewaarde.

Liese scrolde door de gegevens in haar gsm tot ze het nummer van Aline Thielens vond.

'Het spijt me dat ik je nog eens moet storen, Aline, het zal niet lang duren.'

Geen antwoord.

'Werner had last van een hoge bloeddruk, dat klopt toch, hé?'

'Hoe weet... ik begrijp niet...'

'Na het... na het nieuws hebben we met jullie huisdokter gebeld,' legde Liese uit. 'Hij vertelde dat Werner gezond was, maar dat hij wel last had van een hoge bloeddruk.'

'Ja. Ja, dat is juist, maar...'

'Ik neem aan dat hij daar medicatie voor kreeg?'

'Ja, hij moest pillen nemen voor zijn bloeddruk, twee per dag, een 's morgens en een 's avonds.'

'Had hij dan altijd een stripje met pillen bij zich als hij naar zijn werk ging? Of zaten ze gewoon in het doosje of zo?'

'Nee, geen van beide, dat vond hij slordig. Hij had een hekel aan die strips. Hij had een mooi zwart pillendoosje.' Ze kreeg het even moeilijk, hoorde Liese. 'Ik heb dat nog voor hem gekocht.'

'En dat had hij dus altijd bij zich, neem ik aan.'

'Natuurlijk. Mijn man was heel georganiseerd. Hij was heel nauwgezet in zulke dingen.'

Liese liep terug naar het klooster. Onderweg ondervond ze pas goed hoe steil de weg was. Toen ze bij haar auto kwam, moest ze even uithijgen.

Dan stapte ze in en reed weg.

Ze volgde de wegen die naar beneden leidden, sloeg lukraak links en rechts af en na zo'n tien minuten was ze waar ze wilde zijn: aan de oever van het meer.

De weg kronkelde zich langs het water.

Liese parkeerde op de oever, dacht een tijdje na, reed gedurende een halfuur verder, stopte opnieuw langs de kant van de weg. Ze stond soms minutenlang naar het water en de natuur rondom te staren. Er waaide een warme bries die de toppen van de cipressen deed bewegen. Aalscholvers klommen hoog in de lucht en doken dan de diepte in, scheerden langs het diepblauwe watervlak en landden erop. In de verte, half verscholen tussen de heuvels en het groen, lag de ruïne van een kerkje of een kapel.

Ze zag wel hoe mooi het allemaal was, maar ze registreerde het maar half omdat haar hoofd de hele tijd bezig was met de vragen die ze zich sinds gisteren was gaan stellen, vragen die veelal te maken hadden met de dood van Werner Thielens.

Ze haalde haar telefoon uit haar broekzak.

'Dit is telepathie,' zei Molinari. 'Ik stond op het punt je te bellen.'

'Zomaar?'

'Integendeel, voor iets heel belangrijks. Mag ik je uitnodigen voor een dinertje vanavond?'

'Eh...'

'Tenzij je al iets gepland hebt, natuurlijk...'

'Nee, niet echt, maar...'

De commissario lachte onzeker.

'Het lijkt me een simpele vraag, Liz. Mensen moeten toch eten, ook Belgen?'

'Ja, Belgen eten ook, ja.'

'Wel dan.'

Liese dacht aan het restaurant waar hij haar en Masson de vorige keer mee naartoe had genomen. Ze wilde een goede uitvlucht bedenken, maar het was net alsof hij het gevoeld had.

'Dit keer is het niet op staatskosten, collega. Dit is privé, dus ik mag zelf het restaurant kiezen en je zult het je niet beklagen. Authentieker vind je niet.'

Ze gaf zich gewonnen. 'Oké, dank je. Wanneer en waar spreken we af?'

'We moeten sowieso met de auto. We nemen het aperitief op de Piazza Matteotti, in de bar recht tegenover mijn kantoor. 19.30 uur, is dat oké?'

'Prima. Maar ik kan ook meteen naar het restaurant rijden, hoor, ik heb een huurauto.'

Molinari lachte.

'Het is zo'n vijftien kilometer van Bolsena, aan het meer. Geloof me, Liz, je vindt het gegarandeerd nooit, zelfs niet met de beste gps.'

'Akoord,' zei ze. 'Maar ik stel wel één voorwaarde.'

'En die is?'

'Ik zou graag een lijst van je krijgen met de spullen die jouw lab gevonden heeft op en rond het lichaam van Werner Thielens. Wil je die vanavond meebrengen?'

'Dat kan, maar mag ik weten waarom?'

Ze vertelde hem over het pillendoosje.

'Zijn alle flikken in jouw land zo koppig en eigenwijs?'

'Alleen de PIP's,' zei ze, 'en de NIP's wil je niet leren kennen.'

'Ik snap er niets van.'

'Ik leg het je vanavond wel uit. Bedankt, Massimo.'

Ze was te vroeg op de afspraak, maar dat vond ze niet erg. Het terras van de kleine bar was voor driekwart gevuld, met koppeltjes en gezinnen die zichtbaar genoten van de laagstaande zon, er hing een vrolijk gekwebbel in de lucht en op het plein stonden twee stokoude mannetjes die breeduit lachten en elkaar voorzichtig bij de schouder grepen.

Ze had net een vruchtensapje besteld toen haar telefoon ging.

'Het werd tijd,' zei ze lachend.

'Het is 19.00 uur en ik ben nog op kantoor,' mopperde Laurent. 'En ik wil niet weten waar jij bent op dit moment.'

'Nee, dat wil je inderdaad niet weten. Vertel eens, heb je nieuws?'

'Ja en nee. Ik zal beginnen met Noureddine. Hij is vandaag lang bezig geweest met de spullen van de huiszoeking, maar dat was noppes.'

'Oké.'

'Geen enkel verdacht element, geen enkele verwijzing naar de meisjes of naar vetzakkerij in het algemeen.'

'Mooi geformuleerd.'

'Ik had er ook op geoefend.'

'Ben je verbaasd als ik je zeg dat ik dat ook niet verwacht had? Dat er "vetzakkerij" tussen zou zitten?'

'Niet echt,' antwoordde Laurent. 'Naybet heeft ook contact opgenomen met de collega's in Zwitserland. Dat heeft wel wat voeten in de aarde gehad, maar we hebben toch al resultaat. In de laatste vijf jaar hadden ze een achttal zaken die qua MO in de buurt komen, maar er is er een bij die misschien wel interessant is. Vier jaar geleden hebben ze het lichaam van een Duits meisje gevonden in de bergen rond Zermatt. Ze was veertien en ze werd verkracht en daarna gewurgd. De dader is nooit gevonden.'

'En qua timing klopt het?'

'Toen ze haar lichaam vonden, was ze al iets meer dan twee weken dood, dus het is een beetje giswerk. Maar ja, het klopt waarschijnlijk wel, hun patholoog bepaalde het tijdstip van het overlijden in de eerste drie dagen van juli. Toen was Thielens in ieder geval in hotel Beausoleil in Zermatt, dat heeft de directie me net bevestigd.'

'Je bedoelt dat hij ingecheckt had in het hotel,' zei Liese. 'Misschien deed hij wel elk jaar zo'n grote verdwijntruc.'

'Dat kan natuurlijk. Ik heb Interpol op de hoogte gebracht en ook Maite Coninckx. Ons lab zal DNA-gegevens uitwisselen met Zwitserland, dus we zullen snel weten of hij het is of niet.'

'Mooi. Nog iets?'

'Ja.'

Hij vertelde haar over zijn bevindingen in verband met de verplaatsingen van Thielens naar Zermatt en Bolsena en over zijn spaarzame telefoongebruik.

'Tijdens de rit naar Zwitserland is er geen vuiltje aan de lucht. Hij gebruikt zijn betaalkaart in het tankstation, hij betaalt er een maaltijd mee, alles wat je maar wilt. Maar van zijn rit naar Italië is niets terug te vinden. Geen uitgaven, geen telefoontje, niets.'

'Zijn vrouw had zelfs nog nooit van Bolsena gehoord,' zei Liese.

'Als hij er toch een eind aan wilde maken, waarom deed hij dan zo geheimzinnig? Hij laat tal van sporen achter tussen

Antwerpen en Zermatt, heel normale uitgaven, hoor, maar hij blijft compleet onder de radar als hij in Zermatt vertrekt en naar Bolsena rijdt. Als hij geld uitgeeft onderweg – en hij heeft moeten tanken, dat weet ik zeker – dan doet hij dat cash. Waarom?'

'Ja. Dat is een goeie vraag, inderdaad.'

'Omdat hij vuile dingen wilde doen in Bolsena? Omdat hij er op jacht ging?'

'Dat geloof ik niet,' zei Liese. 'Tenminste, dat geloof ik sinds enkele dagen niet meer. Maar ik sta daarin een beetje alleen, vrees ik.'

'Dat denk ik niet,' opperde Laurent. 'Weet je, ik zei daarnet dat hij heel normale uitgaven heeft gedaan op zijn route tussen Antwerpen en Zwitserland, maar dat is eigenlijk niet zo. In een tankstation in de buurt van Mulhouse heeft hij een fles Muscat de Rivesaltes gekocht. 12,50 euro.'

Ze zette haar glas neer.

'Dat klopt niet.'

'Nee, hé?' Hij was blij dat ze het direct begrepen had. 'Hij was toch een geheelonthouder?'

'Zijn afdelingshoofd heeft verklaard dat Thielens nooit dronk. Of hij een geheelonthouder was, dat weten we niet. Maar ik vind het net als jij zeker een beetje vreemd, ja.'

'Zelfs al dronk hij heel af en toe een glas, dan is het nog raar om onderweg een fles dessertwijn te kopen. Ik denk dus dat die niet voor hem was, maar voor iemand anders. Wat me bij mijn voorlopige conclusie brengt: het lijkt me verdedigbaar dat Thielens geen zelfmoord pleegde. Je neemt toch geen fles wijn mee voor iemand als je van plan bent om je van kant te maken?'

'Goed,' zei Liese. 'Laurent?'

'Hm.'

'Uitstekend, echt waar. We zitten op dezelfde lijn.'

Ze vertelde hem over het pillendoosje van Thielens.

'Ook dat strookt niet met zijn persoon,' zei ze. 'Een heel nauwgezet man, heel methodisch, die zijn bloeddrukpilletjes zorgvuldig bewaart in een mooi zwart doosje. Hij neemt dat doosje overal mee naartoe, hij heeft het twee keer per dag nodig. Maar het is foetsie.'

'Het restaurant ligt in Gradoli,' zei Molinari. 'Dat is een vlek aan het meer, zo'n twintig minuten rijden. Je eet toch vis, mag ik hopen?'

'Ik ben samen met een chef-kok, ik lust alles,' zei Liese.

Haar collega stond stipt om 19.30 uur aan haar tafeltje aan de Piazza Matteotti en was gehaast, hij wilde er meteen vandoor.

'Je zult wel zien waarom,' had hij gezegd.

Hij had in ieder geval gelijk, dacht ze onderweg. Deze weggetjes, soms niet meer dan een breed grindpad, draaiden en kronkelden tussen bossen en velden, ze had het nooit zelf kunnen vinden. Ze herinnerde zich de woorden van de oude Cesare in het klooster vanmiddag: dit was inderdaad een vriendelijke streek. Ze zag maar af en toe een glimp van het meer, tot ze bijna beneden waren en die enorme plas voor haar lag, en het plaatje kwam uit een reclamefolder, alleen was er niet mee geknoeid en zag ze dit echt: een groene, lage heuvel, brede stroken olijfbomen op de achtergrond van het meer, de ondergaande zon die tussen de takken hing.

Hij stuurde rustig en geconcentreerd, net als Masson, en tot haar verbazing reed hij niet met een blitse wagen, maar met een aftandse grijze Renault Megane.

'Ik dacht dat jij zo van auto's hield?'

'Waarom zeg je dat?'

Ze herinnerde hem aan het korte gesprekje voor de basiliek, waar hij Massons historische argument had gepareerd met een ode aan de Italiaanse auto's en brommers.

'Ha!' Hij lachte zijn mooie gebit bloot. 'Ik weet echt niets van auto's en ze interesseren me ook geen ene moer. Ik zei het alleen maar om jouw chief inspector een beetje te jennen, hij keek zo ernstig.'

'Dat zal hij ongetwijfeld graag horen,' zei Liese.

Molinari parkeerde de auto langs de kant van de weg in de smalle straat en leidde haar naar het restaurant, een houten chalet die zo goed als in het water stond. Links van het restaurant lag een oude, rode vissersboot op het pikzwarte zand. Tussen het gebouwtje en het meer was een smalle strook met bomen en onder die bomen stonden eenvoudige houten tafels.

'Ik heb er zelf een hekel aan als mensen in het buitenland gidsje proberen te spelen, dus ik beperk me tot de essentie,' zei Molinari. 'Dit is het grootste lavameer van Europa en het is ook een van de diepste. Ik vertel je dat omdat mijn vader een visser was, hij haalde hier de coregone naar boven en geloof me, dat is een kunst. En als hij met ons uit eten ging, iets wat zelden gebeurde, dan kwamen we naar hier. Het is in feite meer een barak dan een gebouw en voor de toiletten moet je naar buiten, naar een schuurtje, maar mijn vader kwam hier omdat hij wist dat het hier goed was.'

'Ik ben al helemaal mee,' zei Liese.

Even later zat ze letterlijk met haar voeten in het meer.

Ze hadden een glas wijn besteld en in plaats van aan een van de tafeltjes te gaan zitten, had ze haar schoenen en sokken (nota auteur) uitgetrokken en plaatsgenomen op het houten staketsel aan het water.

Tot haar verbazing deed Molinari hetzelfde.

Voor haar strekte het meer zich uit, met ver aan de horizon de andere oever en twee dichtbeboste eilandjes in het midden. Ondertussen kreeg ze de hele show voorgeschoteld en besefte ze waarom hij erop gestaan had zich te haasten: de zon spatte gewoon uiteen in het meer, ze was geel en rozig rood en oranje tegelijkertijd en Liese was blij dat Molinari het verstand had om te zwijgen zolang de voorstelling liep.

Ze nam een slok en luisterde naar de golfslag van het meer. Het was een heel ander geluid dan de branding aan zee: monotoon, zenuwachtig, met kleine slagen op het strandje naast hen, een afwisselend kolken en 'woeshen' als de golfjes oversloegen of op het strand spatten.

Toen de zon zo goed als weg was, glimlachte Liese. 'Bedankt,' zei ze, 'ik ben blij dat ik dit gezien heb. Toen ik je de eerste keer aan de lijn had, dacht ik dat je een echte NIP was, maar je neigt toch steeds meer naar een PIP, vind ik.'

Ze probeerde het uit te leggen en was blij dat ze op het Engelse woord 'inclined' kwam, wat volgens haar zoiets als 'ingesteld' moest betekenen en waardoor de afkorting niet verknoeid werd.

'Als je er al aan denkt om met je voeten in het water naar de zonsondergang te kijken, dan ben je toch eerder positief ingesteld, lijkt me.' Ze glimlachte.

Hij boog zijn hoofd voor het compliment.

Terwijl Molinari zijn handen ging wassen, stuurde ze een berichtje aan Matthias.

'Alles kits hier mis je xxx'

Ze scrolde door de foto's die ze vandaag gemaakt had, vooral foto's van landschappen en van het leven in het stadje, en ze kwam bij een selfie die ze vanmiddag naar Matthias had doorgestuurd met de boodschap: 'wish you were here'. Ze bestudeerde de foto en zag het gezicht van een vrouw die er al met al niet slecht uitzag, vond ze.

Er waren periodes in haar leven geweest dat ze een nogal laag zelfbeeld had, maar die tijd was gelukkig voorbij. Ze was gewoon tevreden met wat ze op de foto zag: een lachende vrouw met rimpels en kraaienpootjes. Met donkerblond, krullend haar, een hartvormig gezicht, een smalle kin. En met bruingroene ogen, een niet veel voorkomende combinatie, de ogen van haar vader. Op haar ogen was ze altijd trots, hoe ze voor de rest ook over haar lichaam dacht. Als je goed keek, zag je de groenige schijn rondom de irissen. Toen ze klein was, had ze zich soms geschaamd voor haar 'rare' ogen, maar dat was snel veranderd toen ze erachter kwam dat ze zelfs van kleur veranderden naargelang de lichtinval. In de winter waren haar ogen eerder bruin, in de zomer, in het zonlicht, kwam het groen veel feller door. Zo was het ook op de foto die ze aan Matthias had gestuurd: een selfie in de tuin van het klooster met dat prachtige uitzicht op de achtergrond, en met twee groenige ogen die lachend in de lens keken.

'Kom je?' vroeg Molinari. 'Ze hebben binnen voor ons gedekt, het wordt straks misschien wat frisjes hier.'

'We hebben de zoektocht naar vergelijkbare cases een beetje uitgebreid en nu zijn er toch twee die in aanmerking komen.'

'Met een vergelijkbare MO, bedoel je.'

Molinari knikte.

'Een van een dertienjarige, een van een meisje van zestien. We hebben de periode 1995 tot nu bekeken en we hebben er het zuiden van Toscane en Umbrië bij genomen, plus het noorden van de provincie Lazio.'

'DNA-sporen?' vroeg Liese.

'Bij een van de twee.'

Ze knikte.

'Dan zullen we snel weten of het Werner Thielens was of niet.' Ze vertelde hem over vergelijkbare moordonderzoeken in Zermatt.

'Ik laat het je weten,' zei Molinari terwijl hij ostentatief het menu bestudeerde.

'Heb je die lijst van het lab voor me meegenomen?' vroeg ze.

Hij scheen haar niet te horen.

'Ik had het je toch lief gevraagd,' zei ze.

Molinari keek op.

'Weet je, Liz, het is erg onbeleefd in deze streek om een maaltijd te verknoeien door over het werk te praten.'

'We zijn nog niet aan de maaltijd.'

Hij lachte.

'We zullen eerst eten, goed?'

Ze gaf zich gewonnen.

'Wat moet ik kiezen hier, volgens jou?'

'Om het even wat, het is allemaal lekker.'

'Dat helpt niet veel,' zei Liese.

'Oké dan. Vind je het goed als ik bestel?'

Ze knikte.

'Dan beginnen we met een pasta alle vongole veraci. Heel simpel.'

'Dat ken ik,' zei Liese. 'Dat zijn venusschelpjes.'

'Gevolgd door grigliata mare lago. Gegrilde vis uit het meer. Inktvis, baars, garnalen, dat soort dingen. En coregone natuurlijk.'

'De vis van je vader.'

'Ja. Familie van de zalm. Dat is een vis die alleen hier in het meer voorkomt. Ze zwemmen zeer diep, en dat kan hier, het meer is op vele plaatsen meer dan honderd meter diep. Mijn vriendin maakte hem met venkel klaar, dat is echt een delicatesse.'

'En waarom doet ze dat nu niet meer?'

'Ze doet dat waarschijnlijk nog wel, maar dan voor een andere kerel.'

'Ah.'

Molinari grijnsde en bestelde de gerechten.

Hij leek een beetje op een jongere versie van Masson, vond Liese. Hij was belezen, hoorde ze tijdens het gesprek, en hij had weinig last van een al te groot ego. Hij hield van goed eten en van een lekker glas, hij praatte weinig over zichzelf maar meestal over anderen. Geen wonder dat Masson hem niet mocht, dacht ze, hij was gewoon een beetje jaloers, hij was hier zijn dubbelganger tegengekomen, maar dan een die een kwarteeuw jonger was en die als spiegel fungeerde: dit was jij ooit, misschien, en of hij later zal worden wat jij nu bent, dat valt nog te bezien.

Ze hapte haar laatste vorkje van de hoofdschotel naar binnen, veegde haar mond af en schoof haar bord aan de kant.

De commissario was haar voor.

'Nog niet,' zei hij. 'Scusi, Liz, maar je moet nog even geduld hebben. Nagerechtje?'

'Nee.'

Hij sloot even zijn ogen.

'Koffie?'

'Oké dan, omdat je aandringt.'

'Hier.' Molinari gaf haar twee velletjes papier. 'Maar ik heb het zelf al nagekeken. Dat pillendoosje van jou zit er niet bij.'

Liese deed alsof ze hem niet gehoord had en ging traag en nauwgezet door de lijst die de mensen van het lab hadden samengesteld.

'Het klopt niet,' zei ze toen ze de documenten neerlegde. 'Het klopt niet, Massimo, en ik zie echt geen spoken.'

Ze vertelde hem een beetje over het karakter van Werner Thielens, over zijn nauwgezetheid, zijn drang naar controle en zijn rituelen.

'Hij gebruikte dat doosje twee keer per dag en hij had het altijd bij zich. Dit is geen detail.'

Molinari zuchtte.

'Wat is je punt, Liz?' Hij draaide zijn handen naar binnen, hield de vingers tegen de duim en schudde zijn handen een paar keer op en neer. 'Wat wil je hier eigenlijk mee zeggen?'

Ondanks haar bezorgdheid moest ze glimlachen. Ze kende het typisch Italiaanse gebaar, ze gebruikte het zelf af en toe, vooral als ze een discussie had met Matthias, want hij vond het telkens zo grappig dat hij daarna zijn argument meestal kwijt was, wat ze wel handig vond.

'Ik twijfel ondertussen sterk aan die zelfdoding van Thielens. Ik denk eerlijk gezegd dat iemand hem een handje geholpen heeft.'

Hij schudde meewarig het hoofd.

Ze ging koppig door over de fles Muscat de Rivesaltes die Thielens onderweg had gekocht.

'Liz, ik wil je avond niet verknoeien, maar...'

Ze haalde haar schouders op.

'We hebben de auto van de man laten checken op sporen,' zei hij. 'Daarmee heb ik al buiten de lijntjes gekleurd, want dat kon technisch gesproken al niet meer. De enige afdrukken die we gevonden hebben, waren die van hem.'

Ze wilde reageren, maar Molinari stak een hand op.

'In Italië heb je zware argumenten nodig om een onderzoeksrechter van mening te doen veranderen, Liz. Met een verdwenen pillendoosje en een fles wijn lukt dat niet, geloof me. Dat doosje kan hij ondanks alles gewoon kwijtgeraakt zijn. Die fles wijn was misschien voor iemand in Zwitserland, de baas van het hotel voor mijn part, hij kwam er ook al twintig jaar. De opties zijn legio.'

Ze zuchtte.

'Ga er maar van uit dat, wat dit deel van het onderzoek betreft, het afgesloten is en blijft tot er doorslaggevende nieuwe elementen opduiken.'

Hij had haar tot voor de deur van het klooster gebracht, ze hadden afscheid genomen. Molinari probeerde dat al schertsend te doen, alsof hij de pil een beetje wilde vergulden, en ook Liese had hem luchtig 'arrivederci in Antwerpen' gewenst omdat ze niet wilde laten merken dat ze een beetje teleurgesteld was in hem, niet als mens maar wel als collega.

Toen ze de deur achter zich had gesloten, was alles stil.

Ze liep over het binnenplein en door de kloostergang. Er was net voldoende licht van de maan om haar weg te vinden.

Opeens vond ze het een ridicuul idee dat ze de sleutel van haar kamertje zomaar in de deur had laten zitten, iets wat Cesare haar had voorgesteld, 'omdat het hier de gewoonte is, mevrouw'.

Toen ze besefte waarom ze het een ridicuul idee vond, kwam er een nerveuze glimlach om haar mond.

Ze was een beetje bang.

Het klooster zag er bij daglicht ronduit magisch uit, maar 's nachts vond ze het toch andere koek. 'Spooky' was het woord dat haar het eerst te binnen viel.

Het hielp niet echt dat er, toen ze eindelijk de lichtknop had gevonden in die lange, kale gang met cellen op de eerste verdieping, een vleermuis langsvloog.

11

Rond de middag was ze terug in de teamkamer.

Ze bracht kort verslag uit bij haar collega's en ze liep ook even langs bij Torfs, die haar wist te vertellen dat Masson onderweg was naar kantoor.

'Hij moest toch thuisblijven van de dokter?'

'Hij moet niet, hij mag. Da's een groot verschil.'

Liese rolde met haar ogen en zorgde ervoor dat Torfs het gezien had.

Een kwartier later kwam Masson de teamkamer binnen alsof hij net even koffie was gaan halen.

'Dag Noureddine, dag jongen.' Hij keek vriendelijk naar Liese. 'Hoe was Italië?'

'Interessant. Wil je ook weten waarom?'

'Straks. Ik wil me eerst even inlezen.'

Hij neusde vluchtig in de kranten die op de vergadertafel lagen. De populaire pers kwam nu al drie dagen op rij uitroeptekens tekort in de verslaggeving van de moorden op Kim en Linda en de ene krant deed dat al in nog wansmakelijker bewoordingen dan de andere. Liese had het nog maar eens moeten vaststellen toen ze tijdens de vlucht naar Brussel aan boord een van die kranten had gekocht. Vreemd genoeg werd er vrij weinig over Werner Thielens zelf geschreven. Het leek alsof hij, door zijn dood, alvast een stuk van hun feestje verpest had.

Masson legde de kranten weg en begon aan zijn werklectuur.

Zelfs in de periodes dat hij erg veel dronk en maar enkele uren per dag aanspreekbaar was, iets wat de laatste twee jaar niet vaak meer gebeurd was, raakte hij nooit achter doordat hij altijd veel meer wist dan strikt genomen noodzakelijk was. Masson las alles, van het kleinste pv van de lokale politiediensten over een winkeldiefstal of een brand tot elk rapport dat zijn team en de collega's van de Drugs, EcoFin of Banditisme in de mappen gooiden. Het was, wat zijn werk betrof, een levensader en samen met zijn uitgebreide netwerk aan informanten zorgde het ervoor dat Masson verbanden zag waar anderen in het niets staarden.

'Ik hoor het wel,' zei Liese.

Ze geeuwde.

Ze had erg slecht en vooral te weinig geslapen, in haar kale cel in het klooster.

Net voor ze in haar bed dook, was ze nog even naar de toiletten gelopen en toen ze eruit kwam, vloog er opnieuw een vleermuis langs haar, veel dichterbij dit keer, zo dichtbij dat Liese dacht dat ze het geluid van de op- en neergaande vleugels kon horen.

Ze lag daarna nog lang wakker.

Het lag niet aan het bed. Ze betrapte zich erop dat ze luisterde naar iedere zucht. Ze wist dat er geen enkele andere gast op haar verdieping logeerde, dat ze helemaal alleen was. En toch hoorde ze de hele tijd geluiden en rammelde er hier en daar een deur, schijnbaar zonder enige aanleiding.

Toen ze eindelijk in slaap viel, had ze een vreselijke droom.

Ze was in Buitenland, in het zompige stuk natuur aan de Schelde. Het bos waarin ze zich bevond, was dichtbegroeid met elzen en berken en struikgewas, en het zicht was beperkt. Liese stond met haar rug tegen een boom. Toen ze de schors in haar huid voelde prikken, besefte ze dat ze naakt was. Ze kon niet bewegen, hoe hard ze ook haar best deed.

Voor haar, op nauwelijks tien meter afstand, lagen de twee dode meisjes. Ze hadden net als zij geen kleren aan, maar hun smalle lichamen waren grotendeels bedekt met takken en bladeren.

Liese riep zo hard als ze kon om hulp. Ze schreeuwde tot haar keel schor was en juist toen ze het wilde opgeven, vloog Masson langs haar, als een vleermuis. Hij droeg een schilderskiel en hij had een tableautje vast waarop hij met een penseel de hele tijd aan het schilderen was. 'Help die meisjes toch,' smeekte Liese. 'Ze zijn zo alleen, niemand bekommert zich nog om hen!' 'Ik kan niet!' riep Masson terwijl hij voortdurend rondjes om haar vloog. 'Ik vind de juiste kleur niet!' Toen was hij opeens verdwenen.

Ze kon alleen haar hoofd bewegen. Ze deed verwoede pogingen om los te komen van de boom, maar het enige wat gebeurde, was dat ze haar huid openschuurde aan de ruwe schors.

Dan besefte ze dat ze niet alleen was in het bos.

Voor haar, in het duister van de begroeiing, waren er mensen achter de bomen. Liese zag hen niet, maar ze wist dat ze er waren.

Mannen.

Minstens vier of vijf zwijgende mannen die zich verborgen hielden, maar die haar aanstaarden, die haar bewegingen volgden, die nieuwsgierig waren naar wat ze deed. Tegelijkertijd besefte ze ook dat er meer speelde dan nieuwsgierigheid. Ze zag hun blikken niet, maar ze wist opeens dat er lust in lag. Geilheid. Ze voelde de blik van de mannen op haar lichaam, dezelfde blik waarmee ze naar de naakte lijven van de meisjes hadden gekeken voordat ze hen misbruikten en wurgden.

Ze was erg bang.

Een van de mannen deed een stap in haar richting, maar net voordat hij uit de beschutting van de bomen tevoorschijn zou komen en Liese zijn gezicht zou zien, was ze badend in het zweet wakker geworden.

'Goed,' zei Noureddine Naybet een tijdje later, 'wat hebben we ondertussen bijgeleerd? Is er genoeg om het onderzoek af te sluiten, zoals de onderzoeksrechter graag zou willen?'

'Eerder het tegenovergestelde, denk ik,' antwoordde Liese. Ze stond voor de casewand en noteerde de bijzonderheden.

'Je moet wel toegeven dat er een zekere logica zit in de redenering van het parket,' zei Masson.

Hij had ondertussen alle rapporten doorgenomen. Hij was vooral lang blijven hangen bij het verslag dat Liese had ingetikt over haar twee gesprekken met de hoofdinspecteur van toen, Benny Petermans.

'Vat je 'm dan even samen voor mij?' vroeg Liese. 'Die logica, bedoel ik?'

Ze wist natuurlijk precies wat hij ging zeggen, het lag ook zo voor de hand.

Masson speelde vandaag mee.

'Werner Thielens heeft destijds, op zijn 25e, twee meisjes omgebracht. Kort daarop komt hij de liefde van zijn leven tegen, Aline, en hij settelt zich in zijn burgerleventje. Maar naarmate hij ouder wordt, begint zijn geweten op te spelen. Uiteindelijk neemt hij een besluit. Hij kan de schande van een bekentenis niet aan, dus beslist hij op een andere manier boete te doen. Hij gooit het koffertje van Kim in het water, maar op zo'n manier dat het snel ontdekt zal worden, rijdt uit nostalgie naar zijn jeugd naar Italië en snijdt er zijn polsen door.'

'Ja,' knikte Naybet, 'zo kan het gegaan zijn.' Hij keek naar Liese. 'Toch?' Toen ze niet meteen antwoordde, ging hij verder: 'Dat pillendoosje, die fles wijn, het feit dat hij stiekem naar Italië rijdt, dat kan betekenis hebben, maar evengoed is het volstrekt irrelevant. En een afscheidsbrief voor een zelfmoord, of een schuldbekentenis, dat is voor televisie, dat gebeurt in werkelijkheid zelden.'

'Ik weet het,' gaf ze toe. 'Ik vind het allemaal niet stroken met zijn karakter, maar dat is geen bewijs, natuurlijk. Het is verdorie niet eens een aanwijzing. Maar het voelt gewoon niet juist.'

Ze vertelde hun over de check die ze gedaan had in de kerk.

'Hij verdooft zichzelf, hij heeft nauwelijks vijf minuten voor hij het bewustzijn zal verliezen. Die tijd heeft hij al nodig om in die verdomde nis te raken en dan moet hij zijn polsen nog doorsnijden.'

'Maar zolang we geen enkel bewijs hebben dat iemand hem geholpen heeft, blijft de conclusie toch overeind, hoor,' zei Naybet.

'Hebben we trouwens al gecheckt of Thielens destijds wel een alibi had voor de moorden?' vroeg Masson.

Noureddine keek naar Liese, Liese keek naar Laurent. Laurent keek, bij gebrek aan iemand anders, naar de grond.

'Ik neem aan dat het nee is,' bromde Masson.

Een halfuur later gooide Laurent opgelucht de hoorn op de haak.

'Lang leve de ambtenarij.'

Hij had met een mengeling van ernst en puur gefleem de personeelsdienst van Financiën zover gekregen dat ze voor hem diep in hun archieven gedoken waren.

'Het maakt niet uit hoelang het geleden is, alles is opgeslagen en gedocumenteerd, zeker van hun vaste medewerkers.'

'Zeg op.'

'Op 16 augustus 1993 was Thielens niet op het werk. De vakantiefiche was netjes ingevuld.'

'Geen duidelijk alibi voor de moord op Kim Manderfeld dus,' zei Naybet.

Massons gelaatsuitdrukking verraadde dat hij die conclusie wel erg kort door de bocht vond, maar hij zweeg.

'Voor de dag van de tweede moord, 17 november, hebben ze niets in hun bestanden. Thielens was dus normaal gesproken op het werk. Maar er werd in die tijd niet geklokt of zo, dat heb ik ook gevraagd. En voor een afwezigheid van één dag wegens ziekte was geen ziektebriefje nodig.'

'Oké,' zei Liese. 'Thielens was dus zeker niet op kantoor op 16 augustus. Voor de moord op Linda gaan we ervan uit dat hij gewoon op het werk was, maar daar kunnen we vandaag geen sluitend bewijs meer voor vinden. Ook niet voor het tegendeel trouwens.' Ze zuchtte. 'Ik denk dat we beter nog eens met onze collega in Bornem kunnen gaan praten, met Jan Verbeke. Hij heeft Thielens destijds gekend, misschien weet hij ook wie de hippie zou kunnen zijn.'

Verbeke wist het.

'Mark,' zei hij lachend, 'zonder enige twijfel. Groot, mager, lang haar? Mark Ghekiere.'

'Goeie vriend van Thielens?' vroeg Liese.

'Boezemvriend. We waren allemaal bij de scouts, dat zei ik je al, maar Mark en Werner trokken toen al bijna altijd samen op.'

Liese dacht na.

'Ik zou je graag nog eens spreken. Bij jou op kantoor, of hier, als je langs zou kunnen komen. Ik wil meer over zijn verleden weten.'

'Nu?'

Ze antwoordde niet.

'Ik kan echt niet weg, Liese,' zei Verbeke. 'Ik krijg over een halfuur een briefing over procedures, voor als ik officieel commissaris word...' Ze hoorde hem grinniken. 'Als ik het vooraf geweten had, dan had ik me nooit kandidaat gesteld. Heb jij die troep ook allemaal moeten leren?'

'Wacht maar,' lachte ze, 'dat is nog maar het begin.'

'We kunnen even skypen, als je wilt,' bood Verbeke aan.

Toen ze beeld hadden, zagen ze de plaatsvervangende commissaris aan zijn bureau zitten. Naast zijn linkerschouder had hij een klembord tegen een potplant gezet zodat ze konden lezen wat hij genoteerd had.

Liese en Laurent zaten naast elkaar met Noureddine staand achter hen.

'Zie je ons?' vroeg ze.

'Net.'

Masson stak zijn hoofd voor het scherm, riep: 'Dag Jan,' en verdween weer.

Verbeke grijnsde.

'Dag Michel.'

'Kunnen we beginnen?' vroeg Liese.

Verbeke wees naar het klembord. Hij had in totaal zeven namen met stift onder elkaar geschreven.

'Ik zei je de eerste keer al dat er een rode draad was. Al deze kerels zaten destijds samen met mij in de leiding van de scouts. Ik was een paar jaar ouder dan de meesten, ik ben ook het eerst gestopt, in 1992. Ik werkte toen al en ik vond de combinatie een beetje te zwaar. Maar we waren in die jaren wel goed bevriend met elkaar, mag ik zeggen, alle zeven eigenlijk.'

'Jullie zagen elkaar dus vrij vaak, als jullie in de leiding zaten?'

Verbeke knikte.

'We kwamen regelmatig samen bij Werner thuis, daar was een oude schuur die we zo'n beetje tot clublokaal hadden verbouwd. We dronken er bier uit flesjes en bedachten er allerlei bezigheden voor de scoutskampen. Dat waren mooie tijden, al hebben ze voor mij maar een jaar geduurd.'

'Herinner je je nog dat Thielens in die tijd regelmatig naar Italië reisde?'

'Ja hoor, dat deed hij al lang voor hij in de leiding zat. Hij deed in de zomer vrijwilligerswerk, in een klooster.'

'Ben je ooit mee geweest?'

'Helaas niet. Ik deed vakantiebaantjes in juli en augustus, ik moest mijn studie zelf betalen. Maar zijn twee boezemvrienden zijn wel verschillende keren mee geweest, dat weet ik nog.' Hij wees twee namen aan. 'Sander Snoeks en Mark Ghekiere. Die laatste is dus jouw "hippie", Liese.'

Ze glimlachte. 'Enig idee wat die twee vandaag de dag uitrichten?'

'Mark heeft een café, De Roze Flamingo, dat weet ik omdat ik er ooit eens ben binnengesukkeld na een wandeling. Van Sander weet ik het eerlijk gezegd niet zo goed.'

'En de anderen?'

'Geen flauw idee.' Hij corrigeerde zichzelf. 'Jawel, van een wel, omdat hij al lang dood is. Miguel, Miguel Geerts. Verdronken in de Schelde, de dag voor zijn huwelijk nota bene. Dat moet ergens eind jaren 90 geweest zijn.'

'Ongeval?'

'Ik meen me te herinneren dat hij dronken was, maar de details ken ik niet meer.' Hij keek op zijn horloge.

'Je moet weg, ik weet het,' zei ze.

'Ja, bevel van hogerhand. Ik troost me met de gedachte dat als ik daadwerkelijk commissaris ben, ik alleen nog bevelen moet uitdelen.'

'Droom maar lekker verder,' zei Liese.

Laurent had tijdens het gesprek de namen overgeschreven en begon daarna verwoed op zijn toetsenbord te tokkelen. Een kwartier later stond hij voor de casewand alsof hij nooit iets anders had gedaan.

Masson was zo in zijn nopjes met zijn pupil dat je hem bijna hoorde spinnen.

'Miguel Geerts is inderdaad verdronken. Hij is na zijn vrij-gezellenfeest compleet bezopen met zijn fiets in het water terechtgekomen. Verbeke kennen we, Werner Thielens ook.' Hij wees naar het bord waarop hij vier namen onder elkaar had geschreven:

Mark Ghekiere

Sander Snoeks

Bart Caemerlinck

Danny Opdebeeck

'Mark Ghekiere is eigenaar van café De Roze Flamingo in Hingene, een deelgemeente van Bornem. Sander Snoeks en Bart Caemerlinck zijn een koppel tegenwoordig, dat is dus handig. Ze hebben een interieurzaak hier in de stad, in de Lange Gasthuisstraat, C&S Design. Danny Opdebeeck ten slotte is een ambtenaar, hij is beleidsmedewerker bij de dienst Cultuur in Antwerpen.'

'Mooi,' zei Liese. 'Misschien kan een van hen ons wat wijzer maken wie Werner Thielens écht was.'

Omdat Laurent volgens Liese 'ervaring had met de ambtenarij', mocht hij naar Danny Opdebeeck Noureddine bleef op kantoor.

Masson wilde mee met haar, al had dat, zoals hij ruiterlijk toegaf, vooral te maken met het feit dat een van de mannen een café uitbaatte.

'Het is 15.00 uur,' zei Liese.

'Zoals de meeste beschaafde lieden weten,' antwoordde Masson, 'is het wel altijd érgens op de wereld borreltijd.'

Toen ze beneden bij de balie kwamen, liep een jonge vrouw naar hen toe. Ze had een journalistenpasje om haar hals hangen en versperde Liese de weg.

'Agnes Deroover,' zei ze. 'Ik ben van De Tijd.'

'Heel fijn voor u,' zei Liese.

Voordat de journaliste kon reageren, waren ze haar al voorbij en door de deur naar het parkeerterrein verdwenen.

C&S Design huisde in een statig pand niet ver van het Museum Mayer van den Bergh.

Liese en Masson hoefden nauwelijks een paar minuten te wachten, maar dat was ruim voldoende om te zien dat de zaak het betere design in huis had.

Bart Caemerlinck en Sander Snoeks waren niet alleen partners, ze leken ook op elkaar. Beiden waren groter dan gemiddeld en beiden hadden een smal gezicht met een nogal lange, geprononceerde neus. Alleen het dikke, golvende haar van Bart stond in contrast met de korte stoppels van Sander.

Het was die laatste die hen uitnodigde plaats te nemen op een van de twee grote, bewerkte boomstammen die in een hoek van de showroom lagen.

'Ze zijn te koop,' glimlachte hij, 'maar we gebruiken ze zo vaak om met klanten te overleggen dat we ze echt gaan missen als ze weg zijn.'

'U zei aan de telefoon dat het over Werner Thielens ging,' kwam Caemerlinck nogal snel tussenbeide. 'Ik begrijp niet goed wat u van ons verlangt, we hebben die man in geen twintig jaar gezien.'

'Dat komt goed uit,' zei Liese. 'Ik wil namelijk alles weten van voor die tijd.' Caemerlinck wilde reageren, maar ze praatte snel verder. 'Jullie waren ooit goede vrienden, in jullie scoutstijd. Ik wil weten wat voor iemand Werner toen was.'

'Geen moordenaar, om te beginnen,' zei Sander Snoeks. 'Werner was verre van perfect en een beetje... ouderwets, maar een moordenaar was hij niet, no way.'

Snoeks had een vrij hoge, zachte stem en terwijl hij praatte, ging zijn blik om de zoveel tijd even in de richting van zijn partner, alsof hij toestemming zocht om de dingen te zeggen die hij zeggen wilde.

'Wat mijn man met "ouderwets" bedoelt,' zei Bart Caemerlinck, 'is dat Werner destijds niet echt begreep hoe een gezonde kerel het met jongens kon aanleggen in plaats van met meisjes. Hij was niet echt... homovriendelijk, om het met een eufemisme te zeggen.'

'Dat was niemand toen, toch?' probeerde Liese.

Caemerlinck haalde de schouders op.

'Het heeft ook allemaal geen belang meer. Toen wel, toen moesten we onze relatie toch wel een beetje stilhouden.' Hij keek Liese aan: 'We waren al samen toen we nog studeerden, ondertussen zijn we al elf jaar getrouwd. Time flies when you're having fun.'

'En hoelang hebben jullie deze zaak al?'

'Het is vooral de zaak van Bart,' zei Snoeks.

Het klonk net niet vriendelijk genoeg.

Caemerlinck glimlachte alsof hij dit al een miljoen keer had moeten uitleggen.

'C&S Design staat voor Caemerlinck & Snoeks. Maar ik heb de zaak destijds opgestart, met mijn spaargeld én een fikse lening op mijn naam. Voorlopig bezit ik nog 65 procent van de aandelen en Sander 35 procent. Ik heb al op mijn communiezieltje beloofd dat we dat wel zullen rechttrekken, maar ja...'

Snoeks keek naar de grond.

'Jij bent destijds met Werner naar Italië geweest, dat klopt toch, niet?'

'Dat is zo, meerdere keren zelfs. Altijd in de grote vakantie.'

'Wanneer was de eerste keer, weet je dat nog?'

'Toen we een jaar of zeventien, achttien waren, denk ik.'

'En de laatste?'

Snoeks dacht na.

'Ik ben enkele zomers niet mee geweest... Ik zou zeggen dat ik er minstens vier zomers naartoe ben gegaan. Ik vond het altijd heel leuk om er te zijn. Mark trouwens ook, kent u hem al, Mark Ghekiere?'

Liese knikte.

'Mark heeft geen enkele zomer gemist, denk ik. Hij ging vooral voor de Italiaanse meisjes.'

'Weet je nog hoe het kwam dat Werner juist die plek had uitgekozen?'

'Ik denk dat hij er ooit is gaan kamperen, aan het meer, toen hij nog een kind was.'

'Werner was niet blij met jullie relatie, maar dat weerhield hem er toch niet van om jou telkens mee te vragen,' zei Liese.

'Nee.' Snoeks zwaaide even met zijn hand. 'Ach, hij was best oké, achteraf bekeken. Hij was gewoon een kind van zijn tijd, denk ik. Hij had niets tegen homo's zolang ze het niet al te openlijk toonden.'

'Daar is een woord voor,' zei Caemerlinck scherp. 'Het begint met "hypo" en het eindigt op "criet".'

Zijn partner reageerde niet.

'Je hebt geen enkele vraag gesteld,' zei Liese.

Ze waren onderweg naar Bornem. Masson reed, Liese deed alsof ze de reling van de autosnelweg bewonderde.

'Was dat nodig dan?'

Achteloos, vond ze.

'Vat je jouw visie dan ten minste even samen voor mij?'

'Bart draagt de broek in het huwelijk, Sander zit slecht in zijn vel. Thielens was destijds niet echt homovriendelijk. Dat is het zowat, denk ik.'

De rest van de rit werd er geen woord meer gezegd.

De Roze Flamingo was het soort café dat Masson op het lijf geschreven leek: een rustige bruine kroeg met tijdloze houten tafels en stoelen, een flink assortiment betere bieren en een schare vaste klanten die, aan hun knoestige koppen te zien, hier al een heel aantal jaren geleden wortel hadden geschoten. Het lag bovendien ook zo mooi: op een steenworp afstand van de lange dreef die naar het jachtpaviljoen De Notelaer en naar de brede, rustig stromende Schelde leidde.

Ook zonder het hem te vragen, wist Liese dat de man achter de tapkast Mark Ghekiere was. Hij was groot en nog steeds vrij atletisch gebouwd, met brede schouders en met bruingebrande armen die uit de korte mouwen van zijn T-shirt staken. Zijn haardos verraadde hem. Hij moest ondertussen rond de vijftig zijn, maar zijn haar leek bij een veel jongere man te horen. Het was nog steeds lang, dik en blond, hoewel er hier en daar een lichtere schijn in zat. Liese snapte waarom de vrouw van de kruidenier in Bolsena had gezegd dat hij een mooie hippie was. Hij was het nog steeds, zag ze.

Ze stelde zichzelf en Masson voor.

'We wilden u wat vragen over Werner Thielens.'

'Maar we kunnen misschien eerst iets bestellen,' zei Masson. 'Wat denk je?'

'Het is vreselijk, toch, hoe het leven met je aan de haal gaat, vindt u niet? Het lijkt alsof ik gisteren nog een twintiger was. Nu ben ik er vijftig en geven mijn gewrichten 's ochtends een gratis concert. Wat er in de jaren daartussen gebeurd is, geen idee. Gewoon geleefd, neem ik aan.'

Ze zaten op barkrukken aan de tapkast.

'Had je soms nog contact met hem?' vroeg Liese. 'Zijn vrouw vertelde ons dat hij een echte eenzaat was, maar misschien...'

'Nee,' viel Ghekiere in, 'we hadden helemaal geen contact meer. Ook dat is zo sneu. Je bent echt zulke goede vrienden, je denkt dat het je hele leven lang zo zal zijn, en op een dag besef je dat je elkaar al jaren niet meer hebt gezien...'

Een van de klanten zocht steun en greep zich met een hand vast aan de tapkast, pal tussen Liese en Masson in.

'Excuzeert mij.'

Hij ademde walmen alcohol in Lieses gezicht en wuifde met zijn andere hand naar de barman.

'Mark, nog...'

'Nee, Willem. Morgen is een nieuwe dag, oké?'

De dronken man knikte en keek Masson aan.

'Dat wizt ik al. Da'k niks meer kreeg, bedoel ik.'

'En toch proberen,' zei Masson.

'Ja.'

'Dat begrijp ik.'

De man knikte opnieuw. Hij keek alsof Masson hem net het godsbewijs had uitgelegd.

'Tot morgen, Willem,' zei Ghekiere.

'Toen ik de eerste keer in Bolsena kwam, was ik achttien. Ik had het net uitgemaakt met een van mijn liefjes, maar ze bleef maar terugkomen. Ik wilde dus weg.' Hij nam een slok van zijn cola. 'Werner vertelde dat hij een plek in Italië kende. Een klooster waar ze verlegen zaten om vrijwilligers, om te helpen met de restauratie en met de olijfbomen en zo. Hij was er het jaar daarvoor al gaan helpen, hij vond het een magische plek.' Ghekiere glimlachte. 'Dat was het ook. We zijn er toen een maand gebleven, ik wilde bijna niet meer terug naar huis.'

'Hoe vaak ben je er geweest?'

'Goh... zeker een jaar of vier na elkaar, op zijn minst...' Masson stak zijn lege glas omhoog.

'Nog een Westmalle tripel?' vroeg Ghekiere.

'Ik vind dit een leuke kroeg,' zei Masson.

Lieses telefoon ging over en ze liep een eindje weg van de bar.

'Dag Frank.'

'Waar ben je?' vroeg de hoofdcommissaris.

Ze vertelde het hem.

'Ik heb net een telefoontje gehad van Carlens,' zei hij nors.

'En?'

Ze wist allang wat hij bedoelde, maar ze wilde het hem zelf horen zeggen.

'Ze vroeg hoe het onderzoek liep, of we stilaan zicht krijgen op een afronding.'

'Nee,' siste Liese, 'we krijgen nog geen zicht op een afronding, Frank.'

Hij ademde diep in en uit, wat nogal wat lawaai maakte in Lieses oor.

'Carlens wordt onder druk gezet door procureur Beckx,' zei hij.

Ze probeerde rustig te blijven, maar het lukte haar niet.

'Laat me dat even samenvatten: de procureur slaat op de onderzoeksrechter, de onderzoeksrechter slaat op jou en jij geeft mij een tik!' brieste ze. 'En ik? Op wie moet ik slaan, soms?'

'Wie is er bij je, nu?'

'Masson.'

'Laat maar,' zuchtte Torfs.

'Je hebt het nieuws waarschijnlijk al gehoord, niet?' vroeg Liese. 'Over die meisjes, Kim en Linda?'

Mark Ghekiere was naast hen aan de tapkast komen zitten.

'Ja. Ik heb het al tien keer in de krant gelezen en ik kan het nog altijd niet geloven.' Hij dacht na. 'Als ik het goed begrepen heb, is dat in 1993 gebeurd. Toen gingen we al niet meer samen naar Italië, alleen Werner ging nog, denk ik. Hij zat ook niet meer bij ons in de leiding, hij was verhuisd naar Antwerpen, hij studeerde er, of werkte, of beide, weet ik veel.'

Ze zweeg.

'Gek, hé,' zei Ghekiere, 'achteraf, als je wat ouder wordt, dan lukt het je beter om de dingen een beetje in perspectief te plaatsen. Mensen zeggen altijd dat je milder wordt met de jaren, maar ik ervaar dat zo niet, ik word net radicaler, heel vreemd is dat.'

Masson knikte enthousiast.

'Leg eens uit,' zei Liese.

'Ik bedoel alleen maar dat ik vandaag, als de man die ik vandaag ben, nooit vriendschap met iemand als Werner zou sluiten. Ik zou geen vijf minuten tijd aan hem besteden.'

'Waarom niet?'

Hij dacht na.

'Omdat hij eigenlijk een saaie kerel was. Ik weet het, hoor, van de doden niets dan goeds en zo, maar daar doe ik niet aan mee. Hij was altijd heel gesloten, heel op zichzelf. Hij kon alleen maar enthousiast zijn over zijn studie en over dat verdomde klooster, voor de rest was hij achteraf beschouwd heel normerend. Hij had altijd een oordeel klaar over de wereld en dat was zelden positief.'

'Maar je gelooft niet dat hij een moord had kunnen plegen,' zei Liese.

'Nee, ga toch weg. Werner was geen moordenaar, en al helemaal niet van kinderen, dat is gewoon te gek voor woorden.'

'Ik wil niet te veel over het onderzoek vertellen,' zei ze, 'maar er zijn heel sterke aanwijzingen in die richting.'

'Dan zijn die aanwijzingen verkeerd, zo eenvoudig is dat.'

'Dat denk ik ook,' zei Liese zacht.

Ghekiere keek haar verbaasd aan.

Liese haalde haar schouders op. Ze had opeens geen zin meer om bij deze man haar tong drie keer rond te draaien.

'Ik weet niet of het nog allemaal veel belang heeft, want ik vermoed dat het onderzoek vrij snel wordt afgesloten. Iedereen wil nu eenmaal graag horen dat ze de dader hebben. Dan slapen de mensen 's nachts beter.'

Hij zuchtte. 'Dat bedoelde ik daarnet, met radicaler worden met de leeftijd. Ik word verdomme zo boos over de stompzinnigheid om ons heen, dat geloof je toch niet.'

'Ik denk dat ik hier meer ga komen,' zei Masson.

Een tijdje later zat ze samen met Masson aan een tafeltje.

Liese had al twee keer geweigerd om haar lege glas Omer te laten vervangen door een nieuw exemplaar. Masson had evenzoveel keer een nieuw glas Westmalle besteld.

Ghekiere kwam de lege glazen ophalen.

'Waarom heet jouw kroeg eigenlijk De Roze Flamingo?' vroeg Masson.

'Dat weet niemand precies. Er is een verhaal, hoor, en ik denk dat het nog waar is ook. De vroegere bazin was een Antwerpse van de betere kringen die na een verkeerd huwelijk hier in Bornem belandde. Ze heeft dit café geopend, eind jaren 50, ongehoord voor een vrouw in die tijd, maar het bleek te werken.'

'En de flamingo?' vroeg Liese.

'Ze had iets met de Antwerpse dierentuin, ze ging er zowat dagelijks haar wandelingetje maken toen ze nog in de stad woonde. En geef nu toe, wat is er meer dierentuin dan de roze flamingo?'

De deur ging open en een jonge vrouw kwam binnen.

Ghekiere keek verbaasd op zijn horloge en mompelde: 'Hé, is het al 17.00 uur?' Hij riep 'Hei Caro!' naar de jonge vrouw, greep de lege glazen van de tafel en zei: ''s Avonds heb ik gelukkig hulp achter de tapkast. Over een uur of twee, drie zit het hier vol, iedere avond.'

'Dan heb je waarschijnlijk een goede kroeg,' zei Liese.

'Vooral weinig concurrentie,' grijnsde Ghekiere.

'Hoe was het nu eigenlijk in Italië?' vroeg Masson.

Ze wilde graag geloven dat hij het uit welgemeende interesse vroeg.

'Goed. Interessant, dat zei ik al.' Ze gaf hem de bijzonderheden en wilde hem over het zwarte pillendoosje vertellen, maar ze stopte al snel toen ze merkte dat zijn aandacht verslapte. 'En 's avonds ben ik verschrikkelijk lekker gaan eten in een onooglijk plaatsje dat Gradoli heet. Het restaurant is een keet en de toiletten zijn buiten, maar het menu is er goddelijk.'

Hij glimlachte.

'Ik heb er een heel speciale vis gegeten, de coregone. Komt alleen maar daar in dat meer voor, zegt Molinari. Heeft iets met de diepte te maken.'

'Onzin.' Hij nam een slok van zijn bier. 'Hij kletste uit zijn nek, zoals steeds.'

Ze voelde irritatie opkomen, niet omdat hij zo bot was over hun Italiaanse collega, maar vanwege zijn negativiteit, vanwege zijn cynisme. Ze slaagde erin zich te beheersen.

'In het Nederlands,' bromde Masson, 'heet die vis houting.'

'Houting.'

'Ja. Je hebt hem in vele soorten en hij zit echt niet alleen maar daar, je vindt 'm ook in het Meer van Genève en in alle diepe meren in Europa.'

Ze staarde naar hem met een blik waarin een flink stuk verdriet lag, maar Masson merkte het niet, want hij weigerde haar aan te kijken.

'Het gaat niet, hé?' fluisterde ze.

'Nee, het gaat niet, Liese.'

Ze knikte.

'Het spijt me,' zei Masson.

Toen hij voorbij het station van Bornem reed, stopte hij opeens.

'Wilde je nog terug naar kantoor of zo?'

Ze keek op haar horloge.

'Het is 17.30 uur, Michel. Ja, natuurlijk.'

Hij knikte alsof hij dat antwoord verwacht had en klikte zijn gordel los.

'Ik neem hier de trein wel. Da's het voordeel van eindelijk in het centrum van Antwerpen te wonen, je geraakt altijd thuis.'

Nog voor ze iets had kunnen zeggen, was hij al uitgestapt en liep weg.

Liese bleef zitten staren tot haar telefoon ging.

'Zeg het maar, Laurent.'

'Ik ben net terug van een bezoekje aan onze onvolprezen stadsdiensten.'

'En?'

'Dat valt goed mee, hoor,' zei hij grinnikend. 'Er lopen tegenwoordig meer hippe vogels rond bij de ambtenarij dan je zou denken.'

'En Danny Opdebeeck, is dat ook zo'n hippe vogel?'

'Nee, da's dan weer een pennenlikker oude stempel. Geen aangename man, eerlijk gezegd.'

'Maar je hoeft niet met hem op vakantie te gaan, Laurent. Gewoon een babbel over Werner Thielens was al genoeg.'

'Hij weet niets meer en wil ook niets meer weten, daar komt het zo'n beetje op neer. Het is heel lang geleden, hij was jong en onbezonnen, hij heeft niemand van de oude garde ooit nog teruggezien en heeft daar ook volstrekt geen behoefte aan enzovoort. Waste of time dus.'

'Tot morgen,' zei Liese.

Ze stapte uit, liep om de auto heen en ging achter het stuur zitten.

Sven Strijbos stond in de voortuin toen Liese aan de overkant parkeerde.

Hij hakte met een bijl in op een stuk hout en hij deed dat met een verbetenheid die haar verbaasde.

Ze stond naast hem voor hij haar had opgemerkt, en hij schrok.

'Dag Sven.'

Hij keek haar niet aan. In plaats daarvan hakte hij een stuk hout zo hard doormidden dat een van de helften tot tegen Lieses been vloog.

Hoewel ze de pijn voelde zinderen in haar scheenbeen, reageerde ze niet. Ze keek rond, zweeg.

'Hoe moeilijk is het om een mens met rust te laten? Hé!'

Hij spuwde de woorden uit. Hij klemde de bijl met beide handen vast.

Liese deed een stap naar voren tot haar gezicht dicht bij het zijne was.

'Ik wil nu even met jou gaan wandelen,' zei ze ferm. 'En met "nu" bedoel ik ook nú. Onmiddellijk.'

Strijbos keek haar secondelang aan. Dan liet hij de bijl zakken en knikte.

Ze leidde hem over het Scheldepad naar de plek bij het veer waar het koffertje van Kim Manderfeld was gevonden.

Het was opeens een stukje kouder geworden. Er stond een bries die het riet deed dansen langs de oever.

Liese wees naar het gras naast het pad.

'Ga zitten,' zei ze zacht. 'En vertel me nu eens hoe dat allemaal gebeurd is.'

Strijbos had tegengeprutteld, maar niet lang en niet overtuigend. Op de een of andere manier begreep hij dat Liese geen enkel oordeel klaar had over hem, en dat was nieuw, in zijn wereld. Hij was aarzelend en defensief begonnen, maar hoe langer ze daar aan de oever naast elkaar zaten, hoe meer de man ontdooide.

'Maar waarom hadden ze het dan op jou gemunt, denk je?'

Hij had zijn hele verhaal gedaan. Liese had hem geen enkele keer onderbroken.

'Ik was niet goed, toen. Ik vond die flikken klootzakken, dat vind ik nu nog.' Hij grijnsde zijn gele tanden bloot. 'Ik wilde ze gewoon bij hun kloten pakken.'

'Dat begrijp ik, Sven,' zei ze. 'Maar toen je voor de rechtbank stond, toen had je toch door dat het menens was?'

Hij schudde zijn hoofd.

'Ik was niet goed, toen,' herhaalde hij dof. 'Het was allemaal zo... wazig. Daarna kreeg ik medicatie en toen ging het beter.'

'Maar voor het proces,' hield ze vol, 'je had allerlei verklaringen afgelegd. Volgens de politie wist je dingen die je normaal niet had kunnen weten.'

Hij staarde voor zich uit.

'Sven?'

Geen reactie.

'Je wist dingen over Linda. Over hoe ze daar lag, bijvoorbeeld, in het bos.'

Het duurde erg lang voor hij antwoordde.

'Ik heb haar echt gezien,' fluisterde hij. 'Ik heb haar zien liggen.'

Liese zweeg.

'Ze lag naast een boom in een greppel. Ze had een rode sjaal om haar nek en ze had geen kleren aan. Er lag van alles op haar, bladeren en zo. Ik ben weggerend.'

'Dat heb je toen ook zo verteld aan de politie, neem ik aan? Dat je daar voorbijkwam en haar zag liggen?'

'Ik wil daar niks meer over zeggen, eigenlijk.'

Ze verwachtte dat hij zou opstaan en weglopen, maar hij bleef zitten en staarde naar de Schelde.

Liese dacht aan de verslagen die ze in het dossier had gelezen, aan de hectische uren en dagen, aan de paniek die er heerste. Maar ze herinnerde zich ook de getuigenissen van mensen die onder ede hadden verklaard dat Sven, na de tweede moord, in de kroeg had zitten opscheppen. Eerst had hij verteld dat hij Linda had gezien toen ze al dood was, maar in de dagen daarna, nadat hij de eerste keer langdurig ondervraagd was door de politie, werd zijn verhaal zelfs nog sterker. Toen vertelde hij zijn kroegvrienden dat hij meer wist over de moorden.

Waarom had hij dat gedaan?

'De politie heeft je verhoord omdat je in de kroeg over Linda had zitten kletsen. Maar na dat verhoor praatte je niet alleen over Linda, maar ook over Kim, over de beide moorden. Hoe kwam dat dan?'

Het duurde lang voordat ze een halfslachtig antwoord kreeg. 'Ik voelde me niet goed, toen. Ik weet eigenlijk niks meer over die tijd.'

Ze hadden hem die eerste keer maar liefst veertien uur aan een stuk verhoord, wist Liese. Het verhoor begon om 18.00 uur en duurde tot 's ochtends rond 08.00 uur. Of Strijbos tussendoor even had mogen slapen, stond er niet in, maar Liese betwijfelde dat.

Waar ze niet aan twijfelde, was dat hij tijdens dat uren- lange verhoor van niemand hulp had gekregen. Want zolang hij niet in staat van beschuldiging was gesteld, had hij geen recht op een advocaat. Het was 1993, zo ging dat toen. Andere tijden, wist ze.

Ze wist ook nog iets anders: dat er tijdens zo'n nachtelijk verhoor wel eens zaken gebeurden die niet door de beugel konden. Ze kende de verhalen van de oudgedienden, ze had als groentje meer dan eens een levendig verslag gekregen van hoe een verhoor er in 'de goede oude tijd' aan toeging. Hoe een van de graag gebruikte middeltjes om een verdachte tot een bekentenis te dwingen, de telefoongids was. Het kwam hard aan als je zo'n boekwerk tegen je hoofd kreeg en het liet geen sporen achter, wat net zo handig was.

'Hebben ze je geslagen tijdens het verhoor?'

'Ik kreeg toen slaag van iedereen. Op school, op straat. Thuis ook.' Hij haalde de schouders op alsof het gewoon een vaststelling was na al die jaren. 'Ik kreeg altijd slaag.'

'Maar ook tijdens het verhoor?'

Hij knikte.

Dan stond hij op. Liese deed hetzelfde.

'Waarom lag dat koffertje hier in het water, Sven?'

Hij reageerde niet, keek naar de Schelde, die langzaam en statig voorbijstroomde.

'Sven?'

'Dat weet ik niet.' Hij keek haar hulpeloos aan. 'Dat weet ik echt niet.'

's Avonds at ze in De Veluwe.

Het hotel draaide voornamelijk op een vaste, oudere clientèle, die al jaren vooral voor de goede keuken kwam en er de kamers noodgedwongen bij nam. Nelle wist ook al jaren dat de badkamers en de inrichting aan een grondige opknapbeurt toe waren, maar dat was er om een of andere reden nog altijd niet van gekomen.

Ze bracht Liese een glaasje wijn als aperitief.

'Heeft Michel gewerkt, vandaag?'

Liese knikte.

'En?'

'Hij zit niet goed in zijn vel, Nelle.'

'Vertel mij wat,' zuchtte ze. 'Hij heeft me beloofd morgen langs te komen, ik ben benieuwd.'

Ze was eind vijftig, een slanke en doorgaans heel energieke vrouw. Haar lange haar was zwart met hier en daar brede, grijze strepen en zat in een dikke wrong tegen haar hoofd gespeld.

Matthias stond bij de tafel met het avondeten.

'Ik zie je straks nog wel,' zei Nelle.

Later op de avond zaten ze in de kleine bar van De Veluwe, een knusse ruimte die uitkeek op een binnenplaats boordevol planten en kruiden. Liese zat hier graag: ze hield van de ruwe houten plankenvloer, van de oude, massieve tapkast, van de okergele muren die volhingen met oude bierreclames. En van de boekenkast natuurlijk, hoewel dat meer het domein van Masson was. Zowat overal in het hotelletje vond je boekenkasten waaruit de gasten zoveel exemplaren konden lenen als ze wilden. Het gekke was dat er steeds boeken bij kwamen, meestal achtergelaten door de vaste klanten.

Liese had al twee keer geprobeerd Masson te bellen, maar er werd niet opgenomen. Hun afscheid van daarstraks in Bornem zat haar dwars. Ze had hem willen voorstellen om even in De Veluwe langs te komen voor een glas. Uiteindelijk zag ze ervan af om een boodschap in te spreken.

'Morgen een dagje samen,' zei Matthias. 'Ik kijk ernaar uit, schat.'

Liese knipperde met haar ogen.

'Wat scheelt er?'

'Niets,' zei ze. 'Beetje moe, misschien, dat is alles.'

Shit, dacht ze.

Ze was compleet vergeten dat ze beloofd had een dagje vakantie te nemen.

'Enig idee wat we zoal kunnen doen?' vroeg hij.

Liese dacht na.

'We zouden een wandeling kunnen maken,' zei ze met een uitgestreken gezicht. 'Daar heb ik wel zin in. Langs de Schelde, bij de moerasbossen. Wat denk je?'

Hij keek haar indringend aan.

'Je bent vergeten vakantie te nemen.'

Ze knikte.

'En nu stel je voor om precies daar te gaan wandelen omdat het past in je onderzoek.'

Ze knikte.

'Geloof me,' zuchtte Matthias, 'als ik je niet zo graag zag…'

'Ik weet het,' lachte ze.

Masson lag in zijn bed.

Hij friemelde met zijn tenen tegen de lakens en keek naar de overkant van de kamer, waar hij zijn ezel met daarop het schilderij had neergepoot. De lichten waren gedoofd, maar hij had de gordijnen maar half gesloten en het licht dat naar binnen scheen, was net voldoende.

Op het doek was een dikke meeuw te zien die omhoog-keek. Er was geen achtergrond. In feite was er ook geen voor-grond, bedacht Masson, alleen maar meeuw. De plompe vogel zag er van een afstand – vanuit zijn bed dus – min of meer uit als een meeuw, dat was alvast een meevaller. Een bijzonder ex-emplaar weliswaar: de witte vlakken waren netjes ingekleurd, maar de gedeelten waar grijs moest komen, waren nog blank. Hij slaagde er maar niet in om de kleur gemengd te krijgen. Vreemd genoeg vond hij dat helemaal niet erg. De dag dat het juiste grijs zich zou aandienen, zou hij het proberen te schilderen, en geen dag eerder.

Het was stil in de flat. Vroeger, in zijn studeerkamer, had hij altijd muziek gedraaid als hij in zijn gemakkelijke stoel zat te lezen, maar hier leek hem dat om een of andere reden niet meer belangrijk. Het zou wel terugkomen, dacht hij. Of niet, we zien wel.

Ik wil nooit van mijn leven meer iets overhaasten.

Hij wilde ook nooit van zijn leven nog iets tegen zijn zin doen, dacht hij.

Hij zat rechtop tegen zijn kussen en dronk het laatste restje leeg van een niet al te beste fles wijn terwijl hij nadacht over zijn leven.

En opeens, zomaar, nam hij een besluit.

Hij zette het glas voorzichtig op de vloer naast het bed, strekte zich uit onder de lakens en overwoog de pro's en de contra's.

De pro's wonnen.

Hij dacht aan Liese, hij dacht aan Nelle, hij dacht zelfs even aan Matthias.

Hij sliep onmiddellijk in.

12

Om 06.00 uur waren de drie mensen aan wie Masson de avond ervoor had liggen denken nog niet van deze wereld.

Nelle lag in haar grote tweepersoonsbed en ronkte lichtjes, iets wat ze altijd deed als ze een glas wijn had gedronken. Ze lag diagonaal op haar buik, met haar armen en benen wijd uitgestrekt alsof ze, bij gebrek aan gezelschap, dan maar zelf zo veel mogelijk ruimte probeerde in te nemen.

Liese en Matthias sliepen onder de dakkapel in het huis aan de Goedehoopstraat. In tegenstelling tot Nelle namen ze juist weinig plaats in. Ze lagen lepeltje-lepeltje, met Matthias aan de binnenkant.

Michel Masson daarentegen was al een uur wakker.

Hij had gedoucht, een kop koffie gedronken, een koffer gepakt. Hij checkte of alle lichten uit waren en sloot zorgvuldig af.

Hij liep naar beneden.

In de tram probeerde hij zich een oordeel te vormen over zijn vreemde besluit. Was het de wijn geweest? De stilte? Of iets van daarvoor, zoals het ongemakkelijke gesprek met Liese en de wurgende gedachten aan de teamkamer, het kantoor, de politie?

Hij wist het niet zo goed. Een combinatie van dat alles waarschijnlijk.

Niet dat het nog veel uitmaakte, dacht Masson.

In het Centraal Station nam hij de trein naar de luchthaven. Toen hij goed en wel onderweg was, nam hij zijn telefoon en toetste een nummer in.

'Michel hier. Heb ik je wakker gebeld?'

Hij luisterde even, onderbrak de spreker.

'Ik moet je iets vertellen... Nee, het is geen vraag, het is een mededeling.'

Op de luchthaven van Zaventem zocht Masson de infobalie. Een oudere dame in een donkerblauw uniform zat achter haar desk en keek hem vriendelijk aan.

'Ik zou graag informatie hebben over een vlucht,' zei hij.

De vrouw knikte.

'Hebt u al geboekt?'

'Nee, daarvoor ben ik hier.'

'Online, bedoelde ik,' zei de vrouw.

Hij schudde zijn hoofd.

'Ik doe niet aan het internet.'

Het klonk alsof iemand zei dat hij geen auto reed omdat hij de verbrandingsmotor niet vertrouwde.

De baliebediende wierp hem een kritische blik toe.

'Waar wilt u naartoe dan?' vroeg ze.

Masson zei het haar.

Hij greep opnieuw naar zijn telefoon.

Liese werd wakker van het gerinkel.

In haar slaap ging ze ervan uit dat het de schoolbel was die het einde van de speeltijd aankondigde en dat vond ze jammer, want haar beste vriendin was haar net aan het uitleggen hoe je het makkelijkst de krullen uit je haar kon krijgen. Het had iets te maken met een nogal vreemd toestel, maar voor ze er het fijne van te weten kwam, werd ze wakker geschud door een knorrige Matthias die 'het is de jouwe' kreunde en zich daarna weer omdraaide.

Ze zocht het toestel, vond het naast het bed en nam op.

'Ik ben het,' zei Masson.

Liese wist dat er iets scheelde.

'Ik weet dat je vóór je eerste kop koffie nog niet echt op deze planeet vertoeft, dus ik zal het rustig en langzaam vertellen.'

'Oké,' zei ze schor.

'Ik heb vanochtend al met Torfs gebeld en een maand onbetaald verlof genomen. Om te beginnen. Ik beloof niets, maar ik zal proberen af en toe iets te laten weten.'

'Maar wat wil je dan doen?' vroeg Liese.

Op de achtergrond hoorde ze een blikken stem een vlucht van American Airlines aankondigen.

'Ben je op de luchthaven? Waar ga je naartoe, Michel?'

De baliebediende vroeg om aandacht.

'Een ogenblikje, Liese,' zei hij, en tegen de vrouw: 'Sorry, zegt u het maar.'

'Er is geen rechtstreekse vlucht naar Perugia.'

'Ah.'

'In elk geval niet vanaf deze luchthaven.'

Masson dacht na.

'En naar Rome?'

'Veel,' zei de dame. Ze tokkelde op haar toetsenbord. 'De eerstvolgende is met Brussels Airlines.' Ze wees met haar vinger. 'U kunt een ticket kopen aan de balie, hier rechts, ziet u?'

Masson bedankte haar.

Hij zette de telefoon weer tegen zijn oor.

'Ik ga naar Italië, een glas wijn drinken.'

'Michel, je...'

'Ik weet eerlijk gezegd niet wanneer ik terugkom, Liese. Of ik terugkom zelfs. Ik laat nog wel iets van me horen.'

Hij verbrak de verbinding.

Liese zat op de rand van het bed met de telefoon in haar handen.

Matthias was ondertussen wakker.

'Dat was Michel, hoorde ik,' zei hij.
'Ja.'
'Waarom belt hij je zo vroeg? Scheelt er iets?'
'Hij is op de luchthaven, hij vertrekt voor minstens een maand naar Italië.'
Matthias zweeg en bestudeerde het plafond.

De luchthaven van Rome was druk en lawaaierig, maar voor één keer had Masson weinig of geen last van zijn omgeving. Hij rolde zijn koffer via eindeloze gangen naar het bijgebouw waar de verhuurmaatschappijen kantoor hielden, stopte bij de eerste balie die hij tegenkwam en zei in zijn zware maar correcte Engels: 'Goedemorgen. Ik zou graag een Cinquecento huren.'
De man aan de balie schudde het hoofd.
'Dat specifieke model is niet voorradig, meneer. Ik stel voor dat u een van deze...'
'Nee, dank u,' zei Masson.

Bij de vierde verhuurmaatschappij had hij prijs.
Een halfuur later reed een witte Fiat 500 een beetje trager dan nodig de drukke rotonde bij de luchthaven op, trotseerde het woedende getoeter van enkele chauffeurs en nam de uitrit in de richting van het noorden. Aan het stuur zat een kaarsrechte man met golvend wit haar en met een zonnebril op.

Hij had geen zin om de weg te vragen.
Vanuit het centrum van Bolsena vertrok nauwelijks een handvol straten en het duurde dan ook niet lang voor hij het Convento di Santa Maria del Giglio had gevonden.
Hij parkeerde het autootje, stapte uit en luisterde.
Een blaffende hond, niet al te dichtbij. Vogels.
Vooral, dacht Masson, een merkwaardig gebrek aan lawaai.
Hij glimlachte en haalde de koffer uit de wagen.

De deur werd geopend door een grote, geblokte man van een jaar of vijftig. Hij had een verfborstel in zijn rechterhand.

Dat hij graag een kamer wilde, zei Masson.

Voor een tijdje, in ieder geval, hij wist nog niet goed voor hoelang. Was dat een probleem?

Dat was geen probleem, zei de man.

Hij veegde zijn handen af aan een vaatdoek en ging Masson voor naar een kantoortje in de gang van het klooster.

Witte, hobbelige muren, oude tegels, zonlicht dat door een klein raam naar binnen viel. In het midden van het kantoor stond een afgeschuurd houten tafeltje waarvan het bovenblad pas azuurblauw was geverfd.

De man liet hem enkele documenten invullen terwijl hij naar een sleutel zocht. Hij zag er een beetje uit als Hemingway, vond Masson. Een groot, vierkant gezicht, golvend lichtgrijs haar, een prominente grijze baard.

'U bent Belg,' zei hij terwijl hij een vluchtige blik op Massons identiteitskaart wierp. Hij glimlachte. 'Gisterochtend is er een Belgische vrouw vertrokken, dat is ook toevallig, niet?'

'Als u het zegt.'

'Ikzelf ben pas sinds gisteravond terug, ik heb haar niet ontmoet. Mijn vader zei dat ze uit Antwerpen kwam.'

'Dat is een mooie stad,' zei Masson.

'En waar komt u vandaan?'

'Ik? Uit Antwerpen.'

De man bekeek hem met enige interesse.

'Weer een toeval.'

Masson knikte.

'Mijn naam is Pietro. Welkom in het Convento, mister Masson.'

Hij leidde hem door de lange gang op de benedenverdieping naar een brede stenen trap.

'Het is uw eerste keer hier, niet? Ik wil u toch even zeggen dat u geen luxe moet verwachten, hoor. De kamers zijn heel gewoon en voor eten of drinken moet u zelf zorgen.'

Masson keek rond. Alles wat hij zag, beviel hem: de eenvoud, de ouderdom, de tijdloosheid van de dingen.

Hij glimlachte.

Bij het binnenkomen van het klooster had hij het opschrift boven de deur naar de kloostergang gezien: 'Pace e bene'. De vrede en het goede, dacht hij, meer heb ik op dit moment echt niet nodig.

'Hoe oud is het klooster?'

'Van 1600, zoiets.'

De brede gang op de eerste verdieping eindigde bij een dubbele glazen deur met een balkonnetje en met een fabuleus uitzicht op de tuin, het landschap en het meer in de verte.

Aan beide zijden van de gang waren de vroegere cellen van de monniken, kleine kamers met een eenpersoonsbed en enkele meubelstukken. De kamer waar hij in keek, was fris geel geschilderd en op de vloer lagen de oorspronkelijke terracottategeltjes.

Ik wil hier nooit meer weg, dacht hij.

Tot zijn verbazing was zijn eigen kamer enorm.

Eerst stonden ze in een sobere voorkamer. Een salonnetje, een kleine schrijftafel en verder niets.

'Komt u maar.'

Na de voorkamer was er een ruimte die als doorgang diende, een smalle kamer met een tafeltje en een ononderbroken zicht op het meer, en dan pas kwamen ze in het slaapvertrek. Er stond een groot, dubbel bed in. Achteraan was een open deur naar een kleine badkamer.

'Deze kamer is nog vrij,' zei Pietro.

Masson had de stellige indruk dat hij zowat de enige gast was in het hele klooster, maar hij knikte alleen maar.

Nog niet eens zo lang geleden had Liese een film gezien met een scène waarin het hoofdpersonage ergens op het afgelegen platteland een kroeg binnenliep en verwelkomd werd door een totale stilte. Gesprekken die van de ene seconde op de andere stilvielen. Wantrouwige blikken van de klanten en van de cafébaas.

Zo erg was het hier in Buitenland niet, maar het viel haar toch op dat ze vanochtend meer dan eens wat rare blikken kreeg. In het café waar zij en Matthias een kopje koffie dronken, viel het gesprek aan de tapkast écht stil. Het werd pas weer murmelend op gang getrokken nadat de onbekenden van top tot teen waren gemonsterd en gekeurd. Bij de warme bakker, waar ze niet alleen binnenliepen om een praatje te maken maar ook voor een lekker croissantje, wilde de jonge vrouw achter de toonbank niet één woord kwijt over de gebeurtenissen van toen.

'Dat is van voor mijn tijd,' zei ze achteloos. 'Ik zal mijn moeder even roepen.'

De vrouw die van achter in de bakkerij in de winkel kwam, keek hen vriendelijk aan, maar dat veranderde snel zodra Liese vertelde wie ze was en wat ze in de buurt kwam doen.

'Waar u nu nog over begint,' zei ze met een gemaakte glimlach. Ze veegde haar handen af aan haar witte schort.

'U hebt misschien gehoord of gelezen dat het onderzoek opnieuw loopt?' vroeg Liese.

Dat gaf de vrouw toe, maar ook niet veel meer dan dat.

'Het is zo lang geleden, wat heeft dat nog voor nut, na zoveel jaar?'

Liese antwoordde niet meteen en de vrouw ging verder: 'Trouwens, op het nieuws zeiden ze dat de man die het toen gedaan heeft, zelfmoord heeft gepleegd. Waar zoekt u dan nog naar?'

De deur van de winkel ging open en een oude man kwam binnen. Hij keek goedkeurend naar het assortiment taartjes.

De bakkerin wierp een blik op haar dochter en zei: 'Voor mijn part had hij zich twintig jaar geleden al van kant mogen maken. En als hij het mij gevraagd had, had ik hem nog een handje geholpen ook.'

Tussen de kop koffie in het café en het gesprek met de bakkersvrouw hadden Liese en Matthias een lange wandeling gemaakt. Ze waren aan de Schelde begonnen, op het brede jaagpad dat langs de flauwe bocht van de rivier liep, omzoomd door hoge rietkragen en wilgenbosjes, waartussen een heleboel kleine vogels kwetterden. Voor hen op het water dobberden tientallen eenden.

Haar telefoon ging. De chef, zag ze.

'Dag Frank.'

'Waar ben je?' blafte hij.

'Bornem, bij Buitenland. Ik wil de plek zien waar Kim en Linda zijn vermoord. Waarom?'

'Voor de derde week van augustus krijg je zeker geen vakantie.'

'Ik heb er geen gevraagd, Frank.'

'Maar als je het vraagt, dan krijg je ze niet.'

Liese glimlachte. Ze wist al wat er scheelde, en het was elk jaar hetzelfde: Torfs moest op verplichte vakantie met zijn vrouw. Liese en twee andere commissarissen verdeelden in zijn afwezigheid de papierwinkel.

'Drie weken naar de Waddeneilanden, godverdomme. Drie weken!' Hij kreunde. 'Vogels spotten, hoe kun je het bedenken. Dag in, dag uit in de modder achter een gids aan lopen en naar stomme kippen kijken.'

'Eerder kieviten en futen en zo, denk ik.'

'Het fladdert en het maakt lawaai, dus het zijn godverdomme kippen, oké?'

'Tot straks,' zei Liese.

Ze keek om zich heen en genoot van de rust en het uitzicht. Er stond een bord met uitleg aan de kant, Liese las vluchtig wat zinnen waarin nogal veel 'slikken' en 'schorren' voorkwamen, maar gaf het snel op.

Ze wees ernaar.

'Weet jij nu wat dat zijn, slikken en schorren? Ik snap het nog steeds niet.'

Matthias las de uitleg, knikte en zei: 'Vertel me nog eens wat je precies moet doen om commissaris te worden?'

'Wees nu gewoon lief en leg het uit.'

'Het is supersimpel. Door de getijden wordt er zand en slib afgezet.' Hij wees. 'Die stukken kale smurrie die je daar ziet. Dat zijn slikken. Als ze hoog genoeg worden komt er begroeiing op, dan worden het schorren.'

'Oké.'

Ze keek naar zijn kleding en grinnikte. Het was trouwens niet de eerste keer dat ze om zijn outfit moest lachen. Haar vriend was gekleed voor een expeditie: hoge gummilaarzen, een cargobroek met talloze zakken, zelfs een verrekijker die aan een band om zijn nek hing. Hij kon zo mee met Torfs en zijn vrouw.

'Misschien ontdek je wel een onbekende soort,' zei ze plagerig.

Ze wandelden langs ruige weilanden en poelen tot ze bij een sloot kwamen waarin een enorme tros felgele bloemetjes groeide. Daarachter begon het bos, een uitgestrekt bos dat voornamelijk bestond uit populieren, kaarsrechte bomen die netjes in lange rijen stonden.

Matthias keek op een wandelkaart.

'Hier moeten we doorheen, dan komen we automatisch bij de moerasbossen uit.'

Het had die ochtend een hele tijd geduurd voordat hij de voor de hand liggende vraag had gesteld. Er maalden allerlei gedachten door zijn hoofd, merkte Liese, gedachten die begonnen waren na het telefoontje van Masson.

'Waarom vlucht hij nu eigenlijk?'

Ze liepen over een smal pad tussen de populieren. Ergens kraste een vogel, luid en repetitief.

'Komt het door mij?' vroeg Matthias. Hij corrigeerde zichzelf. 'Ik bedoel, niet alléén maar door mij, maar het zal er toch wel iets mee te maken hebben?'

Liese knikte.

'Dat zal wel, lieverd, inderdaad.'

Ze liepen verder.

'Ik snap niet waarom hem dat zo'n angst inboezemt,' zei Matthias. 'Ik vraag hem toch niks? Ik heb nooit een vader gehad, ik heb er nu ook geen meer nodig.'

'Dan nog zal het wel een schok zijn, niet, als je op je zestigste opeens een zoon blijkt te hebben?'

Een knikje.

'En trouwens,' voegde ze eraan toe, 'misschien wordt het tijd dat je hem wél eens iets vraagt. Als zoon, bedoel ik. Michel moet het ook een beetje leren, hé, vader zijn.'

Hij antwoordde niet.

De moerasbossen zagen er niet alleen anders uit, er hing ook een heel andere sfeer. Het was er stiller dan aan de uitbundige waterkant aan de Schelde en minder lieflijk dan het landschap met weiden en wilgenbosjes.

Overal waar ze keken, stonden elzen en populieren dicht tegen elkaar. Er was een lage, weelderige begroeiing, die tot op de bodem doorging. Het was er een stuk donkerder dan in het andere bos. Het zonlicht werd gedempt door het dichte bladerdak en de struiken die metershoog langs en tussen de bomen groeiden. Hier en daar brak een straal licht door het bladerdak.

Ze stonden ongeveer op de plek waar Kim Manderfeld gevonden was.

Het was niet de precieze plaats delict. Liese had het vooraf kunnen opzoeken, maar dat wilde ze niet.

Ze draaide zich om, keek haar vriend aan. Hij deed of hij de kruin van een boom bestudeerde, maar ze zag aan zijn gezicht dat hij de plek luguber vond.

Opeens schaamde ze zich een beetje.

'Kom,' zei ze, 'we zijn hier weg.'

De enige afspraak die Liese vooraf had gemaakt, was met ene Herwig Vermeiren, de pastoor van Bornem. Volgens Jan Verbeke had de man destijds heel uitgesproken meningen gehad over het drama en was hij een van de weinigen die zelfs jaren later nog steeds verwoed op zoek waren naar de dader.

Dat had Liese niet zo goed begrepen.

'Hoe moet ik me dat voorstellen? Speelde de man zo'n beetje voor privédetective?'

'Vraag het hem zelf maar,' had Verbeke geantwoord.

Ze vonden hem in de kerk. Hij stond toe te kijken hoe een gemeentewerker in een geel hesje een deel van de elektriciteitsleiding verving.

Liese stelde zich voor.

'Ja,' zei de pastoor, 'de meisjes...'

Hij glimlachte naar Matthias.

'En u bent haar collega?'

'Ik ben chef-kok.'

Dat snapte de pastoor niet zo goed.

'Matthias is mijn vriend,' legde ze uit. 'Hij heeft een dagje vrij, hij houdt me gezelschap.'

Vermeiren maakte een uitnodigend gebaar met zijn arm.

'We praten verder in de pastorie, dan ziet u meteen hoe rijkelijk Gods dienaars wonen.'

Het huis van Vermeiren was eenvoudig, maar was toch met meer smaak ingericht dan Liese verwacht had. Het was de eerste keer in haar leven dat ze in een pastorie kwam en ze had zich voorbereid op oud, pompeus meubilair, op een duffe sfeer, op een soort kneuterigheid zelfs. Maar ze zaten in een lichte, bijna vrolijke woonkamer, met goedgekozen Ikeameubels en een opvallend bloemstuk op een bijzettafeltje.

Liese schatte de pastoor eind veertig. Hij was een vriendelijke, mollige man met kortgeknipt bruin borstelhaar.

'Volgens mijn collega Jan Verbeke heeft het drama u destijds bijzonder aangegrepen,' begon Liese.

Hij knikte.

'Maar daarmee was ik gewoon een van de velen in onze gemeente, hoor. Iedereen was geschokt. En woedend ook. Bang, maar woedend.' Hij leunde achterover in zijn stoel en spreidde zijn handen. 'Wat wilt u dat ik u vertel?'

'Ik weet het eerlijk gezegd niet.' Ze haalde haar schouders op, een gebaar dat de pastoor eerst zichtbaar verbaasde en daarna deed glimlachen.

'Ik hou van mensen die hun onzekerheid durven tonen. Als pastoor mag je aan niemand een hekel hebben en ik denk dat me dat doorgaans ook lukt, maar voor egotrippers maak ik toch een uitzondering. De Lieve Heer ook, daar ben ik zeker van.' Hij lachte opnieuw.

'Bang en woedend,' herhaalde Liese. 'Vertel eens.'

De pastoor dacht na. Dan stond hij op.

'Ik zal u eerst iets laten zien en daarna praten we, commissaris. Misschien begrijpt u het dan beter.'

Hij had een witte archiefdoos op de tafel gezet en haalde er een stapel vergeelde kranten uit.

Liese en Matthias waren bij hem komen staan.

'Ik was hulppastoor in die tijd, moet u weten. Maar wijlen pastoor Decroly kon niet zo goed delegeren en ik had eerlijk gezegd niet veel omhanden. Die moorden hebben me echt...'

Hij liet de zin in de lucht hangen en zei: 'Ik verzamelde destijds alles wat ik kon vinden over het onderzoek.' Hij haalde een oud krantje uit de doos. 'De Scheldekoerier' stond erop, en daaronder, in grote letters: 'Een moordenaar in ons midden?' Vermeiren tikte met een stompe vinger op de titel.

'Dat was eigenlijk waar het om draaide. Daarom waren de mensen bang. Zowat iedereen was ervan overtuigd dat iemand uit onze eigen gemeente het gedaan had. Dat de moordenaar iemand was die we kenden, die we misschien dagelijks zagen. Dat was een vreselijke gedachte.'

'Dacht u daar ook zo over?'

'O ja,' knikte de pastoor overtuigd, 'ik in de eerste plaats. En de tijd heeft me gelijk gegeven, niet? Thielens was van hier, van Bornem.'

Liese ging er niet op in.

Ze keek naar de andere exemplaren van het lokale krantje die de pastoor uit de doos haalde. Eén voorpagina trof haar in het bijzonder. Het was een interview met de voorganger van Vermeiren, pastoor Decroly, en de redactie had een uitspraak van hem als kop in de krant gezet: 'Als we de dader niet snel vinden, kan het de volgende keer uw dochter zijn'.

'Hij was erg geschokt door wat er gebeurd was,' legde Vermeiren uit. 'En woedend, dat zei ik al.' Hij glimlachte een beetje droef. 'Wacht, ik laat u nog iets zien.'

Hij kwam aandraven met een kleinere doos en haalde er een bundeltje documenten uit die met paperclips bijeen werden gehouden.

'Decroly hield in normale omstandigheden al vlammende sermoenen, hij was een jaar of zestig en was echt een kind van zijn tijd. Maar na de moorden...' Hij schudde het hoofd en zuchtte. 'Enfin, hoe zeggen ze dat in het Engels, "water under the bridge"? Het heeft allemaal geen belang meer, nu, maar toen werden we erdoor verteerd.'

'Zijn dat zijn... sermoenen?' vroeg Matthias.

'We noemen het gewoon "preken", hoor,' antwoordde de pastoor met een glimlach. 'We hebben hier de gewoonte om de belangrijkste te bewaren, voor later gebruik. Kerst, Pasen, u kent dat wel.' Hij bladerde door de stapel en gaf er een aan Liese. 'Hier, kijk maar even.'

Ze las de preek vluchtig door. Hij ging inderdaad over de moorden op Kim en Linda, zag ze snel, en hoe meer ze las, hoe sterker het haar aangreep. De oude pastoor moest woedend en verdrietig zijn geweest, en dat sijpelde door in zijn woorden. Het ontroerde haar, ze wist niet precies waarom. Het had zeker iets te maken met een bepaalde naïviteit die uit de tekst straalde, maar evenzeer met de logica van de pastoor en het instituut dat hij vertegenwoordigde. 'Denk eraan,' had pastoor Decroly vanaf de kansel aan zijn kerkgangers gezegd, 'denk eraan dat gij vroeg of laat uw Schepper zult ontmoeten en rekenschap zult moeten afleggen voor de verschrikkelijke dingen die gij gedaan hebt.'

Ze stonden klaar om te vertrekken toen het Liese te binnen schoot waarom ze eigenlijk hier was.

'Jan Verbeke vertelde me dat u zelf op zoek bent gegaan naar de dader.'

Vermeiren knikte ernstig.

'Ik heb minstens een jaar lang de heilige biecht misbruikt. Nu durf ik dat toe te geven, pastoor Decroly heeft dat nooit geweten. Telkens als iemand kwam biechten, stelde ik hem of haar dezelfde vraag: "Weet je iets? Heb je iets gehoord of gezien?" Ik bedreigde onze parochianen zelfs, ik ben niet te beroerd om het toe te geven. Ik bedreigde hen met de toorn van God en al Zijn heiligen als ze erover zouden liegen of iets verzwijgen.' Hij schudde het hoofd. 'Maar ik heb nooit iets bruikbaars gehoord.'

Toen ze weer bij hun auto stonden, was het 14.00 uur.

'Dat was een fijne uitstap,' zei Matthias.

Ze schrok.

'Sorry, echt. Ik begrijp dat je voor ons dagje samen iets anders in gedachten had.'

Hij kuste haar op het voorhoofd en gaf haar een knuffel.

'Het is al goed. Op voorwaarde dat je me nu naar huis brengt en we vanavond een glas gaan drinken.'

'Macho,' zei Liese.

Ze dropte hem in de Goedehoopstraat en reed naar kantoor.

Noureddine Naybet was op de rechtbank, vertelde Laurent, opgeroepen als getuige in een grote drugszaak.

'Ik heb net bericht uit Zermatt gekregen,' zei Laurent. 'Die moordzaak op dat Duitse meisje van veertien?'

Ze knikte.

'Geen DNA-match. Wat onze vriend Thielens ook in Zwitserland heeft uitgevreten, hier had hij in elk geval geen schuld aan.'

Ze zocht een telefoonnummer in het bestand.

'Dag dokter,' zei ze. 'Ik wil u als huisarts van Werner Thielens nog enkele vragen stellen, het is nogal belangrijk. Kan dat nu even?'

Dat kon, zei de dokter.

Onmiddellijk na het gesprek belde Liese de onderzoeksrechter.

'Dag mevrouw Meerhout,' zei Carlens. 'Is er nieuws?'

'Hebt u vandaag nog een halfuur voor mij?'

'Eh... ja, ik kan me vrijmaken, dat is geen probleem. Waarover gaat het?'

'Ik wil er ook graag de hoofdcommissaris bij hebben,' zei Liese. 'Vindt u het oké als we hier bij ons even samenzitten?'

Myriam Carlens arriveerde een uur later.

Liese bracht haar naar het kantoor van Torfs en overhandigde beiden een dun, blauw mapje.

'Krijgen we nu ook al voortgangsrapporten van u?' vroeg Carlens. 'Maar, mevrouw Meerhout, u wordt nog eens een echte commissaris.'

'Ik denk dat Werner Thielens geen zelfmoord heeft gepleegd in Italië,' zei ze. 'Ik denk dat hij vermoord is.'

Ze legde het uit.

'Ik vat even samen,' zei Carlens.

Ze zaten aan de vergadertafel. Torfs had koffie geserveerd.

'Thielens wordt in de catacomben van de kerk gevonden. Zijn polsen zijn doorgesneden, het mes ligt op de grond. Er zijn geen vingersporen behalve zijn eigen afdrukken. Ook geen bruikbaar DNA, al is dat laatste waarschijnlijk te wijten aan de contaminatie van de plaats delict. Zijn auto wordt niet ver daarvandaan teruggevonden, ook hier geen andere sporen dan die van Thielens zelf. Tot zover goed?'

Liese knikte.

'Hier bij ons, aan de Schelde, wordt het koffertje teruggevonden van Kim Manderfeld, een van de twee meisjes die 24 jaar geleden in Bornem vermoord zijn. Dader nooit gevonden. Thielens' vingerafdrukken zitten op de spullen in de koffer.'

'Ja.'

'Goed,' zei Carlens, 'dat zijn de feiten. Nu de eigenaardigheden. Thielens moest normaal gesproken in Zwitserland zijn, maar hij duikt op in Italië. Niemand begrijpt waarom. We weten ondertussen wel dat hij in zijn jeugd meer dan eens in Bolsena was, dat hij met andere woorden die plaats kende. Tweede eigenaardigheid: dat koffertje is 24 jaar zoek en precies nu wordt het gevonden, vlak na de dood van Thielens. Voorlopig uitgangspunt: Thielens vermoordde de meisjes, krijgt op latere leeftijd spijt, zorgt dat we het koffertje terugvinden en maakt zichzelf van kant.'

De onderzoeksrechter keek eerst naar Liese, dan naar Torfs.

'Ben ik iets vergeten?'

'Nee nee,' zei Torfs, 'ik denk dat je het belangrijkste wel hebt.' Hij zag er oké uit, vond Liese. Hij had zich blijkbaar al neergelegd bij het vooruitzicht van vogels spotten op Texel.

'Maar commissaris Meerhout vermoedt dat de man vermoord is,' zei Carlens.

Torfs maakte een gebaar dat aangaf dat hij daar weinig mee te maken had.

'Thielens had een flinke hoeveelheid Dormicum in zijn bloed,' begon Liese. 'Dat is een benzodiazepine. Een heel sterk slaapmiddel, zeg maar. Intraveneus toegediend, ben je weg in minder dan een minuut, in pilletjesvorm in minder dan vijf minuten. Bij de autopsie is geen prikpunt gevonden, dus de verdoving gebeurde met pilletjes. Er is geen doosje, geen pillenstrip of wat dan ook teruggevonden op de plaats delict, dus moet hij dat slaapmiddel vooraf ingenomen hebben. Het is zo goed als ondoenbaar om de zijdeur van de kerk te forceren, helemaal naar de andere kant te lopen, in de catacomben af te dalen, in een nis te kruipen en je polsen door te snijden, en dat alles in minder dan vijf minuten. Geloof me, ik heb het ter plekke uitgetest.'

'Zonder het stuk met die polsen dan, uiteraard,' zei Torfs. Niemand lachte.

'"Zo goed als ondoenbaar" is een veronderstelling, dat is geen feit en nog minder een bewijs,' zei de onderzoeksrechter. 'Maar ik geef toe dat het inderdaad vragen oproept. Hebt u nog iets?'

'Thielens nam een geneesmiddel voor zijn hoge bloeddruk.' Ze keek in haar notities. 'Twee per dag, een 's ochtends en een 's avonds. Die pilletjes tegen hoge bloeddruk zijn er in allerlei vormen en kleuren, van rond en geel tot ovaal en grijs. Ik heb net met de huisarts gesproken en hij schreef Thielens

Lotensin voor. Die pillen zijn egaal wit en ovaal. Identiek aan een pilletje Dormicum.'

Ze nam de afbeelding van het slaapmiddel die ze voor het gesprek geprint had.

Carlens knikte.

'Werner Thielens was een heel methodisch man, goed georganiseerd, een pietje-precies,' ging Liese verder. 'Hij had een enorme hekel aan pillenstrips, zegt zijn vrouw. In plaats daarvan bewaarde hij zijn medicijnen in een mooi zwart pillendoosje, dat zij nog voor hem gekocht had. Hij ging nooit zonder zijn pillendoosje de deur uit. Het is niet teruggevonden, niet in zijn auto, niet in zijn zakken, nergens.'

Ze sloeg haar eigen mapje dicht en wachtte.

'Stel dat het klopt,' begon de hoofdcommissaris. 'Stel dat Thielens inderdaad vermoord is, los van de vraag hoe we dat ooit zouden kunnen bewijzen, maar kom. Dan kan de ene zaak nog altijd helemaal losstaan van de andere. Er hoeft geen verband te zijn tussen de moorden op de meisjes en de dood van Thielens. Het ligt voor de hand, maar het hoeft niet.'

De onderzoeksrechter luisterde aandachtig.

'Misschien had hij inderdaad iets met de moord op de meisjes te maken, maar was hij niet de enige,' zei Torfs. 'Misschien is hij uit de weg geruimd omdat hij wilde spreken, of schuld wilde bekennen of wat dan ook, waardoor de mededader in het vizier zou komen.'

'Interessante mogelijkheden,' zei Carlens terwijl ze opstond en haar handtas pakte, 'maar jullie begrijpen ook dat ik daar voorlopig weinig mee kan aanvangen. En de tijd dringt, helaas.'

'Het is 24 jaar geleden,' reageerde Liese iets te fel. 'Dan zullen er toch nog wel een paar weken bij kunnen?'

Carlens lachte minzaam.

'Nice try. Dit is een zaak met een hoog publiciteitsgehalte, commissaris. De media zitten er iedere dag bovenop en het parket kan een opsteker wel gebruiken.'

'Zoals: vuige moordenaar van twee meisjes pleegt netjes zelfmoord en daarna iedereen tevreden naar huis?'

'Je kunt dat cynisch vinden of niet, maar zo werkt het wel.' De onderzoeksrechter schudde hen de hand. 'Ga voorlopig verder en houd me op de hoogte.'

In de teamkamer tikte Laurent met twee snelle vingers een rapport in.

Ook Liese maakte een verslag. Ze werkte de rest van haar administratie een beetje bij, probeerde wat orde te scheppen in de chaos op haar bureau. Maar ze was rusteloos.

Ze liep naar het 'tankstation,' haalde een blikje frisdrank uit het apparaat, slenterde terug naar de teamkamer.

'Waar wonen de ouders van Linda? Sorry, ik ben te lui om in het systeem te kijken.'

'Van de vader heb ik geen gegevens,' antwoordde Laurent. 'De moeder heet Gerda Verhulst, 47 jaar. Ze woont aan de Turnhoutsebaan, niet ver van het Centraal Station.' Hij schreef het adres op een papiertje en gaf het haar.

'Ik bel je nog,' zei Liese.

De flat van Gerda Verhulst had betere tijden gekend, net als de rest van het smalle gebouw van drie verdiepingen waar ze woonde. De Turnhoutsebaan was al geen al te vrolijke straat, maar dit gebouw was nog net iets troostelozer dan de meeste andere.

Binnen in de flat had de vrouw duidelijk haar best gedaan om de boel wat op te fleuren. Het was er netjes en de weinige meubels die er stonden, waren in goede staat. In heel goede staat, zag Liese terwijl ze een prachtig dressoirkastje bewonderde. Notenhout, dacht ze.

'Vindt u het mooi?'

'Zeer.'

Gerda Verhulst knikte alsof dat het enige mogelijke antwoord was.

'Ik heb nog enkele spullen van vroeger. Niet veel, maar ik ben er nogal aan gehecht.'

Ze had verbaasd de deur geopend en zichtbaar getwijfeld of ze Liese zou binnenlaten, maar ze had het toch gedaan. Nu zat ze op de bank tegenover haar en schonk twee kopjes koffie in felgekleurde mokken. Liese had niet om koffie gevraagd, maar ze vond dat ze niet kon weigeren.

'Waarom bent u hier?'

Het klonk niet onbeleefd.

Liese vertelde haar over het onderzoek en het feit dat het binnenkort afgesloten zou worden.

'En wat wilt u van mij horen?'

Liese reageerde op dezelfde manier als bij pastoor Vermeiren en haalde de schouders op.

'Ik had geen zin om open te doen,' zei de vrouw. 'Ik zag u door het raam voor de deur staan en ik dacht dat u een journalist was. Ik heb er al drie aan de deur gehad de afgelopen dagen.'

Ze nam een slok van haar koffie. 'En ik heb er geen enkele binnengelaten.'

'Dat begrijp ik,' zei Liese.

'De laatste was vanochtend, een jonge vrouw. Je zou dan toch denken dat zo iemand een beetje empathie heeft, dat ze zich toch een béétje kan inleven. "Hoe voelt het nu heel die periode weer opgerakeld wordt?" vroeg ze. Dat vroeg ze écht. Ik zei: "Fantastisch", en heb de deur voor haar neus dichtgeslagen.'

Liese nam een slok van de hete koffie.

Buiten reed een tram voorbij, met een vreselijk geknars van metaal op metaal.

'Dus waarom bent u hier?' herhaalde de vrouw. Ze klonk vermoeid. 'Wat zou u willen horen dat in die 24 jaar nog nooit verteld is?'

Dat laatste had ze spottend gezegd, maar haar ogen bleven Liese vriendelijk aankijken.

'Ik weet het echt niet, Gerda... Mag ik Gerda zeggen?' Een knikje. 'Ik weet het niet. Ik ben verantwoordelijk voor het onderzoek en het voelt gewoon... juist om ook met jou te praten, al is het maar voor even. Meer niet.'

De vrouw knikte.

'Dat snap ik,' fluisterde ze. Stilte. 'Maar ik praat niet over Linda. Al heel lang niet meer.' Ze bleef fluisteren. 'De dag dat ze stierf, is mijn leven gestopt. Je kunt dat pathetisch noemen of niet, dat kan me niet schelen. Echt niet. Toen Linda stierf, ben ik een beetje mee gestorven. Sindsdien is het gewoon overleven, bij gebrek aan iets anders.'

'Je woont alleen?' vroeg Liese.

Ze wist niet goed wat ze kon zeggen, ze vond het een voor de hand liggende vraag.

'Ik ben tien jaar geleden gescheiden, maar we zijn al meer dan twintig jaar uit elkaar. Na de dood van Linda ging het niet meer. Danny en ik hebben het geprobeerd, hoor, maar het lukte gewoon niet. We zijn zo'n twee jaar na haar dood onze eigen weg gegaan.'

'Woont hij ook in Antwerpen?'

'Nee. Hij is naar Frankrijk verhuisd. De eerste jaren is hij gaan rondtrekken, hij kon nergens meer aarden. Na een aantal jaren was hij compleet aan lagerwal. Hij had heel grote schulden gemaakt, dat wist ik toen ik de deurwaarders over de vloer kreeg. We waren nog niet gescheiden, dus ik kon er mee voor opdraaien. Enfin...' Ze zuchtte en zwaaide met een hand om aan te geven dat ze geen zin meer had in de rest van het verhaal. 'Uiteindelijk is ons huis in Bornem verkocht en ben ik hier beland.'

'Zie je Danny soms nog?'

'Nee, zo masochistisch ben ik niet. Het laatste wat ik hoorde, is dat hij een kleine camping uitbaat in de Limousin.

Ondanks alles hoop ik dat het hem goed gaat. Hij zag Linda even graag als ik, hij probeert ook gewoon maar te overleven.'
Ze zaten elkaar een tijdje aan te staren.
'Ik wil niet onbeleefd zijn,' zei de vrouw, 'maar nu zou ik graag willen dat je vertrekt.'

Tot zijn grote genoegen ontdekte Masson snel na zijn aankomst dat het klooster nog steeds onderdak bood aan pelgrims, net zoals het vanaf die eerste dag in 1600 had gedaan. Hij had beneden in het lege kantoortje een folder gevonden en verrukt gelezen over de Via Francigena, de oude, middeleeuwse pelgrimsroute die van Canterbury naar Rome liep en onder meer dit klooster aandeed.

Hij had geen idee waarom dit hem nu zo'n plezier deed en hij had nog veel minder zin om het uit te leggen, mocht iemand ernaar vragen.

Wat niet gebeurde. Na de begroeting van Pietro vroeg niemand die dag Masson nog om uitleg. Meer zelfs, hij werd de rest van de dag niet betrokken in welke conversatie dan ook, of het moest de kortstondige uitwisseling van informatie zijn in een winkel of restaurant, een oppervlakkige transactie van gegevens die hij niet meteen als een gesprek zou bestempelen.

Voor Masson kon het niet beter.

Hij wentelde zich in zijn isolement.

Tegelijkertijd genoot hij oprecht van alles wat hij rook en zag en hoorde. Omstreeks 14.00 uur, toen hij zich wat hongerig voelde maar geen zin had om een restaurant op te zoeken, liep hij vlak bij de basiliek een bakkerij binnen en kocht er een half brood. Het was vers en het zag er smakelijk uit en hij leerde van de vrouw achter de toonbank dat het een olijfbrood was. Masson vond het prima en stopte het in het leren rugzakje dat hij op de luchthaven in Brussel had gekocht.

Iets verderop in de straat vond hij een kruidenierszaak. Het was een smalle, langwerpige winkel met een verbazend

groot assortiment spullen die hoog opgetast in rekken tegen de muur lagen. De uitbater, een grote, mollige man met
een vriendelijk gezicht, stond met zijn handen over zijn buik
als een goedmoedige boeddha toe te kijken hoe Masson van
de kleine stukjes kaas at die hij voor hem als proevertjes had
afgesneden. Uiteindelijk kocht hij een stuk pecorino en een
fles rode wijn. Toen de kruidenier aanstalten maakte om de
aankopen in te pakken, maakte Masson met handgebaren duidelijk dat hij het fijn zou vinden als de man de fles alvast zou
ontkurken. Waarna hij alles in zijn rugzakje propte en vertrok.
Hij liep urenlang door het landschap.

Om de zoveel tijd, als hij het panorama bijzonder aantrek-
kelijk vond en er in de wijde omtrek geen ander menselijk
wezen te bespeuren viel, ging hij langs de kant van de weg
zitten en at iets. Hij nam een slok wijn en hapte een homp
olijfbrood weg en hij voelde zich opeens heel franciscaans,
vond hij, wat dat dan ook mocht betekenen. Hij keek naar de
cipressen en het glooiende, groene landschap en het meer in
de verte, hij had brood en kaas en wijn, hij was in Italië.

Hij lag in een berm in het gras en voor het eerst in lange tijd
voelde hij iets wat in de buurt kwam van rust, van ontspanning.

Toen hij wakker werd, was het 19.00 uur.

Masson wreef zich verbaasd in de ogen. Hij had meer dan
twee uur geslapen, zomaar langs de kant van de weg, hij had
niets gehoord, niets of niemand had hem wakker gemaakt.

Een uur later ontdekte hij door puur geluk een klein, goedkoop
restaurantje in de oude binnenstad, in een hobbelig achteraf-
straatje in de buurt van de basiliek.

Het was naar Italiaanse normen nog vroeg om te eten en
er waren maar twee tafels bezet.

'Wat wenst u te eten?' vroeg de ober, een oude, rustige
man die nogal overdreven articuleerde. Hij sprak Engels, om

een of andere reden had hij meteen gezien dat Masson geen Italiaan was.

'Een pasta graag, om te beginnen.'

'Yes, but which one?' vroeg de oude man.

'Hebt u een specialiteit?'

Dat hadden ze, zei de ober. Pasta al cinghiale. Hij kon die krijgen met pappardelle of met tagliatelle, er konden eekhoorntjesbrood of grote paddenstoelen bij, het kon met wijn of in een tomatenragout, zolang het maar met cinghiale was.

Masson begreep het niet.

'Cinghiale,' zei de man een beetje vertwijfeld. 'You know.'

'Nee,' zei Masson, 'echt niet, het spijt me.'

De oude ober haalde er een wat jonger exemplaar bij, wiens kennis van de Engelse taal evenmin zeer uitgebreid was, maar die de tegenwoordigheid van geest had om het met gebarentaal te proberen.

'Asterix,' zei hij glimlachend. 'Obelix.' Waarna een levendige uitbeelding van een jachttafereel volgde.

Everzwijn, dacht Masson.

Hij kende de Engelse vertaling voor het woord niet, dus knikte hij alleen maar, naar hij hoopte enthousiast genoeg om aan te geven dat hij erg veel zin had in pasta met everzwijn.

Terwijl de bestelling werd genoteerd en de wijn werd gebracht, keek Masson rond. Simpele, gestucte muren, houten tafels en stoelen, tegen het plafond de onvermijdelijke flatscreen waarop een of ander journaal werd uitgezonden. Net onder de tv zat een grote familie druk te praten en te gesticuleren. In de hoek van het restaurant lag een kat te slapen.

De pasta kwam, bleek voortreffelijk en kostte twee keer niets, de huiswijn was zeer drinkbaar. Masson bestelde nog een schoteltje gegrilde groenten en, na het eten, een koffie en een grappa, en toen hij de som maakte realiseerde hij zich dat hij veel minder dan de helft moest betalen van wat het hem in Antwerpen zou hebben gekost.

Hij staarde een tijdje voor zich uit.

Morgen werd hij zestig.

Was dat belangrijk?

Enorm.

Volstrekt niet.

Hij maakte opnieuw een rekensommetje en dacht: als ik hier zou wonen, dan zou ik goed kunnen leven van mijn pensioen. Ik heb niet veel nodig. Geen auto, geen groot huis, alleen maar enkele kamers met boeken en een bed en hier en daar een mooi uitzicht, liefst over het landschap van de Etrusken, en daarna ga ik flink mijn best doen om te vergeten, stap voor stap.

13

De volgende ochtend liep Masson fris geschoren en gedoucht naar beneden.

De gangen van het klooster waren koel en donker, maar aan het uitbundige licht dat door de ramen viel, kon hij zien dat het prachtig weer was. Hij liep door een soort refter met lange, massieve banken en grote tafels, en belandde uiteindelijk aan de achterkant van het hoofdgebouw, onder de pergola.

Het uitzicht benam hem even de adem.

'Buongiorno. Wilt u een koffie?'

Pietro zat aan een van de lange houten tafels. Hij had een leeg espressokopje voor zich. Aan zijn voeten lag een grote, oude herdershond.

'Graag,' zei Masson, 'maar ik dacht dat u niet aan catering deed.'

'Ik heb iets goed te maken, denk ik.'

Zonder verdere uitleg verdween Pietro in de keuken en kwam er even later uit met twee dampende kopjes in zijn handen.

Masson strooide royaal suiker in zijn koffie en nam een slok.

'Buono, hè?'

'Buono.'

Pietro zuchtte.

'Wat heb je goed te maken?' vroeg Masson.

'Ik heb u opzettelijk de kamer van de abt gegeven en dat spijt me.'

'Waarom?'

'Ik was een beetje slechtgeluimd en ik vond u een vreemde kerel,' zei Pietro. 'Dus ik dacht: we zullen hem wel eventjes een toontje lager doen zingen.' Hij keek Masson bezorgd aan.

'Hebt u veel nachtmerries gehad?'

'Vertel me eerst eens waarom je me dat vraagt.'

'Normaal raden we iedereen af om daar te logeren. De slaapkamer is soms nog oké, maar de voorkamer, die is echt niet in orde. Niemand weet wat daar ooit gebeurd is, maar het is geen aangename plek en geen enkele gast heeft er ooit ongestoord geslapen.'

Masson nam rustig het laatste slokje van zijn koffie en staarde naar het meer in de verte.

'En u?' vroeg Pietro.

Masson knikte.

'Ik ben 's nachts inderdaad wakker geworden. Het leek alsof iemand nogal boos door de kamer liep te ijsberen.'

'En toen?'

'Toen ben ik rechtop gaan zitten en heb ik over mijn leven verteld,' zei Masson. 'Het was pikdonker, maar dat stoorde niet.'

'Over je leven,' zei Pietro.

Masson knikte.

'Ik heb verteld dat ik zes maanden geleden zo goed als dood was. En dat ik sindsdien niet meer bang ben, voor niets of niemand eigenlijk. Na een minuut of vijf werd alles weer rustig in de kamer. Ik heb de rest van de nacht uitstekend geslapen.'

Pietro keek hem met een schuldige blik aan.

'Het spijt me, echt. U kiest maar een andere kamer, alles staat toch leeg.'

'Ik vind het daar prima, hoor.'

De Italiaan grijnsde en stak zijn hand uit.

'Pietro.'

'Michel.'

'In Italy, it's Michele,' lachte de uitbater. Hij klapte in zijn handen. 'Ik ga deze ochtend in de olijfgaard werken, maar eerst moet ik ontbijten. Eet je een hapje mee?'

'Als ik je daarna mag helpen,' zei Masson.

Het bleek niet zo moeilijk.

Hij had werkhandschoenen en een snoeischaar gekregen en hij imiteerde de man zo goed hij kon. Na een tijdje kwamen ze beiden in het ritme. Masson had zijn boom, Pietro de boom ernaast, en het enige wat er te horen was, waren vogels en het scherpe geklik van de snoeischaar.

Voor de zoveelste keer verbaasde hij zich erover dat hij zich hier volkomen op zijn gemak voelde. Antwerpen, de afdeling Moord, zijn baan en zijn roeping – het was allemaal heel ver weg.

Bijna veertig jaar lang had hij, naast alle chaos en pijn en zorgen die zijn rommelige leven had meegebracht, een simpele leidraad gehad: hij was een flik, en op de keper beschouwd een verdomd goeie; hij was een rechercheur die vragen stelde en analyseerde en nadacht en daarna, met de wet aan zijn kant, een conclusie trok. Zo was het altijd gegaan en hoewel hij slim genoeg was om te weten dat het recht soms krom was en voor interpretatie vatbaar, toch was die liefde voor de wet een constante geweest in zijn leven. Toen hij nog rechten studeerde, letterlijk en figuurlijk in een vorige eeuw, was hij met zijn academiejaar op bezoek geweest in de Old Bailey, het beroemde gerechtsgebouw in Londen. Zijn vrienden hadden zich gehaast om een zitting bij te wonen, maar hij had als aan de grond genageld naar de ingang staan kijken. Niet vanwege de architectuur, maar vanwege de spreuk, het motto dat in grote letters op de gevel stond: 'Defend the Children of the Poor & Punish the Wrongdoer'. Het had zowel zijn leven als zijn beroepskeuze bepaald, wist hij achteraf, het was daarna een simpele keuze geweest om met dat motto naar de politie-school te gaan, wars van naïviteit of overdreven optimisme: dat schuldigen gestraft moesten worden en dat, boven alles, de wet er ook moest zijn om de kwetsbaren en de kleintjes, de sukkels en de onfortuinlijken te beschermen.

'Je doet het goed,' lachte Pietro. 'Straks haal ik voor ons een glas koele wijn.'

En nu stond hij hier in een olijfgaard naar het landschap te kijken terwijl zijn collega's hard aan het werk waren. Wat zei dat dan over hem, over zijn 'sense of justice,' over zijn flikkeninstinct?

Misschien heb ik wel een depressie, dacht Masson. Maar zo voelde het helemaal niet. Hij was niet terneergeslagen, hij keek niet somber naar het leven, wel integendeel. Hij wilde voor de jaren die hem nog restten gewoon rust en stilte en schoonheid, was dat nu zoveel gevraagd?

En ik ben verdomme jarig, dacht hij.

Hij was het compleet vergeten. Hij werd vandaag zestig.

'Scheelt er iets?' vroeg Pietro. 'Je ziet opeens wat bleekjes.'

Een uur later zaten ze in de tuin onder een boom. Masson nipte aarzelend van zijn glas.

'Ik weet het, onze wijn is een beetje mislukt, Michele. Maar de olijven zijn prima.'

Ze keken naar het meer en de heuvels in de verte.

'En wat doe jij zoal in het leven?'

'Ik schilder,' zei Masson.

'Goed?'

'Nee, helemaal niet, ik begin pas.'

Pietro knikte.

'Er lag een dode Belg in onze kerk, anderhalve week geleden. Een man uit Antwerpen, net als jij. En net als die mevrouw van gisteren.'

'Toeval is toch iets raars.'

Hij dronk van zijn glas, ging dan veel zachter verder: 'Ik ben bij de politie, Pietro. Ik was hier vorige week al, maar niet in het klooster, ik was samen met die mevrouw over wie je het hebt. Zij is commissaris.'

'En jullie onderzoeken de dood van die man?'

'Ik doe niets meer,' bromde Masson.

'De meeste Italianen hebben niet zoveel op met de politie,' zei Pietro. 'In de grote steden is dat misschien een beetje anders, maar hier... Hier krijg je als buitenstaander alleen maar het hoogstnoodzakelijke te horen en de rest, dat blijft binnenskamers.'

Masson antwoordde niet.

'Wil je hulp? Bij het onderzoek?'

'Ik wil niks.' Hij rekte zich uit. 'Ik blijf hier, denk ik. Misschien zoek ik wel een baantje. Niet voor het geld, hoor, gewoon om me bezig te houden.'

'Zolang je niet betaald hoeft te worden, kun je hier helpen,' zei Pietro plagend. 'Werk genoeg.'

Masson verdeelde het laatste restje van de fles.

'Ik kende hem, weet je. Die man in de kerk. Zijn naam was Verneir.'

'Werner,' knikte Masson.

'Dat kan een normaal mens toch niet correct uitspreken,' zei Pietro. Dan, ernstiger: 'Hij kwam hier vroeger helpen in het klooster.'

'Ik weet het.'

'Als je alles al weet, dan weet je misschien ook dat hij bevriend was met Flavia van Hotel Royal? Aan het meer? Mijn goede vriendin Flavia?'

'Nee,' antwoordde Masson, 'dat wist ik niet. Maar het houdt me ook niet meer bezig, sorry.' Hij keek op zijn horloge. 'Hoe ver is Orvieto eigenlijk?'

'Een goed halfuur. Wil je ernaartoe?'

'Beter dan dat,' zei Masson vergenoegd. 'Ik ga ernaartoe.'

Voor hij vertrok, liep hij de heuvel af naar het stadje.

Hij kocht opnieuw een brood bij dezelfde bakker als de vorige dag. Bij de kruidenier bestelde hij dezelfde fles wijn, maar liet de pecorino vervangen door een zachte kaas uit de streek.

Met de picknick in zijn rugzak liep Masson door Bolsena en dacht na over wat hij voor de rest van zijn verjaardag wilde doen. Orvieto stond vast, maar wat daarna?

Had het eigenlijk belang?

Hij had nooit om verjaardagen gemaald, niet om die van hem en niet om die van anderen, tot grote ergernis van Nadine en van Nelle.

Hij liep weg van het centrum in de richting van het meer.

Het was niet dat hij wilde helpen, dacht Masson, maar het was ook niet zo dat hij niet wilde helpen. Hij zou gewoon naar het water lopen en als hij het hotel tegenkwam, dan was dat prima. Zo niet, ook goed.

Het eerste wat hij zag toen hij op de kleine rotonde bij het water stond, waren twee oude mannen in zwembroek die op het strand aan een tafeltje zaten en scrabble speelden.

Dat deed hem alvast glimlachen.

Het tweede wat hij zag, een beetje verscholen achter hagen en hoge bomen, was een statig gebouw in gele steen met boven de ingang, in ouderwetse, gouden letters, 'Hotel Royal'. De bovenverdieping aan de kant van het water was open, één langgerekte loggia die uitkeek over het water, een prima plek om een kop sterke koffie te drinken voor de rit naar Orvieto, dacht Masson.

Hij liep naar binnen en volgde de bordjes naar boven, naar de Bar Royal.

Flavia was een vrouw van Massons leeftijd, een rustige, mollige dame van wie het uniform iets te krap was voor haar indrukwekkende borsten. Ze beperkte zich tot beleefde frasen terwijl ze hem zijn koffie bracht, maar dat veranderde helemaal toen Masson de naam Pietro liet vallen. Het was alsof hij een wachtwoord had gebruikt.

'Wat wilt u weten?' vroeg ze terwijl ze zijn tafeltje extra schoon veegde.

Masson haalde de schouders op.

'Het gaat over die dode in de catacomben. Pietro zei dat u hem kende. Hij was van mijn stad in België, dus...'

'Dus bent u een beetje nieuwsgierig,' gniffelde ze.

'Goh, nu ik toch hier ben...' zuchtte Masson quasi ongeïnteresseerd.

Flavia knikte. Ze wees naar de tafel aan de voorkant van de loggia.

'Daar zaten ze altijd, aan dat tafeltje. Hij hield van het meer, het maakte hem rustig, zei hij.'

'Kwam hij hier vaak dan?'

'Ja, hoor. Hij was een vaste klant, al ik weet niet gedurende hoeveel jaar. Iedere zomer zag je hem hier toch een keer of vier, vijf, meestal 's avonds, voor het aperitief. Dan keek hij hoe de zon onderging op het meer en dan straalde hij als een klein kind.'

'En hij was altijd in het gezelschap van zijn vrouw, zei je?'

'Nee,' antwoordde Flavia, 'dat zei ik niet. Ik zei dat ze meestal daar aan dat tafeltje zaten.' Ze bekeek hem alsof ze twijfelde of hij al dan niet een standje verdiende. 'Was hij met een Italiaanse getrouwd, dan?'

'Geen idee,' zei Masson terwijl hij op zijn horloge keek, 'ik kende de man niet, ik was gewoon nieuwsgierig, zoals je al zei.' Hij legde wat geld op de tafel. 'Dat was uitstekende koffie, dank je wel.'

'Ik ken haar namelijk wel,' fluisterde Flavia triomfantelijk. 'Niet van naam en zo, maar ik ken haar en ze is wel degelijk een Italiaanse. Ze woont niet in Bolsena, maar ze komt hier al eeuwen, ze heeft vroeger geholpen met de restauratie van de catacomben onder de basiliek, bent u daar al eens geweest?'

'Nee, dat is een goeie tip, dank je wel,' zei Masson.

Toen hij weer buiten stond, was het 13.00 uur.

Tijd voor Orvieto, dacht hij. Orvieto en één telefoontje, uit vriendschap.

'Hei,' zei Liese.

'Ik sta aan het meer. Er zitten hier twee dikke mannen scrabble te spelen, ze zien er nogal tevreden uit.'

'Welk meer? Ben je in Bolsena?'

'Ja. Luister, er is iets wat ik hier gehoord heb, ik geef het je maar even mee.'

Hij gaf haar een beknopt verslag van het gesprek met de vrouw in het hotel.

'Dank je, Michel. Misschien, nu je toch daar bent, kun je...'

'Nee,' zei hij.

Liese zweeg.

'Ik ben er niet,' zei Masson. 'Ik wilde het je gewoon vertellen, da's alles.'

'Hoe is het met je?' vroeg ze zacht.

Hij dacht na.

'Vreemd. Ik voel me meestal vreemd. Alsof ik nog weinig vaste grond onder de voeten heb.'

'Ik maak me zorgen over je, Michel, ik denk...'

'Ik bel nog wel eens,' zei hij.

Liese zat achter haar desk in de teamkamer met haar telefoon in haar hand.

Nu ben ik hem nog vergeten te feliciteren met zijn verjaardag ook, dacht ze.

Ze liep driftig het kantoor uit en de gang in, klopte voor de vorm even op de deur van de hoofdcommissaris en liet zich in de stoel voor zijn bureau vallen.

'Wat is er nu weer?' vroeg Torfs.

Ze vertelde het hem.

'De man heeft een maand onbetaalde vakantie gevraagd en gekregen. Ik denk dat je hem beter een beetje met rust laat.'

Ze werd opeens echt boos.

'Hij is de pedalen kwijt en je weet het!' riep ze. 'Voor hetzelfde geld komt hij gewoon niet meer terug! En ter informatie: hij heeft mij gebeld!'

Torfs zuchtte.

'Ik begrijp dat je je zorgen maakt.' Hij keek haar aan. 'Ik maak me ook een beetje zorgen, als ik eerlijk ben. Maar hij is een volwassen man en hij neemt zijn eigen beslissingen, Liese.'

'Liz, how nice!' riep commissario Molinari. 'Bel je om te zeggen dat je ons komt bezoeken?'

'Ik bel om je hulp te vragen, Massimo.'

'Ik heb een vrije dag, ik stond net op het punt om te gaan zwemmen.'

Ze snoof.

'Laat dan maar,' zei ze. 'Sorry dat ik...'

'Vertel, please,' zei Molinari.

Ze lichtte hem in over Thielens en over de vrouw die altijd bij hem was.

'Een vrouw die zich met de restauratie van de catacomben bezighield? Dat kan niet zo moeilijk terug te vinden zijn. Weet je, ik bel even een vriend van me, een journalist. Wat hij niet weet over Bolsena, weet niemand.'

'Grazie,' zei Liese.

Het duurde langer dan ze verwachtte.

Een goed halfuur later had ze hem dan toch opnieuw aan de lijn.

'At your service,' zei hij. 'Gelukt. Haar naam is Valentina Rocca, ze is een archeologe uit Firenze.'

'En ze heeft meegeholpen aan de restauratie van de catacomben?'

'Meer dan dat, volgens mijn vriend. Ze was erbij vanaf het prille begin tot de officiële opening voor het publiek, het is zo'n beetje haar levenswerk. Of was, moet ik misschien zeggen.'

'Waarom?'

'Omdat ik haar nummer heb opgezocht en geprobeerd heb haar te bellen. Ik heb echter haar zus aan de lijn gekregen. Valentina ligt in het stedelijk ziekenhuis, op de palliatieve afdeling. Ze is terminaal ziek.'

Liese dacht na.

'Ik hoor je denken,' zei Molinari.

Ze antwoordde niet.

De commissario zuchtte.

'Ik had toch niet veel zin om te gaan zwemmen.'

'Hé? Bedoel je dat je...'

'Dat ik zo gek ben om voor jou twee uur in de auto te zitten? En daarna twee uur terug? Zoiets, ja.'

'Maar het is je vrije dag, Massimo,' zei Liese.

'Ja.' Hij lachte. 'Weet je, Liz, ik heb me al een paar keer geërgerd aan je koppigheid, dat was nogal duidelijk. Maar aan de andere kant bewonder ik ook je doorzettingsvermogen. En aangezien ik een vriendin heb in Firenze die ik al maanden niet meer heb gezien, geeft die andere kant vandaag de doorslag.'

'Leve de vriendinnen dan,' zei Liese.

Voor Masson was het alsof hij zichzelf onbedoeld het mooiste verjaardagsgeschenk van zijn hele leven had gegeven.

Vanaf het moment dat hij Orvieto zag liggen, hoog boven het groene landschap, op een rots, was er een vreemd soort blik in zijn ogen gekomen die passanten, als ze hem even later door de nauwe, zandsteenkleurige straatjes zagen lopen, zouden omschrijven als de blik van iemand die in trance was.

Zowat alles wat hij zag, maakte hem blij.

Van tijd tot tijd was er een opening tussen de huizen en dan zag Masson het soort panorama waaraan de afgelopen eeuwen nog niet eens zo gek veel was veranderd: laag op laag van terracotta daken en kleine tuintjes en terrassen, de groene heuvels iets verderop, de wijngaarden, de villa's, de kerktorens en de cipressen.

Maar hij kwam voor de kathedraal, voor de Duomo.

Toen hij er eindelijk voor stond, moest hij even slikken. De voorgevel was een feest van kleuren, met mozaïeken in goud en blauw en rood en groen, met reliëfs en pilaren en roosvensters, maar het was binnenin dat hij met stomheid werd geslagen. Het interieur was het tegenovergestelde van de façade: het was een magnifieke, sobere ruimte in strepen van witte en zwarte natuursteen, en Masson liep er bijna een uur in rond, helemaal verloren, zonder enig benul van tijd.

Later, toen hij in zijn autootje traag over de plattelandswegen reed en naar het landschap keek, begreep hij nog steeds niet hoe het kwam dat het gebouw hem zo aangegrepen had. Het was prachtig, zonder twijfel, maar waarom raakte het hem zo diep? In een van de kapellen van de Duomo, waar de fresco's van het Laatste Avondmaal hingen, had hij kunnen huilen van de pure schoonheid om hem heen. Was het zijn leeftijd?

Je wordt melig, ouwe vent, dacht hij.

Maar tegelijkertijd wist hij dat er andere factoren speelden.

Op de parking in Orvieto had hij, net voor het wegrijden, een vader gezien die zijn volwassen zoon bij de schouders nam en hem een stevige knuffel gaf. Vader en zoon leken griezelig veel op elkaar. Het tafereel had hem onwillekeurig aan het lachen gemaakt, want de jongste was minstens een hoofd groter dan de oudste, waardoor heel het knuffelgebeuren iets onwezenlijks had gekregen.

Hij was in het reine met het feit dat hij een kind op de wereld had gezet.

Dat hij een zoon had, Matthias.

Dat kon hij, nu, eindelijk tegen zichzelf zeggen, en alleen tegen zichzelf. Zijn gevoelens na de ontdekking dat de zoon van Nelle ook zijn vlees en bloed was, waren geëvolueerd van pure verbijstering naar een soort van aanvaarding.

Misschien kan ik er ooit zelfs blij om zijn, dacht hij.

De reden waarom alles hem de laatste dagen zo diep trof, wist Masson, was eenvoudigweg omdat hij de laatste dagen ook zoveel tijd had gehad om na te denken. Of beter, dat hij eindelijk de waarheid in zijn leven toeliet, en die waarheid was hard. Telkens als hij zijn leven overdacht, zag hij eigenlijk alleen maar lafheid en een gebrek aan engagement. In de vermomming van een man die zijn leven wijdde aan boeken en cultuur had hij in werkelijkheid het echte leven aan zich voorbij laten gaan, veel sneller en onherroepelijker dan hij zich ooit had gerealiseerd.

'Het is niet erg,' zei Valentina Rocca. 'U hoeft zich niet de hele tijd te excuseren.'

Het was 18.00 uur en Massimo Molinari had zijn tablet op een tafeltje voor het bed van de zieke gezet. Skype stond aan, maar de wifiverbinding was slecht en het beeld bevroor regelmatig.

Liese bekeek de vrouw in het bed, een mooie vrouw met een tijdloos, bijna aristocratisch gezicht, ondanks het feit dat haar huid bijna zo bleek was als het kussen waarop haar hoofd lag en haar zwarte haren zo futloos waren dat ze als dode stengels langs haar wangen lagen.

'Grazie,' zei Liese.

Ze had zich al voorgesteld, ze had Valentina Rocca al verteld waarom ze dankbaar was dat de vrouw met haar wilde spreken.

'It's about Werner, isn't it?'

Ze sprak de naam bijna foutloos uit.

Liese aarzelde.

'Ik heb nog maar enkele weken te leven, commissaris, dus het zou een beetje stom zijn om veel tijd te verliezen, vindt u niet? Ik denk trouwens ook dat we beter al die beleefdheidsfrasen kunnen skippen, om dezelfde reden.' Ze knipperde traag met haar ogen.

'Wat scheelt er met je?' vroeg Liese zacht.

'Longkanker, en ik heb nooit van mijn leven een sigaret aangeraakt. Zo zie je maar.'

'Ja, het gaat om Werner.'

Liese zag de vrouw slikken en daarna met veel moeite glimlachen, maar het was een droeve glimlach.

'Iemand uit Bolsena heeft me gebeld, vorige week. Ik dacht dat ik maar één keer moest doodgaan, maar het zal dus twee keer zijn.'

'Je... verwachtte het niet, zijn dood?'

Valentina keek haar niet-begrijpend aan.

'Hoe bedoel je?'

Liese wilde eerst andere dingen weten.

'Wil je me vertellen wat er was tussen jullie? Tussen jou en Werner?'

'Ja,' zei Valentina, 'dat wil ik je graag vertellen.' Haar stem klonk schor. 'Want het is een mooi verhaal, hoe triest alles nu ook is.'

Ze hadden elkaar ontmoet in de catacomben, vertelde de vrouw, en het was liefde op het eerste gezicht geweest, hoewel ze toch in leeftijd verschilden. Hij was pas zeventien, zij was twintig en studente archeologie. Haar professor leidde de blootlegging van de graven.

'We hadden de catacomben een dag opengesteld voor het publiek, ergens aan het begin van de zomer,' zei Valentina. 'Ongeveer de helft van de graven was toen blootgelegd en we wilden de bevolking van Bolsena laten zien welke schat er zich onder hun basiliek bevond. Werner kwam ook even langs. Hij zag me, ik zag hem.'

'En jullie vielen voor elkaar,' zei Liese.

Ze glimlachte.

'Ja.' Ze staarde voor zich uit. 'Hij vroeg mijn adres, hij schreef me, ik schreef hem terug. We deden het rustig aan, we hadden alle tijd.'

Het beeld bevroor opnieuw en Liese moest enkele seconden wachten voor ze verder kon gaan.

'En hoelang heeft dat zo... geduurd?'

'Enkele jaren. We studeerden allebei en we waren beiden geen al te beste studenten, dus er moest hard gewerkt worden voor een resultaat. Ik ben eens twee weken in Antwerpen geweest, Werner is twee jaar na elkaar rond Pasen naar Firenze gekomen. Maar voor de rest waren we niet zo... ongeduldig.'

Liese knikte.

'Ik weet je volgende vraag al,' zei Valentina.

'Ja. Waarom zijn jullie nooit getrouwd?'

De vrouw probeerde haar schouders op te halen, maar toen dat zichtbaar te veel pijn deed, kromp ze in elkaar en zakte in de kussens.

'Achteraf is dat onverklaarbaar, niet? Maar achteraf is er zoveel onverklaarbaar. In films gaat alles zo logisch en juist, maar in het echte leven is dat niet zo, dan zijn er zoveel dingen die niet rationeel uit te leggen zijn.' Ze zuchtte. 'Ik ken geen twee mensen van wie het logischer was geweest dat ze zouden trouwen, en toch hebben we het niet gedaan.'

'Maar waarom dan niet?'

'Het leven, denk ik. De afstand, de gewoontes. De banaliteit van de dingen, commissaris.'

'En toch snap ik het niet,' zei Liese koppig.

'Ik ook niet.' Ze fluisterde. 'Werner ook niet. Maar toch is het zo gegaan. We zijn in plaats daarvan simpelweg getrouwd met iemand die we kenden, Werner met een medestudente en ik met mijn buurjongen. Ik ben vier jaar geleden gescheiden.'

'Maar...'

De vrouw wachtte.

'Zeg het maar.'

'Jullie zagen elkaar wel regelmatig,' gokte Liese.

Valentina liet haar hoofd tegen het kussen vallen. Het gesprek putte haar uit.

'Het eerste jaar na zijn huwelijk ging hij bergwandelen in Zwitserland. Ik was in de laatste maand van mijn werk in Bolsena, de catacomben zouden feestelijk geopend worden. We belden elkaar, ik vroeg hem of we elkaar nu nooit meer zouden zien. En hij verbaasde mij en zichzelf door in zijn auto te stappen en naar Italië te rijden.' Ze glimlachte bij de herinnering. 'We hebben bijna twee weken met elkaar doorgebracht, dat was... onvoorstelbaar heerlijk. Dat was het mooiste wat ik ooit heb meegemaakt.' Ze keek naar het scherm van de tablet. 'En sinds die keer hebben we dat herhaald. Ieder jaar opnieuw. Dat was ons geheim, commissaris. We waren iedere zomer tien dagen bij elkaar. In Bolsena, op de plek waar we elkaar hadden leren kennen.'

Liese wist niet goed wat te zeggen. Ze herinnerde zich de fles die Thielens onderweg had gekocht.

'Bracht hij iets mee voor jou als hij naar Bolsena kwam?'

Een minieme glimlach.

'Een fles Muscat. Ik dronk dat heel graag. Je kon dat evengoed hier kopen, maar om een of andere reden wilde hij die altijd van Frankrijk meebrengen.'

'En niemand wist van jullie afspraak? Niemand heeft ooit iets vermoed?'

Valentina knikte. 'De vrienden met wie hij in zijn jeugd naar het klooster ging, die wisten het. En ik heb het een paar jaar geleden aan mijn dochter verteld. Ze was toen al volwassen en mijn relatie met mijn man liep op haar laatste benen, dus...'

'Maar elkaar maar één keer in het jaar zien, dat moet toch moeilijk geweest zijn?' stamelde Liese. 'Of misten jullie elkaar dan niet?'

De vrouw glimlachte weer een beetje. 'Oh ja, en of. Hij was de liefde van mijn leven, dat mag je wel zeggen als je bijna dood bent, denk ik. En het was ook wederzijds, daar ben ik zeker van. Maar toch hebben onze levens een andere weg gevolgd.'

Liese zweeg.

'De eerste jaren deden we wel allerlei beloftes, hoor. Dan vertrokken we uit Bolsena en waren we vastbesloten om er iets aan te doen, om de stap te zetten. Maar de tijd ging voorbij en er was altijd wel een reden om het niet te doen. Ik kreeg een kind, een dochter. Zijn vrouw had een lichte beroerte en moest een tijdje verzorgd worden. Er was altijd wel iets. Het leven, ik zei het al.' Ze haalde adem, maar dat bleek niet zo makkelijk. Ze rochelde. 'Achteraf bekeken, denk ik dat ik nog eerder dan Werner de stap had durven zetten, kind of geen kind. Maar hij durfde geen beslissing te nemen. En naarmate de jaren verstreken, werd onze portie moed om de dingen te veranderen steeds kleiner, vrees ik.' Ze staarde een tijdje naar boven. 'We zagen elkaar tien dagen per jaar en dat was telkens een magische tijd, dat was van ons en van niemand anders. Maar daarbuiten hadden we ook een ander leven.'

Valentina hoestte en het geluid deed Liese in elkaar krimpen.

Molinari kwam in beeld en gaf haar een glas water.

'Misschien moeten we stilaan afsluiten,' zei hij in de richting van het scherm.

'Nog even?' vroeg Liese.

Valentina zuchtte.

'All those wasted lives,' fluisterde ze.

Liese was ontroerd.

'Al die verspilde levens. Zo erg, toch, vind je niet?'

'Waarom zou Werner zich... waarom zou hij zich het leven benemen?' vroeg Liese.

Valentina was doodop, maar nu wond ze zich op.

'Dat heeft hij niet gedaan!'

'Maar...'

'Zo was Werner niet.' Ze had geen kracht meer. 'Geloof me, zo was Werner niet en ik ken hem, ik ken hem écht. Hij was er kapot van toen hij mijn verdict hoorde, maar ik heb hem bezworen om door te gaan, om voor ons beiden te leven, voor ons, uit respect voor mij!'

'Basta!' hoorde Liese iemand buiten beeld zeggen. Even later verscheen het geïrriteerde gezicht van de verpleegster.

'Mag ik morgen nog één keer met je praten?' vroeg Liese. 'Valentina?'

De vrouw knikte.

'Dank je, Massimo,' zei Liese.

Ze had hem teruggebeld zodra de Skypeverbinding verbroken was.

Hij stond buiten voor het ziekenhuis, ze hoorde hem een sigaret opsteken en de rook diep naar binnen zuigen.

'Ik rijd nu wel even langs bij de collega's hier om iets te regelen,' zei hij. 'Dan kun je morgen via hen met Valentina praten.'

Onmiddellijk na het gesprek reed Liese naar huis.

Het had haar diep geraakt, voelde ze, niet zozeer het gesprek, als wel het hele verhaal over Werner en Valentina. Ze was aangedaan.

Ze parkeerde een eindje van haar straat en liep een poosje door de buurt, zonder goed te weten waarom of waar ze naartoe wilde.

Verspilde levens, dacht ze.

Hoe kon je zoiets nu dertig jaar lang volhouden? Hoe kon je weigeren voor je geluk te kiezen in plaats van voor gewoontes, of sleur of reputatie of wat dan ook?

Tegelijkertijd besefte ze dat Valentina het heel juist verwoord had. In het begin deden ze beloftes, maar hoe ouder ze werden, hoe meer het leven hen inbedde en hoe minder moed er overbleef om dingen te veranderen. Het was altijd gemakkelijker om niets te doen, dacht ze. Niet aangenamer of beter, maar wel gemakkelijker.

Ze liep over de Waalse Kaai en ging aan een tafeltje op een terras zitten. Liese kende de kroeg, het was niet een van haar favoriete plekken, maar ze had opeens geen fut meer om nog verder te lopen.

Ze bestelde een Omer en keek rond.

Het was 20.00 uur, net te vroeg voor de avonddrukte. Het terras was nog zo goed als leeg. Enkele tafels verderop zag ze een man en een vrouw die zaten te kibbelen en het duurde even eer ze besefte dat ze beiden geen geluid maakten. Ze ruzieden in gebarentaal. Het was de eerste keer dat ze zoiets zag en ze vond het heel vreemd, ruziën in stilte, zonder al het gebruikelijke gebral en het verbale geweld. De twee leken een stel en ze waren beiden al wat ouder. Liese vermoedde dat de man doofstom was, maar ze had geen idee waarom ze dat dacht. Ze keek toe, eerst gefascineerd, later met enige gêne en ten slotte met een zweem van droefenis. En toch waren het gewoon twee mensen die ruzie maakten. Ze keken vaak weg van elkaar of haalden overdreven duidelijk hun schouders op, ze argumenteerden driftig met hun handen, ze knikten heftig nee en al die tijd ging het leven rondom hen gewoon verder en maakten ze geen enkel geluid.

Het simpele besef dat hij, zoals hij aan Liese had uitgelegd, nog weinig vaste grond onder de voeten voelde, dat hij op een glijbaan zat en niet wist waar het einde ervan was of hoe hard de landing zou zijn, groeide bij Masson naarmate de avond vorderde.

Om 20.00 uur had hij een wijnbar gevonden in Bolsena en wat hem betrof, wilde hij er de rest van zijn leven blijven.

De bar lag tegen de resten van de middeleeuwse burcht, op het hoogste punt van het stadje, en Masson had zijn laatste

adem nodig gehad om de nauwe en bijzonder steile kasseistraatjes te beklimmen om er te komen.

De bar werd uitgebaat door een koppel. Zij was een Duitse,
hij een volbloed Italiaan en samen hadden ze een ruwharige
teckel die als Wilma door het leven ging. In de eerste tien minuten dat Masson in de bar stond, begreep hij uit de verhalen
dat ze graag wilden dat Wilma zwanger werd van de teckel om
de hoek, maar dat het niet zo best lukte omdat Wilma nogal
dominant in het leven stond.

Masson grinnikte.

'U grinnikt,' zei de man. Hij leunde op zijn armen op de
toonbank.

'Neemt u mij vooral niet kwalijk.'

De Italiaan bekeek Masson van top tot teen.

'U bent van de politie. Ik heb een oog voor die dingen.'

Masson maakte een gebaar dat zowel ja als nee kon
betekenen.

'Het klopt toch, niet?'

'Misschien,' zei Masson. 'Ooit. Vroeger. Nu niet meer. Nu
ben ik hier om te genieten. Of om te vergeten, ik weet nooit
welk van de twee.'

'Ik hou niet van flikken,' zei de man. 'Misschien hou ik wel
een heel klein beetje van uw gezelschap, maar ik hou absoluut
niet van flikken.'

Masson maakte duidelijk dat het leven nu eenmaal vol
verrassingen zat.

'Welke wijn raadt u me aan?' vroeg hij.

'Wit of rood?'

'Rood.'

'De Rossobastardo,' zei de man met een grijns.

Masson grijnsde mee.

'Bestaat die echt?'

'Reken maar. Mooie wijn, veel rood fruit. Een mengeling
van merlot, cabernet en sangiovese.' Hij duwde zich op van

de toonbank en zei: 'Maar ik zal u een glas Violone geven en daarna zien we wel weer.'

Het is misschien het leven zelf dat ik niet aankan, dacht Masson toen hij twee uur later in zijn witte Cinquecento stapte en lukraak naar beneden reed, in de richting van het meer. Hij herinnerde zich vaag de naam van het dorpje waar Liese zo lekker gegeten had, Gradi, of zoiets, beter lukte niet. Toen hij op goed geluk een afslag nam en een bordje met 'Gradoli' zag, knikte hij alsof ook dit een van die onverklaarbare dingen in het leven was waar je beter niet te veel of te lang over nadacht.

Uiteindelijk vond hij Lieses visrestaurant niet, hoe hard hij ook zijn best deed, maar het helverlichte eethuis dat hij een paar kilometer verderop tegenkwam, bleek meer dan voldoende voor zijn noden.

'Een man alleen,' zei de oudere waardin, 'dat zien we hier niet veel.'

Masson glimlachte en bestelde alvast een fles wijn.

'Maybe tonight my lucky night,' zei de waardin.

Ze was een jaar of zeventig en mankte lichtjes. Haar man stond achter de toonbank en lachte naar haar met zoveel liefde in zijn ogen dat Masson zich plots misselijk voelde van eenzaamheid.

'Wilt u wit of rood?' vroeg de man.

Hij stond naast Masson en duwde hem een geplastificeerde wijnlijst in zijn handen.

'Est! Est!! Est!!!' zag Masson staan.

'Deze,' zei hij.

Na de maaltijd stond hij aan de toonbank en dronk een grappa, aangeboden door de waardin, die niet stopte met grinniken telkens als ze hem voorbijhinkte.

'Mag ik de rekening?' vroeg hij.

Terwijl de oude man alles optelde, viel Massons oog op de koelkast met witte wijn die in een hoekje van het restaurant stond.

Hij wees naar een fles Est! Est!! Est!!!

'Doe er zo nog maar eentje bij,' zei hij. 'Maar ontkurkt, als het even kan.'

Eenmaal buiten stapte hij niet in zijn auto.

In plaats daarvan slenterde hij met de fles in zijn hand langs het meer. Het was een heldere avond met een driekwartsmaan die meer dan voldoende licht gaf opdat hij zou kunnen zien waar hij zijn voeten zette. Hij volgde een pad dat na een goede vijf minuten doodliep op een klein strandje dat helemaal ingesloten was door bomen en struikgewas.

Masson ging zitten, nam een slok van zijn fles en keek voor zich uit.

Een enorme inktzwarte plas, strepen dobberend maanlicht op het water, honderden lichtjes in de verte, aan de horizon, aan de andere oever.

Het water klotste, ergens hoorde hij de schreeuw van een uil, in de verte beklom een auto de heuvel en ging hoog in de toeren.

Masson propte de fles tussen enkele keien en maakte zijn broek los. Hij had goed gegeten, niets uitzonderlijks maar goed en veel, en hij had behoefte aan enige ruimte tussen zijn broekriem en zijn navel.

Hij grijnsde omdat hij zich opeens een prachtig woord herinnerde. Uitbuiken. Dat was het wat hij nu aan het doen was, hij buikte uit, hij moest even onderuit gaan zitten en zijn buik wat rust geven zodat het eten kon zakken.

Terwijl hij het deed, schoof zijn rechtervoet langs een hoopje stenen dat half in het water lag. Masson kwam kreunend overeind en bestudeerde ze. Het waren vaalgrijze stenen en nog voordat hij ze goed en wel bekeken had, wist hij met absolute zekerheid dat ze de juiste kleur grijs hadden, het grijs dat hij zocht voor zijn dikke meeuw, voor zijn schilderij.

Hij stopte enkele stenen in zijn zakken.

Pace e bene, dacht hij, pace e bene. Meer niet. Vrede op uw pad en al het goede, en kunnen jullie voor de rest, als het niet te veel gevraagd is, allemaal mijn rug op?

Hoofdinspecteur Masson, dacht hij, wat een grap, toch. Wat een misselijke grap.

Je wilde leren en studeren, je wilde de wereld zien. Je wilde je bezighouden met kunst en cultuur en met schoonheid en in plaats daarvan heb je een leven lang achter klootzakken aan gezeten, ben je een leven lang met lelijkheid en ellende bezig geweest.

Hij stond op, wankelde.

Ik ben dronken, constateerde hij. Dat is op zich niet zo schokkend, maar toch.

Hij ging op zijn rug op het strandje liggen en keek naar de sterren. Zijn adem stokte.

Hij zag het nu. Hij zag het allemaal.

Wauw, dacht Masson.

Wie had dat nu gedacht, dat het zo simpel kon zijn.

In een flits werd hem de zin van het leven geopenbaard en het zat zo eenvoudig en tegelijk zo ingenieus in elkaar dat hij eerbiedig knikte.

En het ergste is dat ik het morgen allemaal vergeten ben.

Rond middernacht belde hij Liese.

Ze stond net op het punt om naar bed te gaan. Matthias was met zijn vriend Magnus op stap en zulke avonden hadden nogal eens de neiging om uit te lopen, dus ze hoefde helemaal niet op hem te wachten. Ze had gelezen en daarna wat liggen zappen en zoals meestal had ze er geen benul van naar wat ze aan het kijken was toen haar telefoon ging. Ze keek naar de naam op het schermpje en veerde op.

'Scheelt er iets?'

'Ik ben het,' zei Masson nogal overbodig.

'Waar ben je?'

'Ik zit aan het meer. Ik heb mijn voeten in het water en ik drink. En jij?'

'Ik was wat tv aan het kijken, maar het boeit me niet. Ik blijf denken aan het gesprek dat ik vandaag heb gehad, met de vriendin van Thielens.'

'Ah.'

'Wil je het horen?'

Hij antwoordde niet.

'Ze heet Valentina Rocca en het is een mooi verhaal. Heel triest, maar mooi eigenlijk.'

'Doe maar,' zei hij.

Het klonk niet enthousiast.

Liese vertelde over haar kennismaking met Thielens, hun vreemde verhouding, het geheime leven dat dertig jaar lang geduurd had.

'En hij heeft geen zelfmoord gepleegd volgens Valentina.'

'Goed zo.'

Het boeide hem totaal niet, voelde ze.

'Hij was haar enige echte liefde,' zei ze, 'en volgens haar was het omgekeerd ook zo en toch hebben ze andere keuzes gemaakt, of juist niet gekozen, weet ik het. "Verloren levens", zo noemde Valentina het. En nu ligt ze daar, op de palliatieve afdeling.'

'Ja,' zei Masson. 'Verloren levens. Daar kan ik me wel iets bij voorstellen.'

'Jouw leven is niet verloren, Michel.'

Hij praatte dwars door haar woorden heen.

'Het is gek, hé, zelfs als je wel de moed hebt om keuzes te maken, dan zijn al die andere mogelijkheden, al die andere levens die je had kunnen leiden, ook meteen weg. Kiezen is altijd verliezen.'

Er zat een donkere rand aan zijn woorden die haar onge-
rust maakte.

'Zou je niet gaan slapen, Michel? Morgen ziet het er weer
helemaal anders uit, dat weet je.'

'Ik ben vandaag zestig geworden,' zei hij.

Ze sloeg zich voor het hoofd.

'Sorry, Michel. Sorry. Gelukkige verjaardag. Ik heb er al
minstens vijf keer aan gedacht vandaag en telkens vergeet...'

'Ik heb mijn jeugd doorgebracht in Merksem. De meeste
vaders van mijn vrienden waren dokwerkers. 's Middags aten
we hetzelfde als zij, krachtvoer dat ze nodig hadden om de
zware zakken te kunnen torsen. Pilchards in blik, weet je wat
dat zijn? Een soort grote haringen, altijd in ovale blikken en
altijd in tomatensaus. En blikken schelvislever.'

'Waarom vertel je me dat nu?' vroeg ze zacht.

'Ik ben niet meer van deze tijd, Liese. Nooit geweest,
eigenlijk.'

Haar ongerustheid groeide.

'Je gaat toch niks stoms doen, hé makker?' vroeg ze lacherig.

'Ik?' Hij hoestte. 'Ik ga doen zoals bisschop Fugger, ken
je die?'

'Nee.'

'De man aan wie we de fles danken die ik nu in mijn handen heb. Est! Est!! Est!!!'

'Je gaat wijnbouwer worden?'

Ze kon hem bijna horen grijnzen.

'Bisschop Fugger was een Duitser die met een groot gezelschap naar Rome reisde, ergens begin twaalfde eeuw. Hij
ging er de kroning van keizer Hendrik V bijwonen. Die Fugger
was een kerel die van lekker eten en een goed glas hield, en...'

'Een man naar je hart.'

'Een geschikte kerel, inderdaad,' beaamde Masson. 'Die
Fugger stuurt dus zijn knecht vooruit om alvast een goede
herberg te zoeken waar ze lekker kunnen schransen en een

bed voor de nacht kunnen krijgen, en hij spreekt af dat als de knecht een geschikte plek vindt, hij dan "Est!" op de deur moet krijten. Dat betekent zoveel als "hier is het". Als de herberg daarenboven ook nog goede wijn schenkt, dan zou hij "Est! Est!" schrijven.'

'Tot zover ben ik mee.'

'Dat doet me plezier. De bisschop komt op een avond aan in het stadje Montefiascone, hier aan de overkant van het meer, en hij vindt de herberg die zijn knecht al is gaan checken, en er staat "Est! Est!! Est!!!" op de deur. Dat is niet afgesproken, maar Fugger snapt het meteen, wat natuurlijk niet zo moeilijk is. Uitzonderlijke herberg, uitzonderlijke wijn, iedereen gelukkig.' Hij schraapte zijn keel. 'En daar heeft dat witte wijntje zijn naam aan te danken.'

'Mooi verhaal,' zei Liese.

'Ja.'

'En daar droom jij dus van,' zei ze in een poging het gesprek luchtig te houden. 'Dat je zoals die Fugger een herberg vindt waar je iedere avond lekker kunt schransen. In het klooster kan dat alvast niet, daar kun je niet eten.'

'Ik droom al lang niet meer.'

'Letterlijk of figuurlijk?'

'Beide. Het is jaren geleden dat ik voor de laatste keer een droom had.'

'Iedereen droomt, naar het schijnt, alleen kunnen we het ons vaak niet herinneren. Maar iedereen droomt.'

'Ik niet,' zei Masson.

Toen was hij opeens weg.

Hij nam een slok, staarde naar het zwarte water, naar de lichtjes aan de overkant van het meer. Daar ergens lag Montefiascone.

Toen de fles eindelijk leeg was, strompelde hij naar zijn auto.

Hij had haar de rest van het verhaal bewust niet verteld, bedacht hij onderweg.

Bisschop Fugger was namelijk nooit in Rome aangekomen. Hij vond het leven en vooral de wijn in Montefiascone zo lekker dat hij er bleef en zich letterlijk dooddronk.

Een halfuur later stond hij stil voor het klooster en keek verbaasd naar de donkere gevel van de kerk.
Hij had geen flauw idee hoe hij er geraakt was.
Hij stommelde naar boven, naar zijn grote, lege kamer, trok zijn kleren uit en liet zich op het bed vallen.

Vijftienhonderd kilometer naar het noorden lag Liese onder de lakens en piekerde.
Masson was nooit een lachebek geweest, hij was geen extraverte man die altijd het hoogste woord voerde, hij was geen vrolijke muts. Maar de laatste tijd vond ze hem toch wel heel erg somber.
Ze dacht aan hun gesprek, aan het laatste wat hij vertelde voordat hij de verbinding verbrak. Had hij echt geen dromen meer, letterlijk of figuurlijk? Hij was pas zestig, dat was toch onzin, vond ze.
Ze dacht aan haar eigen dromen.
Tot ver in haar volwassen leven droomde ze er af en toe over dat ze in iets heel belangrijks gefaald had. Dat ze voor een routinekwestie bij de politie haar diploma moest tonen en dat dan bleek dat ze nooit eindexamen had gedaan. Of dat ze, veel jonger, een examen wiskunde moest afleggen en letterlijk geen enkele van de vragen op het blad begreep. Ze zag dan zichzelf alsof ze boven tegen het plafond hing, ze zag hoe haar jongere versie vol vertwijfeling naar haar klasgenoten keek, die ijverig alle vraagstukken oplosten terwijl zij zelfs niet snapte hoe ze eraan moest beginnen. Of ze droomde dat ze een kleine aanrijding had met haar auto, haar rijbewijs moest tonen en dan vol schaamte moest vaststellen dat ze het nooit gehaald had.

De ene droom na de andere over falen, over door de mand vallen, over niet goed genoeg zijn, dacht Liese. Je had niet echt een psychiater nodig om te snappen wat het allemaal betekende.

Masson lag op zijn bed, klaarwakker.

Vroeger, dacht hij, vroeger droomde ik wel, dat weet ik nog. Hij droomde vaak dat hij kon vliegen. Hij had dan wel geen vleugels, maar dat was ook niet nodig. Het volstond dat hij zijn armen strekte en ze een paar keer op en neer bewoog, een beetje als een slome duiker in het water, en hij vloog over landschappen. Het waren nooit dorpen of steden, maar bijna altijd landschappen, er was zelden een menselijke aanwezigheid in de gebieden die hij al vliegend doorkruiste. Soms dook hij wat lager om een kijkje te nemen, soms wiekte hij een beetje met zijn armen om juist heel hoog te stijgen, in de ijle lucht, daar waar de rust heerste, daar waar het volkomen stil was.

De vliegdromen waren, net als alle andere, iets uit een ver verleden. Masson was er zeker van dat hij nu niet eens meer zou kunnen opstijgen. Alleen al de gedachte dat hij zijn armen op en neer moest bewegen, bezwaarde hem, maakte hem moe.

Hij kroop langzaam overeind, zwaaide zijn benen over de rand, stond op.

Hij liep naar de voorkamer en keek rond.

Een salonnetje, een schrijftafel, een wat versleten tapijt op de vloer.

Hoe had Pietro het ook alweer geformuleerd? In de slaapkamer gaat het nog, maar de voorkamer is echt niet oké.

Ik heb je niet meer horen ijsberen.

Van mij mag het, hoor.

Maar alles bleef rustig.

'Weet je wat het is?' bromde Masson tegen de muren. 'We zijn allebei niet meer van deze tijd.'

Toen legde hij de grijze stenen die hij op de oever had gevonden naast zich op de tafel, en begon zijn ontslagbrief te schrijven.

14

Om 11.00 uur zat Liese klaar in de teamkamer.

'Buongiorno commissario,' zei een mannenstem. 'Sono ispettore Gatti.'

De verbinding met het Ospedale di Santa Maria Nuova in het centrum van Firenze was beter dan de vorige dag.

Frederico Gatti was een jonge, graatmagere inspecteur die een beetje onbeholpen naar de camera zwaaide en daarna uit het beeld stapte.

Valentina Rocca zat rechtop in haar bed.

Ze leek kleiner geworden, wat natuurlijk niet kon. Haar hoofd leek smaller en brozer tegen het grote, vierkante kussen achter haar.

'Goedemorgen,' begon Liese.

'Het is onmogelijk,' zei Valentina. Ze zag bleek, maar er lag vuur in haar ogen. 'Het is niet waar, ik begrijp niet hoe jullie zoiets ook maar kunnen denken!'

Liese snapte het niet. Het duurde even voordat ze van Valentina begreep dat de jonge inspecteur haar die ochtend verteld had waarom de Belgische politie zoveel belangstelde in Werner Thielens.

'Ik zal het je vertellen, als je wilt,' zei Liese.

Ze legde uit wat er destijds in de moerasbossen gebeurd was. Hoe ze nooit de dader hadden gevonden en hoe onlangs, zoveel jaren later, opeens een koffertje was opgedoken dat aan een van de vermoorde meisjes had toebehoord.

'In het koffertje hebben we vingerafdrukken van Werner gevonden,' legde Liese uit. 'Wat er toen ook gebeurd is, het zijn echt wel zijn vingerafdrukken, Valentina.'

'Hij heeft me iets gezegd over dat koffertje, maar ik wist niet dat het...' Ze wilde van alles tegelijk zeggen en struikelde over haar woorden. 'Hij wist dat ook niet, hij wist echt niet van wie het was, je hebt het helemaal mis!'

Ze kreeg een hoestbui. Het deed erg veel pijn, aan haar vertrokken gezicht te zien, en Liese hoopte vurig dat de verpleegster het niet gehoord had.

De jonge inspecteur had precies dezelfde reflex als Molinari en liet haar een slokje water drinken.

'Het is oké,' fluisterde ze. Haar hoofd verdween nog wat meer in het kussen.

'Vertel eens,' vroeg Liese, 'wat weet je over dat koffertje?'

'Werner heeft het in de schuur bij zijn vader gevonden. Zijn vader is pas gestorven, dat wist je waarschijnlijk al?'

Liese knikte.

'Het huis zou verkocht worden, maar eerst moest de inboedel weg. Werner was de enige die zich daarmee bezighield, hij heeft nog een zus, maar die wilde er blijkbaar niets mee te maken hebben.'

Liese herinnerde zich dat Werners zus aan de kust woon-de en zelf gezegd had dat ze al lang vervreemd was van haar familie.

'Hij zei me dat hij bij het leeghalen van de schuur een vreemd koffertje gevonden had.' Ze klonk opeens erg moe.

'Had hij in het koffertje gekeken?'

'Ja.'

'En zei hij wat erin zat?'

Ze schudde heftig nee.

'Maar hij tobde erover, dat zag ik, Werner was een open boek voor mij. Maar wat er ook in zat, het was allemaal nieuw voor hem, dat zweer ik je, ik ken hem toch!'

'Wanneer vertelde hij je dat?'

'Op zaterdag,' zei ze hijgend. 'De dag voordat hij... de dag voor zijn dood. Hier, aan mijn bed. Dat was de laatste keer dat ik hem gezien heb.'

'Wat vertelde hij over die koffer, Valentina?'

Ze schudde langzaam haar hoofd, ze probeerde na te denken.

'Dat hij een vriend had gebeld, maar dat die het ook niet wist, en dat die vriend het naar de politie zou brengen.'

'Weet je hoe die vriend heette?'

'Nee.'

Liese zuchtte.

Toen ze zag dat Valentina haar aankeek, glimlachte ze.

'Dank je voor het gesprek, echt waar.'

'You're welcome,' fluisterde de vrouw.

Ze dacht aan nog iets.

'Nog één vraagje, Valentina. Je zei dat Werner op zaterdag bij jou was, niet?'

'Ja, in de namiddag. Hij was die ochtend heel vroeg uit Zwitserland vertrokken.'

'Waar ging hij naartoe? Na het bezoek bij jou, bedoel ik?'

'Hij zou doorrijden naar Bolsena.'

Ze huilde.

'Hij zou een foto van de zonsondergang nemen en de volgende dag meebrengen voor mij. Een zonsondergang op het meer, daar keken we altijd naar uit, dat was zo mooi,' snikte ze.

Liese knikte alleen maar, liet haar uithuilen.

Even later namen ze afscheid.

Ze wisten beiden dat ze elkaar nooit meer zouden spreken.

'Werner was a good man,' snikte Valentina met betraand gezicht.

Voor Liese kon reageren, had de vrouw iets in de richting van de inspecteur gemompeld en bevroor het scherm.

Een halfuur later liep Liese te ijsberen in de teamkamer.

Noureddine en Laurent zaten achter hun desk, Torfs hing half op het bureau van Masson.

'Dus,' zei ze, 'wat denken jullie?'

Ze had net een samenvatting gegeven van haar gesprek met Valentina Rocca.

'Ik denk dat je gelijk hebt,' zei Naybet. 'Ik denk ook dat Thielens vermoord is.' Torfs wilde reageren, maar Naybet voegde er nog snel aan toe: 'En ik denk zelfs dat hij met de dood van die meisjes niets te maken had.'

'Ik wil bij afwezigheid van Masson toch even voor stoorzender spelen, hoor,' bromde Torfs. 'We mogen hier beweren wat we willen, zolang we geen bewijzen vinden, staan we nog altijd nergens.'

'Thielens heeft zich niet van kant gemaakt in de catacomben,' zei Liese. 'Die plek, dat was Valentina's levenswerk. En Valentina was zijn grote liefde. Hij zou zich daar nooit van het leven beroven, dat houdt geen steek. Thielens werd vermoord, ik heb het al eerder gezegd.'

'Iemand wist van die catacomben,' zei Laurent. 'En die iemand heeft gebruikgemaakt van die kennis. Hij of zij heeft Thielens vermoord en een zelfmoord geënsceneerd. De vraag is: waarom?'

'Omdat de moordenaar van Thielens ook de moordenaar van de meisjes is, dat is de enige logische verklaring,' stelde Liese.

'Wacht eens even,' zei Torfs. 'Voor we te hard van stapel lopen, laten we even de dingen op een rijtje zetten. Volgens die Valentina vindt Werner Thielens dat koffertje in de schuur bij zijn vader. Dat zet hem dan toch meteen op de voorste rij?'

'Niet noodzakelijk.' Liese dacht hardop na. 'De leiding van de scoutsgroep kwam daar vroeger samen, toch? Ze vergaderden er, ze gaven er feestjes. Elk van hen kende die schuur dus goed.'

Laurent sprong op, liep naar de casewand en begon notities te maken. Torfs keek verbaasd naar Liese, maar ze reageerde niet en hij liet het zo.

'Thielens vindt het koffertje en maakt het open,' zei de inspecteur. 'Zou ik ook doen, zeker als je je van geen kwaad bewust bent. Hij moet tenslotte alles opruimen in het huis van zijn vader, toch?'

'Dat hebben we begrepen, hoor,' zuchtte Torfs.

'Hij ziet wat hij ziet. Hij snapt het niet goed, maar hij bespeurt toch onraad, want Valentina zei dat hij erover tobde.'

'Natuurlijk tobde hij erover,' antwoordde Liese. 'Er zaten meisjesslipjes in, logisch dat hij dat raar vond.'

'Oké.' Laurent stak de stift die hij vasthield omhoog om hun aandacht te vragen. 'Hij belt een vriend. Die vriend komt langs, bekijkt het koffertje of bekijkt het niet, maar zegt in ieder geval: "Trek het je niet aan, vertrek maar, ik zal dit ding wel naar de politie brengen." Alleen doet die vriend dat niet. In plaats daarvan gooit hij het koffertje in de Schelde, en wel zo dat het makkelijk gevonden wordt.'

Noureddine knikte. 'Dus in plaats van het naar de politie te brengen en zichzelf verdacht te maken, gooit hij het langs de kant in de Schelde. Ja, gesteld dat de premisse klopt, zou dat logisch zijn.'

'En wat dan?' vroeg Torfs. 'Dan reist hij Thielens achterna en vermoordt hem in Italië?'

Laurent knikte. 'Als hij de dader is, kon hij eigenlijk niet anders. Thielens wist van het koffertje, hij zou bij terugkeer vragen gaan stellen, "Waarom weet de politie nog van niks?" enzovoort. Thielens was de enige die zonder dat hij het besefte de identiteit van onze moordenaar kende. En dus moest hij eraan.'

'Als hij een vriend was, dan wist hij van Thielens' geheime reisjes,' zei Liese. 'Dat heeft Valentina gisteren ook toegegeven. Dus: wie wist daarvan?'

'Minstens twee personen,' antwoordde Laurent. 'Sander Snoeks en Mark Ghekiere.'

'Wacht nog even,' zei Noureddine. 'Laten we ervan uitgaan dat Thielens inderdaad een vriend belt uit de tijd dat ze in die schuur samenkwamen. Waarom belt hij niet meteen de politie? Waarom belt hij niet meteen Jan Verbeke?'

'Misschien wilde hij eerst wat uitleg van een van de vrienden,' zei Torfs.

Hij keek rond en zag de ironische blik van Liese.

'Ja,' grijnsde hij, 'ik ben mee. Ik denk dat je wel eens gelijk kunt hebben.'

'Beter laat dan nooit,' zei ze met uitgestreken gezicht. 'Waarom zei je dat?'

'Ik denk dat de man die hij belde, de man was die hij ervan verdacht dat ding daar lang geleden te hebben verstopt. Vergeet niet: er stond een naam in en het was niet Kim of Kim Manderfeld, maar Marjolijn IJsbrandij. Thielens heeft die naam nog nooit gehoord, hij hoeft helemaal niet aan iets vies of iets gruwelijks te denken als hij de inhoud van het koffertje ziet. Daarom belt hij natuurlijk Jan Verbeke niet, dat is de politie, dat kan nog altijd, later. Hij belt een van de andere vrienden van vroeger, misschien de rokkenjager van toen, de donjuan die voortdurend vriendinnetjes had. Thielens wil in de eerste plaats uitleg, tenslotte heeft hij dat ding op zijn terrein gevonden, in de schuur van zijn vader.'

'Hij belt die persoon,' zei Naybet ernstig. 'Hij belt die man en hij vraagt: "Wat is dat hier, weet jij hier soms iets van?" Wat de ander antwoordt, weten we niet, wel dat hij belooft ermee naar de politie te gaan. Wat hij vervolgens niet doet. In plaats daarvan zorgt hij ervoor dat Thielens hem nooit zal kunnen verraden door hem in Bolsena van kant te maken.'

'Dan blijven er inderdaad maar twee namen over,' zei Laurent. 'De twee mannen die weet hadden van de geheime reisjes. De twee die samen met hem jaar na jaar naar het klooster reisden. Sander Snoeks en Mark Ghekiere.'

'Sander is homo,' zei Liese. 'Het kan altijd, maar ik vind het hoogst twijfelachtig dat hij twee meisjes verkracht en vermoord zou hebben. Er blijft er dus maar één over, en dat is onze blonde cafébaas.'

De hoofdcommissaris dacht even na. Hij maakte zich los van Massons desk en zuchtte. 'En weet je wat nu verdomme het ergste is? Dat het nog altijd speculaties zijn, zonder een spat van een bewijs. Tot nader order hebben we de vingerafdrukken van Werner Thielens in de koffer van het meisje. Al de rest zijn vermoedens. En daar hebben Carlens en het parket lak aan, aan vermoedens.'

'We kunnen de telefoongegevens opvragen,' zei Liese.

'Eh...' Laurent aarzelde. 'Dat heb ik toch al lang gedaan? Thielens belde zo goed als nooit.'

'Die gegevens bedoel ik ook niet. Hoewel het geen kwaad kan om nog eens te checken of hij in de dagen voor zijn dood met een van beide heerschappen heeft gebeld, natuurlijk.'

'Wat bedoel je dan?'

'Thielens had de helft van de tijd zijn gsm niet eens bij zich, weten we van zijn vrouw, hij haatte telefoneren. Maar hij was aan het werk in zijn vaders huis. Als hij iemand wilde bereiken, dan kan het toch dat hij van daaruit heeft gebeld? Via de vaste lijn van zijn vader, bedoel ik?' Ze keek naar Naybet. 'Weten we of dat nummer nog actief is?'

Naybet raadpleegde zijn database, tikte een nummer in op zijn telefoon en luisterde.

'Hij gaat gewoon over. Nog steeds actief dus.'

'Vraag de listing op,' zei Liese. 'Volgens de gegevens van hotel Beausoleil is Thielens op vrijdag aangekomen. Op zaterdagmiddag is hij bij Valentina in het ziekenhuis in Firenze, in de late namiddag arriveert hij in Bolsena. Diezelfde avond of nacht wordt hij vermoord.' Ze tikte met haar vlakke hand op haar bureau. 'Als hij inderdaad met een van beiden gebeld heeft, dan weten we dat morgen. En dan kennen we zo goed als zeker onze moordenaar.'

'Goed,' zei Torfs. Hij liep naar de deur, draaide zich nog even om en zei: 'Ik zal Carlens een belletje geven. We kunnen dat onderzoek nu natuurlijk niet afsluiten, dat spreekt voor zich. Ze zal blij zijn.'

'Dank je,' zei Liese.

'Interessant,' mompelde hoofdinspecteur Naybet een tijdje later. Hij zat achter zijn scherm en wenkte zijn collega's.

Toen Liese en Laurent naast hem stonden, zei hij: 'Ik ben gewoon eens even op de site van zijn kroeg gaan kijken. Mooi gemaakt overigens, maar dat terzijde. Kijk hier eens.'

Hij wees naar de rechterkant van het scherm.

'Ja,' zei Laurent, 'hij houdt een blog bij op zijn site, so what?'

Noureddine scrolde terug.

'Lees eens wat hij op 1 juli heeft geschreven.'

'Terug open en met volle goesting!' was de kop van het korte stukje. 'Vaste klanten weten het al lang: De Roze Flamingo slaapt in de laatste week van juni. Jongens toch, een weekje vakantie, het kan toch zo'n deugd doen. Maar nu zijn we klaar en uitgerust voor de twee drukke maanden van de zomervakantie, dus beste klanten... altijd welkom!'

Naybet scrolde nog verder terug.

'En hier, op donderdag 22 juni.'

'Denk eraan: vanaf morgen 23 juni tot en met vrijdag 30 juni is De Roze Flamingo gesloten! Een weekje vakantie en daarna met frisse moed er weer tegenaan. Tot dan!'

'Voor de Nobelprijs Literatuur komt hij waarschijnlijk niet in aanmerking,' zei Laurent. Voor iemand kon reageren, ging hij verder: 'Maar dat wil natuurlijk zeggen dat onze vriend alvast geen alibi heeft. Gaan we er nog steeds van uit dat Thielens vermoord is?'

Liese rolde met haar ogen.

'In dat geval,' zei hij, 'had hij meer dan tijd genoeg om naar Italië te rijden en Thielens op zaterdagavond de polsen door te snijden. Hij kent Bolsena als zijn broekzak, hij kent de kerk en aangezien hij Valentina kent, weet hij ook alles over de catacomben.'

'Ik geloof er niks van,' zei Jan Verbeke. 'Sander of Mark? Ga weg.' Liese en Laurent waren naar het politiebureau in Bornem gereden om Verbekes mening te horen.

'Hij heeft een vriend gebeld, dat vertelde Valentina.' Ze keek hem aan. 'Je weet wie Valentina is?'

'Ja, ik denk het wel, zijn vriendin in Italië, niet?' Hij keek ongelovig. 'Was hij daar nog steeds mee samen, na al die jaren?'

Liese knikte.

'We gaan ervan uit dat de vriend die hij belde hoogstwaarschijnlijk Mark Ghekiere is,' zei ze.

'En waarom denk je dat?'

Ze wilde ook niet alles kwijt, collega of geen collega.

'Zomaar. Als onze analyse klopt, dan is hij hem naar Italië gevolgd en heeft hij hem daar vermoord.'

'Maar waarom dan? Die jongen is geen moordenaar, geloof me.'

'Die "jongen" is ondertussen een vijftiger,' zei Laurent.

'Laurent...' zuchtte Liese.

'Just saying.'

Verbeke schudde het hoofd.

'Als Thielens Mark Ghekiere heeft gebeld, dan moet je toch gewoon zijn telefoongegevens opvragen? Dan weet je het toch meteen?'

'Dat hebben we ondertussen gedaan,' antwoordde Liese. 'Normaal hebben we morgen de info.'

'Het kan gewoon niet,' zuchtte hun collega. 'Ik geloof het gewoon niet.'

'Maar dat,' zei Liese, 'zijn helaas twee verschillende dingen.'

Ondanks de beschonken nacht was Masson tegen 09.00 uur-zonder kater wakker geworden, iets wat hij dankbaar op het conto van de plaatselijke wijn schreef. Het eerste uur van zijn dag verliep bijna identiek als dat van de vorige dag. Pietro serveerde hem koffie, brood en kaas alsof Masson door zijn nachtelijke ervaring met het bovenna-tuurlijke zo niet tot het meubilair, dan toch tot de inner circle van het klooster behoorde en daardoor automatisch recht had op spijs en drank.

'Ik zou graag een houtoven bouwen,' zei Pietro nadat hij had afgeruimd, 'maar alleen is dat zo saai. Zin om me te helpen?'

'Vanzelfsprekend,' zei Masson.

Ze werkten stug door, met nauwelijks enkele onderbre-kingen: een tweetal korte om hun dorst te lessen met een glas witte wijn en een langere om in de schaduw van een boom iets te eten.

Het liep tegen 15.00 uur toen Massons telefoon rinkelde.

'Je moet me helpen,' zei Liese.

'Ik help hier al, we zijn een houtoven aan het bouwen. Het schiet aardig op, moet ik zeggen.'

'Je moet me echt helpen, Michel.'

Ze vertelde hem het verhaal over het koffertje in de schuur.

'Thielens heeft die meisjes niet vermoord, daar ben ik zeker van. Maar er is nogal wat druk om het onderzoek af te sluiten en...'

'Ik ben met vakantie, Liese.'

Het werd haar te veel.

'Het kan me niet schelen dat je met vakantie bent!' schreeuwde ze. 'Het kan me geen lor schelen en weet je waar-om? Omdat ik je net iets gevraagd heb! Ik, Liese, ik vraag je om mij te helpen en dat heeft niks met jouw klotevakantie te maken!'

Ze zweeg. Haalde diep adem.

'Vertel eens,' zei hij.

'Thielens was in die tijd bijna iedere zomer in Italië, ten-minste, daar gaan we van uit, want we weten alleen dat hij in de periode van de moord vakantie had genomen. Kim Manderfeld is vermoord op maandag 16 augustus 1993. Als...'

'Ik weet wat je zou willen, maar hoe kun je daar nog achter komen, na 24 jaar? Het is niet zo dat het klooster hier een log-boek of zo bijhoudt, hé Liese. Hoe kun je nu in hemelsnaam nog uitvissen of hij hier een kwarteeuw geleden precies op die dag was? En het niet alleen uitvissen, maar het ook nog bewijzen.'

'Jij kunt dat, Michel,' zei ze zacht. 'Echt waar. Jij kunt dat.'

Het was zo'n vreemde en onverwachte opmerking dat Masson zich pas enkele tellen later realiseerde dat ze al had opgehangen.

'Wat voor een jongen was die Werner nu eigenlijk?' vroeg Masson een uur later.

Ze hadden de houtoven in aanbouw gelaten voor wat hij was en liepen op hun dooie gemakje door de wijngaard. Het was de bedoeling geweest dat ze de ranken zouden inspecteren en waar nodig wat onderhoud zouden doen, maar geen van beiden had blijkbaar zin om nog veel activiteiten te ontplooien.

'Een goeie kerel gewoon. Toen hij hier voor het eerst kwam, was het nog een tengere knaap, maar eenmaal voorbij de twin-tig werd hij een van de hardste werkers. Stond altijd klaar om te helpen, echt wat je van een vrijwilliger zou hopen.'

'Maar geen feestvarken? Niet dat hij 's avonds altijd naar zijn plaatselijke stamkroeg ging of zo?'

'Weet je,' zei Pietro, 'ik denk dat het tijd is voor een glaasje wijn, wat jij?'

Een kwartier later liepen ze weer tussen de ranken.

Masson probeerde zich de inhoud te herinneren van een van de rapporten die hij in de teamkamer gelezen had. Het rapport van Liese over haar trip naar Bolsena. Ze had met Pietro's vader gesproken, hoe heette hij ook weer?

'Hoe heet je vader ook alweer?'

'Dat heb ik je nog niet verteld.'

Pauze.

'Klopt toch, hé?' vroeg Pietro. 'Niet de flik spelen met mij, hoor, daar word ik zenuwachtig van.'

Masson knikte.

Liese had met Pietro's vader gesproken over Thielens, dacht Masson. Over wat hij zich van de jongen van toen nog herinnerde. Opeens kwam het allemaal terug.

Hij wilde altijd alles weten van de bloemen en planten uit de streek, had Pietro's vader verteld. Hij zat vaak 's avonds onder de pergola met een naslagwerk uit de bibliotheek.

'Hij werkte hard,' zei Masson terwijl hij een flinke tros druiven inspecteerde, 'maar hij zat ook graag met zijn neus in de boeken, toch?'

'Je kent hem dus,' zei Pietro. 'Dan hoef ik je niks meer te vertellen, als je hem al kent.'

Opnieuw een stilte.

Dit is precies mijn tempo, dacht Masson. De meeste mensen zouden de man al twee keer gewurgd hebben, maar voor mij gaat dit precies snel genoeg. Het antwoord zal wel komen, als je niet aandringt.

Dat was ook zo.

'Hij zat inderdaad heel vaak te lezen.' Pietro knipte een rotte tros piepkleine druiven los en gooide die achteloos op de grond. 'En geen romannetjes, hoor, boeken over planten en bloemen en zo, planten van hier in de streek.'

'Ah. Bracht hij die boeken dan mee? Dat moet ook nogal een gesleur geweest zijn.'

'Nee, meneer de wijsneus, ik denk niet dat hij die boeken meebracht vanuit België. Zijn Italiaans was behoorlijk goed, ik denk dat hij ze hier uit de bibliotheek haalde.'

'Is die nog open, nu? De bibliotheek?'

'Een fris wijntje, dat zou me wel smaken, denk ik,' zei Pietro.

Bij de dienst voor toerisme aan de Piazza Matteotti leerde Masson dat de bibliotheek al jaren geleden verhuisd was van het centrum naar de rand van de stad. Toen hij bij het moderne, bescheiden gebouw arriveerde, was het bijna 17.00 uur.

'We gaan sluiten, het spijt me,' zei een oudere vrouw achter de balie. Haar haren waren hoog en kegelvormig opgestoken in een stijl die volgens Masson heel populair was in de jaren 50. Het suikerspinkapsel, zo heette het. Hij moest onwillekeurig glimlachen.

'Scusi,' zei hij. 'Spreekt u Engels?'

Ze knikte.

Masson legde kort uit wat hij zocht.

'Laat me even zien of ik u goed begrepen heb,' zei de dame ongelovig. 'U wilt weten wie in 1993 een boek heeft geleend?'

'Op maandag 16 augustus,' zei Masson. 'En niet wie, maar óf. Ik wil weten of iemand die dag of in de dagen daarvoor of daarna een bepaald soort boek heeft geleend.'

'Maakt u een grap, is het dat?' vroeg ze geïrriteerd. 'Het is vrijdagavond en net voor sluitingstijd komt u even een grap uithalen met mij?'

Masson haalde de schouders op.

'Ik maak echt geen grap, mevrouw,' zei hij in zijn trage Engels. 'Ik ben op zoek naar iets. Ik weet dat de kans heel klein is dat ik het ook zal vinden, maar ik heb min of meer beloofd het te proberen, dus...'

De vrouw bestudeerde Massons gezicht en iets wat ze erin las, gaf haar enig vertrouwen, want haar eigen blik werd zachter.

'Zelfs als ik u zou willen helpen, dan is het nog onmogelijk. U kunt nooit meer terugvinden wie toen iets heeft geleend, want alles is gedigitaliseerd en we hebben geen gegevens meer van voor die tijd. Toen we naar dit gebouw verhuisden, zijn alle uitleenfiches afgeschaft. We werken sindsdien met de computer.'

Alsof ze haar woorden wilde onderstrepen, schakelde ze haar terminal uit en ruimde haar bureau op.

'Is dat al lang?' vroeg hij. 'Dat u bent overgeschakeld, bedoel ik?'

'O ja.' De vrouw schoof haar stoel achteruit en stond op. 'In 2001 of 2002, zoiets. Was dat alles?'

'En de bibliotheekfiches zijn vernietigd?'

'Meer dan waarschijnlijk.'

'Ze liggen hier niet in een kelder of zo?'

De vrouw glimlachte flauwtjes.

'Ik weet dat ze hier enkele jaren gelegen hebben, inderdaad. Maar nu zeker niet meer.' Ze keek op haar horloge. 'Misschien moet u maar eens met de oude Pedretti praten, die weet er alles van. Of hij u iets wil vertellen, is een andere zaak, het is niet de gemakkelijkste mens op aarde.'

'En hij...'

'Hij was de bibliothecaris tot aan zijn pensioen, dat moet in 2002 geweest zijn. Hij wás de bibliotheek gewoon, hij wist alles.'

Masson knikte.

'Dank u wel,' zei hij.

'Hij heeft net zijn tachtigste verjaardag gevierd, de oude brompot.'

'U kent hem zo te horen goed.'

'Niet echt,' zei de vrouw, 'maar iedereen in Bolsena kent hem natuurlijk. Als je hier naar school bent geweest, dan moest je regelmatig langs de bib, dus...'

'Waar woont meneer Pedretti?'

'Gasparo? Aan de Corso Cavour, maar daar komt u van uw leven niet binnen.' Ze liep Masson voor naar de glazen deur, opende ze voor hem en zei: 'Probeer vanaf 21.00 uur de Bar Centrale maar. Daar zit hij iedere avond en daar zal hij wel doodgaan ook.'

Het was een heel gewone bar.

Het gebouw was oud en had enige grandeur, maar de verbouwing tot café was zelfs voor onkundigen als Masson zichtbaar rommelig en goedkoop gebeurd, alsof het niet zoveel uitmaakte zolang ze tafels, stoelen en een voorraad drank in huis hadden.

Er stond een kleine, tonvormige kerel achter de tapkast. Hij bekeek Masson met een blik waarin niet al te veel interesse lag.

'Gasparo Pedretti?'

Een verveeld knikje naar rechts.

Naast het centrale gedeelte was er een overdekte uitbouw die uitkeek op een pleintje. Het was 22.00 uur, er waren vijf tafels bezet en aan een ervan, in de hoek onder een lantaarn, zat een grote, oude man. Hij las een boek terwijl hij bedachtzaam vuur trok in een zelfgedraaide sigaret.

De tafel naast hem was vrij. Masson ging zitten, bestelde een glas wijn en bestudeerde zijn buurman zo onopvallend mogelijk.

Hij had geleefd, zoveel was duidelijk. De groeven en ravijnen in zijn gezicht waren indrukwekkend, de zakken onder zijn ogen hingen bijna tot op zijn wangen. Hij had aan beide zijden van zijn hoofd nog een eenzaam bosje spierwit haar staan. Zijn ogen waren waterig en bloeddoorlopen.

L'éducation sentimentale, Gustave Flaubert, las Masson.

Zijn Frans was ietsje beter dan zijn toch wat stijve en schoolse Engels.

'Bonsoir,' zei Masson.

Hij stelde zich voor.

'Ik was vandaag in de bibliotheek. Ze zeiden dat ik u hier zou kunnen vinden.'

De waterige ogen stonden nu op onweer.

'En wat heb ik daarmee te maken?'

Een roestig maar mooi Frans.

'Ik heb Flaubert nooit graag gelezen,' zei Masson. 'U wel?'

'Dat gaat u geen donder aan. Tenzij u mij een glas offreert.'

Masson riep de waard en bestelde.

Ze zaten een kwartier naast elkaar zonder een woord te zeggen. De oude man had zijn neus in zijn boek en kwam alleen kijken om een slok te nemen of even aan zijn vochtige, platgesabbelde sigaret te lurken. Masson keek naar de bedrijvigheid op het pleintje.

'En wat leest u dan wel graag,' snauwde Pedretti opeens. 'Stripverhalen?'

'Dat gaat u geen donder aan,' zei Masson. 'Tenzij u mij een glas offreert.'

Het duurde tot middernacht voordat Masson zijn vraag stelde en dan nog deed hij het langs zijn neus weg, alsof het hem niet veel kon schelen wat het antwoord van de oude man zou zijn.

'De dame in de bibliotheek weet niet wat er met de oude fiches gebeurd is. Het is ook al lang geleden natuurlijk.'

Beide mannen hadden ondertussen het ene rondje na het andere laten aanrukken en ondanks zijn leeftijd kon Pedretti er flink weg mee. Zijn humeur bleef wel onder nul, maar Masson had allang door dat de oude man op een vreemde manier genoot van hun verbale steekspel.

'Zijn het allemaal zulke bemoeiallen daar in België? Dan ben ik blij dat ik hier woon,' blafte Pedretti.

'Voor mijn part heb je ze opgegeten,' zei Masson. 'Of heb je ze in de fik gestoken, wat kan het mij schelen.'

Pedretti maakte een verachtelijk gebaar met zijn hand en dook opnieuw in zijn boek.

'Een whisky, graag,' zei Masson een tijdje later tegen de ober. 'Hebt u een single malt?'

'Glenfiddich.'

'Doe maar.' Hij richtte zich tot Pedretti. 'U ook een?'

'Van mijn leven niet,' snoof de man. 'Wie drinkt er nu Glenfiddich?'

'Ik ben zelf meer een Talisker-man,' zei Masson.

'Dat kan me geen donder schelen.'

Pedretti nam de laatste slok van zijn glas en zei: 'Ze wilden ze vernietigen toen die verdomde computers werden geïnstalleerd. Mooi niet. Dat was mijn levenswerk, ik had het systeem persoonlijk ontworpen.'

Masson had enkele tellen nodig om te beseffen dat Gasparo Pedretti het over de bibliotheekfiches had.

Hij nam een slok van zijn glas en sloot genietend zijn ogen.

'En waar zijn ze dan nu?'

'Bij mij thuis op zolder, of in het schuurtje achter of misschien heb ik ze gisteren in de fik gestoken, dat kan ook. Waarom, zijn dat jouw zaken soms?'

'Toch wel oké, zo'n Glenfiddich,' zei Masson. 'Dat was lang geleden.'

Het was ondertussen 00.30 uur en ze waren nog de enigen in de uitbouw van het café. De waard had ostentatief de stoelen op de lege tafels gezet.

Pedretti kwam moeizaam overeind en wankelde.

'Kom, bemoeial, ik offreer je een laatste glas bij mij thuis. Dan leer je eindelijk eens wat een goede whisky is.'

De Corso Cavour was de smalle, centrale straat in het middeleeuwse gedeelte van de stad en het huis van Pedretti lag ergens in het midden, tussen een restaurant en een makelaarszaak.

Binnen was het een enorme chaos. Het was er niet vuil, maar zowat iedere centimeter van de vloer, alle kasten, tafels en de meeste stoelen waren ingenomen door boeken, tijdschriften en mappen vol met krantenknipsels.

'Zoek zelf een vrije stoel, maar ga niet in mijn fauteuil zitten, want dan vlieg je stante pede de deur uit.'

De whisky kwam en bleek, tot Massons verbazing, een achttien jaar oude Oban te zijn.

Ze proefden zwijgend. Masson knikte alleen maar en aan Pedretti's gezicht te zien, was dat de juiste reactie.

'Dus waar zijn ze nu, die fiches?' vroeg hij een tijdje en twee whisky's later.

De oude man begon in het Italiaans te vloeken. Hij was opeens stomdronken, zag Masson.

'Als ik het je zeg, stop je dan met zeuren? In het schuurtje achter in de tuin. Stevig duwen, want de deur klemt een beetje.' Hij zwaaide Masson weg met een slap handje. 'En laat me nu met rust, verdomme nog aan toe.'

De schuur mat zo'n vijf bij vijf meter en tegen elk van de vier muren stonden hoge, oude keukenkasten die de hele wand innamen. Masson trok lukraak een deurtje open en staarde naar houten bakken vol met lichtgroene fiches. Hij liep naar een andere wand, trok opnieuw een kastdeur open. Bakken boven op bakken, vol met fiches.

Hij zuchtte.

Hij zocht eerst naar de logische volgorde in het systeem, maar tot zijn afgrijzen vond hij bakjes uit 1986 boven op een hele serie uit 1975. Dat bleek gelukkig niet overal zo te zijn. Pedretti had de uitleenfiches vrij chronologisch in de kasten geklasseerd en alleen bakjes door elkaar gemengd als hij ergens plaats tekortkwam. Maar het duurde toch een halfuur voordat hij bij augustus 1993 kwam, wat ook wel te maken kon hebben met het feit dat hij twee dagen na elkaar, zelfs naar zijn maatstaven, veel te veel gedronken had.

Op maandag 16 augustus van dat jaar waren er niet meer dan 28 boeken uitgeleend, zag hij.

Toen duurde het niet lang meer.

Om 02.30 uur staarde Masson naar een beduimelde, lichtgroene fiche waarop onder meer aangeduid stond dat het boek Le migliori piante medicinali van Antonio Cecarino die dag uitgeleend was aan ene W. Thielens.

Het handschrift was duidelijk leesbaar.

Gasparo Pedretti lag met een halfvol whiskyglas in zijn hand zachtjes te ronken in zijn fauteuil. Masson nam het glas voorzichtig weg, zette het op een van de overvolle tafels tussen de boeken en liep traag en lichtjes waggelend naar buiten.

De Corso Cavour was verlaten.

Masson liet zijn vermoeide hoofd achterover hangen en staarde naar een fantastische sterrenhemel. Hij dacht dat hij de Grote Beer boven zich zag, maar in deze toestand was hij nergens meer zeker van.

Hij zocht zijn telefoon.

Het duurde een eeuwigheid voor Liese opnam.

'Met mij,' zei Masson met een zucht.

'Wat scheelt er?' vroeg ze angstig.

'Thielens was op 16 augustus 1993 in Bolsena. Hij heeft die dag een boek geleend in de bibliotheek hier.'

'Maar…'

'Ik heb de uitleenfiche met zijn naam erop op zak.'

'Michel,' zei Liese, 'dat is…'

'Ik zal ze morgenochtend aan Molinari geven,' zei hij met een lichtjes dikke tong. 'Die stuurt ze jou dan wel door. Goeienacht.'

Toen was hij weg.

Liese kon niet meer inslapen. Ze woelde van de ene kant van het bed naar de andere, blij voor Matthias dat hij vannacht in zijn eigen flat sliep. Om 03.30 uur kroop ze dan eindelijk toch uit haar bed en strompelde naar beneden om koffie te zetten.

Hij heeft het toch maar voor elkaar gekregen.

Ze dronk haar koffie aan de keukentafel.

Boven de huizen van haar stad zag ze de dag heel schuchter beginnen: eerst groeide het licht, beetje bij beetje, vervolgens tekenden de contouren van de daken zich stilaan af.

Ze vreesde dat Masson nu niet zo snel zou terugkomen – als hij al terugkwam. Ze wist dat hij zich ongemakkelijk voelde bij het verhaal van Thielens en Valentina Rocca. Thielens had op een cruciaal moment in zijn leven niet voor de liefde, maar voor de status quo gekozen. Voor de lafheid, zoals Masson het omomwonden omschreef. Toen de zotte jaren eenmaal voorbij waren, was het zoveel gemakkelijker geweest om met iemand uit zijn omgeving te trouwen dan de moed op te brengen om in Italië een nieuw leven op te bouwen. Het vertoonde, wist Liese – en ze was er zeker van dat hij dat al veel sneller begrepen had – nogal onaangenaam veel gelijkenissen met het leven van Masson. Ook hij was ondanks zijn slimmigheid en zijn mensenkennis gewoon mee blijven dobberen op de stroom. Ook hij had op cruciale momenten te weinig moed gehad om een vuist te maken, om een beslissing te nemen, om voor de liefde van zijn leven te kiezen en bij Nelle te gaan wonen, in De Veluwe.

De hemel werd heel langzaam helder.

Ze schonk een nieuwe mok koffie in en dacht aan haar goede vriend.

Kon ze hem helpen?

Liet die zestigjarige melancholische intellectueel zich überhaupt door iemand helpen?

Ze vreesde van niet.

Ze nam kleine slokjes en staarde naar buiten. Er was een lage band van wolken aan de horizon, donkere wolken waarachter het heel langzaam lichter werd. Dan kwam er een gloed boven de wolken en nog later was er dan eindelijk kleur in de hemel en het was prachtig: een dunne streep boven de lage wolken, onderaan rood, dan oranje en bovenaan geel.

Liese stond op en slofte naar de badkamer.

15

'We hebben bewijs dat Werner Thielens niets te maken had met de moorden op Kim en Linda. Fysiek bewijs, in de vorm van een uitleenfiche uit de bibliotheek van Bolsena.'

'Waar is die fiche?' vroeg Laurent.

'Onderweg. Ik heb vanochtend commissaris Molinari aan de lijn gehad, ze hebben ondertussen al een scan en enkele hd-foto's doorgestuurd. Het origineel is onderweg met een koerierdienst.'

'Werken ze daar op zaterdag in Italië?'

'Molinari blijkbaar wel.'

'Wij ook,' zei Naybet. 'Je hoeft niet geschift te zijn om flik te worden, maar het helpt wel.'

Liese stond voor de casewand. Hoewel het weekend was, had ze gisteravond met haar team afgesproken dat ze vandaag een normale dienst zouden draaien. Noureddine noch Laurent had daar ook maar enig commentaar bij gegeven en dat vond ze een prettige gedachte.

Toevallig was Torfs vijf minuten eerder ook gearriveerd. Hij had een afspraak in de buurt en hij kwam even langslopen om zijn leesbrilletje op te halen.

'Full house hier, zie ik.'

'Blijf eventjes,' zei Liese. 'We hebben wat.'

Ze had Laurent en Noureddine vooraf al op de hoogte gebracht, maar voor de hoofdcommissaris was het nieuws.

'En dat alibi komt zomaar ineens uit de lucht vallen?' vroeg hij verwonderd.

'Michel is in Bolsena, hij heeft dat voor elkaar gekregen.'

Torfs probeerde zijn gezicht in de plooi te houden, maar hij kon zijn trots nauwelijks verbergen.

'Oké,' zei Liese, 'even samenvatten. Wat hebben we de laatste dagen ontdekt?'

Omstreeks 11.00 uur vloekte inspecteur Vandenbergh, iets wat hem niet zo gek vaak gebeurde.

'Yes, verdomme!'

Hij stond voor zijn bureau met een bundeltje documenten in zijn handen en zwaaide ermee. 'Hij hangt, mannen!'

Uit de telefoonlisting van het vaste nummer bij Thielens' vader bleek dat er op donderdag 22 juni, de dag dat Werner de schuur en het voormalig clublokaal aan het leegmaken was, maar één uitgaand telefoontje was geweest.

Het nummer behoorde toe aan Mark Ghekiere.

'Bingo,' riep Naybet.

'Het telefoontje gebeurde om 21.08 uur en duurde iets meer dan twee minuten,' las Laurent. 'De volgende ochtend voor dag en dauw is Thielens naar Zwitserland vertrokken.'

'Rijd er even langs en nodig hem vriendelijk uit voor een gesprek,' zei Liese.

Een halfuur later ging haar telefoon.

'Het café is nog dicht en dat is niet normaal,' zei Noureddine. 'Er stonden zelfs enkele vaste klanten voor de deur te drentelen toen we arriveerden. Er wordt niet opengedaan en hij neemt de telefoon niet op, zijn gsm noch de huistelefoon. De gordijnen boven zijn allemaal open.'

'Oké,' antwoordde Liese, 'schakel de lokale politie in en vraag hun dat ze zich melden zodra Ghekiere zich laat zien.'

'En nu?' vroeg Laurent.

'En nu niets. Denk eraan dat we alleen maar interpretaties van feiten hebben, hé. We hebben geen spat van een bewijs, zoals de chef dat zo graag formuleert. Hij kan dat hele weekend van de 24e gewoon geslapen hebben, who knows. We weten ook niet waarom Thielens hem gebeld heeft, dat kan voor iets heel onschuldigs zijn geweest.'

'Los van het feit dat we formeel gesproken niet eens een misdaad hebben,' mijmerde Laurent. 'De dood van Thielens in Bolsena is verdacht, maar staat wel geparkeerd als zelfdoding.'

'Masson is er niet, hoor, je kunt gewoon je eigenste zelve zijn. Je weet wel, positief en zo.'

Hij lachte. 'Ghekiere en Thielens spraken niet met elkaar, ze hadden elkaar in geen jaren meer gezien. En toch bellen ze. En liegt Ghekiere daarover.'

'Da's al beter.' Ze dacht na. 'Ik wil het nog even aanzien. Als hij echt niet opdaagt, ga ik wel met Carlens praten.'

Rond dezelfde tijd fietste een blije Milan Waes over het jaagpad in de buurt van het jachtpaviljoen. Hij was van nature al een vrolijke, onbezorgde twaalfjarige, maar vandaag was hij extra in zijn hum. Vanavond mocht hij naar een slaapfeestje van zijn neef en straks kwam zijn vriend Daan langs voor een gamesessie. Een fantastisch begin van het weekend, en wat nog veel mooier was: de zomervakantie was nog maar een goede week bezig, er lagen nog acht eindeloze weken voor hem zonder schoolboeken, huistaken en muffige leerkrachten.

De gedachte aan de lange zomer maakte hem zo opgewekt dat hij ergens voorbij was gefietst zonder goed te beseffen wat het nu precies was dat hij gezien had. Maar hij had iets vreemds gezien, wist hij, dat wel. Iets heel ongewoons. Er had iets groots aan de waterkant gelegen, daar was hij zeker van, en hij was er ook vrij zeker van dat hij schoenen had gezien, wat hij helemaal vreemd vond: schoenen aan de Schelde?

Milan stopte en maakte rechtsomkeert.

Gooide zijn fiets aan de kant en ging kijken.

Begon te gillen.

'Het is wel degelijk Ghekiere en hij is wel degelijk dood,' zei Naybet toen Liese uit haar auto stapte. 'Het lab is bezig met het sporenonderzoek, dus we kunnen niet dichterbij komen.'

De zone was afgespannen met politielint en Maite Coninckx en haar mensen hadden ruim gemeten, zag Liese. Minstens twintig meter aan elke kant was ontoegankelijk voor iedereen die niet tot de technische recherche behoorde.

'Hoe weet je dat hij het is?'

'Maite liep daarnet langs, ze heeft dit gebracht.'

Hij toonde haar een labelzakje met daarin een opengevouwen portefeuille. Aan één kant zaten betaalkaarten onder doorschijnend plastic en op de bovenste ervan was duidelijk de naam Mark Ghekiere zichtbaar.

'Hij is alvast niet beroofd,' zei Liese. 'Ga jij naar zijn woning, wil je, dan kun je het buurtonderzoek coördineren. En bel Laurent, vraag hem om al wat voorbereidend werk te doen op kantoor. O ja, we hebben ook een team van het lab nodig voor het sporenonderzoek in zijn huis. Maite zal niet blij zijn, op zaterdag.'

Ze stonden naast de volgestouwde Sprinter waarmee het lab naar een plaats delict kwam, en een van de technische speurders had haar opmerking gehoord. Hij grijnsde alleen maar. Hij sjouwde met een grote metalen koffer, die hij in de laadruimte van de bestelwagen gooide. Zijn beschermpakje knisperde toen hij zich bukte.

'Duurt het nog lang, daar?' vroeg Liese hem.

'Toch nog even.'

Noureddine veegde met zijn mouw over zijn voorhoofd. De zon scheen, het licht was fel, er was geen wolkje te bespeuren.

'Goh, wat een prachtige dag. Je zou eigenlijk niet dood mogen gaan op dagen als deze.'

De man van het lab fronste de wenkbrauwen.

'Poëtische bui, hoofdinspecteur?'

'Zoiets,' zei Naybet.

Ze moest wachten op het lab en ze moest wachten op dokter Fabian Steppe, en toen Liese eindelijk aan de Schelde stond en Ghekiere van dichterbij kon bekijken, bleek dat hij al van boven tot onder was ingetapet om eventuele sporen niet te contamineren. Maar zelfs door de tape heen zag ze de lange, blonde manen van de man.

'Ik zal maar niets vragen, zeker?' zei Liese.

Fabian glimlachte en schudde van nee.

'Hij kan gewoon verdronken zijn, hij kan in het water zijn gelegd toen hij al dood was, het is allemaal giswerk tot de autopsie.' Hij kwam overeind en drukte zijn handen tegen zijn onderrug. 'Maar wat dat laatste betreft, heb ik goed nieuws voor je.'

'Over de autopsie?'

'Hm. Over een uur of twee ligt hij al op de obductietafel.'

Dat was inderdaad een meevaller. Liese was ervan uitgegaan dat het op zijn vroegst maandagochtend zou worden.

'Hoe komt het?'

'Ik heb twee stagiairs die voldoende uren moeten draaien en er wordt de laatste weken uitzonderlijk weinig crimineel gestorven.'

'Kun je echt nog niks zeggen, Fabian?'

Hij hoorde de ontgoocheling in haar stem.

'Op het eerste gezicht geen verwondingen of kneuzingen of iets dergelijks, ook niet aan het hoofd. Zo te zien geen schotwond. We hebben een bloedstaal afgenomen voor een eerste analyse, daar heb ik straks misschien al een voorlopig resultaat van.' Hij glimlachte. 'Meer kan ik je op dit moment niet geven.'

'Tot straks,' zei ze.

In haar auto, op weg naar De Roze Flamingo, zat ze zo te tobben dat ze nauwelijks zag waar ze reed.

Ik heb iets over het hoofd gezien, dacht ze, maar wat?

Ze was er zeker van dat de moorden op Kim en Linda en de dood van Thielens en Ghekiere met elkaar verbonden waren, dat er een rode draad was.

Meer zelfs: ze was ervan overtuigd dat de ongrijpbare man die twee meisjes had verkracht en gewurgd en zich vervolgens al die jaren stil had gehouden, de hand had in de dood van Thielens en Ghekiere.

En alles draaide om dat koffertje dat op een dag uit de Schelde was gevist.

'Mark Ghekiere woonde boven zijn kroeg,' zei Noureddine. 'De collega's van Jan Verbeke doen op dit moment het buurtonderzoek. We hebben wel al een getuige, een buurvrouw, maar haar verhaal is mager. Ze heeft een auto zien stoppen, vanochtend vroeg, rond 06.00 uur, ze was net wakker en in de keuken. De auto parkeerde aan de zijkant van het café, waardoor ze niets meer heeft kunnen zien, wat ze volgens mij heel spijtig vond.'

'Maar ze heeft het merk en de nummerplaat natuurlijk gezien,' mompelde Liese.

'Yeah, right. Het was een donkere auto, volgens haar, en daar zullen we het voorlopig mee moeten doen. Ze heeft er geen aandacht meer aan besteed, ze heeft de auto dus ook niet zien wegrijden.'

Liese belde Laurent.

'Ghekiere had een medewerkster voor de avonddiensten in de kroeg,' zei ze. 'Ik denk dat ze Caro heet. Zoek je dat eens op?'

'Is al gebeurd. Caro Demesmaeker, ik heb het telefoonnummer en adres, ik sms het je door.'

De jonge vrouw was erg aangedaan door het nieuws. Liese moest herhaaldelijk pauzeren omdat ze begon te huilen.

'Wanneer heb je Mark voor het laatst gezien? Was dat gisteravond in het café?'

Ze knikte.

'We hebben de deur gesloten rond middernacht, misschien iets later, maar niet veel,' fluisterde ze.

'En alles was oké met hem, toen?'

Opnieuw een knikje.

Ze zaten in de kleine woonkamer van Caro's flat, vierhoog in de centrale winkelstraat van Bornem.

'Is er de laatste dagen iets gebeurd wat volgens jou een beetje vreemd was? Iemand die iets gezegd heeft wat je raar vond, een vreemd bezoekje, wat dan ook?'

'Nee, helemaal niet. Alles was zoals altijd, eigenlijk.'

'En vandaag had je Mark nog niet gehoord?' vroeg Liese.

'Nee. Ik werd in het café verwacht om 17.00 uur, zoals altijd, voor de avonddienst.' Ze snoot haar neus.

'Was Mark een vroege vogel?'

Caro snapte de vraag niet.

'Er is een auto gezien bij het huis, omstreeks 06.00 uur. Mark ging door zijn werk altijd laat slapen, dus ik ga ervan uit dat hij dan nog niet wakker was?'

'Waarschijnlijk juist wel,' antwoordde ze, 'want Mark had weinig slaap nodig, hij had genoeg aan vijf of zes uur. Hij was altijd vroeg wakker, dat weet ik zeker.'

'Caro,' begon Noureddine, 'herinner je je dat er iemand voor Mark heeft gebeld, twee weken geleden, op donderdagavond? Het was de laatste avond voor de week vakantie, misschien helpt dat om...'

'Dat was ik, dat was mijn schuld!' zei ze. Ze begon opnieuw te huilen.

Noureddine wachtte even, maar niet lang.

'Hoe bedoel je, dat was ik?'

Ze snikte, haalde diep adem. 'Ik heb die avond de telefoon een paar keer opgenomen, Mark vond dat meestal te veel moeite. Er heeft iemand naar hem gevraagd, toen, dat klopt, maar hij was net een nieuw vat aan het steken en toen hij klaar was,

was ik al een bestelling aan het noteren en ben ik stomweg vergeten het hem te zeggen. Het was zo druk, ik moest overal tegelijk zijn, het spijt me!'

'Vertel verder.'

'Het is zo stom... Na een paar minuten liep ik voorbij de telefoon en zag ik dat de hoorn er niet op lag en toen dacht ik aan die oproep, maar de verbinding was al lang verbroken.'

'En heb je iets tegen Mark gezegd?' vroeg Liese.

Ze knikte bevestigend.

'Ik zei dat er iemand voor hem gebeld had en hij haalde zijn schouders op en zei dat ze dan wel zouden terugbellen. Meer niet.'

'De persoon aan de lijn vroeg dus naar Mark.'

'Ja.'

'Was het een mannenstem?'

'Ja, dat was zo.'

'Iemand die je kende? Denk goed na,' zei Liese.

'Nee, ik denk echt niet dat ik hem kende.'

'Oud, jong, hees, hoog?'

'Ik weet het echt niet meer, sorry!' zei Caro snikkend. 'Ik verstond hem zelfs met moeite, de muziek stond nogal hard en er was veel volk, het was de laatste avond voor de jaarlijkse sluiting en dan is het altijd heel druk, sorry!'

'Waarom was het ook weer de laatste avond?' vroeg Noureddine. Hij wilde haar gewoon een gemakkelijke vraag stellen om haar wat rustiger te maken, en dat lukte.

'Dat was traditie. De hele zomer is het druk met wandelaars en fietsers en alle andere toeristen. Mark sloot een week daarvoor altijd om voor die twee zomermaanden de batterijen even op te laden.'

'Heb je hem in dat weekend gezien? Het weekend dat het café gesloten was?'

De jonge vrouw dacht na. Haar ogen waren roodomrand en ze had een loopneus. Om de haverklap veegde ze met haar zakdoek langs haar gezicht.

'Ja, ik heb hem gezien. Op zondagmiddag ben ik bij het café gestopt toen ik van bij mijn vriend kwam. Mark wilde de bergruimte aanpassen, nieuwe opbergrekken installeren voor het café, hij was die vrijdag al aan het timmerwerk begonnen. Ik ben even langsgelopen om te horen of hij geen hulp nodig had.'

'Om hoe laat was dat,' vroeg Liese, 'weet je dat nog?'

'Ik denk rond 15.00 uur, zoiets.'

Toen ze weer in de auto zaten, zei Liese: 'Het is vijftienhonderd kilometer van Bolsena tot Bornem. Als hij meteen na de moord vertrokken is en de hele nacht heeft doorgereden, kan het net, maar ik betwijfel het.'

Naybet knikte. 'Ja, ik ook. Ghekiere heeft Thielens niet vermoord.'

'Maar iemand ging ervan uit dat hij iets wist of iets gezien had,' zuchtte ze, 'en daarom moest hij dood.'

Haar telefoon ging. Het was Laurent.

'Onze Ghekiere heeft vijftien jaar geleden een klacht aan zijn broek gekregen. Hij zou een meisje van zestien jaar hebben lastiggevallen.'

'Wablief?'

'Waar zijn jullie?'

'Onderweg,' zei Liese. 'Over een kwartiertje bij jou.'

'De feiten zouden zich in zijn woning hebben voorgedaan, dus boven het café,' zei Laurent.

Ze zaten aan de vergadertafel in de teamkamer. De airco stond op maximum en Liese huiverde van de kou.

'Er is een pv opgemaakt, toen, ik had het al eerder moeten zien, sorry.'

'Vertel.'

'Op zaterdagavond 18 mei 2002 was er een verjaardags-feestje in het café voor de vriendin van Sanne Adams, dat is het meisje over wie het gaat. In de loop van de avond zou Ghekiere haar niet alleen betast hebben, maar ook geprobeerd hebben haar onder haar rok te grijpen. Er waren geen getuigen. De politie van Bornem heeft het pv opgemaakt, maar het meisje heeft later haar klacht weer ingetrokken. Er is geen verder gevolg aan gegeven.'

'Wat was de versie van Ghekiere?'

'Dat het meisje dronken en stoned was en dat ze op ei-gen initiatief naar boven was gegaan omdat ze een vrij toilet zocht. Toen hij haar betrapte, werd ze agressief. Ghekiere heeft geprobeerd haar naar buiten te werken en dat moest uitein-delijk manu militari, omdat ze volgens hem helemaal niet meewerkte. Eenmaal beneden heeft ze hem dan beschuldigd van ongewenste intimiteiten.'

Noureddine tokkelde op zijn toetsenbord.

'We hebben haar rijksregisternummer, dus we zouden snel iets moeten vinden,' zei hij.

Dat was ook zo. De foto op Noureddines scherm toonde een ernstig kijkende jonge vrouw met zwart sluikhaar.

Laurent scrolde al door Facebook.

'Wat is een CFO?' vroeg hij.

'Chief Financial Officer. De financiële baas van een bedrijf.'

'Ah. Wel, onze feestvierende meid van toen is vandaag de CFO van een bedrijf in Gent, Medical Software.'

'Heb je haar telefoonnummer, Noureddine?'

Sanne Adams weigerde niet alleen categorisch ieder commen-taar, ze maakte ook duidelijk dat ze het niet op prijs stelde op een zaterdag door de politie te worden opgebeld.

'Prettig weekend,' zei Liese en hing op.

Ze kruiste haar armen.

'Dat pv van toen,' zei ze, 'dat is opgemaakt door de politie van Bornem?'

'Yep.'

Ze greep opnieuw haar telefoon.

'Dag Liese,' zei Jan Verbeke. 'Ik weet nog niks méér, hoor, we hebben net het buurtonderzoek afgerond.'

Liese had hem op de luidspreker gezet.

'Ik bel je voor iets anders, Jan. Voor een pv van vijftien jaar geleden. Ghekiere die een meisje van zestien zou hebben bepoteld?'

Eerst een aarzeling, dan: 'Ja.'

'Wist jij daarvan?'

'Ik wist daarvan, inderdaad.'

'En je vond het niet nodig me dat te vertellen?' vroeg ze geïrriteerd.

Hij zuchtte.

'Misschien had ik je dat moeten zeggen, inderdaad, maar het maakte niet uit. Het had echt geen belang, toch niet voor jouw onderzoek.'

'Ik zou graag zelf beslissen of iets belang heeft voor mijn onderzoek of niet, collega.'

Hij zweeg. In de verte hoorden ze een politiesirene.

'Waarom had het volgens jou geen belang?' vroeg ze iets rustiger.

'Omdat hij dat niet gedaan had, daarom. Het was laster, het was gewoon roddel.' Verbeke haalde diep adem. 'Mark was geen moordenaar en Mark zat niet met zijn tengels aan meisjes, of ze nu veertien of zestien jaar oud waren.'

'Wat is er dan wel gebeurd?' vroeg ze.

'Dat meisje had op haar jonge leeftijd al een drugsverleden, we kenden haar al. Het was de tweede keer dat ze een man ervan beschuldigde haar te hebben aangerand, en ook die eerste keer was ze stomdronken en zo stoned als een garnaal. Ze was door Mark betrapt in zijn flat, ze zocht een excuus en ze zocht op een bijna ziekelijke manier aandacht, meer was het niet.'

'En nu is ze zakenvrouw,' zei Liese. 'Financiële baas van een groot bedrijf.'

'Zo zie je maar, nooit wanhopen,' zei Verbeke lachend.

'En toch had je het ons moeten zeggen, Jan.'

'Ik weet het,' gaf hij toe. 'Je hebt gelijk, het spijt me. Het was alleen... Ik wist wat er zou gebeuren als ik het bekendmaakte, zeker in een onderzoek naar de moorden op Kim en Linda, en Mark verdiende zoiets niet. Het waren echt allemaal leugens, Liese.'

'Oké,' zei ze, 'ik snap je punt. Laat je het weten als er iets interessants opduikt bij het buurtonderzoek?'

'Natuurlijk.'

De autopsie op Mark Ghekiere duurde anderhalf uur en Liese haatte er iedere minuut van.

Na afloop, terwijl Fabian en zijn assistenten druk in de weer waren met zeep en handdoeken, liep ze naar de toiletten, plensde water in haar gezicht en dronk een lange teug van de kraan.

Vervolgens liep ze naar Fabians kantoor om er op hem te wachten.

'Echt veel wijzer kan ik je nog niet maken, sorry,' zei Fabian. Hij hing achterover op zijn stoel, beide benen op zijn bureau. Hij ging snel door een document. 'De man had een fikse hoeveelheid benzodiazepine in zijn bloed, een slaapmiddel zeg maar. Hoeveel precies, moet het toxicologisch onderzoek nog uitwijzen, ik vertel je alleen maar wat we al weten na het eerste bloedonderzoek van daarstraks.'

Ze knikte.

'Geen enkele indicatie dat hij hardhandig is aangepakt, geen wurgstrepen, geen kneuzingen behalve een kleine bloeduitstorting op zijn voorhoofd, maar dat komt volgens mij doordat zijn hoofd een stuk steen in het water heeft geraakt. De doodsoorzaak is verdrinking, hij had veel water in de longen.'

'Heb je een idee van het tijdstip?'

'Vanochtend vroeg,' zei Fabian, 'ergens tussen 06.00 en 07.00 uur, zoiets.'

'En hij is wel degelijk verdronken?'

'Absoluut. Maar of hij er veel van gemerkt heeft, weet ik niet, dat moet de hoeveelheid benzodiazepine uitwijzen. Ik gok op zelfdoding, maar dat is jouw winkel natuurlijk.'

'Het rijmt niet,' zei Liese. 'Je neemt geen slaapmiddelen om daarna met je hoofd in de Schelde te gaan liggen. Ofwel slaap je voordat je bij het water bent en dan lukt het niet, ofwel slaap je nog niet en dan moet je jezelf nog altijd verdrinken, met of zonder pilletjes.'

Ze vertelde hem over de identieke omstandigheden bij de dood van Werner Thielens.

'Ah. Op die manier.'

'Ja,' antwoordde Liese, 'op die manier.'

Onderweg naar kantoor belde ze Matthias.

'Waar ben je, lieverd?'

Ze vertelde het hem.

'Ik vertrek nu naar De Veluwe,' zei Matthias. 'Kom straks maar even langs als het niet te laat wordt, ik houd wel een bordje voor je opzij.'

'Ik hoop dat het lukt.'

'Je klinkt een beetje down, schat.'

Ze zuchtte.

'Ik ben moe en ik krijg kop noch staart aan deze zaak. Ik zie het niet, Matthias, ik zie het gewoon niet.'

'Dat komt wel,' zei hij zacht.

'Vertrek nu maar,' zei Liese.

Maar toen ze weg was, maakte hij nog geen aanstalten om te vertrekken. In plaats daarvan zocht hij een nummer in zijn gsm, ging op een keukenstoel zitten en ademde diep in.

Masson had zich ruim op tijd verzekerd van een tafeltje in het restaurant waar hij op de eerste avond was binnengevallen. Hij nam een slok rode wijn en verheugde zich met een haast kinderlijk genoegen op de pasta met everzwijn die hij besteld had.

Zijn telefoon ging en in een reflex wilde hij op de uitknop duwen, maar toen zag hij wie het was en hij aarzelde.

'Ja.'

'Met mij,' zei Matthias.

'Scheelt er iets?'

'Moet er iets schelen om jou te kunnen bellen?'

Masson dacht daar even over na.

'Ja, ik denk het wel,' zei hij. 'Wij bellen elkaar anders nooit.'

'Wel, misschien is dat net het hele probleem, niet?' zei Matthias fel.

Voor Masson kon reageren, ging hij verder: 'Ik vraag jou niks, ik heb van jou niks nodig. Maar Liese wel. Die heeft jou nodig.'

Het was sterker dan hemzelf.

'En jij, jij hebt mij niet nodig?'

Er viel een lange stilte voor er een antwoord kwam.

'Misschien,' zei Matthias.

Het avondoverleg in de teamkamer was kort.

'Telefoonlisting, bankgegevens, de hele rimram,' zei Liese. 'Laurent?'

Hij knikte. 'Maar het is morgen zondag, vóór maandag zullen we daar niet veel van zien.'

'Zijn er al voorlopige resultaten van het lab?'

'Bijzonder weinig,' antwoordde Noureddine. 'Er is in ieder geval niets opvallends aangetroffen op of rond het lichaam.

De eventuele contactsporen worden de komende dagen onderzocht op DNA. Geen oppervlakkige sporen van geweld, maar dat wisten we al. Wat de omgeving betreft, als hij zichzelf niet gewoon ter plekke verdronken heeft, dan moet iemand hem een stukje naar de oever gesleept of gedragen hebben, want je komt maar tot op zo'n twintig meter ervandaan met de auto. Er zijn veel bandensporen op de plek waar het wegje stopt, maar dat is heel normaal, wandelaars parkeren er vaak.'

'Maar helaas voor ons niet om 06.00 uur, want anders hadden we misschien een getuige,' zei Laurent.

'Die daagt misschien nog wel op.'

Het verzoek 'oproep tot getuigen' was ondertussen aan alle media verspreid.

Liese zei hardop wat ze daarstraks in de auto had gedacht.

'We missen iets.'

'Wat zei je?' vroeg Laurent.

'We zien iets over het hoofd, iets cruciaals. En dat heeft Mark Ghekiere verdomme het leven gekost.'

Voor ze naar huis reed, maakte ze een omweg via de Diksmuidelaan in Berchem.

Aline Thielens deed open.

'Mag ik heel even binnenkomen?' vroeg Liese.

Werners vrouw hield zich min of meer goed, maar dat was schijn. Onder de make-up en de elegante kleren zat één grote brok verdriet.

'Wilt u gaan zitten?' vroeg ze mat.

Liese schudde van nee.

'Werner had niets te maken met de dood van die meisjes. Met de dood van Kim en Linda. Niets, Aline. Helemaal niets.'

De vrouw begon tegelijk te huilen en te lachen, hoewel in haar lach ook weer zo veel pijn zat dat Liese onwillekeurig ineenkromp.

'Dank u wel,' zei ze snikkend.

Ze stond voor Liese en huilde nu voluit. Haar knieën knikten en ze leek opeens een beetje kleiner.

'Wat deed mijn man in Italië, mevrouw?' fluisterde ze tussen het snikken door. 'Ik begrijp nog altijd niet wat hij daar deed.'

De waarheid heeft altijd haar rechten, dacht Liese. Maar het mededogen ook.

'Ik weet het niet, Aline,' zei ze.

Op weg naar de Goedehoopstraat zat ze op de kaaien vast in het zaterdagavondverkeer.

Aline Thielens had alle recht om te weten dat haar man een stuk van zijn leven voor haar geheim had gehouden. Dat hij haar dertig jaar lang bedrogen had, want zo was het toch, eenvoudig gesteld? Maar ze zou er geen mallemoer mee opschieten, met die waarheid, ze zou naast het verdriet over zijn dood ook nog eens moeten verwerken dat Werner zowat zijn hele leven lang verliefd was geweest op iemand anders.

Maar moest ze daarom nu ook belogen worden?

Ik weet het echt niet, dacht Liese.

16

Het was die zondagochtend nog vroeg genoeg om nonnen en priesters op hun dooie gemakje door de smalle straten van Assisi te zien struinen, in afwachting van de pelgrims voor wie ze geacht werden te zorgen. Het was zelfs vroeg genoeg voor de mensen die in de onmiddellijke buurt woonden om koffie te gaan drinken met hun kennissen en buren, alsof ze ervan profiteerden om hun bars en terrassen nog even voor zichzelf te hebben voor de ladingen toeristen zouden toestromen. Het kleine plein hing vol vrolijk Italiaans gekwetter. Door de stemmen heen klonk het voortdurende getik van lepels op kopjes en de korte, harde swoesj van de stoomkraan, telkens als er een nieuwe cappuccino werd gemaakt.

Mussen ruzieden in de bomen en er klonk klokkengelui, het kwam van verschillende kerken tegelijk. Beneden zochten de eerste bussen naar een vrije parkeerplaats.

Masson stond op het plateau in de bovenstad, net boven de basiliek van de heilige Franciscus, en keek om zich heen. Het uitzicht was overweldigend, met aan de linkerkant het dal van Spoleto en aan de rechterkant het zachte, groene landschap dat naar Perugia leidde, zo'n vijftien kilometer verderop. Maar hij genoot weinig of niet van wat hij zag.

Hij was ontreddered.

Het woord was spontaan naar boven komen borrelen toen hij vanochtend heel vroeg onderweg was naar Assisi en het was blijven hangen omdat het zijn gemoedsgesteldheid goed omschreef. Als iemand ontreddered was, wilde dat zeggen dat er binnen in hem een grote verwarring heerste en dat was precies hoe Masson zich dezer dagen voelde.

Misschien, had Matthias gezegd.

En hij?

Had hij zijn zoon nodig? Had hij Nelle nodig? Liese?

Hij daalde af naar het uiteinde van het plateau en ging de Sint-Franciscusbasiliek binnen. De deuren waren net geopend, een vijftigtal mensen hadden staan wachten en zodra ze binnen waren, waren ze verdwenen, opgeslokt in dat gigantische bouwwerk dat Masson al zijn hele leven zo graag wilde zien, niet zozeer voor het graf van Franciscus in de crypte, als wel voor de kunst. Dit was de plek van de fresco's, wist hij. Dit was Cimabue, dit was Giotto, dit was Pietro Lorenzetti.

Maar toen hij ervoor stond, beroerden ze hem niet.

Hij vond het prachtig, hij genoot van de kleuren en de compositie en het waanzinnige vakmanschap, maar het deed hem minder dan hij verwacht had. Gehoopt had? Ook, waarschijnlijk.

Na een halfuur hield hij het voor bekeken. Hij bezocht niet eens het graf, maar liep aarzelend naar buiten, langs de bruine en melkwitte gevels en langs de middeleeuwse straatjes en zodra hij zijn auto had gevonden, reed hij van de heuvel naar beneden. Op de tegenovergestelde rijstrook was het aanschuiven om bij de bovenstad en de basiliek te komen. Masson reed langs een lange sliert personenauto's en campers en bussen die met een slakkengang vooruitgingen.

Hij daarentegen reed zo goed als alleen, als een omgekeerde pelgrim.

'Vertel nog eens wat die oude mevrouw gezien heeft,' zei Liese.

'Dat heb ik je gisteren al verteld.'

'Doe nog maar eens.'

Het was 09.30 uur, de ochtendmeeting was afgelopen en zowel Liese als haar beide collega's beseften dat het hun op een zondag niet ontbrak aan moed en doorzettingsvermogen, maar wel aan een beetje hulp van de wereld daarbuiten: niemand antwoordde op hun telefoontjes, geen enkele instantie gaf thuis, niets werkte.

'De telefoonlijst van Ghekiere is aangevraagd, idem voor zijn financiële gegevens,' zei Laurent. 'Ik heb nog niets van de lokale gehoord, dus het buurtonderzoek zal tot dusver ook weinig opwindend zijn geweest.' Hij keek naar buiten, naar het zonlicht. 'Goh, en zeggen dat ik nu op mijn racefiets had kunnen zitten!'

'Niet zeuren,' zei Liese. En tegen Noureddine: 'Wat was dat met die oude dame gisteren?'

'Mevrouw Adrienne Lorenz, 79 jaar, weduwe, verklaarde dat ze iets voor 06.00 uur een auto heeft zien parkeren bij De Roze Flamingo. Een donkere auto, want zoals je weet, zijn er op de wereld alleen maar donkere auto's en lichte auto's. Dat ze koffie zette in de keuken, zich afvroeg wie er zo vroeg bij Mark Ghekiere langsging, maar er verder niet veel aandacht aan besteedde. De auto stond aan de zijkant van het huis geparkeerd en mevrouw Lorenz kon hem niet zien staan. Ze kon met andere woorden haar sociale controle niet uitoefenen door de voyeur uit te hangen en daarom verloor ze haar interesse. Die laatste toelichting komt van mij en is dus geheel subjectief.'

'Wees blij met nieuwsgierige buren,' zei Laurent. 'Zonder hen zouden we maar de helft van de zaken oplossen.'

'Ik ga even buurten bij mevrouw Lorenz,' zei Liese. 'Misschien krijg ik wel een kopje koffie. Bij mij thuis zat ik zonder en die drab van hier krijg ik niet door mijn keel. Bel me als er iets is.'

'Ik ken echt niks van auto's,' zei Adrienne Lorenz. 'Mijn man was er gek op, maar toen hij doodging, heb ik onze auto van de ene dag op de andere verkocht. Ik neem de belbus of mijn vriendin komt me halen, die is 81, maar die rijdt wel.'

Het was de vijfde versie van hetzelfde verhaal en hoewel de omschrijvingen van haar desinteresse voor auto's telkens lichtjes varieerden, bleef de boodschap helaas dezelfde: ze had niets gezien wat Liese vooruit kon helpen.

'Wilt u echt geen koffie meer?' vroeg de vrouw.

Liese bedankte. Ze had één slok van haar kopje genomen en toen tot haar afkeer beseft dat mevrouw Lorenz haar koffie graag bitter en ondrinkbaar maakte door er cichorei aan toe te voegen, precies zoals Lieses oma dat lang geleden ook deed.

Toen ze weer buiten was, liep ze niet naar haar auto, die langs de kant onder de bomen stond, maar stak aan de overkant het kleine erf van De Roze Flamingo over. De voordeur van de kroeg was verzegeld, de achterdeur was dicht, maar niet op slot. Liese had zelf te veel huiszoekingen meegemaakt om daar verbaasd over te zijn. De deur kwam uit op een hal en in de verste hoek was er een trap die naar boven leidde, naar de woning van Mark Ghekiere.

Ze neusde wat rond zonder goed te weten wat ze zocht. Ze ging minstens een kwartier door enkele dikke fotoalbums die ze onder in een kast gevonden had, albums van vroeger, waarin een jonge Ghekiere als een soort zonnegod door de lange zomers liep, vaak geflankeerd door meisjes, soms door zijn vrienden. Liese herkende met moeite enkele gezichten: Verbeke, Thielens, Sander Snoeks.

Plots hoorde ze beneden een geluid.

Liese bleef doodstil zitten en spitste haar oren. Ze was er bijna van overtuigd dat ze het zich had ingebeeld, maar toen hoorde ze onmiskenbaar voetstappen op de trap.

Iemand probeerde zo stilletjes mogelijk naar boven te komen.

Ze maakte zich zo klein mogelijk. Ze probeerde te bedenken wat ze zou kunnen doen. Zocht naar een uitweg, die er niet was.

Toen zag ze een hand en die hand had een pistool vast.

'Jan?' vroeg ze met een benepen stemmetje.

Een seconde later begon Verbeke opgelucht te lachen.

'Jezus, Liese, als je me nog eens zoiets flikt...'

'Sorry,' zei ze geschrokken, 'ik heb er eigenlijk niet bij stil-
gestaan, ik ben gewoon naar binnen gelopen, mijn schuld. Ik
heb nog geen echte koffie gehad vandaag, dat zal het wel zijn.'

Verbeke stak zijn pistool weg en zei: 'Dan moeten we daar
dringend iets aan doen.'

Drie kilometer naar beneden, in een buurtschap van Assisi, aan
de voet van de heuvel waarop de stad zelf lag, stond Masson
voor een verkeerslicht te wachten toen hij aan zijn linkerkant een basiliek zag die minstens even groot was als die in
de bovenstad.

Het licht sprong op groen en in een opwelling stuurde hij
de kleine Fiat naar links en zocht een parkeerplaats.

De basiliek heette 'Basilica di Santa Maria degli Angeli,'
leerde hij van het foldertje dat hij bij de ingang oppikte, en
ze was ook al monumentaal, alsof je in de nabijheid van de
man die soberheid en eenvoud predikte niet anders kon dan
grootser dan groots bouwen.

Masson liep er een tijdje rond en merkte tot zijn verrassing
opeens een klein kerkje op, meer een kapel. Het stond midden
in die gigantische basiliek en hij was er bijna aan voorbijgelopen.

Binnen in de kapel zaten een tiental mensen op hun knieën
te bidden. Er was nauwelijks plaats voor bezoekers, je liep er
aan de ene kant in en aan de andere weer uit en toen besefte
Masson dat hij in de Portiuncula was, de heiligste plek voor de
franciscanen, het originele kapelletje waar de jonge Franciscus,
toen nog een zorgeloze flierefluiter, op een dag het heldere
besef van zijn roeping kreeg en zich terugtrok uit de wereld
om in armoede te gaan leven.

Uit het foldertje begreep Masson eveneens dat ze in de 17e eeuw deze basiliek gewoon over de kapel heen hadden gebouwd.

Hij liet zich een paar keer met de groepen toeristen mee-drijven als een vis in de stroom, in en dan weer uit de kapel, en ondertussen dacht hij na over wat hij zag.

Franciscus predikte armoede, wist hij, het verzaken aan materiële dingen en aan geweld, en een leven in eenvoud.

Dat vond hij allemaal prima. Ook hij zou willen dat zijn leven verlost was van rommel, zoals hij het graag noemde. Als het van hem afhing, bracht hij zijn leven door met lezen en wandelen en hier en daar een glas. Of twee, dat luisterde niet zo nauw. Het paste volgens Masson nog steeds bij de regel van Franciscus. De man had een grote liefde voor de natuur en voor alles wat die natuur voortbracht en daar hoorden volgens Masson ook wijn en bier bij.

Die andere belangrijke pijler bij Franciscus, de liefde voor de naaste, voor de medemens, daar had hij wat meer moeite mee. Of beter, daar had hij geen pasklaar antwoord op.

Hij wilde juist meer afstand nemen van de mensen om hem heen, dacht hij.

Maar was dat echt wel zo?

Het telefoontje van Matthias had diep in zijn binnenste emoties losgemaakt waar hij zich op dit moment geen raad mee wist. Die hem ontredderden. Of hij de man – want dat was Matthias, een man, nooit meer een jongen – nu beter wilde leren kennen of niet, er was een gevoel dat sinds een aantal dagen telkens de kop opstak en zijn gedachten beheerste: dat hij, Michel Masson, zo verdomd veel tijd verspild had. Dat hij, de man die zoveel belang hechtte aan een bestaan van nadenken en analyseren, toch zo oppervlakkig had geleefd. In dat vermaledijde jaar 1993, het jaar dat Kim Manderfeld en Linda Rottiers in de moerasbossen aan de Schelde op zulke vreselijke wijze aan hun einde kwamen, in dat jaar was

Matthias veertien geweest, net als het jongste meisje. Hij had gespeeld en gestudeerd en vrienden proberen te maken en Masson had er niets over geweten. Hij had zich ongetwijfeld dikwijls ongelukkig en eenzaam gevoeld, zoals alle pubers, en ondertussen had Masson een verdieping lager in de bar van De Veluwe het zoveelste glas soldaat gemaakt en daarna zijn jas aangetrokken.

Ik had hem kunnen zien opgroeien, dacht hij somber.

Hij wist niet of dat voor Matthias nu een goede of een slechte zaak zou zijn geweest. Zijn invloed op mensen was doorgaans niet al te stichtend, vond hij. Maar misschien had hij de jongen druppelsgewijs wat kunnen helpen, hier en daar, hem af en toe iets kunnen bijbrengen, over kunst en boeken en misschien een klein beetje over het leven zelf.

'Ik heb nog eens zitten nadenken over de moorden,' zei Jan Verbeke. 'Over alle moorden, eigenlijk.'

Ze liepen op het jaagpad langs de Schelde.

'Oké.'

'Er is iets wat je nog niet weet.'

Hij liep naar links, door een kleine opening in een wilgenbosje, en Liese volgde hem. Het was er stil, ze waren nu helemaal afgesloten van het pad.

'Wat weet ik dan niet?' vroeg ze.

Verbeke duwde tegen een poortje in een hek en liet Liese voorgaan.

'Dit is eigenlijk het terrein van een hengelclub,' zei hij met een grijns, 'maar de mannen kennen me, ze vinden het niet erg. Ik kom hier graag even verpozen, het is hier zo rustig.'

Dat was het ook, zag Liese. Ze bevonden zich op een klein ponton dat aan drie kanten ingesloten was door een muur van wilgen. Voor hen stroomde de Schelde, het leek alsof ze gewoon in de rivier stonden.

Verbeke haalde met een triomfantelijk gebaar een thermosfles tevoorschijn.

'Verse koffie, thuis gezet, als gepatenteerde liefhebber en gedurende jaren geperfectioneerd.' Hij stak haar een plastic bekertje toe en schonk het vol.

'Het is eigenlijk een vieze verslaving,' zei Liese, 'maar ik wil er toch niet van afkicken, denk ik.'

'Houd je niet in, hoor, ik heb meer dan genoeg.'

Ze nam enkele flinke slokken, voelde de warmte en de cafeïne door haar lichaam vloeien. Ze dronk het kopje leeg.

'Je bent mijn redder,' zei ze.

Even later voelde ze zich ontzettend loom worden.

Nog later begon haar zicht te vertroebelen, alsof ze alles rondom haar door een sluier van water zag.

'Wat weet ik nog niet over de moorden, Jan?' stamelde ze.

Toen verloor ze het bewustzijn.

Masson liep de kapel uit en voegde zich bij de stroom mensen die zich in de richting van de uitgang begaven.

Het was prachtig weer buiten, bundels zonnestralen vielen door de glasramen naar binnen.

Toen hij voor de hoge toegangsdeuren van de basiliek stond, draaide hij zich nog even om.

Hij zag de kapel van Franciscus nog nauwelijks staan.

Hoe ironisch, dacht Masson, de nieuwe basiliek is zo imposant dat de oude kapel, dat waar het allemaal om draait, bijna niet meer te zien is, dat ze verborgen blijft. Hij was er zelf ook bijna aan voorbijgelopen. Wie verwacht er nu een kapelletje in het midden van een basiliek?

Opeens duizelde het hem.

Natuurlijk, dacht hij.

Natuurlijk.

Hij zocht met trillende handen zijn telefoon en drukte op een sneltoets.

'Dit is het antwoordapparaat van Liese Meerhout, uw boodschap na de biep alstublieft.'

'Het is een politieman,' zei Masson. 'Het is iemand van ons, Liese, daarom valt hij ook niet op. Hij verbergt zich tussen ons. Je zoekt een flik, Liese!'

Hij hing op, scrolde door de nummers.

'Hei Michel!' riep Laurent. 'Dat is fijn, dat je...'

'Zwijg en luister even, jongen,' zei Masson.

'Ik wist het eigenlijk al een tijdje,' zei Jan Verbeke. 'Dat het over and out was, bedoel ik. Je kunt wel een stuk slimmer zijn dan iedereen, maar daarom zit het voor de rest nog niet allemaal mee.'

Ze zaten op het ponton.

Liese was een paar minuten geleden bijgekomen. Ze was misselijk, haar hoofd tolde.

'Ik heb maar heel weinig Dormicum in de thermosfles gegooid, ik wilde dat je maar korte tijd van de wereld was,' zei Verbeke. 'Ik moest even... nadenken. Ik moest een besluit nemen. Over wat er nu zo dadelijk moet gebeuren.'

Hij had het pistool los in zijn schoot liggen.

'Maandag of dinsdag zouden jullie de telefoonlijst van Ghekiere binnenkrijgen en dan was het sowieso voorbij. Ik heb hem gebeld, het was de eerste keer in mijn hele carrière dat ik in paniek raakte. Ik heb hem gevraagd om af te spreken, gisterochtend heel vroeg. Ik zei dat er een doorbraak in het onderzoek was.'

Het kwam door het slaapmiddel dat ze nu pas de consequentie van zijn verhaal begreep.

'Jij hebt destijds die meisjes vermoord,' zei ze. Het leek alsof ze haar eigen stem niet vertrouwde, zo afschuwelijk klonk het.

'Jij hebt Kim en Linda vermoord.'

Verbeke besteedde geen aandacht aan haar opmerking.

Haar telefoon zoemde, al voor de tweede keer.

'Zet dat ding uit,' zei hij.

Liese knikte. Ze schakelde ook de trilfunctie uit en drukte tegelijkertijd zo onopvallend mogelijk op haar scherm. Ze had een opname-app op haar telefoon, ze had hem al zo vaak bij getuigenissen gebruikt dat ze het icoontje blindelings wist te vinden.

De waarheid heeft haar rechten, dacht ze.

Wat er ook gaat gebeuren.

'Het was eigenlijk voorbij toen Thielens dat verdomde koffertje vond. In de loop der jaren denk je wel honderd keer dat je het moet weghalen en ergens droppen, maar het lag daar zo veilig, zie je. Niemand kwam nog in die schuur, al twintig jaar niet meer, het was de ideale bergplaats. Haal het weg, gooi het in een of ander containerpark en gegarandeerd ziet een beveiligingscamera je, snap je?'

Verbekes eigen telefoon ging. Hij liet het ding rinkelen tot het stopte.

'Ik kwam dagelijks langs zijn ouderlijk huis, het was op de weg naar de brigade. Ik zag Werners auto en ik zag hem uit de schuur komen lopen met spullen in zijn handen. Ik wilde een praatje maken, maar hij liep duidelijk te malen over iets. Toen liet hij mij het koffertje zien. Het was verdomme alsof ik een klap in mijn gezicht kreeg.'

Hij staarde naar de Schelde.

'Hij had het in de schuur gevonden en erin gekeken, zei hij. Wat bedoel je met "gekeken"? vroeg ik hem. Gewoon, gekeken, zei hij, gezocht naar iets met een naam erop. Die had hij uiteindelijk gevonden. Hij had nog nooit van Marjolijn IJsbrandij gehoord, wist ik daar soms iets van? Ik dacht nog dat ik hem gerustgesteld had, ik zei dat het waarschijnlijk iets van een of andere liefdesaffaire was van een van de vrienden van toen, waarschijnlijk van Mark, dat was altijd al zo'n onverbeterlijke rokkenjager. Ik zei hem dat ik het voor alle

zekerheid zou meenemen naar het politiebureau en het zou laten checken. Wist ik veel dat hij achter mijn rug met Ghekiere
zou bellen. Toen jij me dat vertelde, dacht ik dat ik doodging.'

'Maar hij heeft hem niet aan de lijn gekregen,' zei Liese.
'Je hebt hem voor niks omgebracht. De man wist van niks.'

Hij haalde de schouders op.

'Ik ging commissaris worden. Het was gewoon een kwestie
van nog wat papieren, een kwestie van enkele weken. Dat zou
ik niet laten kapotmaken, dat kon gewoon niet.'

'En je hebt Thielens vermoord om het simpele feit dat hij
het koffertje gezien had.'

Hij knikte.

'Dat kon niet anders, hé. Werner was gehaast, hij wilde
absoluut de volgende dag vertrekken omdat Valentina op
sterven lag. En hij wilde in het weekend ook nog eens naar
Bolsena, als laatste eerbetoon. Toen wist ik wat ik moest doen,
natuurlijk, ik had geen andere keuze. Hij had in het koffertje
gekeken, dus zijn vingerafdrukken stonden erin. Als ik hem
zogezegd zelfmoord kon laten plegen en het koffertje dook
op, dan leek dat een ultieme schuldbekentenis. En dan was
ik eindelijk safe.'

Hij keek haar geïnteresseerd aan.

'Waarom twijfelde je aan de zelfmoord van Thielens? Dat
zat toch goed in elkaar?'

Hij vroeg het op een toon alsof hij naar een compliment
hengelde. Liese walgde van hem, maar tegelijkertijd was ze
niet zeker van zijn plannen. Het pistool lag te opzichtig in
zijn schoot.

'Je hebt in Bolsena zijn bloeddrukpillen verwisseld voor
tabletten Dormicum. Ergens waar je geen pottenkijkers
had, neem ik aan.'

Hij knikte. 'Ik had hem voorgesteld om samen te gaan
wandelen, for old time's sake. Ik was namelijk wel al in het
klooster geweest, al was het dan maar één zomer, maar dat

had ik je wijselijk niet verteld. Ik stelde voor zijn auto te laten staan en de mijne te nemen, het was zo simpel, eigenlijk.' Hij knikte alsof hij een pluim verdiende voor zijn vindingrijkheid. 'Het natuurreservaat van Monte Rufeno, zo'n twintig kilometer buiten Bolsena.'

'Maar omdat je wist dat we het doosje in het lab zouden onderzoeken, heb je het zoekgemaakt. Het was precies omdat het zoek was, dat we ons vragen stelden. Thielens was er de man niet naar om slordig om te gaan met zijn spullen.'

'Oké. Nog iets?'

Ze had geen zin om zijn spelletje mee te spelen en ze zweeg. Verbeke knikte toch alsof hij onder de indruk was.

Dan trok hij een spijtig gezicht.

'Volgend jaar zou de zaak verjaren. In mijn achterhoofd hoopte ik daar wel op, natuurlijk. Hoe noemen ze dat, ingehaald worden op de eindstreep?'

'Je hebt twee kinderen vermoord. Je hebt twee kleine meisjes verkracht en ze daarna vermoord. Je bent een onmens. Of het nu 24 jaar geleden is of niet, dat maakt het niet minder gruwelijk.'

Haar woorden irriteerden hem. Hij speelde met het pistool.

'Vertel eens over Strijbos,' vroeg Liese.

Ze hoopte dat ze ondertussen op zoek waren naar haar. Ze had al minstens vijf gemiste oproepen, zag ze vanuit haar ooghoek.

'Sven was een verwarde geest. Het was allemaal niet zo moeilijk. Ik deed 's nachts het verhoor, de jongen was al doodop toen, ik hoefde niet eens echt hardhandig te worden. Hij was een ideale zondebok, wat je hem vertelde, kwam er later precies zo weer uit, zonder dat hij het goed en wel besefte. Ik heb hem wat elementen uit het onderzoek verteld terwijl ik hem af en toe een tik met de telefoongids gaf, zogezegd om hem tot een bekentenis te dwingen. Ik wist toch dat hij die weetjes later allemaal zou gaan rondbazuinen in de kroeg. En zichzelf daardoor verdacht zou maken natuurlijk.'

Hij kwam overeind.

Lieses hart begon in haar keel te bonzen.

'Is dat alles?' vroeg ze.

'Hoe bedoel je?'

Ze zag opeens de beide moeders van de meisjes voor zich. De littekens, de onbeschrijfelijke pijn. Ze dacht aan Valentina, aan wat ze op een bepaald moment gezegd had. All those wasted lives.

Verspilde levens, dacht Liese.

En of, godverdomme.

Ze werd opeens zo boos dat het haar niet meer kon schelen hoe hij zou reageren.

'Je hebt alleen maar verteld hoe slim je geweest bent. Wat je allemaal gedaan hebt om niet gepakt te worden. Je hebt geen woord gezegd over de kinderen. Geen woord.'

'En wat had je dan willen horen?' vroeg Verbeke. Hij klonk merkwaardig kalm.

'Ik heb geen woord van spijt gehoord,' zei Liese.

Hij knikte.

'Ik heb me later vaak afgevraagd wat me in die fase van mijn leven bezielde. Ik was zo... donker. Ik was ongelofelijk donker.' Hij knikte, in gedachten verzonken. 'Ik genoot er al van het me gewoon voor te stellen, kan je dat geloven? Maar toen ik het dan uiteindelijk deed, toen ik eindelijk deed waar ik zo lang over gefantaseerd had, toen was het ook over. Niet meteen, maar na de dood van Linda wel helemaal. Gek hé? Het was alsof er een rolluik werd opgetrokken, alsof ik opeens weer de wereld kon zien. En ik heb nooit meer die... aanvechting gehad.' Hij keek haar ernstig aan. 'Hoe ouder je wordt, hoe abstracter het allemaal wordt, begrijp je? Je leert er langzamerhand mee leven, je stopt het ergens in een afgesloten kamer en je gooit de sleutel weg. Alsof het een andere persoon is die dat destijds gedaan heeft, snap je? Wat eigenlijk ook zo is, natuurlijk.'

Hij zuchtte en rechtte zijn rug.

Liese slikte.

'Meer valt er eigenlijk niet te zeggen,' mompelde Verbeke.

Toen deed hij gedecideerd enkele stappen achteruit en liet zich van het ponton in de Schelde vallen.

Ze keek een tijdje verbijsterd voor zich uit.

Hij had niet geroepen, dacht ze, hij had geen kik gegeven toen hij in het water verdween.

Hij had zich gewoon laten verdrinken.

Op hetzelfde moment kwam er een heel vreemde gedachte in haar hoofd, de gedachte dat het lichaam van hoofdinspecteur en aankomend commissaris Jan Verbeke zo onbetekenend was dat hij niet eens een rimpeling in het water veroorzaakt had.

En hij had geen woord van spijt over zijn lippen gekregen, dacht ze.

Door dat besef begon ze ineens te huilen.

Even later kroop Liese moeizaam overeind.

Ze strompelde tussen de wilgen.

Ze gaf over, gewoon langs de kant van het pad, en veegde haar mond schoon met haar mouw.

Toen ze rillend op het jaagpad stond, zag ze in de verte de zwaailichten van een politieauto.

17

Hoofdcommissaris Torfs zat achter zijn bureau en speelde met een brief. Legde hem weg, nam hem opnieuw vast. Overwoog al een halfuur wat hij nu het best kon doen. Het was toch moeilijk als je elkaar al zo lang kende, dacht hij.

Het was maandagmiddag. Er gebeurde weinig, aan de rapporten te zien, er sloop een lichte lethargie door de gangen, waardoor zelfs zijn secretaresse, onder de collega's nogal toepasselijk Miss Duracell genoemd, hem minder kwiek en energiek dan anders een stapel documenten bracht die hij moest ondertekenen.

Toen ze weg was, zuchtte hij en greep naar zijn telefoon.

'Met mij.'

'Dag Frank,' zei Masson.

'Hoe is het?'

Er klonk wat gestommel.

'Goed. We hebben net de houtoven afgewerkt, dus is het de hoogste tijd voor een fris wijntje.'

'Wie is "we"?'

'Pietro en ik.'

'Wie is Pietro?'

'Een vriend,' zei Masson.

Torfs kuchte.

'Heb je het gehoord, van Verbeke?' Hij wachtte niet op een antwoord. 'Liese heeft het verdomme toch weer voor elkaar gekregen, hé.'

Hij vroeg niet of Masson het relaas al kende en gaf een korte samenvatting hoe het afgelopen was.

'Die kinderen breng je er natuurlijk niet mee terug, maar ik ben toch opgelucht dat we die zaak eindelijk kunnen afsluiten,' zei Torfs. 'Alleen al voor de ouders. Dat we een dader hebben, bedoel ik. Daar doen we het toch voor, niet?'

'Ja,' zei Masson.

'Ik heb hier een briefje voor me liggen,' ging Torfs verder. 'Een ontslagbrief. Wat moet ik daarmee?'

Hij hoorde getsjilp van vogels. Een stem op de achtergrond die lachend riep: 'Michele! Vino!'

'Leg die nog maar even weg,' zei Masson.

'Hm.' Torfs kuchte opnieuw.

'Ik moet gaan, Frank, mijn wijn wordt warm.'

'Dus wat, tot binnenkort dan?'

'Tot binnenkort,' zei Masson.

Torfs legde de hoorn neer.

Hij liep zijn kantoor uit en klopte op de open deur van de teamkamer.

'Dag chef,' zei Laurent.

'Waar is Liese?'

'Even weg. Naar Bornem.'

Torfs nam zijn gsm.

'Dan zal ik haar bellen, ik heb goed nieuws.'

'Wacht even met bellen, chef,' zei Laurent.

'Hier was het ongeveer,' mompelde Benny Petermans. 'Hier, nu weet ik het weer. Net voorbij deze berk.'

Het was al dagen warm, stabiel weer, maar hier bij de moerasbossen, onder het bladerdak, was het gevoelig koeler.

'Ik heb hier destijds een gebedswake gehouden,' zei pastoor Herwig Vermeiren. 'Dat was heel aangrijpend, ik zal het nooit vergeten. Het halve dorp stond hier in het bos.'

Liese had zowel de pastoor als de toenmalige hoofdinspecteur gebeld en hun gevraagd naar Buitenland te komen, naar de plek waar de meisjes waren gevonden. Het was een ingeving geweest, maar toen de gedachte eenmaal was opgekomen, vond ze dat het niet anders kon. Vond ze het juist, vooral.

Beide mannen hadden geen ogenblik geaarzeld toen Liese het vroeg. Ze had hun niet verteld waarom ze moesten komen, maar dat was ook niet nodig geweest. Beiden hadden een half leven besteed aan Kim en Linda, de een op zoek naar de dader, de ander op zoek naar verantwoording, naar zingeving, naar hemelse gerechtigheid.

Liese had hen spontaan gevraagd om haar naar de plek van Kim te brengen. Ze konden nu eenmaal niet op twee plaatsen tegelijk zijn en ergens leek het passend.

Hier was het ook allemaal begonnen.

Ze haalde haar telefoon tevoorschijn en drukte op de knop. Er was wat ruis, een soort geschuifel, dan een stem.

'Het was eigenlijk voorbij toen Thielens dat verdomde koffertje vond,' hoorden ze Jan Verbeke zeggen.

Toen ze aan het einde van de opname kwamen, keek Liese hen aan.

Petermans was woedend. 'Meer valt er eigenlijk niet te zeggen,' hoorden ze Verbeke mompelen en het leek alsof hij Petermans met een mes stak toen hij dat zei. Zijn gezicht was verkrampt, hij beet zo hard op zijn tanden dat Liese ze hoorde knarsen.

Meer dan twintig jaar lang had hij de lichamen van Kim en Linda gezien, 's nachts vooral, als hij weer eens niet kon slapen. Meer dan twintig jaar had het onderzoek zijn leven beheerst, had hij vruchteloos naar antwoorden gezocht, en nu hoorde hij de dader zeggen dat er eigenlijk niet veel over te vertellen viel.

De reactie van pastoor Vermeiren was anders, maar in zijn context even begrijpelijk.

Na de laatste woorden van Verbeke had hij staan wachten. Er was een geluid geweest, een soort plons, en daarna hadden ze alleen nog de natuur gehoord. Het stromen van het water, het ruisen van de rietstengels, de wind door de wilgen.

Toen de pastoor zich realiseerde dat het afgelopen was, dat er niets meer zou komen, keek hij Liese aan.

'Dit is geen biecht,' zei hij zacht.

Zijn ogen stonden droef.

'Nee,' zei Liese.

Hij knikte traag.

Toen maakte hij een kruisteken, draaide zich om en liep moeizaam weg.

Toni schreef dertig jaar geleden zijn eerste boek. Geen thriller, maar een literaire roman bestaande uit reisbrieven. Naar aanleiding van die mijlpaal publiceerde hij exclusief bij *Libelle* een aantal nieuwe 'brieven van een schrijver'. Een daarvan werd geschreven in Bolsena en vertelt over het ontstaan van deze thriller. Zo krijgt u een inkijkje in Toni's verbeelding.

*

Lieve Annicki,

Het is zeven uur 's avonds en ik zit aan het schrijftafeltje in de kamer van de abt, in het *Convento di Santa Maria del Giglio*, het klooster op de heuvel boven Bolsena. In de verte, aan de horizon boven het meer, begint de zon aan haar dagelijkse, spectaculaire avondvoorstelling en voor me ligt een grote, zwart-witte naald van een stekelvarken die ik daarstraks in de tuin heb gevonden.

Ik mis je.

Vanochtend tijdens het druivenplukken kreeg ik het gevoel dat ik hier in Italië een beetje rondloop zoals Masson zonder 'zijn' Nelle. Dat is geen goedkope vergelijking, hoor. De boeken die we schrijven, de verhalen die we vertellen zijn altijd ingebed in ons eigen leven. Personages komen niet zomaar uit de lucht vallen. Het is geen toeval dat hoofdinspecteur Michel Masson pas op latere leeftijd durft te kiezen voor zijn grote liefde.

Net als Masson en Nelle ben ik jou laat in mijn leven tegengekomen. Het voelde vanaf dag één als een geschenk en zo voelt het vandaag nog steeds, maar tegelijkertijd is er ergens achteraan in mijn hoofd altijd die ene gedachte: wat als we elkaar eerder hadden ontmoet? Dat we elkaar pas na al die jaren hebben ontdekt, heeft op minder vrolijke dagen ook een keerzijde: dat het, zelfs ondanks het fantastische leven dat we leiden, voelt alsof we dingen hebben gemist.

Alsof er altijd te weinig tijd zal zijn.

In gedachten hoor ik je me de mantel uitvegen en je hebt overschot van gelijk. Wie loopt er nu te zeuren met zo'n uitzicht? Je zou het moeten zien... Ik kijk uit op de grote tuin met de wijnranken, de olijfgaard, de cipressen op de glooiende, groene heuvels, het prachtige landschap van de Etrusken. Alsof ik letterlijk in een postkaart zit. De zon schijnt laag op het meer in de verte en strooit glitters van licht over het water. Zonsondergangen hier zijn pure poëzie, lieverd, een feest van geel, oranje en rood dat de hele hemel kleurt en langzaam in het diepblauwe meer verdwijnt.

Als ik me vooroverbuig en uit het geopende raam leun, zie ik beneden de oude herdershond Tipitina liggen bij de pergola. Verderop, de ommuurde olijfgaard met de geiten. Vanmiddag was er eentje ontsnapt, ze stond doodgemoedereerd aan de laaghangende druiventrossen te knabbelen. We hebben met zijn drieën een kwartier achter de oude dame moeten rennen om haar terug in de olijfgaard te krijgen.

Ik vond het niet zo erg dat ze gulzig aan de druiven zat, weet je. Weer enkele trossen minder die we morgen moeten plukken en verwerken, ha. Zonder gekheid: ik geniet enorm van het werk, de handenarbeid, het bezig zijn in de natuur. Zelf wijn maken is een magische bezigheid, van het plukken tot je je eigen rug niet meer voelt tot het persen in de oude, houten wijnpers in de schuur. Dat we vrijwilligers zijn, dat we het doen om het klooster te helpen, maakt het nog specialer. Maar hoe fijn zou het dan zijn om 's avonds bij het vuur, na een lange dag labeur, van een glas van onze eigen, zelfgemaakte wijn te kunnen genieten? Helaas is onze oogst weer eens ondrinkbaar. Echt, Chateau Migraine 2.0. Waarom ze nog steeds koppig blijven volhouden dat we elk jaar in september de druiven moeten plukken en de oogst van het jaar voordien moeten bottelen, het gaat mijn petje te boven. Lino heeft twee jaar geleden met zijn eigen ogen gezien hoe de schoonmaakster de oude tegels in de keuken met 'onze' witte wijn te lijf ging omdat het goedje prima werkte om het vuil van de voegen te verwijderen.

Het was een vreemde en bijzondere dag, schat. Vanmiddag begon het zowaar kort maar hevig te regenen, iets wat de *locals* met stomme verbazing sloeg: ze konden zich niet herinneren wanneer het in deze septemberdagen ooit nog eens geregend had. De verdere pluk van de druiven werd meteen uitgesteld tot morgenochtend. Ik denk dat het iedereen goed uitkwam, want er was toch al weinig animo na het vangen van de geit. In ieder geval: ik besloot een wandeling te maken, helemaal naar beneden, naar het stadje. Het voelde een beetje als spijbelen...

Toen ik voorbij de basiliek liep en besefte dat ik ze nu nog steeds niet had bezocht, liep ik er in een impuls naar binnen. Het was er erg stil, koel en donker. Helemaal achteraan scheen een lichtje en in de gelige schijn van een lamp kon ik het silhouet van een man zien.

Hij bleek achter een tafel te zitten met daarop een kleine kassa en een rolletje tickets. Naast hem liep een trap naar beneden, naar de buik van de basiliek.

Het was een oude man, heel vriendelijk maar helaas onverstaanbaar, want hij mompelde in een plaatselijk dialect en mijn Italiaans gaat, zoals je weet, niet veel verder dan de bestelling van een glas wijn of een *spaghetti alle vongole veraci*. Zijn gezicht was mager en ingevallen, zijn schaarse witte haren hingen warrig om zijn schedel, maar zijn ogen straalden pure vriendelijkheid uit, alsof hij me alleen al met zijn blik wilde overhalen. Gelukkig was het niet moeilijk te raden wat hij daar deed: op de strip met toegangskaartjes stond in het groot 'catacombe' gedrukt en zijn lange, benige vinger wees om de haverklap naar de trap die naar beneden leidde.

Natuurlijk kocht ik een kaartje en liep ik de trap af tot ik voor een stevige houten deur stond die knarsend opendraaide.

Ik wist niet wat ik zag, schat.

Onder de basiliek van Bolsena ligt een grote begraafplaats, de catacomben waar de vroege christenen in de vierde eeuw van de Romeinen hun missen mochten vieren en hun doden begraven. Ik was er helemaal alleen.

Je moet je voorstellen dat je, vanaf de deur, als het ware uitkijkt op een enorme omgevallen dennenboom. Voor je ligt de centrale gang, de stam, links en rechts zijn de zijgangen, heel lang aan het begin en steeds korter en korter naarmate je verder de gang inloopt. Hier en daar hangt een peertje dat een beetje licht geeft maar lang niet genoeg om alle schaduwen die tussen de vele gangen hangen weg te nemen. Het is er stil en mysterieus. De muren van grijsbruine, zachte tufsteen zijn een meter of acht hoog en overal zijn nissen uitgegraven waarin vroeger de overledenen rustten. Hier en daar zie je nog stukjes van de gekleurde houten panelen die destijds elke nis afschermden.

Ik stond daar helemaal alleen in die catacomben en opeens kreeg ik een idee voor een boek...

Het is voorlopig alleen maar een intrigerende gedachte, meer niet. Ik zal ze je vertellen als ik thuis ben, dan kunnen we er samen over brainstormen, want er schort nog het een en ander aan, maar het is alvast veelbelovend.

Na mijn bezoek aan de basiliek wandelde ik naar het meer. Het regende niet langer. Hoe heerlijk toch, hé, die frisse geur van de lucht na een zomerse bui? Ik weet hoezeer jij daarvan houdt, in gedachten zie ik je stilstaan en diep inademen...

Langs de laan van het centrale plein naar het meer staan aan beide kanten oude, statige villa's. De weg loopt dood op een pleintje en meteen daarachter heb je het strand. Er was weinig volk. Een handvol gezinnen met kinderen die waren gaan schuilen voor de regen en nu weer buiten kwamen, twee oude mannen die schaak speelden onder het afdak van de strandbar op van die metalen stoelen met gevlochten leuningen, elk een kloek glas bier voor zich. Ik ben er flink uit mijn comfortzone gegaan: schoenen en sokken uit en met de voeten in het water, staren naar het eilandje en de bergen aan de overkant. Heerlijk.

Later maakte ik een omweg terug naar het klooster en nam de kronkelige, steile weg die door het middeleeuwse gedeelte van het stadje naar het kasteel op de top van de heuvel leidt. Onderweg kocht ik een ijsje, stracciatella of wat dacht je, sommige keuzes moet je niet veranderen. Toen ik bijna aan het kasteel was, hijgend, want het is verdorie flink klimmen langs die kleine kasseistraatjes, liep ik langs een wijnbar en schat, dat is toch wel een vondst. Je had er echt bij moeten zijn: tussen de bar en het kasteel hebben ze enkele tafeltjes op de kasseien neergepoot en daar, in de late namiddagzon die grote schaduwen op de middeleeuwse kasteelmuren gooit, zitten mensen te genieten van een parelend glas witte wijn. Ik heb een tijdje met de eigenaars gepraat: zij is een Duitse en hij een volbloed Italiaan en aan alles zie je dat ze oprecht genieten van wat ze doen. We hebben over Bolsena en Italië gepraat en natuurlijk over wijn. Ik heb er twee geproefd, een rode en een witte en alleen al voor het glas Violone dat hij me serveerde, wil ik terugkomen. Doen we dat samen, snel?

Ik voel dat hier een mooi boek in zit, lieverd, een boek over liefde en de offers die sommigen ervoor moeten of willen brengen, en met Masson die helemaal losgaat als ik hem hier in dit schitterende stukje Italië en in die cultuurstadjes laat rondlopen. Ik heb gelukkig de moed of het inzicht gehad om destijds een belangrijke keuze te maken en ook Masson staat op het punt een ingrijpende beslissing te nemen, maar wat als je het niet aandurft? Als je op het cruciale moment de trein op het perron ziet staan, klaar om te vertrekken, de deuren die ieder moment kunnen sluiten en jij durft niet in te stappen, wetende dat de trein onherroepelijk zal verder rijden en nooit meer langskomen? Dat verhaal moet er onder meer inzitten.

Ik ben een beetje melancholisch. Door het feit dat jij nu alleen thuis bent en ik hier mag genieten, door het prachtige weer, want de zon ging na die regenbui opnieuw volop schijnen en je weet hoezeer ik ze nodig heb, de vitaminen op mijn huid, de helderheid, het licht. Maar ook door de oude man bij de catacomben die als vrijwilliger daar zijn dagen slijt en nauwelijks een handvol mensen ziet op een hele dag. Hij wilde zo graag een gesprek voeren met mij, contact hebben, maar hij mompelde in een onverstaanbaar dialect en ik begreep hem niet.

Dit land, dit prachtige landschap nodigt uit tot verhalen, schat. Ik kan niet wachten om eraan te beginnen. Er moet 'zomer' in de titel, denk ik, maar voor de rest? We komen er samen wel uit, zoals altijd.

Kus,
Toni

Dankwoord

Aan Griet Vervinckt voor het taaladvies, aan Jo Belmans, aan Pat Donnez en aan het magische Convento di Santa Maria del Giglio in Bolsena. Dank ook aan Ilse Van Nerum, mijn redactrice bij Manteau en aan Karel Dierickx, mijn uitgever.

Volg mij

 www.tonicoppers.com

 Toni Coppers schrijver

 Toni Coppers

Ontdek ook
de Alex Berger reeks

 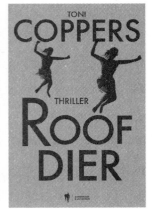

Zin in meer?
Korte inhoud en extra informatie
op de website van de auteur

www.tonicoppers.be

Verschenen in
de Liese Meerhout reeks

- Niets is ooit (2008)
- Engel (2009)
- De geheime tuin (2010)
- Iris was haar naam (2011)
- Stil bloed (2012)
- Zwerfvuil (2013)
- Dood water (2014)
- Het laatste oordeel (2015)
- De vleermuismoorden (2015)
- De hondenman (2016)
- In naam van de vader (2016)
- De zomer van de doden (2017)
- Nooit meer alleen (2017)
- De jongen in het graf (2018)
- De genezer (2018)
- Het vergeten meisje (2019)
- Messias (2019)
- De moord op Arno Linter (2021)
- Jacht (2022)
- Onschuld (2023)

Zin in meer?
Korte inhoud en extra informatie
op de website van de auteur

www.tonicoppers.be

BORGERHOFF
& LAMBERIGTS

Gent, België
info@borgerhoff-lamberigts.be
www.borgerhoff-lamberigts.be

SAVANT BOOKS & THINGS

IT'S ALL WRITE!

Antwerpen, België
info@coplamb.be
www.tonicoppers.com

ISBN 9789464983838
NUR 332
Thema FH
D2024/11.089/147

Auteur: Toni Coppers
Coauteur: Annick Lambert

Coördinatie: Sam De Graeve, Nils De Malsche, Joni Verhulst
Zetwerk binnenwerk: Robin J. August
Omslagontwerp: Wil Immink Design
Omslagillustratie: Wil Immink Design/Istock
Auteursportret : Patrick Lemineur

Gedrukt in Europa
Eerste druk: 2017
Heruitgave: 2024